KB163043

약속 한번 깼었지

꿀이 흐르는 장편소설

II

동아

약속 한번 깼었지 II

초판 1쇄 인쇄일 | 2021년 6월 15일
초판 1쇄 발행일 | 2021년 6월 22일

지은이 | 꿀이흐르는
펴낸이 | 박성면
펴낸곳 | (주)동아

출판등록 | 제406 - 3960100251002007000071호
주소 | 경기도 파주시 문발로 115, 세종대학교출판부 206호
전화 | (031)8071 - 5201
팩스 | (031)8071 - 5204
E - mail | bear6370@hanmail.net

정가 | 12,800원

ISBN 979 - 11 - 6302 - 498 - 9 (04810)
      979 - 11 - 6302 - 496 - 5 (set)

ZERO NOVEL

약속 한번 깼었지

꿀이흐르는 장편소설

II

동아

목 차

chapter 8

〈어! 떻! 게! 우릴 마물이라고 의심하냐고요!〉

〈네가 나빴다, 이 악마야.〉

〈이렇게 신성하고 이렇게 고결한데!〉

〈이 악마야.〉

디아린은 양 손가락을 겹쳐 턱을 괴고 진지한 표정을 지었다.

"원래 마법사는 그래. 확실한 걸 좋아하지."

〈그냥 의심한 거잖아!〉

〈맞아요! 저번에 우리더러 신수 같지도 않다는 둥 왜 이렇게 유치하냐는 둥 폭언할 때부터 알아봤어요!〉

때마침 똑똑— 하고 문 두드리는 소리가 들렸다. 은의 산에서 귀환한 이래, 그녀를 찾아오는 사람은 어느 정도 정해져 있었다. 디아린은 바로 대답했다.

'이작인가?'

"들어와."

문이 열렸다. 들어오는 사람을 본 디아린의 표정이 삽시간에 굳었다.

"디아린? 세상에!"

중년의 여인이 디아린을 보자마자 달려왔다. 그 옆에는 젊은 청년이 궁내무관을 향해 깍듯하게 인사하며 말했다.

"고맙습니다. 영애님과는 긴히 회포를 풀 테니 잠시 자리를 비워 주십시오."

"예, 아직 안색이 좋지 않으시니 많은 사람은 없는 게 좋겠지요."

궁내무관이 문을 닫고 나갔다.

"디아린. 잘 지냈니?"

화려한 드레스를 잘 차려입은 여인이 디아린의 손을 꼭 잡았다. 디아린은 순간 소름이 끼쳤다.

"······필리프 후작 부인."

"그래, 나란다. 디아린. 파스칼도 기억하고 있지?"

후작 부인의 뒤에 선 젊은 청년. 그는 딱 팔짱을 끼고 디아린을 노려보았다.

"설마 절 잊었겠어요? 어머니. 고아 출신 주제에 기억력 하나는 꽤 쓸 만했었는데."

파스칼리잔 필리프. 필리프 후작가의 유일한 아들이었다. 필리프 후작가는 콘클 공작의 휘하 후작 가문 중 하나다.

가끔 콘클 공작가에서는 콘클의 성을 이은 특별한 분가의 여식을 수양딸로 입양할 때가 있었다. 필리프 후작가에선 바로 그녀에게 눈독을 들였다. 디아린 콘클이스터는 가장 물망 위에 올라 있었다.

예쁘고, 똑똑하고, 어른스럽고.

어차피 가만 둬도 디아린이 수양딸이 될 것 같으니, 먼저 디아린을 교육 목적으로 데려가 자신들의 영향력을 넓히려고 했다.

'그 교육이라는 게 얼음 창고에 집어넣는 일이었지만.'

조금만 그들의 심기를 거스르면 곧장 욕설과 폭언이 쏟아졌다. 디아린의 몸에 상처가 나면 안 되니까 때리진 못했다. 잠을 못 자게 해도 피부가 거칠어질까 봐 하지 못했다. 그래서 필리프 후작은 걸핏하면 디아린을 얼음 창고에 가두고 문을 잠갔다.

체온이 뚝뚝 떨어지는 얼음 창고.

어둡고, 꽉 막힌 곳.

'가족에게 쪼르르 가서 이를 생각일랑 하지 말거라. 시골 영주 따위 필리프에 비하면 별것도 아니니까!'

디아린이 콘클 공작가로 불린 후에도 마찬가지였다. 필리프 후작은 훈육인 명목으로 붙어 또 디아린을 얼음 창고에 집어넣곤 했다.

'콘클 공작도 알면서 묵인했지.'

얼음 창고에 갇혀서 몸을 웅크리고 떨 때면, 디아린은 항상 남부의 따스한 콘클이스터를 떠올렸다. 저택의 2층. 깨끗한 퇴창에는 항상 햇살이 들어와서 따뜻했다.

'정작 다신 돌아가진 못했지만.'

콘클이스터에 참변이 생기고, 영지는 불바다가 된 후 폐쇄됐다. 마지막 영주의 임무를 다하고 나자 디아린은 바로 북부로 떠나게 됐다. 그 이후로는 한 번도 필리프 후작을 본 적이 없었다.

필리프 후작 부인이 말했다.

"그이도 같이 오고 싶어 했는데, 이번에 다네케르토 산악 왕국에 사업을 크게 벌이고 있지 뭐니? 반년 전에 떠났는데 한 달 후에나 귀국한다더구나."

'어쩐지. 내가 수도에 오자마자 득달같이 찾아올 사람이 안 온 이유가 있구나.'

디아린이 대답 없이 있자, 후작 부인이 웃으면서 하녀에게 손짓했다.

"은의 산에서 사고가 있었다고 들었어. 아직 후유증 때문에 말이 잘 안 나오는 거지? 자, 내가 무엇을 가져왔는지 보렴."

바구니를 열자, 안에는 옥수수 수프가 들어 있었다.

"조금 식었지만 내 정성이니 먹어 주렴?"

조금 식다 못해 수프는 아주 차가웠다. 스푼으로 잘 떠지지도 않을 정도였다. 대충 저택 부엌에 있는 것들 중 아무거나 들고 왔겠지.

"전 그 품종의 옥수수에 알레르기가 있어요."

"어? 어, 그러니? 내가 미처 몰랐구나."

어색하게 웃은 후작 부인이 수프 접시를 내려놓았다.

"그래! 빵도 좀 가져왔어. 이것도 약간 식었구나……."

빵은 돌처럼 딱딱하게 굳어서 잘 뜯어지지도 않았다. 후작 부인의 뒤에 서 있던 파스칼리잔이 확 빵을 가져가 힘으로 반으로 부쉈다. 딱딱한 가루가 바스스 떨어졌다.

"파스칼은 다정하기도 하지! 자, 디아린. 어서 먹어 보겠니?"

"제가 아까 식사를 해서요."

"아? 그, 그래? 그럼 후식 될 만한 게, 어디 보자……. 마침 쿠키가 있구나!"

손만 대도 가루처럼 흩날리는 쿠키는 적어도 열흘은 지난 것 같았다. 디아린은 쿠키를 내미는 후작 부인을 보며 말했다.

"먹기 싫어요."

"……뭐?"

후작 부인의 얼굴이 바로 굳었다.

"왜 먹기 싫으니?"

"부인은 집에서 이런 걸 드세요?"

"뭐라고?"

"말한테나 먹일 법한 음식을 왜 저한테 먹이려고 하세요?"

"세상에, 디아린 콘클이스터!"

필리프 후작 부인의 손이 파르르 떨렸다. 습관적으로 디아린의 손목을 낚아채려다가 만 그 손.

'날 열 번은 얼음 창고에 집어넣었지. 저 손이.'

"어머니. 비켜 보세요."

딱딱하게 굳은 파스칼리잔이 눈물을 찍어 내는 후작 부인을 제치고 앞에 섰다.

"너 아주 버릇이 없어졌구나? 어머니가 주시면 감사합니다 하고 먹을 것이지 어디서 트집을 잡아?"

"그럼 네가 먼저 먹어 봐."

"뭐?"

"네가 먼저 처먹어 보라고."

"이 미친년이 지금!"

파스칼리잔이 버럭 성질을 내며 손을 들어올렸다. 저 솥뚜껑 같은 손이 자신을 얼마나 얼음 창고에 집어넣었더라. 50번을 넘어가면서 디아린은 세는 걸 포기했었다.

"때리는 건 안 돼, 파스칼."

옆에서 후작 부인이 작게 타일렀다. 지금 디아린의 몸에 상흔이라도 나면 상황이 딱 복잡해진다.

이 애는 이상하게 어릴 때부터 몸에 자국이 금방 났다. 조금 이마를 툭 툭 쳤을 뿐인데, 붉은 자국이 심하게 나서 필리프 후작이 자신에게 화를 크게 낸 적도 있었다. 그 이후로는 절대 디아린에게 육체적 폭력을 가하지 못했다.

"후."

파스칼리잔이 손을 내렸다. 그는 바구니에 대충 손을 쑤셔 넣어 아무거나 잡히는 쿠키를 들어 올렸다.

"네가 언제부터 그렇게 귀한 레이디였어? 뒤진 줄 알았던 혼약자가 수문석에서 살아 돌아오니까 세상이 다 네 것처럼 보이지?"

우악스러운 손으로 디아린의 턱을 잡아 누른 파스칼리잔이 말했다.

"여긴 얼음 창고도 없는 게 문제네. 어머니 성의 무시하지 말고, 좋게 말할 때 먹……, 컥! 허어억!"

파스칼리잔이 비명을 지르며 몸을 웅크렸다. 불시에 급소를 걷어차인 그가 끙끙대며 바닥을 굴렀다.

"파스칼! 파스칼! 얘야!"

"도련님!"

디아린은 그사이 이 침실에서 나가려고 했다. 어차피 침실을 지나, 거실을 지나 복도로만 나가도 궁인들이 쫙 깔려 있다. 맨발로 카펫을 밟고 도망치는 디아린의 손목이 꽉 끊어질 듯 붙잡혔다.

"너, 이, 이! 정신이 나가도 단단히 나간 년!"

식은땀이 이마에 송골송골 맺힌 파스칼리잔이 디아린의 멱살을 잡아 들어 올렸다. 숨이 막힌 디아린이 눈썹을 잔뜩 찡그렸다. 그때였다.

"……주……인님?"

상황 판단이 안 된다는 목소리가 들려왔다. 어리둥절함은 눈 깜빡할 새. 이작 드리엄이 땅을 박찼다.

"주인님!"

"컥!"

후작 부인이 비명을 질렀다.

"파, 파스칼!"

옆구리를 걷어차인 파스칼리잔이 그대로 나뒹굴기 전, 이작 드리엄에 의해 멱살이 잡혔다. 이작의 눈은 분노로 타오르고 있었다.

"감히 주인님께 위해를 끼치다니……."

이작이 파스칼리잔의 얼굴을 잡아 눌렀다. 억지로 벌린 파스칼리잔의 입에다가 들고 왔던 커다란 향초를 쑤셔 넣었다. 파스칼리잔이 "웩! 웩!" 하면서 얼굴이 새하얘졌다.

"너, 너……! 대체 내가 누군지 알고……."

북문석에서만 나고 자란 이작은 아직 다른 귀족들의 얼굴을 상세히 몰랐다. 옷차림을 보아하니 제법 있는 집 자식 같았지만.

'수도로 올라가면 반드시 자중하고 또 자중해야 한다!'

'귀족들 사이서 충돌은 절대 안 돼.'

'죄송해요, 아버지. 어머니.'

이딴 꼴을 보고 어떻게 자중해요.

지금도 머리에서 김이 솟아나는 것 같은데요.

주저앉아 있던 디아린이 콜록콜록 기침을 했다. 이작은 파스칼리잔을 그대로 바닥에 내동댕이치고 디아린 쪽으로 달려갔다.

"괜찮으세요, 주인님? 저 무뢰한은 대체 누구죠?"

그사이 끙끙대던 파스칼리잔은 후작 부인의 부축을 받고 겨우 일어났다.

"애야, 괜찮니?"

"어머니……."

파스칼리잔은 정신이 다 혼미했다. 식은땀이 맺히다 못해 흘러내렸다. 그는 간신히 두 다리로 지탱해 선 후 손가락질을 했다.

"너, 넌 또 뭐 하다 굴러먹은 새끼지……? 주인님? 말하는 걸 보니 호위로 고용한 용병 같은데, 당장 안 꺼져? 저런 위아래도 모르는 년은 맞아야 정신을 차린다고!"

"위아래도 모르는 년이라고 했나, 지금?"

"그랬……! 헉!"

순간 파스칼리잔의 다리가 다시 풀려 주저앉았다. 그건 옆에 있던 후작 부인과 하녀도 마찬가지였다.

수많은 시종들. 근위 기사 여럿. 내무 담당 귀족. 그들을 거느리고 가장 앞에 서 있는, 황제. 브루노 9세.

"피, 필리프가 화, 황제 폐하께 인사를 올립니다……!"

후작 부인이 희멀거니 질린 낯으로 겨우 먼저 예를 갖췄다.

침실에 들어온 이는 브루노 9세. 이 제국의 황제였다. 황제의 뒤를 따라 걸어온 이는 다름 아닌 이너럴이었다. 6계급이자, 디아린과 토벌을 치렀던 사계탑의 노마법사.

"세상에! 황자비 저하!"

눈이 밤알처럼 커진 이너럴이 서둘러 달려와 디아린을 부축했다.

"괜찮으십니까? 이게 대체 무슨 일입니까?"

이너럴이 아연실색했다.

"아니! 이건 멱살이 잡혔다 풀려난 흔적이군요!"

"……!"

"아니! 턱에 난 이 흉악한 손자국은 뭡니까? 저 공자가 얼굴까지 눌러 잡았습니까?"

"……!"

"이럴 순 없지요! 황족 되실 분의 얼굴을요!"

"……!"

이너럴의 쩌렁쩌렁한 물음이 계속될수록 필리프 후작 부인과 파스칼리잔의 낯빛은 잿빛이 됐으며, 황제의 얼굴은 엉망으로 일그러졌다.

황제는 대외적 위신에 몹시도 신경을 쓰는 성정. 사계탑 소속 고위 마법사인 이너럴에게 이런 모습을 보이다니! 황제의 분노가 폭발할 정도로 엄청난 수치였다.

부글부글 끓는 목소리로, 황제가 물었다.

"시종장!"

"하문하시옵소서, 폐하."

"황자의 혼약자와 이 후작가의 공자 중 누가 더 위치가 높은가?"

"황법에 명시된바, 황족의 혼약자는 모든 귀족가의 자제보다 그 위치가 높아집니다."

"그래. 짐의 기억으로도 그랬어."

황제가 와들와들 떠는 파스칼리잔과 후작 부인을 차례로 훑어보았다. 황제의 눈에서는 사나운 불길이 치솟고 있었다.

"귀족가의 자제는 설령 공작가의 소생이라 할지라도, 혼약자에게 공대하며 공손해야 하지. 그게 위대하신 아키르의 시조께서 정하신 황법이니까. 더군다나 8황자의 혼약자라면!"

황제의 목소리가 분노로 높아졌다. 필리프가의 사람들이 혼이 빠져 납작 엎드렸다.

"감히 황족의 혼약자에게 폭력을 휘두르고 폭언을 하여 극심한 무례를 저지른바! 파스칼리잔 필리프에게 황궁 추방령을 내린다!"

필리프 후작 부인과 파스칼리잔의 두 눈이 크게 떠졌다.

"폐, 폐하!"

"황제 폐하! 잘못했습니다, 잘못했습니다!"

"당장 아들을 데리고 나가시오, 필리프 후작 부인!"

황궁 추방령.

모든 귀족들이 끔찍이 싫어하는 처벌로, 특히 조금 있으면 사교 시즌이 도래한다는 걸 감안하면 가문의 명성에 치명적인 타격을 입을 게 뻔했다.

"폐하! 디, 디아린! 잘못했다! 폐하께 용서를 빌어다오!"

파스칼리잔이 디아린의 손을 잡고 매달렸다. 이너럴이 깜짝 놀라서 파스칼리잔의 손등을 탁 때려 쫓았다. 잠옷 소매에 가려진 손목이 드러났기 때문이다.

"아니! 비 저하! 손목에 이 잡힌 자국은 또 뭡니까!"

손목에 선명하게 난 붉은 자국.

이너럴은 경악스러운 표정으로 황제를 보았다.

"폐하! 모르는 사람이 보면 아키르의 귀족들은 하극상이 취미인 줄 알겠습니다! 이 공자가 대제국의 품위를 다 깎아 먹는군요!"

"······!"

한 마디 한 마디 전부 황제의 자존심을 제대로 자극했다. 결국 머리끝까지 벌게진 황제가 외쳤다.

"근위대!"

"예! 폐하!"

"파스칼리잔 필리프를 지하 감옥에 처넣어라! 황족 모독죄로 처리하겠다!"

지하 감옥?

순간 파스칼리잔의 온몸에서 핏기가 쭉 빠져나갔다.

"폐하! 폐하! 잘못했습니다! 무, 무릎 꿇고 빌겠으니, 제발 지하 감옥만은······!"

"필리프 가문에게 자비를 베풀어 주십시오!"

"폐하! 어, 어머니!"

"파스칼!"

"끌어내라!"

"폐하!"

파스칼리잔이 질질 끌려가며, 황제를 비롯한 수많은 사람들이 일시에 빠져나갔다. 폭풍 같은 상황이 한순간에 정리되었다. 침실에 남은 건 디아린과 이너럴, 그리고 이작 드리엄이 전부였다.

"주, 주인님. 좀 앉으실래요?"

"고마워."

이작이 디아린을 침대에 옮겨놔 주었다. 이너럴이 얼른 따라왔다.

"괜찮으십니까?"

"덕분에요."

디아린이 흘긋 아직도 시끌벅적한 밖을 보았다.

"황제 폐하랑 함께 오셨네요."

"예. 원래는 편지에 보내 드린 대로 저 혼자 오려고 했는데 어쩌다 보니 동행하게 되었지요."

"폐하께서는 마법에 관심이 많으시니까요. 이너럴 룬을 혼자 보내면 대접이 소홀하다고 생각하셨겠죠."

이너럴에게서 편지가 온 건 어젯밤이었다. 어쩌다가 소식을 너무 빨리 들었는데, 마침 황궁에 갈 일이 있으니 병문안차 들르겠다고 했다.

'그래서 일부러 파스칼리잔 그 자식을 걸어찼지.'

마침 이너럴이 올 시간대였다. 게다가 6계급 마법사라는 대단한 거물이 여기로 온다는데, 황제가 혼자 보낼 것 같진 않았다.

'분명 동행할 것 같았으니까.'

황제가 직접 나타난 덕에 파스칼리잔은 상상도 못 해 보았을 엄청난 벌을 받게 됐다. 귀족이 지하 감옥에 갇히는 건 두고두고 사교계에서 씹어 댈 엄청난 이야깃거리였다.

'이번 사교 시즌은 이 얘기 하나로만도 충분히 떠들썩하겠네.'

적어도 10년. 앞으로 10년 동안 필리프는 가문의 이름으로 티 파티 하나도 못 열 것이다. 필리프 후작 부인이 무척이나 자랑하던 근사한 정원도, 봐 주는 사람이 없으니 추레하게 삭을 것이다.

'그 가문은 남들 시선을 참 소중히 생각하니까. 맞거나 죽는 것보다 이 쪽이 더 괴롭겠지.'

"비 저하."

"네?"

"제가 저번에 '선물'을 드릴 거라고 했던 거 기억하십니까? 사실은 오늘 그걸 드리려고 온 것입니다."

이너럴 룬은 품에서 작은 보석함을 하나 꺼냈다.

"열어 보십시오."

디아린은 조심스럽게 보석함을 열었다. 흰 실크 천으로 감싸인 안에는,

투명하고 독특한 보석이 두 개 들어 있었다. 언뜻 보기엔 아무런 세공도 없이, 그저 에메랄드 커팅 방식으로 손을 본 유리알처럼도 보였다.

"마도구 통신석입니다."

순간 디아린의 귀가 쫑긋 섰다.

"마도구 '통신석'이요?"

"이번에 드디어 사계탑에서 연구가 완성된 발명품이죠. 이게 있으면 멀리 있는 사람과도 대화를 할 수 있습니다."

"거리 제한이 없나요?"

"대륙 최북단과 최남단에서 실험을 해 보았는데 전달이 되었습니다. 그나저나 비 저하는 몹시 마법사 같은 질문을 하시는군요."

이걸 받은 극소수의 귀빈들은 모두 똑같은 반응을 보였는데.

'대화가 된다고요?'

'실시간으로 대화가 가능하다고요?'

'세상에나! 신의 기적이군요!'

디아린이 "아하하." 하고 어색하게 웃었다.

"잠시, 제 시제품도 있는데 보여 드리겠습니다."

이너럴은 목걸이로 만들어 걸고 있던 통신석을 들어 올려 손톱으로 두 번 톡톡 두드렸다. 그러자 투명했던 통신석이 이너럴의 눈동자 색깔로 변했다.

"저 이너럴입니다. 이너럴입니다."

통신석이 두 번 깜빡였다.

ㅡ무슨 일이야······, 이너럴······.

"아. 받으셨군요. 그냥 저 아키르 황궁에 잘 도착했다고 말씀드리려고 사용해 보았습니다."

ㅡ······.

톡ㅡ 하고 실이 끊기는 듯한 소리와 함께 통신석이 투명하게 변했다.

"이런. 끊으셨군요."

옆에서 듣고 있던 이작은 눈을 깜빡였다. 그는 내심 당황하는 와중이었다.

'6계급 마법사의 대화를 일방적으로 종료하다니 무슨 배짱이지?'

이너럴은 웃으면서 목걸이를 다시 옷 안에 집어넣었다.

"탑주님이 많이 바쁘신 분이라서 그렇습니다."

'탑주?'

이작이 그대로 굳었다. 디아린이 눈을 깜빡이며 관심을 보였다.

"사계탑의 주인을 말하시는 건가요?"

"그렇습니다."

'목소리가 상당히 젊게 들렸는데.'

의외였다. 6계급 마법사인 이너럴은 예순인데, 그보다 위일 사계탑의 주인의 음성은 왜 그보다 젊게 들릴까? 탑주의 신상에 관한 모든 건 거의 비밀이었기 때문에 알 수 없었다.

홀홀 웃은 이너럴이 목걸이를 다시 넣었다.

"아직 완벽하진 못합니다. 한 번 사용하면 재사용까지 꼬박 한 달이 걸리거든요."

"재사용 시간을 단축시키는 게 목표겠네요."

"그렇습니다. 통신석의 내구성 문제로 인해서 권장드리지는 않지만, 혹 급하게 재사용이 필요할 때면 마도석을 갈아 뿌리거나……."

"갈아 뿌리거나?"

이너럴은 목소리를 약간 낮춰서 말을 이었다.

"용혈을 뿌려도 되긴 합니다."

"……방금 그 언사, 외교 문제로 비화되지 않겠어요?"

"그러니까 비 저하에게만 살짝 말씀드리는 거지요."

소탈하게 웃은 이너럴이 설명을 마쳤다.

"자. 이렇게 쓰시면 됩니다. 하나는 비 저하가 가지시고, 다른 하나는 8황자 저하께 드리면 딱 되겠지요?"

"감사합니다. 그런데 이거, 비싸지 않나요?"

"걱정 마세요. 아직 시제품이라 가격은 책정되지 않았습니다. 보자, 가격은 대충……. 대략 여기부터 여기까지……."

이너럴이 손을 뻗어 자신과 이작 사이를 간격을 쟀다.

"……를 금화로 가득 채운 정도라고 들었습니다."

옆에서 듣던 이작은 하마터면 딸꾹질을 할 뻔했다.

직후였다.

침실 문이 벌컥 열렸다. 필리프 후작 부인이 엉망인 신색으로 뛰어 들어왔다.

"디아린 콘클이스……!"

디아린의 머리채를 쥐어뜯을 듯 달려왔다가, 아직도 이너럴이 있는 걸 본 필리프 후작 부인이 숨을 끅 하고 삼켰다.

'저 마법사는 대체 누구지? 황실 소속 마법사는 아닌데!'

고위 마법사는 사계탑에서 잘 나오지 않는다. 아무리 후작 부인이라도 이너럴의 인상착의를 외우고 있을 리가 없었다. 하지만 황제가 이너럴의 말을 진지하게 들은 건 아까 보았다.

'최소 중급 마법사겠어. 앞에서는 예의를 지키는 수밖에.'

후작 부인이 슬픈 표정으로 외쳤다.

"디아린. 너 어떻게 이럴 수가 있니! 파스칼의 성격이 불같다는 건 네가 제일 잘 알잖아! 그걸 못 참고 오빠나 마찬가지인 애를 그렇게……!"

"제가 뭘 했는데요?"

"뭐라고?"

"파스칼리잔이 저한테 억지로 쓰레기 같은 음식을 먹으려고 했어요. 제 턱을 강제로 잡아 눌렀잖아요."

뒤에 서 있던 이작의 두 눈가에 힘이 들어갔다. 검을 반납해 텅 빈 허리께를 더듬는 손에도 힘줄이 불거졌다.

"그건 네가 내게 버릇없게 굴어서……!"

"상하기 직전의 음식을 먹기 싫다고 한 게 버릇없는 일인가요? 그럼 부인이 제 앞에서 아까 그 음식들 한 번 드셔 보실래요? 이작?"

"여기 있어요, 주인님."

디아린은 대충 아무거나 잡았다. 멍이 들고 퍼석퍼석한 사과는 뒷면이 이미 썩고 있었다.

"자, 드셔 보세요. 그럼 저도 먹을게요."

"……."

파들파들 떨던 후작 부인이 결국 입에 대지도 못하고 휙 사과를 바닥에 던져 버렸다.

"너!"

후작 부인이 목소리를 높이려다가 겨우 심호흡을 했다.

"그래, 아까 일은 내가 사과하마. 하지만 이러면 네게도 좋지 않아. 디아린. 내가 미처 소식을 전하는 걸 잊었는데."

후작 부인이 간신히 미소를 회복하고 말했다.

"파스칼이 영광스럽게도 다음 달에 밀드론 공국의 공녀님과 언약식을 맺게 되었단다. 밀드론에는 뛰어난 마법사들이 대거 있어서, 황제 폐하께서 중요하게 생각하시는 우방국이지. 네가 이대로 마음을 풀지 않고 있다가, 파스칼이 정말로 화를 내면……."

"아!"

이너럴이 손뼉을 탁 치면서 "그러고 보니 그랬군요!" 하고 말했다.

"밀드론에서 사계탑 6계급 마법사를 언약의 증인으로 초청해서 수락했다고 들었습니다!"

"아! 알고 계시는군요!"

후작 부인의 얼굴에 화색이 돌았다.

"맞아요. 무려 6계급 마법사가 언약의 증인으로 와 주는 성대한 언약식을 치르기로 했지요! 그러니……."

"언약식 증인은 파기하라고 전해야겠군요."

순간 후작 부인이 귀를 의심했다.

"……파기라뇨? 지금, 제가 잘못 들은……."

"제대로 들으셨습니다."

이너럴은 아직도 디아린의 턱에 남은 붉은 손자국을 보며 고개를 가로저었다.

"그토록 폭력적인 공자에게 밀드론 공국의 귀애를 보낼 순 없죠. 언약식 증인은 당장 파기하라고 사계탑에 연락해야겠습니다."

그러더니 지체도 없이 일어나 침실 밖으로 홀연히 사라졌다. 역시 뭔가에 꽂히면 좌우 앞뒤 안 보고 돌진하는 마법사다웠다.

"미, 미쳤어? 당신 따위가 뭔데!"

악을 쓰며 따라가려는 후작 부인의 귓가에 디아린의 목소리가 꽂혔다.

"뭐긴 뭐예요. 6계급 마법사시지."

"……6, 뭐? 6계급……?"

디아린이 빙긋 웃으면서 쐐기를 꽂았다.

"네. 황실 수석 마법사와 동급."

"……!"

후작 부인이 휘청거리다 파삭 주저앉았다.

'지금인가?'

내내 말없이 후작 부인을 노려보고 있던 이작 드리엄은, 지금이야말로 백작가 도련님으로 받아 온 교육의 성과를 유감없이 발휘해야 할 때라는 걸 깨달았다.

"언약식이 파기가 되겠군요."

"······!"

"그토록 아끼는 아들을 늙어 죽을 때까지 끼고 살 수 있게 된 걸 미리 축하드립니다, 필리프 후작 부인?"

"아, 안 돼······. 거기에 돈이 얼마나 많이 들어갔는데······, 안 돼!"

넋이 나가 중얼거리던 필리프 후작 부인이 벌떡 일어났다.

"이너럴 룬! 이너럴 룬! 오해이십니다!"

침실 밖으로 멀어지는 목소리. 언약식 증인이 물러난다는 건 곧 높은 확률로 언약이 파기된다는 뜻.

밀드론 공국과의 언약이 없는 일이 된다?

이작이 꼴좋다는 표정을 지었다.

'망하겠네, 저 집안.'

* * *

"필리프 후작가가 발칵 뒤집어졌다네요. 주인님."

이작의 말에 디아린이 고개를 들어올렸다.

"그래?"

"언약식 증인이 물러나니 언약식 자체가 없던 얘기가 되고, 타국으로 출장 나갔던 필리프 후작도 부랴부랴 돌아오고······. 아무튼 분위기가 굉장히 나쁘다고 들었어요."

"그래······."

디아린은 무미건조한 표정으로 차를 한 모금 마셨다가 깜짝 놀라며 찻잔을 내려다보았다.

"주인님? 왜 그러세요?"

"이상해, 이작. 이 차 원래 이렇게 고소했나?"

"네?"

이작이 한 잔 따라 맛을 보았다.

'평범한 민트 티인데……?'

어리둥절해져서 디아린을 쳐다보았다. 그녀는 연보라색 눈동자를 동그랗게 뜨고 "이상하네? 민트 티 맛이 왜 이렇게 고소하지……?"라고만 반복하고 있었다. 이작은 픽 웃었다.

"이작, 근데."

"네?"

"이제 주인님이라고 할 때 안 더듬거리네?"

"……."

"원래 막 이렇게 얼굴도 빨개지고……."

'또 빨개졌네?'

잔뜩 달아오른 귀를 이작이 두 손으로 가렸다. 그는 기어 들어가는 목소리로 말했다.

"……부끄러우니까 놀리지 마세요, 주인님."

입에서 안 떨어지는 걸 어떡해요.

디아린은 키득키득 웃었다. 그녀가 웃을수록 이작은 얼굴이 더 더 더 빨개져 나중엔 펑 하고 터질 것만 같았다.

똑똑.

"들어오세요."

"콘클이스터 영애님."

문을 열고 들어온 시종이 소식을 전했다.

"궁의가 오늘부터 8황자 저하의 면회가 가능하다는 처방을 내렸습니다. 혹 지금 보러 오시겠습니까? 아니시면 내일도……."

"지금 갈게요!"

디아린이 벌떡 일어났다. 쥐고 있던 찻잔에 차가 출렁거려 손가락이 젖었다. 이작은 '주인님, 손이 젖으셨네.'라고 무심코 생각하며 손수건을 꺼냈지만, 디아린은 이미 문 앞이었다.

"나 다녀올게. 이따가 봐, 이작."

미소 짓고 돌아서는 디아린을 보며 이작은 손수건을 다시 품 안에 집어넣었다.

* * *

"아이고, 어쩌죠? 영애님."

에제트의 방을 지키던 시종이 난감한 표정을 지었다.

"방금까지 깨어 계셨는데, 저하가 잠이 다시 드셔서……."

"괜찮아요."

'잘 있는지 얼굴만 보고 가지 뭐……, 아. 맞다. 난 에제트 얼굴이 안 보이지.'

디아린은 에제트 앞에 마련된 의자에 앉았다. 그는 깊이 잠들어 있었다. 고른 숨소리가 들려온다. 천천히 오르락내리락하는 가슴을 보다가, 디아린은 이상한 점을 발견했다.

"이걸 왜 그냥 내버려 놨어요?"

"예? 아아."

에제트의 몸에 감긴 황금빛이 도는 끈.

'은의 탑이 에제트를 묶었던 그 끈이잖아.'

처음 봤을 땐 노란색이었는데 지금 보니까 황금색이 은은하게 감도는 리본처럼 보이는 게 문외한이 봐도 뭔가 있어 보였다.

"아까 수석 마법사님이 진단하시기를, 끈 자체의 성질은 파악이 어려운데 용혈을 머금어서 저하의 몸에 달라붙은 거라고 하셨습니다."

"용혈을요?"

"예. 황실 수석 마법사님도 해제를 바로 못 하셨어요."

"······?"

"다행히 얼마 있지 않으면 자연히 떨어진다고 하셨습니다."

"그렇군요."

'무슨 6계급 마법사가 이런 걸 해제를 못 하지? 끈 자체의 성질도 파악을 못 했다고? 왜?'

디아린의 의문을 로르가 읽었다.

〈이 악마는 가끔 본인 실력을 평균으로 생각하는 경향이 있어.〉

〈맞아, 맞아. 그거 나쁜 버릇이라고요. 주인님.〉

올은 문득 궁금해져서 로르에게 물었다.

〈근데 로르, 주인님 마법이 몇 계급 정도로 나올 것 같아요?〉

〈일단은 6계급보단 위겠지. 7계급?〉

〈7계급밖에 안 되려나?〉

〈아니면 8계급?〉

〈8계급? 그 위의 마지막 단계도 하나 있잖아요.〉

〈올. 너도 가끔 잊어버리는 것 같은데, 이 악마는 인간이다. 용이 아니라.〉

〈아, 맞다.〉

올이 신나게 떠들었다.

〈궁금하니까 주인님이 목소리 풀어 주면 측정하러 가 보자고 해야지!〉

둘의 목소리가 차단된 건 아까 전, 필리프 후작가 일원들이 들어오기 직전이었다. 디아린이 '필리프'라는 인물들이 들어오는 순간 바로 목소리를 끊으라고 말했다.

'올이 화를 잘 내는데, 정신 사나우면 안 되니까 잠깐 끊어 줘. 좀 있으면 꽤 중요한 쓰레기들이 올 거거든.'

디아린이 황궁에 온 이후 필리프는 끊임없이 접선을 원했지만, 계속 속을 살살 긁으며 무시했다. 그러다가 이번에 이너럴이 온다는 소식을 듣고 계획적으로 받아 준 것이다.

왜 그럴까 했는데, 필리프 후작가의 파스발 무슨 개놈이 하는 짓거리를 보고 납득했다. 로르는 가볍게 올을 타박했다.

〈네가 걸핏하면 화내니까 이 인간이 아예 믿질 못하잖나.〉

〈응? 나 화 안 났는데?〉

〈……안 났다고?〉

〈내가 뭐 맨날 화만 내는 줄 알아요? 나 진짜 화 하나도! 하나도 안 났어요. 로르.〉

올이 천진난만하게 말을 이었다.

〈나중에 현신해서 그 새끼들 내가 다 조져 놓으면 되니까.〉

〈……참 잘도 화가 안 났군. 그래도 말리진 않으마. 내 몫까지 꼭 잘 조져 놓아라.〉

로르가 아쉽다는 목소리로 말했다.

〈이럴 땐 현신을 못 하고 신수계로 돌아가야 하는 게 걸린다.〉

〈응, 그러니까.〉

두 신수의 목소리가 잦아들었다. 그런 두 신수를 모른 채, 디아린은 손으로 턱을 괴고 에제트의 보이지 않는 얼굴만 쭉 살펴보았다.

'에제트가 일어나면 다시 와야지.'

자리에서 막 일어난 디아린의 손목이 문득 잡혔다.

"에제트? 깼어?"

"왜 그냥 가세요."

'와. 에제트 잠긴 목소리는 처음 들어보는 것 같아.'

뭔가 여자의 기분을 묘하게 만드는 목소리였다.

"내일 다시 오려고 했지."

디아린은 다시 의자에 앉았다. 손목을 쥐었던 에제트의 손이 자연스럽게 디아린의 손을 잡았다. 사이사이 파고들어 깍지를 끼는 에제트의 손을 본 시종은 '오모나!' 하면서 눈을 동그랗게 떴다.

"황자 저하, 궁의가 이걸 주고 갔습니다만……."

박하 잎을 우린 차를 천천히 다 마신 에제트가 느리게 눈을 감았다가 떴다.

"아직 아파, 에제트?"

"괜찮습니다. 며칠을 계속 잤는걸요. 피가 갑자기 빠져나가서 약간 어지러웠던 것 말곤 문제가 없습니다."

노약자라면 쇼크사를 했을 출혈량이었지만…….

에제트를 유심히 살펴보던 디아린은 조금 우울해졌다.

"왜 그럽니까?"

"응?"

"표정이 안 좋아졌잖아요."

에제트의 손이 디아린의 뺨을 가볍게 쓸었다. 디아린은 이 사실마저 조금 부러울 지경이었다.

"별거 아냐. 아픈 얼굴도 안 보이는 게 생각보다 속상한 일인 걸 알았거든."

"그래요?"

"응."

에제트는 제 손으로 얼굴을 만져 보았다. 시종이 깜짝 놀랐다.

"저하! 얼굴에 상처가 많이 나셨으니 건드리시면 안 됩니다!"

"네?"

디아린이 바로 시종을 돌아보았다.

"에제트 얼굴에 상처가 많이 나 있어요?"

시종은 저도 모르게 아, 했다.

'공평한 혈통' 눈엔 아예 안 보이시지!'

"예, 그렇습……, 아니! 아닙니다! 그냥 살짝! 사알짝 생채기만 났죠!"

디아린이 홱 고개를 돌려 에제트를 응시했다. 황금색 눈동자는 금세 다른 쪽을 보면서 딴청을 피우고 있었다.

"에제트. 쳐다보지 마."

"안 봤어요."

이마를 찡그린 디아린이 에제트에게로 허리를 숙였다. 그의 뺨 바로 앞에서 눈길이 멈춘다. 숨결까지 약하게 느껴질 정도로 가까웠다. 에제트의 눈동자가 바로 눈앞의 디아린을 본다.

눈이 마주쳤지만, 디아린의 시선은 그 깊이가 얕다. 한 번 머물렀다 가야 할 곳에도 머무르지 않으며 그저 안개 위를 더듬는 눈길. 에제트의 눈빛이 조금 가라앉았다.

"어떻게 상처도 하나도 안 보이지? 사기야, 정말……."

아무리 가까이서 봐도 달라지는 게 없다. 안개로 꾹꾹 누른 듯 흐린 표면이 전부니까. 디아린은 허리를 다시 바로 세운 후, 한숨을 내쉬었다.

"시종."

"네, 혼약자님."

"궁의가 무슨 약을 바르라고 처방하고 가던가요?"

"아. 힐란……, 으음……."

시종이 에제트 쪽을 자꾸 쳐다보면서 쩔쩔매자, 디아린은 아예 의자에서 일어나 침대 머리맡에 앉았다. 그녀의 두 손이 에제트의 눈가 위에 가림막을 만들었다.

"무슨 약이라고요?"

넋 놓고 이 광경을 보고 있던 시종은 솔직하게 다 불어도 에제트에게 전혀 혼나지 않을 거라는 강한 확신을 얻었다.

'혼이 나면 이 영애님한테 말씀드리러 가면 될 것 같아!'

빠른 눈치는 황궁에서 일하는 자의 필수 덕목.

"예, 영애님! 힐란 열매를 높은 함량으로 섞은 약재 연고인데……."

진지하게 경청하던 디아린의 미간이 점점 좁혀졌다.

'상처 진짜 심한가 보네. 은의 탑 죽여? 죽일까? 찌그러뜨릴까?'

시종과 디아린이 대화를 나누는 사이, 에제트는 가려져 버린 두 눈만 말없이 깜빡였다.

손, 밀어내 볼까.

마음에도 없던 생각은 잠시.

시야 위에 드리워진 옅은 어둠이 포근하게 느껴진다. 가지런한 손가락. 에제트는 어쩐지, 멍한 기분으로 디아린의 두 손을 올려다보았다.

왜 이대로 잠들고 싶어지는 걸까. 알 수가 없는데.

'응?'

디아린은 문득 손등 위에서 느껴지는 촉감에 시선을 옮겼다. 곧 그녀의 입가에 옅은 미소가 그려졌다. 길쭉하고 단단한 손이 제 손등 위에 포개져 있다. 조심스럽게 붙잡아 눈두덩이 위에 내려놓은 것 같다. 여기에까진 상처가 나지 않은 모양이다.

에제트가 잠들었다는 건 안 보여도 알 수 있었다.

"좋은 꿈 꿔, 에제트."

나지막이 속삭인 디아린은 이후로도 한참, 그대로 앉아 있어 주었다.

* * *

디아린이 떠나고 얼마 후.

'엄청 깊게 잠드셨네.'

시종은 에제트가 깨지 않도록 조심하며 잠자리를 정리하다가, 문득 고개를 갸웃했다.

'어라?'

이불을 조심히 들춰 보았지만 마찬가지였다.

'그 이상한 끈이 어디로 갔지?'

에제트의 몸에 휘감겨 떨어지지 않던 끈이 어디에도 보이지 않았다.

'없어진 건가?'

* * *

어두운 밤.

디아린은 침실 창틀에 앉아 다리를 까딱였다. 커다란 창문으로 달빛이 쏟아 들어와 연갈색 머리카락을 푸르게 비춘다.

"이것 봐. 올, 로르."

손에 들려진 흑단목 스태프에 황금빛 끈이 리본처럼 휘감겨 있다.

"내 스태프에 붙었어."

용혈과 신성력이 특이하게 결합해 희한한 결과를 만들어 냈다.

로르가 말했다.

〈용혈은 좋은 마력 보급원이지.〉

〈맞아요.〉

디아린은 유심히 끈을 살펴보았다.

"용혈이 다 닳아도 끈 자체가 성물의 신성력이라서, 여기에 마력을 충전해 놓는 용도로 쓸 수 있을 것 같아."

보조 마력 축전지가 따로 없었다.

"그럼 창백해질 일도 평소보다 적어질 거야."

비록 스태프를 이용한 마법을 쓸 때만, 이라는 한정이 붙긴 하지만. 그거라도 어딘가. 디아린은 뜻밖의 획득에 기뻐했다. 그녀는 스태프에 달라붙는 끈을 잘 묶어서 리본처럼 매듭을 지어 주었다.

* * *

일리룸 공작은 창밖을 쳐다보다가 인기척에 몸을 돌렸다.

"공작님."

문을 열고 들어온 지배인이 소식을 전했다.

"'그분'이 도착하셨습니다."

"드디어 도착하셨나."

일리룸 공작은 창문 유리에 몸을 비춰보며 타이를 똑바로 정돈했다.

"가장 융숭한 코스로 모셨겠지?"

"물론입니다. 블랙 다이아몬드 로열 퀸 응접실로 모셔 놓았습니다."

"좋아."

일리룸 공작은 지배인을 따라 승강기에 몸을 실었다. 지배인이 승강기 구멍에 열쇠를 꽂고 돌렸다. 3층에서 멈춰 선 승강기 문이 열리자, 유리알처럼 반짝이는 화사한 빛이 눈앞을 메웠다.

길게 깔린 레드 카펫 위에는 영문을 알 수 없는 꽃잎들이 잔뜩 뿌려져 있다. 일리룸 공작은 흡족하게 웃으며 응접실로 들어섰다. 그런데 응접실에는 아무도 없었다. 향기로운 꽃만 가득했다.

"디아린 콘클이스터 영애님?"

그러자 창가에 서 있던 거대한 꽃 장식이 움직였다.

'저게 영애님이셨나?'

일리룸 공작은 살짝 당황했지만 능숙하게 감추고 말했다.

"흠흠. 직원들이 제대로 영애님을 모셨나 보군요."

"……일리룸 공작님?"

"예, 영애님."

"……."

디아린은 흐린 눈으로 일리룸 공작을 응시했다.

"이것들이 대체 다 뭘까요?"

"……조금 과하군요. 시정하도록 하겠습니다."

"과하게 보이신다니 다행이네요. 저는 공작님이 저를 화환으로 만들고 싶으신 건가 했어요."

디아린은 허탈하게 웃으며, 자꾸 시야를 방해하는 머리 위 화관을 뚝 하고 뽑아냈다. 보라색 패랭이꽃과 연보랏빛 스위트피를 주렴처럼 늘어지게 엮은 아주 대단한 화관이었다.

이뿐만이 아니었다. 디아린을 커다란 응접실까지 극진히 모시더니, 등이며 어깨며 팔이며 귓가며 손이며 어디든. 계절을 무시하고 공수한 수십 종의 꽃으로 만든 장식을 잔뜩 꽂아 주더라.

'이게 다 얼마야.'

지금 계절에 꽃값은 부르는 게 값.

아키르의 수도는 다른 곳보다 계절이 온화하다. 그럼에도 겨울은 겨울. 특히 사교 시즌을 앞둔 이맘때에 예쁘고 송이가 큰 꽃들은 귀족들이 눈에 불을 켜고 매입하려고 안달이었다.

디아린은 말하자면 지금 온몸에 금을 도배하고 있는 거나 마찬가지였다. 차라리 금은 영원하기라도 하지, 오래지 않아 시들고 마는 꽃은 정말 사치 그 자체였다.

일리룸 공작은 헛기침을 했다.

"흠. 제 기억으론 그것이 귀빈 환대 매뉴얼에 있는 사항이라……."

"이런 걸 귀빈들이 좋아하시나요?"

"……저도 사실 이렇게 직접 나와서 시찰하는 게 15년 만이라 모르겠습니다."

15년 만.

일리움 공작은 새삼스러운 눈으로 디아린이 서 있는 창가까지 걸어왔다.

커다란 유원지가 눈에 들어온다.

"제 아들놈, 빅토르가 참변을 겪기 전에 봄나들이 가는 걸 무척 좋아했습니다. 그때면 항상 아이답게 웃었죠."

"그래요?"

"예. 그래서 빅토르가 그리 된 후에, 놀리고 있던 땅을 정리해서 커다란 유원지로 만들었습니다. 그 애가 자리를 털고 일어나면, 언제든 즐겁게 나들이를 나올 수 있기를 바라면서요."

"수도 땅값 굉장히 비쌌을 텐데요."

일리룸 공작이 과거를 회상하며 고개를 끄덕였다.

"그래서 가신들도 죽어라 반대했죠. 이 땅을 다른 용도에 맞게 쓰면 돌아오는 돈이 얼마냐면서……."

"수익이 별로 좋지 않나 보네요."

"보시다시피 그렇습니다."

그들이 서 있는 유원지 내부의 호텔 격인 성은 지반이 높아서, 3층임에도 유원지 전경이 다 보였다. 하지만 넓은 크기에 비해 돌아다니는 사람이 현저히 적었다.

일리룸 공작은 한산한 내부를 살피면서 말했다.

"이제 내정에 집중하고자, 이 유원지도 본격적으로 관리하면서 뜯어고치려고 하는데 쉽지 않더군요."

"어떻게 뜯어 고치시려고요?"

"일단은 유원지 자체를 봄처럼 따스하게 만들어 주는 마법 성물을 대여하려고 했는데 실패했지요."

사계탑에서 일 년에 한 번 주최하는 경매에 그 물건이 나왔는데, 당연히 경쟁이 몹시 치열했다. 일리룸 공작가에서 파견된 가신도 고배를 마시고 돌아왔다.

디아린이 턱을 괴고 눈동자를 빙글 돌렸다.

"그런 성물이라면 은의 산 대신전에도 있었는데요. 지금 은의 산이 무너져서 한동안 쓸 일이 없을걸요."

"흠……. 하지만 저는 은의 산의 신관들과 전혀 연이 없습니다. 더군다나 그런 성물을 대여받으려면 적어도 고위 신관 정도와는 인연이 있어야 하는데……."

디아린이 눈을 깜빡였다.

"저 은의 산 고위 신관님과 연이 있는데요."

"예? 귀한 성물을 대여해 줄 만큼 친하십니까?"

디아린이 생각에 잠겼다.

'……혼약자님이 적조의 소환사라는 건 누구에게도 말하지 않겠습니다. 더군다나 '은의 탑'에 감춰진 신성한 비밀까지 알고 있는 분을 곤란케 할 만큼 제가 멍청한 신관은 아닙니다.'

"음……. 그만큼 친한 것 같아요. 하지만 무료 대여는 안 될 거예요."

"물론이지요! 유료 대여를 당연히 염두에 두고 있었습니다."

그렇잖아도 사계탑 경매에서 패한 후, 보좌관들이 투자를 받기 위해 제대로 준비 중이라고 말하는 일리룸 공작을 보며 디아린이 고개를 갸웃했다.

'내가 가진 황금이 얼마 정도더라?'

세금과 사랑은 피할 수 없다더니, 신전도 꽤 집요했다. 권체스터가 죽었든 말든 일단 매겨진 벌금은 어떻게든 뜯어갔다며 궁정 사용인들이 혀를 내두르는 걸 우연히 들었다.

'그 돈 전부 내 수중으로 들어왔으니까.'

"일리룸 공작님."

"영애님이 후일 일리룸으로 오실 때는 금으로 된 이불을……, 예?"

"혹시 차명 투자도 받아 주나요?"

* * *

"그 얘기 들었습니까? '오월의 유원지' 말입니다."

"아. 거기요. 모르는 분이 어디 있겠습니까. 수도에 그렇게 넓은 유원지가 그곳 말고 또 있지도 않고요."

"그 좋은 노른자 땅을 왜 그런 쓸모없는 유원지로 쓰는지. 원."

오월의 유원지. 이름은 거창하지만 그곳에 들르는 손님은 얼마 없었다. 귀족들이 자주 찾는 분수대 공원과 별다를 게 없었기 때문이다. 촌스러운 설계 디자인 때문에 인기도 전혀 없었다.

"재개장을 한다던데요."

"재개장이요?"

"그래 봤자 유원지가 뭐 얼마나 달라지겠습니까. 일단 투자자로 와 주십사 초청을 받았으니, 한번 가 보긴 하겠지만요."

무시하면서 중얼거리던 거상의 입이 떡 벌어진 건 얼마 후였다.

* * *

디아린은 쓰고 있던 보닛을 내려놓았다. 시녀들은 보닛 위에 장식되어 있는 생화를 보고 감탄을 내뱉었다.

"이렇게 싱싱하고 커다란 꽃은 정말 구하기 힘들어요."

"맞아요. 게다가 영애님 처소에도 꽃이 이만큼이나 많잖아요. 황후 폐하의 궁을 제외하곤 어디도 이렇게 꽃을 많이 갖다 두진 못했을 거예요."

'그러니까 그 꽃들을 온몸에 지고 있었던 내가 피곤한 게 당연하지.'

그래도 일리룸 공작은 정상적인 안목을 가진 남자였다. 디아린을 커다란 화환으로 만들어 버리는 소위 '귀빈 환대식'에 충격을 받더니, 매뉴얼을 다 뜯어고쳤단다. 그 후엔 그만한 양의 꽃이 황궁으로 배달되었다. 줄지어 들어오는 엄청난 꽃을 보고 궁정인들의 눈이 휘둥그레 커졌다고 들었다.

'일리룸 공작 이름으로 안 와서 다행이지.'

한쪽 벽을 빼곡히 장식해 둔 꽃들을 본다. 디아린은 연신 감탄하는 시녀들에게 "마음에 들면 좀 가져가도 좋아요." 하고 말했다.

"정말요?"

"그럼요."

디아린이 어린 편이라 배정된 시녀들도 비슷한 연배였다. 기뻐하며 꽃을 고르는 시녀들을 보며 디아린은 흐뭇한 미소를 머금었다.

〈되게 좀……. 주인님 무슨 어르신이에요?〉

올이 기가 찬다는 듯이 물었다. 디아린은 정색했다.

"그냥 호감 사 두려고 이러는 거야."

어차피 로르를 역각인시키기 위해, 언제고 다시 황궁으로 와야 했다. 펜나투스 호수에 들러야 했으니까. 무슨 일이든 호감을 사 둔 이가 있으면 편한 건 당연했다.

"그리고 너희보단 내가 어리거든?"

〈……나는 가만히 있었는데. 인간아.〉

툴툴대는 적조를 무시하며 디아린은 화장대 위에 올려두었던 초청장을 다시 펼쳐 보았다.

[햇살이 따스한 오월의 유원지로 귀하를 초대합니다.]

초청장에는 입장표가 두 장 동봉돼 있었는데, 하나는 에제트에게 온 것이었다.

'내가 투자했으니까 가 보긴 해야 하는데.'

사실 디아린은 유원지를 제대로 가 보는 게 네 번의 생을 통틀어 처음이었다. 그날 입고 갈 옷도 다 정해 놨고, 몇 시에 나가서 몇 시에 들어올지도 계획을 차르르 세워 놓았다.

로르가 디아린을 유심히 지켜보다가 입을 열었다.

〈인간.〉

"응."

〈계속 보니까 넌 꼭 그거 같다.〉

"그거라니?"

〈소풍 전에 들떠서 잠 못 이루는 어린애들 말이다.〉

디아린의 두 눈이 동그래졌다.

"아냐."

〈맞는데.〉

"아니라니까? 됐어, 말 걸지 마."

디아린이 새침하게 흥 하고 화장대 의자에 앉았다. 그때 꽃을 한아름 안은 시녀가 다가와 말을 걸었다.

"영애님."

디아린이 곧장 뒤를 돌아보았다. 시녀가 미소를 지으면서 말했다.

"오월의 유원지에 초청받아 가신다고 하셨죠?"

"네, 모레요."

"저희 백부님이 이번에 그곳에 투자를 하셨대요!"

싱싱한 꽃을 잔뜩 선물 받아 기분이 흐물흐물해진 시녀들이 신이 나서 조잘댔다.

"정확힌 못 들었는데, 그곳은 무슨 봄의 종착지라고 막⋯⋯."

"저도 비슷한 말 들었어요. 꽃이 수도 없이 피어 있는 천국이라고 하던데요."

"아! 저는 그 말 말고⋯⋯."

디아린은 시녀들의 이야길 들으면서 생각했다.

'진짜 금으로 된 이불을 덮고 잘 수 있을 것 같은데?'

* * *

"주인님, 주인님. 정말 분위기가 확 바뀌었어요."

이작이 눈을 반짝이면서 마차 밖을 보았다. 아직 도착하려면 10분은 더 가야 했지만, 멀리서 새로 단장한 유원지 성의 지붕이 보였다.

디아린이 문득 궁금해져서 물었다.

"이작. 몇 살이었더라?"

"저요? 열여섯이에요."

"아하."

디아린이 고개를 끄덕였다.

"그래서 그렇게 들떠 있는 거구나?"

"네……, 네?"

디아린의 말을 들은 이작의 얼굴이 또 확 빨개졌다. 그가 바로 자리에 똑바로 착석했다. 달아오른 귓가가 곧 터질 것 같았다.

"아냐, 아냐. 봐도 돼."

디아린이 진지한 목소리로 말했다.

"유원지를 앞두고 들뜨는 건 아이의 특권이잖아?"

"으으……."

결국 이작이 두 손으로 얼굴을 감싸고 몸을 웅크렸다. 그 위로 디아린이 까르르 웃는 소리가 내려앉는다. 이작은 정말 부끄러워서 죽을 것 같았지만, 그 웃음소리는 솔직히 듣기 좋았다.

〈자긴 어젯밤에 한숨도 못 자 놓고 누가 누굴 아이라고 놀리는 건지.〉

로르의 말이 들렸지만 디아린은 못 들은 척했다. 그녀는 웃음을 흘리다가 생각했다.

'에제트 처음 만났을 때도 열여섯이었는데.'

타고난 성정 탓인지, 황족이라는 신분 탓인지. 열여섯이라는 나이에도 에제트는 굉장히 어른스러웠다. 아직은 앳된 기가 남아 있던 목소리에도 높낮이가 적었다. 표정은 좀 풍부했을지도 모르지만, 디아린 눈엔 보이지 않으니 소용이 없었고.

'이작이 평범한 열여섯에 가까운 것 같아.'

얼마 후, 마차가 멈춰 섰다. 먼저 내린 이작이 손을 내밀었다. 디아린은 이작의 손을 잡고 마차에서 내렸다.

문 앞에 다가가 초청장 입장표를 내밀자, 직원이 허리를 꾸벅 숙였다.

"귀빈을 환영합니다. 특별한 곳으로 모시겠습니다."

그놈의 '귀빈 환대'는 포기를 못하겠는지, 안내받은 곳에는 붉은색 카펫이 길게 깔려 있었다. 은으로 도금한 항아리에 꽃이 가득 장식되어 카펫 가장자리를 줄지어 장식했다.

유원지의 볕은 따스하다. 산뜻하고 달콤한 꽃향기. 꿀 같은 실바람이 살랑살랑 불어와 뺨을 간지럽힌다. 이대로 해먹에 누워서 낮잠을 자면 좋을 것 같은 완벽한 온도.

이작이 두르고 있던 망토를 벗어 팔에 들었다. 계절이 정말 봄날처럼 바뀌어 있었다.

"안은 정말 따뜻하네요, 그리고……."

허공에서부터 떨어져 내리는 흰 장미 꽃잎들.

"꼭 눈이 내리는 것 같아요."

디아린이 손을 뻗었다. 잘 잡히지 않는 하얀 장미 꽃잎을 몰래 피워 낸 마력으로 낚아채 손바닥 위에 올렸다. 디아린에게 주려고 꽃잎을 잡았던 이작은 "벌써 잡으셨네요." 하고 웃었다.

"꼭 꿈속에 들어온 것 같네."

새하얀 꽃잎들이 나풀나풀 떨어지는 아름다운 유원지. 분위기는 환상적이다. 디아린은 홀린 듯 내리는 꽃잎들을 보았다.

꿈속에서 보아도 한동안 잊지 못할 만큼 몽환적인 경경.

아름답게 꾸민 작은 궁전들.

스무 개가 넘는 다양한 테마로 구성된 공원들.

'……일리룸 공작님 진짜 이를 제대로 갈았구나.'

순간 디아린은 강하게 확신했다.

'귀족들이 미어터지겠어.'

* * *

"아주 만족스러우신 표정이군요. 제1 투자자님."

일리룸 공작의 말에 디아린이 이마를 찡그렸다.

"꼭 그렇게 불러야 하나요?"

"아니면 최초 투자자님도 괜찮지 않겠습니까?"

"됐어요."

"영애님 의견이 그러시다면. 그래서, 직접 보신 소감은 어떻습니까?"

디아린은 한 마디로 평가해 주었다.

"진짜 완벽해요."

"휴우."

내심 긴장하고 있던 공작이 안도의 한숨을 내쉬었다.

"정말 다행입니다. 사실 저도 완성된 후에 한동안 이 창문에 붙어서 시선을 뗄 수가 없었지요."

일리룸 공작은 꽃잎이 하염없이 내리는 유원지를 보았다. 눈을 뜨고 있어도 꿈을 꾸는 것 같은 곳.

"정식 오픈 이후로는 비용 절감을 위해서 사계탑과 협력하기로 했습니다. 진짜 꽃은 아니지만, 보기에는 진짜 꽃 같은 마법을 저렴하게 쓸 수 있다고 하더군요."

"그럼 오늘 같은 건 다시 보기 힘든 광경이겠네요."

"그렇지요. 진짜 꽃이니까."

이 오월의 유원지가 수도, 더 나아가 아키르 제국의 명소로 자리 잡기까지 얼마나 걸릴까?

"영애님이 주신 힌트, 감사합니다."

"아이디어 내면 배당 비율 높여 준댔잖아요."

"그야 그랬죠. 하지만 영애님."

일리룸 공작은 고개를 갸웃했다.

"이미지와는 달리 돈에 좀 집착하시는 것 같군요."

"……?"

디아린이 되물었다.

"제 이미지가 어떤데요?"

"흠. 뭐라고 할까요, 세상사 관심 없는 이미지였습니다. 뭔가 다 놓고 갑자기 사라져도 이해가 갈 것 같다고 할까요."

〈오, 이 대피소 관리자 감이 좋은데요? 주인님을 정확히 읽어.〉

일리룸 공작은 이마도 살짝 찌푸렸다.

"게다가 영애님은 현 예비 황족이시고, 후일 황족이 되실 분이라 내탕금이 넉넉하게 나오지 않습니까? 혹시 내정 관리 쪽에서 떼어 먹는다든가……."

"아니에요. 잘 나와요."

"다행이군요."

'향후 1년간은 꼬박꼬박 잘 나오겠지.'

내탕금이야 잘 모아 놓고 있었다. 하지만 1년 안에 디아린은 죽은 이로 처리될 거고, 그 전에 최대한 돈을 많이 모아 둘 생각이었다. 원래는 이렇게까지 돈을 모아야 된다는 생각은 없었는데.

'……마도석 난로가 너무 좋아.'

남부 출신이어서인지, 얼음 창고에 갇히던 어린 시절의 일 때문인지. 디아린은 따뜻한 걸 무척 좋아했다.

필리프 후작가에서도, 콘클 공작가에서도 마도석 난로는 사용하지 못했다. 그런데 북문석 성에서는 마도석이 무한정 제공되는 좋은 난로를 사용했다.

침실에 설치된 개인 마도석 난로!

한 번 쓰고 나니까 그 편리함과 따뜻함을 도무지 잊을 수가 없었다. 이래서 귀족들이 사치품을 사나 싶었다.

'하지만 마도석은 비싸니까.'

떠나기 전 한 푼이라도 더 모아서 자연사하는 그날까지 따뜻하게 지낼 생각이었다.

"그런데 정말 이 유원지 광경은 볼 때마다 환상적이군요. 흰 꽃잎이 수도 없이 내리는 봄날의 들판이라니……. 영애님이 언젠가 꿈에서 본 광경이라고 했지요?"

"네, 뭐."

디아린은 뺨을 긁적였다. 사실 꿈에서 본 게 아니었다.

'흰 사슴족의 영토.'

자연을 사랑하는 흰 사슴족은 자연에 둘러싸여 살았다. 특히 봄이면 꽃나무마다 꽃들이 잔뜩 피어서, 나무 밑으로 살랑살랑 꽃잎들이 떨어졌다. 하얀 꽃잎이 내릴 때는 눈이 내리는 것 같았다.

"내일부터 본격적으로 오픈할 예정입니다. 오늘은 투자자님들만 모시고 먼저 시험 개장을 한 거고요."

"다른 투자자들은 어디 있는데요?"

"밑에서 보좌관들이 대접하고 있습니다."

디아린은 특별하니까. 일리룸 공작이 직접 이렇게 붙어 있는 거고. 그는 물었다.

"그나저나, 8황자 저하는 언제 오신답니까? 아직 털고 일어나지 못하셨습니까?"

"아뇨. 일어나긴 며칠 전에 일어났어요."

"정말 체력이 참 대단하시군요."

그건 디아린도 몹시 공감했다. 아무리 좋은 약들에 궁의들이 달라붙었지만, 피를 그만큼 뜯겼는데 일주일도 안 돼 일어나다니. 덕분에 '은의 탑'은 깡통 신세를 면할 수 있었다.

'그 은발 소년이 성물이었다고요?'

'응. 아만드녠 신관님이 그렇게 말해 줬어.'

'성물한테 피를 빼앗기는 경험도 해 보는군요.'

에제트도 어이가 없었는지 피식 웃었다. 확실히 건강 상태가 훨씬 나아진 분위기라, 디아린도 기분이 좋아서 따라서 웃었던 게 사흘 전이었다.

"그런데 황제 폐하께서 염려가 너무 많으시더라고요."

"폐하께서요?"

"네. 계속 에제트에게 궁의들을 보내면서 절대 안정을 권하셔서."

디아린은 사실 그게 좀 웃겼다.

남들 눈엔 에제트가 조부에게 사랑받는 손자처럼 보일까? 하지만 황제가 진실로 에제트를 그렇게 아꼈다면.

"북문석으로 보낼 때는 그렇게 무관심하셔 놓고 말이죠."

일리룸 공작의 말에 디아린이 그를 쳐다보았다. 일리룸 공작이 물었다.

"영애님 눈에는 그게 진정한 가족의 정으로 보이십니까?"

"전혀요."

디아린은 고개를 저었다.

"정말 아꼈다면 작고 연약할 때에도 아꼈어야죠. 이제 와서, 쓸모가 생기고 가치가 생기니까. 명성을 갖고 오니까 부랴부랴 아끼는 게 사랑일 리가 없잖아요."

"영애님 말씀에 동의합니다."

'그런데 어쩐지 꼭 겪어 본 사람처럼 얘기하시는군.'

일리룸 공작은 의아해졌다. 비옥한 토지를 지닌 시골 영주 가문이 대개 그러하듯, 콘클이스터 역시 나름대로 화목한 가문이었을 텐데. 사실은 그게 아니었나.

디아린은 창밖으로 쉴 새 없이 내리는 꽃잎을 응시했다.

'벌써 고위 마법사가 되었다고 들었다. 역대 최연소라지?'

'네가 해낼 줄 알았어. 대단하구나.'

'역시 흰 사슴족의 아이는 흰 사슴족의 아이야.'

'우린 널 믿었단다.'

질책하는 목소리들은 세 번의 생을 넘어도 떨어지지 않는다.

'날 정말로 믿고 있던 거긴 했을까?'

'반다를 지키지 못하다니!'

'그 대단한 마법이라는 게 고작 이런 거였느냐?'

'윤리를 따라라. 네가 죽인 흰 사슴족의 아이는 네가 살려야 해.'

네가 죽였다는 말은 디아린의 마음에 깊은 가시로 박혀 있었다.

이미 첫 번째 생에서의 일. 하지만 그 이후의 삶도 별로 달라질 건 없었다.

두 번째 생, 세 번째 생에서도 원로들은 재회만 했다 하면 눈에 핏발이 서서 반다를 살리라고 디아린을 몰아붙였다.

'이번 생에서도 만나게 될까?'

디아린은 작게 한숨을 내쉬었다.

'기구한 건 에제트나 나나 똑같구나.'

그래서 처음부터 자꾸 신경이 쓰였었다. 그 어린 혼약자가.

"아무튼 그래서 에제트는 오늘 못 올 거예요. 미안해요."

일리룸 공작은 미간을 좁혔다.

"영애님. 이런 건 사과할 일이 아닙니다. 앞으로도 어디 가서 절대 먼저 사과하지 마십시오."

"혹시 저를 이번에는 인성 쓰레기로 만드시려는 건가요?"

"좀 더 단호해져도 괜찮다는 소리지요."

일리룸 공작은 벽에 걸린 아름다운 시계를 보았다. 어느새 오후 6시가 다 되어 가고 있었다. 이곳은 봄처럼 따뜻하지만, 실제 계절은 겨울인지라 해가 거의 다 져 어두웠다.

"슬슬 호수로 가시죠. 사실 이곳이 정말 핵심입니다."

승강기를 타고 내려가자 이작이 기다리고 있었다. 그는 연갈색 머리카락을 발견하자마자 얼른 달려왔다.

"주인님!"

"여기 있었어? 저녁은?"

"네. 아까 먹었는데요, 맛이 정말……."

"흠흠."

그때 일리룸 공작이 헛기침을 하며 끼어들었다.

"자네가 이작 드리엄이라고 했지?"

"예. 드리엄 백작가의 차남입니다."

"그래. 나는 일리룸 공작일세. 아키르 제국 5대 공작가 중 하나인 일리룸의 정통 가주지."

'왜 갑자기 신분을 장황하게 읊지?'

디아린이 눈을 깜빡거렸다.

일리룸 공작은 뒷짐을 지고 이작을 향해 얼굴을 쑥 내밀었다.

"부디 영애님을 목숨 바쳐 호위해 주길 바라네. 내 아들, 그러니까 제국 5대 공작가 중 하나인 일리룸의 정통 후계자인 아이 역시 영애님의 개인 호위 자리를 노리고 있거든."

"예?"

이작이 얼굴을 확 찌푸렸다.

"저는 주인님 호위 자리에서 물러날 생각이 없는데요."

"생각대로 되지 않는 게 세상이라네. 드리엄의 차남."

일리룸 공작은 웃으면서 말하고 있었지만, 이작 드리엄은 묘한 가시를 느꼈다.

'……왜 날 견제하는 것 같지?'

아직 어린 이작 드리엄에게, 닳고 닳은 일리룸 공작은 화술이든 지위든 뭐든 이기기 어려운 존재였다.

"그냥 그렇단 소리야."

이작에게는 어쩐지 사악하게 느껴지는 미소였다. 일리룸 공작은 느긋하게 뒤돌아섰다. 그는 이미 저 멀리 걸어가고 있는 디아린을 향해 걸음을 옮겼다.

"영애님, 함께 가시죠!"

"주인님!"

이작도 졸래졸래 따라갔다.

* * *

연한 하늘빛의 호수에는 꽃나무가 우거져 있었다. 오직 디아린만을 위해 통째로 비워 두어 한적했던 성의 3층과는 달리, 호숫가는 북적북적했다.

'투자한 사람들이 생각보다 많네.'

예전에 필리프 후작이 야심차게 준비한 사업에 투자자들이 난색을 표해 화를 무척 냈던 적이 있는데.

'투자를 실패하면 손해를 보니까. 흠…….'

"자, 이쪽으로 오십시오."

일리룸 공작은 누가 봐도 '귀빈 전용'의 티를 풀풀 내는 화려한 선착장으로 걸어갔다. 이미 대기하고 있던 직원들이 작은 유람선들이 그려진 팸플릿을 보여 주었다.

"배를 골라 주시면 됩니다."

"뱃머리에 신수를 조각해 놨네요?"

"그렇습니다."

'하긴, 신기할 건 아니지.'

아키르 제국민은 신수의 성스러운 기운이나, 천룡의 강인하고 신비스러운 힘을 동경하여, 기념품으로 많이 만들어 간직한다. 귀족들이 많이 찾는 공원의 분수대는 천룡의 모습을 조각해 놓을 정도였다.

디아린은 눈으로 팸플릿을 읽었다. 백조. 흑조. 청조. 황금조. 그리고…….

〈우리도 있네요!〉

올이 신나서 말했다. 로르도 슬쩍 거들었다.

〈그거 타라.〉

〈맞아 그거 타요. 주인님!〉

디아린은 붉은 새가 조각된 조각배를 골랐다.

"적조로 하시겠습니까?"

"네."

"그럼……."

디아린이 일리룸 공작을 잡았다.

"음, 공작님. 잠시만요."

"예?"

"투자자로서 몇 가지만 부탁을 드려도 될까요?"

일리룸 공작이 바로 경청했다.

"말씀하시지요."

"일단 이 적조의 조각상 머리 위에 작은 왕관……? 을 씌워 주세요."

"예? 예."

"그다음에 날개에 황금색 펄로 고귀……? 한 반짝거림을 표현해 주시고요."

"예? 예에."

"꼬리가 좀 더 원림의 공작새처럼 풍성……? 하면 좋겠대요. 아니, 좋겠어요."

"예? 예……. 알겠습니다. 바로 적극 조치하지요."

아직 손볼 곳이 적지 않아서 도장장이와 세공사들이 유원지에 머물고 있었다. 일리룸 공작은 물었다.

"영애님. 다른 배들도 더 고급스럽게 손을 보는 게 좋겠지요?"

"그게 좋……, 아뇨. 아뇨."

"예?"

"제 생각엔 이 유람선만 그렇게 고치는 게 좋을 것 같아요. 특별한 귀빈에게만 내주는 용도로 쓰면 어떨까요?"

"호오, 알겠습니다. 훌륭한 아이디어로군요."

일리룸 공작이 바로 보좌관에게 지시하는 걸 들으며, 디아린은 가짜로 짓고 있던 미소를 삽시간에 지웠다.

〈좋아요! 이 정도는 되어야 적조의 격에 맞죠!〉

신나서 떠드는 올의 목소리. 디아린은 로르에게 피곤한 목소리로 말했다.

"쟤 목소리 좀 끊어 줄래."

〈그래. 그래야겠군.〉

〈으악!〉

겨우 잠잠해졌다. 디아린은 호수를 떠도는 배들을 보며 기다리다가, 다 되었다는 말에 다시 돌아왔다.

"영애님. 아직 도료 칠한 냄새가 날 텐데요."

"괜찮아요."

빨리 타서 호수 한 바퀴 돌고 황궁으로 돌아가야지.

디아린은 먼저 배에 탔다. 잠시 출렁거렸지만 중심을 잡을 만했다. 그렇게 배에 앉아 호수를 바라보았다. 조각배마다 등불을 달아 놔서인지 점점이 떠도는 빛이 근사했다. 호수 표면을 가르는 배들이 훌륭한 조명 장치로 보였다.

'호수 밑에도 마도석 조명을 심어 놨나 보네. 돈 진짜 많이 든 이유가 있구나.'

반짝이는 사파이어를 가루 내서 뿌려 놓은 듯, 호수 물결이 파랗게 반짝거렸다. 디아린은 선체 가장자리에 배를 붙이고 허리를 앞으로 숙였다. 쭉 뻗은 손을 물에 담갔다.

등 뒤에 노 젓는 직원이 탄 듯 배가 한번 출렁였다. 배가 천천히 움직이자 디아린의 손을 따라 물결이 너울졌다. 그러면서도 눈은 호숫가에 고정되어 있었다.

'더 손볼 부분은 없겠지?'

투자자의 본분대로 열심히 흠을 찾느라 눈이 빠질 것 같았다. 그렇게 한참, 보다가. 어느새 디아린은 배가 깊숙한 곳으로 향하고 있음을 알았다. 꽃나무가 많이 우거져 어두운 곳이었다.

디아린이 눈가를 일그러뜨리며 몸을 들어 올렸다. 그리고 뒤를 돌아보았다.

"왜 이런 데로 온……. 응?"

그녀가 눈을 깜빡거렸다. 눈앞에 있는 이의 얼굴이 흐릿하게 보이는 것을 제대로 깨닫는다. 그 중앙에 보이는 황금색 눈동자.

"드디어 절 보는군요."

"에제트?"

노를 잡고 있는 손. 새까만 머리카락. 디아린은 한 박자 늦게 정신을 차렸다.

"어떻게 온 거야?"

"걸을 줄 아는데 못 올 이유가 없잖습니까?"

"아니, 황제 폐하가 분명 절대 안정하라고 그랬잖아."

"그러셨죠."

에제트는 노를 저으며 아무렇지 않게 말했다.

"그래서 몰래 나왔습니다."

순간 디아린은 귀를 의심했다.

"몰래?"

"예."

"……."

지금이라도 돌아가자고 해야 할까? 황제가 군주로서 명령을 내린 건 아니지만, 그래도 권유한 건데.

"안 들킬 수 있으니까 걱정 마십시오."

"……정말?"

"전 저를 곤란하게 할 행동은 안 합니다."

"그런가?"

디아린은 곰곰이 옛일을 되짚어 보았다.

"생각해 보니까 그러네."

"예."

에제트는 하늘하늘 내려오는 꽃잎을 보면서 말을 이었다.

"보통 제가 곤란해지면 제 주변 사람들이 곤란해지더군요."

"에제트 너는 노리는 사람이 많으니까."

좋은 의미로든, 나쁜 의미로든.

어쨌든 걱정하던 게 해소되자, 디아린의 흰 낯에 천천히 미소가 번졌다. 에제트가 물었다.

"너무 금방 웃으시는 거 아닙니까?"

"안 들킬 수 있다며? 난 너를 믿어."

에제트의 눈빛이 부드러워졌다.

"그럼 꼭 믿음에 부응하겠습니다."

디아린이 픽 웃었다. 그녀는 옆자리에 두었던 흰 장미 꽃다발을 들어서 내밀었다.

"안 그래도 돌아가면 가져다주려고 했는데, 자."

얼떨결에 에제트는 꽃다발을 받아 들었다.

"갑자기 웬 장미 다발입니까?"

"여기 유원지 전통이 될 거래. 미리 줄게."

"전통이요?"

"응."

일리룸 공작은 사업 계획서도 진중하게 디아린에게 설명해 주었다.

오월의 유원지에서 흰 장미 꽃다발을 판다.

"하얀 장미의 꽃말이 '우리가 다시 재회할 수 있을까요?'래."

흰 장미가 시들면 다른 꽃말이 생긴다.

'이 부분이 핵심입니다. 영애님.'

"나는 당신과 영원함을 약속하겠습니다."

나지막한 말에 에제트의 눈동자가 순간 정지했다. 그 표정 변화를 모르는 디아린은 미소를 지었다.

"그러니까 이게 말하자면 유원지의 상술인 거지."

"평가가 너무 냉정하시네요."

"상술은 상술이니까. 로맨틱해서 좋긴 하지만. 서로 마음 확인하기 직전의 연인들에게 너무 잘 먹힐 것 같아."

고급화 전략은 성공하기만 하면 그야말로 떼돈을 벌어다 준다. 디아린은 일리룸 공작의 사업 계획서에 은근히 감탄했었다.

"유원지에 투자했다더니, 그래서 기쁘신 거군요."

"응. 잘될 게 너무 눈에 보이잖아."

"나중에 절 떠나시면 그때 쓸 돈을 모으는 겁니까?"

"응?"

에제트의 말이 뭔가 묘하게 들렸다. 디아린이 눈을 깜빡였다.

"에제트."

"예."

"그렇게 표현하니까 너무 냉정하게 들리잖아."

"그럼요?"

"난 북문석을 떠나는 거잖아. 에제트 널 떠나는 게 아니라."

노를 쥐고 있던 에제트의 손등에 힘이 조금 들어갔다. 하지만 그의 목소리는 평소와 별다를 게 없었다.

"그러면, 후일에 북문석에 다시 돌아오시는 겁니까?"

후일에?

로르를 역각인시키고 이 빌어먹을 피에 흐르는 콘클의 고대 마법을 풀어서, 콘클 공작까지 조져 버리고 난 다음에?

'그럼 최소 10년인데. 에제트가 결혼해서 애도 있을 것 같은데?'

굳이 전 혼약자가 돌아와야 할 이유가 있을까?

디아린의 얼굴에서 '불가능'이라는 뜻을 읽은 에제트의 손에서 힘이 풀어졌다.

"그렇다면 그게 같은 말이지요."

"에제트."

"예."

"사람들이 흔히 얼굴을 직접 보고 이야기하는 게 좋다고 하잖아. 표정이나 눈빛을 읽을 수 있으니까."

하지만 디아린은 '공평한 피'. 용혈의 얼굴을 볼 수 없는 혈통.

"그래서 있잖아. 난 지금 긴가민가해."

"뭐가 말입니까?"

연보랏빛 눈동자가 안개로 가린 얼굴을 천천히 살펴본다. 그녀의 눈엔 아무것도 보이지 않는 걸 아는데, 아는데도. 그런데도 에제트는 이상하게 긴장되었다.

디아린이 심각하게 말을 이었다.

"에제트, 네가 지금."

"……."

"나한테 기분이 상한 것 같은데, 맞을까?"

"그럴 리가요."

에제트는 헛웃음을 지었다.

기분이 상하다니. 그럴 리가 있나. 당신에게 그런 유치한 반응을 보일 수 있다면 차라리 감사하겠다.

"아니야?"

"아닙니다."

에제트가 다시 노를 저으며 말했다.

"제가 당신한테 어떻게 기분이 상하겠어요."

디아린이 빙긋 웃었다. 물살을 가르는 소리가 규칙적으로 들려와 마음이 편안해진다.

"에제트."

"예. 디아린."

"저번에 은의 산에서 4황자한테 들은 말인데."

'8황자가 아무리 잘났다고 한들 그 녀석은 황위에 전혀 관심이 없어. 그렇지 않고서는 백조의 로드를 만났을 때 그렇게 돌아가 버리지 않았을 테니…….'

"백조의 로드를 만난 적 있어?"

"제가 어릴 때요. 만난 적 있습니다."

제국의 건국 역사로 인해, 신수의 로드는 황궁과 긴밀한 관계를 가진다.

특히 오랫동안 신수의 로드가 나타나지 않아서, 당시 등장했던 백조의 로드는 엄청난 동경의 대상이 되었다.

"백조의 소환사가 황태자 될 이를 직접 선택한 건 알고 계시지요."

"응. 유명하니까."

그래서 브루노 9세의 많은 황자들 중 1황자가 황태자로 봉해졌다.

"정확히는 백조의 소환사에게 그만한 실권은 없습니다. 하지만 로드가 적극적으로 1황자를 지지해서 황제 폐하가 책봉식을 치렀죠."

그 어떤 황족도 용의 피를 타고난 이상 기본 이상은 하니까. 1황자는 그렇게 황태자로 봉해졌다. 덕분에 황태자가 된 1황자는 다른 수식어로도 유명했다.

─신수 소환사의 연인.

아키르 황궁에 자리 잡은 백조의 로드는 어느 날 몇몇 황족들과 일대일 대면을 했다. 그 초청 명단에는 에제트가 포함되어 있어서, 그 역시 좀 얼떨떨하게 응했던 기억이 있었다.

구불구불 말아 올린 머리카락에 깊은 눈빛. 백조의 로드다운 하얀 드레스를 입은 그녀의 등 뒤로는 백조의 날개가 펼쳐져 있었다. 초상화에서는 천사의 모습으로 그려진 소환사.

그녀의 이름은 기억나지 않는다.

얼굴도 마찬가지로.

다만 나누었던 대화만큼은 선명히 기억났다.

"백조의 로드가 그런 말을 했었습니다."

"무슨 말?"

"만약 혹시라도 또 다른 신수의 로드가 나타난다면."

웃으면서, 하지만 진지하게 했던 말.

"그이는 절대로 펜나투스 호수에 보내지 말라고."

'펜나투스……, 호수?'

생각지도 못한 장소의 등장에 생각지도 못한 말. 디아린은 숨을 잠시 참았다가, 다시 물었다.

"······왜?"

에제트는 물끄러미 디아린을 바라보다가 시선을 돌렸다.

"펜나투스 호수를 본 소환사는 스스로 목숨을 끊게 될 테니까 막아 주라고 했습니다."

'목숨을 끊어?'

손끝이 약간 떨렸다. 적조의 로드이자 펜나투스 호수에 가야 하는 디아린은 저 말이 궁금해서 도무지 참을 수가 없었다. 하지만 너무 티를 내면 곤란하니까, 최대한 가라앉히고 가라앉혀서.

"왜 성물을 보고 목숨을 끊는다는 거야? 펜나투스 호수는 유명하잖아."

아키르 황궁에서도 철통 경비를 하며 보관하는 성물. 신수계와 연결이 되어 있는 통로라고 암암리에 유명했다. 호사가들은 꼭 한 번 보고 싶다고 떠드는 곳이기도 했다.

"본인도 처음에는 별생각 없었다고 했습니다."

"백조의 소환사가?"

"예."

'하지만 직접 가서 보니까, 알겠더라고.'

백조의 소환사는 새하얀 날개 속에서 말했다.

'나는 여기에 몸을 던지고 말겠구나, 라고 말이지.'

느릿느릿 떨어지는 하얀 깃털들.

'참, 지금 내가 한 말 다른 데서는 절대 말하지 말렴. 귀여운 황자님, 황자님이 중요하다고 생각하는 딱 한 사람에게만 말해. 물론 비밀을 잘 지켜 줄 사람이어야겠지.'

"그리고 정말 몇 년 후, 백조의 소환사는 펜나투스 호수에 몸을 던졌습니다. 크게 상심한 모르카 형님은."

"황태자 전하?"

"예."

제국에서 세 번째로 귀한 사람이었으니, 펜나투스 호수를 경비하고 있는 철통같은 마법 시스템도 어렵지 않게 풀어 내 들어갈 수 있었다. 그게 해도 안 뜬 새벽이라 해도 상관없었다.

"몇 년을 폐인처럼 지내다가 어느 새벽 홀로 펜나투스 호수로 찾아가 그대로 호수에 뛰어들었습니다."

"그래서 치정극이 원인이란 말이 돌았구나."

"그렇지요."

예상도 못 한 복잡한 속사정.

황제 브루노 9세는 황태자의 자살을 너무도 수치스럽게 생각했기 때문에, 완벽한 진실을 아는 사람이 드물었다.

'대체 왜 호수에 신수 소환사가 뛰어든다는 거지?'

사실 펜나투스 호수에는 신수 로드를 홀리는 마물이라도 살고 있나? 그렇다고 하기에는 펜나투스 호수에 뛰어든 다른 로드의 이야기를 들어 본 적이 없다.

'아니, 어쩌면 의도적으로 폐쇄했을지도 모르고.'

직접 가서 보기 전까진 이유를 파악할 수 없다니 아이러니했다.

'가서 나도 홀려서 뛰어들면 안 되니까.'

처음은 어쩔 수 없이 에제트와 함께 가 봐야겠다. 그러면 자신이 홀려서 뛰어들려고 해도 잘 잡아 줄 것이다.

그렇게 계획을 세운 디아린은 세운 무릎 위에 턱을 올렸다.

푸른 별이 떠다니는 조용한 호수. 물살 가르는 소리만이 들려 운치가 있다.

"에제트. 이쪽에서 보면 더 예쁜데, 이쪽으로 올래?"

"그러죠."

순순히 에제트가 일어났다. 배가 출렁이는데도 평지 위를 걷는 것처럼 스스럼없이 균형을 잡아 걸어 디아린 옆에 앉는다.

호수를 응시하는 황금색 눈동자는 다른 것을 떠올리고 있었다.

'그러니까, 8황자님.'

백조의 로드가 그 다음에 했던 말이 생각났다.

'황자님은 절대 신수의 로드와 사랑에 빠지지 말렴. 굉장히 후회할 거야. 모르카처럼, 그리고 나처럼.'

그로부터 얼마 후.

에제트는 북문석 성으로 돌아가겠다고 황제에게 알렸다.

* * *

"후."

디아린이 숨을 뱉었다. 하얗게 올라오는 공기.

'북문석 겨울은 여전하네. 살벌해.'

왜 속마음으로 이렇게 생각을 하냐면, 그녀를 제외한 모두가 입을 모아 말했기 때문이다.

"이젠 날씨가 좀 쌀쌀하네요."

"그럴 계절이죠."

"슬슬 털 망토를 새로 마련해야겠습니다."

이미 내의를 세 겹 껴입고 그 위에다가 코트, 망토까지 두르고 있었던 디아린은 기가 차서 웃었다.

'이게 좀 쌀쌀하다고? 이게?'

2년 전, 지독한 독감까지 앓았던 디아린으로서는 도무지 납득할 수 없는 무감각이었다.

에제트는 마부와 이야기를 나누다가 문득 고개를 돌렸다. 등을 덮고 출렁이는 연갈색 머리카락이 눈에 띈다. 혼자 유독 꽁꽁 싸맨 모습. 에제트는 "잠시."라고 말하고 걸음을 뗐다.

"디아린?"

뒤를 돌아본 디아린이 "에제트!" 하면서 반갑게 웃었다. 그는 그녀의 뺨에 손등을 대 보았다.

"추우시군요."

"조금. 많이는 안 추워."

"그런데 왜 나와 계십니까. 마차 안에 계시지요."

에제트는 그렇게 말하며 어깨에 두르고 있던 망토를 벗었다. 디아린이 거절할 새도 없이 순식간에 어깨에 묶어 준다. 따뜻했다. 에제트의 체온이 확 퍼진다.

"……너는 안 추워?"

"별로요."

"하지만 에제트도 수도 출신이잖아."

"그렇지요. 그런데 그다지 춥진 않습니다."

'진짜 용혈이란…….'

에제트가 순간 피식 웃었다.

"디아린."

"응?"

"그렇게 제 피를 빼 가고 싶다는 표정을 지으시면 어떡합니까."

"내가 그런 표정을 지었다고?"

"예, 이렇게."

에제트가 디아린의 손을 잡더니, 제 눈가 위에 가벼이 올렸다. 그리고 눈에 힘을 풀고, 반쯤 눈꺼풀을 감아 내렸다. 긴 속눈썹이 디아린의 손가락에 스친다.

"이런 식으로 목에 이를 박고 싶다는 표정이셨습니다."

"……그건 농담이지?"

에제트가 약간 뜸을 들이다가 대답했다.

"반은요."

'그럼 남은 반은 진짜라는 거야?'

목에 이를 박아?

반만 진짜면, 목에 입이라도 갖다 대고 싶다는 표정을 지었다는 건가?

'그리고 에제트는 그 표정을 따라 했다는 거고?'

순간, 갑자기 목 안에서 나비 떼가 날갯짓을 하는 것처럼 한껏 간지러워진다. 동시에 입 안에 침이 확 고였다. 그녀가 자연스러운 척 손을 잡아빼며, 티 나지 않게 침을 삼켰다.

"하루만 더 가면 도착할 겁니다."

"응? 응."

손을 대서 긁을 수도 없는 곳이 간질간질해서, 디아린은 마차에 탄 이후로도 애꿎은 목만 만지작거렸다.

이튿날, 늦은 저녁. 마차는 북문석 성으로 귀환했다.

chapter 9

〈인간, 하루 종일 자는군.〉

로르의 목소리가 들리고서야 디아린은 눈을 떴다.

"……몇 신데?"

〈오후 2시.〉

"2시라고?"

디아린이 깜짝 놀라 일어났다. 시계를 보니 진짜였다.

"왜 이렇게 오래 잤지?"

침대 앞에 가지런히 놓인 푹신한 슬리퍼에 발을 꿰고, 욕실로 가 씻었다.

'얼마나 잤으면 얼굴이 맨질맨질해.'

침실로 돌아온 디아린이 설렁줄을 당기자, 얼마 지나지 않아 샤이가 들어왔다.

"아가씨? 일어나셨어요?"

"샤이 양."

디아린이 시계를 보며 허탈하게 웃었다.

"깨우지 그랬어요."

"네에? 일정도 없는걸요? 푹 주무시는 게 낫죠."

"그래도 열여섯 시간이나 잔 건 약간……."

샤이가 웃으면서 찻잔을 내밀었다. 디아린은 뜨거운 차를 한 모금 마셨다.

"사실 아가씨가 이렇게 오래 주무실 줄은 몰랐어요. 항상 대여섯 시간 정도만 주무시곤 하셔서, 잠이 없는 분이라고 생각했거든요."

"맞아요. 원래 잠 없는 편인데."

디아린이 손으로 뺨을 긁적였다.

"근데 어릴 때엔 잠이 무척 많았대요."

콘클이스터 성에서, 영주의 딸로 지낼 때. 하루 절반은 꼬박꼬박 잤다고 들었다. 필리프 후작가로 향하게 되면서, 잠이 확 줄기는 했지만. 콘클에서 지내고 난 이후로는 하루에 다섯 시간씩만 잤다.

"어머나?"

샤이가 양손으로 발그레해진 뺨을 감쌌다.

"그 말씀은 북문석 성이 아가씨한텐 진짜 집처럼 느껴진다는 소리시잖아요?"

"집이요?"

생각지도 못한 말에 디아린이 눈을 가만히 깜빡거렸다.

"그렇게 되나요?"

"그럼요. 아가씨. 그리고 이건 제 철칙인데, '집'에는 맛있고 따뜻한 음식이 항상 있어야 해요."

그래서 아침(사실은 늦은 점심)부터 거나한 식사가 차려졌다. 반숙으로 요리한 달걀 프라이. 갈색이 돌 때까지 충분히 볶은 양파. 감칠맛 나는 소스를 얹은 통통한 소시지며 칼집을 내서 따뜻하게 데운 빵. 얼음을 넣은 아이스티까지.

샤이가 따뜻하게 웃었다.

"맛있게 드세요, 아가씨."

* * *

식사가 끝나갈 때쯤.

침구를 정리하던 샤이가 "응?" 하면서 고개를 갸웃했다.

"왜 이불 밑에 마도석들이 있……, 응? 꺄악!"

깜짝 놀라 비명을 지른 샤이가 마도석들을 놓쳤다. 열기를 내는 반투명한 마도석들이 도르륵 침실 바닥을 굴렀다.

"아, 아가씨! 이 마도석 이상해요!"

"네? 이상하다뇨?"

"이 마도석들요! 안 부서지고 있잖아요! 뭐, 뭔가 문제가 생긴 거예요! 어서 대피하세요! 마법사를 불러야겠어요!"

순간 디아린의 동공이 흔들렸다.

'……그거 내가 한 건데?'

이때의 디아린은 미처 모르고 있었지만, 화염 에너지가 저장된 마도석은 반드시 마도석 난로 안에 끼워 넣어야 발열이 가능했다. 화염 에너지가 저장된 마도석은 일회용. 특수한 마도구인 난로에서 에너지 활성화가 시작되는 순간, 가루가 되어 부서지기 시작한다.

다시 말해 지금 디아린이 '따뜻하고 온전한' 마도석을 몇 개 꺼내놓았다는 건 말이 아예 안 되는 상황이었다. 샤이가 디아린의 손목을 잡고 밖으로 도망가려던 그때였다.

똑똑.

형식적인 문 두드리는 소리와 함께 반쯤 열려 있던 문이 허락도 없이 확 열렸다.

"실례하겠습니다. 급한 소리가 들려서요."

문을 열고 들어온 이는 다름 아닌 딜리스 오안. 샤이가 다급한 얼굴로
외쳤다.

"마, 마침 잘 오셨어요. 딜리스 룬! 지금 마도석에 무슨 큰 문제가 생겼
어요! 혼자서 뜨거워지고……!"

"진정하세요, 샤이 양."

딜리스가 마법사다운 이지적인 목소리로 말했다.

"그건 제가 마법을 걸어서 드린 거랍니다."

"네?"

"제가 마법을 걸어서, 영애님께 몇 개 드린 거예요. 추위를 많이 타시는
분이라, 마침 제가 연구하고 있는 것들을 드렸죠."

"아? 아아……."

샤이가 핏기가 쭉 빠진 얼굴로 안심했다.

"휴, 그런 거였군요. 정말 놀랐어요. 그럼 위험한 건 아닌가요?"

"물론……? 이죠."

샤이가 "방금 말허리가 올라가지 않았나요……?" 하고 중얼거렸지만,
딜리스가 아무렇지 않게 쪼그리고 앉아 바닥을 구르는 마도석을 줍자
의심이 소거되었다.

샤이가 나가고, 딜리스가 안도의 한숨을 내쉬었다.

"마침 오는 길이라 다행이었어요. 다른 마법사가 와서 봤으면 뒤집어졌을
게 분명했다니까."

"딜리스 룬."

"네, 디아린 양?"

"이게 그렇게 말이 안 되는 일이에요? 마도석을 뜨겁게 만드는 게?"

"당연하죠! 정확히는 마도석이 뜨거운데 형태가 그대로인 게 말이 안
되는 거지만요!"

왜 화염 마도석이 그리 비싸겠는가. 한 번 쓰면 잿더미가 되니 재사용이 불가능하기 때문이다. 마도석 온열 난로도, 마도석이 가루가 되는 시간을 최대한 늦춰 주는 역할의 마도구였다.

이럴 때마다 딜리스는 속으로 의아해지곤 했다.

'마법 능력은 역대급인데, 왜 가끔 이런 류의 상식을 모르시는 거지? 일반인이라면 모를 법도 하지만 저만한 마법 실력을 쌓으려면 엄청나게 마법 공부를 하셨을 텐데…….'

뭐라고 할까. 몇 천만 장이나 되는 두꺼운 경전을 전부 다 외운 천재가, 누구나 아는 유명한 동화는 전혀 모를 때의 이질적임. 딱 그런 느낌이었다.

의문의 레이디.

의문의 마법사.

딜리스는 생각을 지우며 말했다.

"오히려 잘됐어요. 이건 마도석 난로를 가까이서 자주 쓰는 북문석 귀족들이나, 직접 관리하는 사용인들이라면 거의 아는 사실이니까. 그러니까 같은 실수는, 어?"

말을 이어 가다가 문득 의문이 생긴다.

"그러고 보니까 수도에서는 마도석 난로를 잘 안 쓰나요? 아닌데, 다 쓰는 걸로 아는데? 제가 잘못 안 건가?"

"아뇨. 수도 귀족들도 대부분 마도석 난로를 들여놔요. 항상 따뜻한 남부 몇몇 영지만 빼면, 그래도 겨울은 겨울이니까요."

"……그렇군요."

딜리스의 입매가 약간 굳었다.

'콘클 같은 대귀족 가문에서 안 쓸 리도 없고, 방마다 들여다 놓을 자금이 부족한 것도 아닐 텐데.'

일부러 안 갖다 놔 준 거구나.

고작 몇 번 본 자신도, 디아린이 추위를 많이 탄다는 사실을 알겠는데.

몇 년이나 머물렀던 콘클 공작가에서 그 사실을 몰랐을까?

'더럽고 치사하고 쪼잔한 놈들.'

디아린 때문에 조금은 희석됐던 나쁜 이미지가 다시 곤두섰다. 딜리스의 손 안에서 마도석이 호두알처럼 도륵 부딪혔다.

"아참. 그런데 디아린 양."

딜리스의 뇌는 서서히 호기심으로 가득 차기 시작했다. 대체 어떤 방식으로 마도석을 부수지 않고 발열시켰는지 알고 싶어 미칠 것 같았다. 과연 호기심에 미치면 눈에 뵈는 게 없는 마법사다웠다.

디아린이 새 마도석으로 직접 마법을 보여 주자, 딜리스의 입이 멍하니 벌어졌다.

"이런……, 이런 방식으로 가능하다고요? 이런 이론은 아직 본 적이 없는데……?"

따라 해 보던 딜리스가 머리를 가로저었다.

'원리는 어느 정도 알겠는데 따라 할 수가 없어. 너무 어려워.'

한숨을 푹푹 내쉬는 게 이미 땅속으로 꺼진 시체 같았다. 디아린이 물었다.

"마력 문제는 아닌 것 같은데, 이렇게 해 주면 되나요?"

"어떻게……. 헉."

딜리스가 숨을 삼켰다.

실처럼 가느다랗게 생성된 마력이, 몇 번의 복잡한 변환을 거쳐 마도석의 핵에 꽂혔다. 거미줄처럼 가늘었던 마력은 바로 부피를 키우더니 좁고 균일한 통로로 변했다. 딜리스의 입이 멍하니 벌어졌다.

딜리스는 허둥지둥 마력을 피워 올려, 디아린이 만들어 둔 통로에 액체를 주입시키듯 흘려 넣었다. 1분 정도 지났을까. 마도석에 저장된 화염 에너지가 반응하더니 곧 열기를 발산하기 시작했다.

"미쳤어!"

딜리스가 벌떡 일어났다.

"디아린 양! 이걸 사계탑에 알려도 되나요?"

"사계탑에요?"

"네!"

"어⋯⋯."

고민됐다.

아직 이 세상엔 없던 방법이라니까, 사계탑의 연구와 마법의 진일보를 위해 알리고 싶은 마음은 이해가 갔다.

하지만 디아린은⋯⋯.

"디아린 양!"

딜리스가 흥분한 얼굴로 바닥을 가리켰다.

"여기부터."

그녀의 손끝이 천장을 향한다.

"여기까지!"

"⋯⋯?"

"전부 황금으로 채워서 가져올 수 있어요. 사계탑이 98년간 이 방법을 찾아내려고 미쳐 있으니까!"

* * *

딜리스는 급히 공수해 온 커다란 자루에 마도석들을 소중히 담아 묶었다. 전부 디아린이 만든 마력 통로가 꽂혀 있는, 말하자면 도자기 기물 단계의 마도석들이었다.

"이 정도면 충분해요. 사계탑 고위 마법사들이 머저리도 아니고 4계급인 저도 어느 정도 알겠는 걸 모를 리가 없으니까요."

"머저리?"

디아린이 웃었다. 하지만 얼굴이 백지처럼 창백해서 생기는 전혀 없었다.

"그······."

말하다가 휘청거리는 디아린을 바로 잡아 세운 건 다름 아닌 붉은 깃털 두 개. 딜리스는 "디아린 양!" 하고 놀랐다가 갑자기 튀어나온 붉은 깃털을 보고 더 놀랐다.

"저, 적조······!"

〈저 마법사는 우리 정체 아니까 괜찮지?〉

〈괜찮죠?〉

"으응. 괜찮아."

디아린은 침대에 몸을 뉘였다. 그러더니 순식간에 잠에 빠졌다. 아니, 그냥 반기절했다.

로르가 혀를 찼다.

〈무슨 마도석을 1365개나 만들어 주나. 돈독 오른 인간아.〉

〈아냐. 원래 여자는 야망이 있어야 한댔어요.〉

〈돈독이랑 야망이 무슨 상관인데.〉

〈아휴. 로르. 여전히 순진하다니까. 콘클? 필리프? 그 빌어먹을 놈들이 주인님보다 많아 보이는 게 뭐였어요?〉

〈실력도 이 악마가 월등하고 외모도 이 악마가 월등했지. 그럼, 흠. 돈인가?〉

〈그래요, 돈! 돈밖에 없잖아요! 그 많은 돈으로 우리 주인님을 핍박했으니까, 주인님이 더 많이 벌어서 복수하려는 거죠!〉

〈알겠다. 대강 이해가는군.〉

까만 날개 한 쌍이 피어나 디아린의 전신을 둥글게 덮었다. 적조의 날개에 씌워 두었던 환각 마법은, 딜리스도 이미 디아린에게 들어서 알고 있었다.

'나중에라도 그 붉은 날개를 다시 볼 수 있으면 좋겠다. 언젠간 기회가 오겠지?'

딜리스는 문득 궁금해졌다.

'디아린은 몇 계급으로 측정이 되실까? 최소 7계급은 될 것 같은데. 혹은 그 이상……?'

사계탑의 주인의 현 계급이 8계급이다.

'설마 탑주가 바뀌는 건가?'

문득 딜리스는 온몸에 소름이 쭉 돋았다. 고작 스물두 살짜리 탑주라고? 거기에 적조의 로드?

지금 내 옆엔 어떤 괴물이 사는 걸까……?

'……아니. 아무래도 괴물이라기에는.'

"너무 막 설탕 인형 같은데."

딜리스의 중얼거림에 이어 검은색 깃털이 도롱도롱 떨어졌다.

* * *

제국 5대 공작가 중 하나이자, 가장 긴 역사를 지닌 가문. 콘클 공작가. 그곳의 주인, 콘클 공작은 뜻밖의 보고에 귀를 의심했다.

"그게 무슨 말이지? 적조의 영혼석이 증발하다니!"

"바, 방금 영지에서 비밀리에 온 급보입니다."

콘클 공작이 벌떡 일어났다.

"당장 성으로 가는 마차를 준비시켜라!"

"바로 대령시키겠습니다!"

10분도 걸리지 않아 마차가 꾸려졌다. 콘클 공작은 마차에 몸을 싣고 벽면을 노려보았다.

콘클 성의 지하 3층. 이곳은 공기조차 잘 순환이 되지 않아, 사계탑에서 비싼 돈을 내고 공기 환기 장치를 구입했다. 그 안에는 극소수만 아는 은밀한 실험이 진행되고 있었다.

콘클의 가주는 한 대에 한 번은 반드시 가문에 도움이 될 실험을 완성시켜야 했다. 콘클 공작은 적조의 영혼석을 부활시키는 것으로 역대 최고의 대업을 완성하려 했다.

천년이 넘는 긴 시간 동안, 다시는 이 세계에 모습을 드러내지 않은 신수.

'인간은 적조의 로드가 될 수 없다니? 그게 무슨 말인가! 분명 아키르의 시조는 적조의 로드였다!'

'조, 좀 더 실험을 해 봐야 할 것 같습니다. 더 특별한 인간들을 재료로 모아 주십시오.'

특별한 인간이라니.

특별한 인간은 많다. 신관. 마법사. 각인자. '공평한 혈통'. 심지어 몇 년 전에는, 사형당해 임야에 묻힌 아키르 황족의 시체까지 구해 왔으나 큰 소득이 없었다.

그다음부터는 두 가지 특성을 지닌 인간으로 조합이 바뀌었다. 신관이자 '공평한 혈통'이라든지. 마법사이자 각인자라든지.

'디아린 콘클이스터는 각인자이자 '공평한 혈통'이었지.'

당시 디아린은 이미 8황자의 혼약자로 북문석에 내려가 있었다. 하지만 적조의 영혼석이 유일하게 '각인자&공평한 혈통'인 인간에게만 조금 반응을 보인 터라, 무리해서 디아린을 데려왔다.

2년이나 실험을 했음에도, 소득은 결국 없었다. 더군다나 거짓말처럼 8황자가 귀환하는 바람에.

저울을 재어 보니 8황자 쪽이 가져다주는 정치적 이득이 너무 컸다. 어차피 디아린 콘클이스터는 내내 잠이 들어 있었으니까 큰 상관도 없었다.

디아린 콘클이스터를 북문석으로 보낸 후에도, 계속 실험은 진행 중이었는데…….

'없어지다니! 적조의 영혼석이 증발하다니! 대체 왜!'

불길 같은 분노가 치솟아 눈앞이 띵했다. 콘클 공작은 이를 갈았다.

'그렇다면 분명 적조의 영혼석이 실험체 누군가에게 소환된 것이다. 소환된 게 아니고서는 사라질 리가 없어!'

그렇다면 누구인가? 누가 사라진 신수를 소환시킨 것인가?

'각인자……. 각인자일 확률이 높다.'

다른 특별한 이들은 그렇다 쳐도, 각인자만큼은 그 자체로도 토벌에 중요하게 쓰이는 터라, 아예 담당 부서가 황실에 설립되어 있을 정도다. 죽이는 건 거의 불가능했으며, 오랫동안 실종 상태로 둘 수도 없어서 아슬아슬한 기한에 다다르면 방생시켰다.

살아서 성의 지하를 나간 이들은 한 명도 빠짐없이 전부 각인자. 그 중에서 '공평한 혈통'이었던 이는 몇 되지도 않는다. 콘클 공작의 의심이 깊어졌다.

감히 자신을 속이고, 적조를 빼돌려 나간 각인자가 누구인지. 알게 되면 편하게 죽이진 않을 것이다.

성에 도착한 콘클 공작은, 새로운 요청도 함께 받았다.

"살아 있는 용혈의 몸을 구해 달라?"

"예. 그리고 만약 적조의 로드가 '진짜로' 있다면, 수명이 몹시 짧아졌을 뿐더러, 신수가 감당이 되지 않아 힘을 쓸 때마다 피를 토할 겁니다."

"찾기 어렵지 않겠군. 좋다."

* * *

새벽.

에제트는 오팔 연무장에서 검을 휘두르다가 숨을 내뱉었다. 그때 문득 들리는 박수 소리에 에제트는 뒤를 돌아보았다.

"……디아린?"

"그 검 안 무거워? 에제트?"

털옷으로 둥글둥글 무장한 디아린이 웃으면서 말했다.

"내가 살면서 본 기사 중에 네가 제일 대단한 것 같아."

처음엔 놀라서 벌어졌던 황금색 눈동자가, 금세 부드러워졌다. 나이다운 쑥스러움이 땀에 젖은 얼굴에 묻어났지만, 디아린의 눈엔 당연히 보이지 않았다.

"2년 전에도 거기 앉아서 박수를 치시더니. 기억나십니까?"

"……."

디아린이 기억을 되살리려 얼굴을 사정없이 일그러뜨렸다. 에제트는 피식 웃었다.

"워낙 일이 많았지요."

괜찮다. 자신 혼자 기억해도 되니까.

수통을 딴 에제트가 수건에 물을 부었다. 뜨거운 김이 피어나는 수건으로 얼굴을 닦은 에제트가 물었다.

"새벽부터 오신 걸 보니, 편지를 받으셨나 봅니다."

"응. 더블렌 남작이 두고 갔더라고."

'그리고 일리룸 공작가에서도 편지가 한 통 비밀스럽게 왔고.'

두 편지에 적힌 내용의 골자는 똑같았다.

[함몰되었던 서북문석의 수호자로 두 명의 용혈, 9황자와 10황자가 함께 선택됨.]

[서북문석 성의 완공이 약간 늦춰졌으니, 얼마간 9황자와 10황자의 북문성 성 체류 허가를 요청함.]

여기까진 별로 놀랍지 않았다. 그런데 일리룸 공작이 비밀리에 보내온 편지에는 다른 내용이 적혀 있었다.

[2년 전, 서북문석이 함몰되면서 토종 귀족들과 식솔들도 대거 죽었습니다. 또한 서북문석 영지 자체가 빈 땅이 되었지요. 문제는 9황자와 10황자에게 외가 친척들이 붙어 있다는 점입니다.

황자들의 친척들은, 이미 서북문석으로 따라가 터를 옮기기로 결정을 내린 상태입니다. 벌써부터 이 친척들과, 서북문석 귀족들의 아래 순위 후계자들이 사사건건 대립하며 물밑싸움이 엄청난 상황이지요.

비어 있던 땅에서 새롭게 시작하는 것이니, 누가 먼저 주도권을 선점하느냐에 따라서 향후 백 년은 입장이 달라지는 점. 다시 말해, 신경전이 대단할 거란 이야기입니다. 영애님.]

'한 마디로 북문석 성에서 무슨 사고를 칠지 모른다는 거네. 아니, 칠 거야. 무조건 치겠지. 무슨 사고든 안 일어나는 게 이상해.'

시한폭탄을 안에 들이는 꼴이나 다름없다.

"당신이 싫으시다면 거절 의사를 밝히겠습니다."

"내가 결정권자라니 신기하네."

에제트가 무심한 어조로 말했다.

"항상 결정권자셨습니다. 당신은."

"하긴. 성 내정 일이니까. 그러면."

디아린은 일리룸 공작이 보내 준 편지 내용을 복기했다.

[가급적이면 8황자 저하를 팔아먹어서라도 그들을 북문석 성에 머물지 못하게 하십시오. 그래야 영애님 마음이 편하실 겁니다.]

디아린이 음흉한 속내를 감추고 입을 열었다.

"에제트, 이렇게 할까?"

* * *

"이렇게 성 방문을 허락해 주셔서 정말 감사드립니다! 정식으로 소개를 드리겠습니다. 저는 9황자 로르드안 이시스 키르헨입니다!"

작은 키. 장밋빛 포동포동한 뺨. 사랑스러운 입술. 디아린의 뒤에 서 있던 샤이가 홀린 듯 중얼거렸다.

"어린 천사……?"

9황자 로르드안와 나란히 선 쌍둥이 황자도 입을 열었다.

"솔 리다스터 키르헨. 입니다. 10황자. 예요."

샤이는 또 홀린 듯 중얼거렸다.

"어린 악마……?"

분위기가 그야말로 천지차이였다. 밝고 사랑스러워 보이는 로르드안 황자와는 달리, 솔 리다스터 황자는 영 삐딱해 보였고 실제로도 삐딱하게 서 있었다.

"그래도 구분은 어렵지 않겠네요. 이란성이라니 딴판으로 생겼어요."

"다행이에요."

사용인들이 다행이라고 수군대는 사이, 디아린의 두 눈은 정처 없이 흔들리고 있었다. 저 어린애들도 용혈이라고 얼굴이 하나도 보이지 않았다. 눌리고 흐린 선에서 보이는 건 그나마 색깔뿐인데, 문제는.

'똑같이 생겼어……!'

눈 색이 같고, 머리색도 같다. 심지어 체격마저 똑같다!

'이란성 쌍둥이라고 안심했는데 이목구비만 전혀 다른가 보네.'

디아린이 고개를 설레설레 저었다.

* * *

행운의 눈동자. 마지막으로 살아남은 용혈.

두 쌍둥이 황자를 한때 지칭했던 표현들이다.

12년 전, 현 아키르 황제 브루노 9세는 광기에 젖어 반역에 연관된 모든 친자식들에게 참수를 선고했다. 그때 적잖은 황손들도 죽었다.

황통을 이을 예비 황태자 후보로 살아남은 손주들은 에제트 아스페르크 키르헨까지 포함하여 총 8명.

그 외의 다른 황손들은 전부 연좌제를 적용해 처리하려던 황제는, 변덕이 들어 두 황손을 추가로 살려 주고 황자로 봉해 준다. 그것이 9황자 로르드 안과 10황자 솔이었다.

당시 태어난 지 백일을 갓 넘긴, 그야말로 포대기에 싸인 아기 황자들.

그들이 겨우 목숨을 부지할 수 있었던 건 다름 아닌 환한 바다처럼 아름답게 빛나는 눈동자 때문이었다.

오션 블루의 아름다운 눈동자.

* * *

쌍둥이 황자가 북문석 성에 방문한 걸 기념하여, 저녁 정찬은 화려하게 차려졌다.

디아린은 자애롭게 대연회홀을 개방했다. 두 황자와 더불어, 함께 온 귀족들의 수가 어마어마했다. 족히 일흔 명은 되었으나, 전부 다 북문석 성에 수용하진 않았다.

'더블렌 남작, 참 수완이 좋아.'

그중 절반을 다른 북문석 백작들 집에 보내 버렸으니. 눈 깜짝할 새 처리하고 이행하는 모습이 참 대단했다.

절반이나 수가 줄었는데도 분위기는 미묘하게 곤두서 있었다. 일리룸 공작이 말한 대로, 대립하고 있다는 게 확실히 보였다.

'처음엔 그래도, 눈치를 좀 보더니.'

에제트도 디아린도 아무런 제재를 하지 않자, 서서히 분위기가 날카로워졌다. 덕분에 후식으로 갈수록 식사에 입을 대는 사람이 적어져 디저트는 거의 다 남았다. 손도 안 대고 남은 케이크들.

"디저트가 손님들의 입맛에 맞지 않았나 보군요. 그렇다고 해도 소중한 음식을 이렇게나 남기다니."

소금쟁이 더블렌 남작의 미간이 잔뜩 좁아졌다.

"오늘은 케이크를 내놓았는데 거의 다 남았으니, 내일 저녁은 얼음 디저트를 만들라고 해야 할까요."

"아뇨, 더블렌 남작. 그럴 필요 없어요."

이런 상황쯤은 당연히 예상했다. 디아린은 팔짱을 끼고 손톱으로 왼팔을 톡톡 두드렸다.

"이 디저트 그대로 보관했다가, 내일 똑같이 내놔요."

"그 말씀이라 하면……."

"만약 또 손을 안 대면, 또 그대로 모레 저녁에 내세요. 상했다 싶으면 위에 설탕 코팅을 다시 해서 또 내세요. 다 먹어 치울 때까지요."

만약 그래도 손을 대지 않는다면.

"케이크를 잘게 잘라 수프에다가 몽땅 빠뜨려 갖다줘요."

"……영애님, 정말."

더블렌 남작의 직업 만족도가 쑥 올라갔다.

"완벽하시군요. 좋습니다. 제 마음에 딱 드는 방법입니다."

성 내정 일도 완벽하게 처리해 주는 혼약자. 기사의 밤이며 아흐레째 날 연회도 더할 나위 없이 훌륭했다.

더블렌 남작이 성에 부임한 이후 가장 마음에 들었던 나날이 지금이었다.

정확히 닷새 후. 디아린이 오만한 표정으로 말했다.

"오늘도 주방장이 신경을 썼네요."

"……."

"……."

"……."

북문석 저녁 정찬 시간은, 날카로운 신경 싸움은 이어 가더라도 그릇들만은 항시 깨끗이 비워져 나왔다.

* * *

"안녕하세요, 형수님?"

혼자 짧은 산책을 하던 와중이었다. 디아린은 자신을 붙잡는 목소리에 뒤를 돌아보았다.

바다 같은 눈동자. 검은색 머리카락. 작은 키.

"아, 저는 로르드안이에요. 로르라고 불러 주셔도 돼요!"

〈로르?〉

〈로르래! 저 작은 인간이 로르래!〉

올이 깔깔 웃었다.

로르드안이 미소를 지우지 않고 말했다.

"혹시 싫으시면 괜찮고요."

"싫은 건 아닌데, 저랑 친한 새……, 사람이랑 동명이라서. 대신에 이름으로는 부르고 싶은데 괜찮을까요?"

"네! 당연하죠! 형수님."

"제가 아직 혼약자니까 그 호칭 말고 다르게 불러 줄래요?"

"그러면……, 누님으로 부르는 거는요?"

"좋아요."

"네, 누님!"

로르드안이 생긋생긋 웃었다. 얼굴은 여전히 전혀 보이지 않았지만, 디아린은 어쩐지 샤이가 '어린 천사'라고 중얼거린 이유를 알 것 같았다.

"근데 저는 왜 부른 거예요?"

"아, 일단. 요 며칠 성대한 저녁 맛있게 먹었습니다. 감사해요."

'황자들은 안 남기고 다 먹었지. 첫날부터.'

꾸벅 배꼽인사를 한 로르드안이 짠 하며 두 손으로 자신의 목 쪽을 받쳤다. 우윳빛 목에 묶인 빨간 리본이 살랑인다.

"누님. 저는 목에 리본을 묶었어요."

"……?"

"이제 저랑 솔이를 구분하기 쉬우실 거예요."

"솔? 10황자요?"

"네! 첫날부터 저흴 보면서 고개를 계속 가로저으셨잖아요. 누님은 '공평한 혈통'이시고, '공평한 혈통'은 용혈의 얼굴이 보이지 않는다고 들었어요. 저희가 키가 똑같아서 곤란하셔서 그런 거 아니에요?"

'어떻게 알았지?'

〈뭐야, 이 작은 인간 로르 녀석. 제법 똑똑한데요?〉

〈인간 로르라고 하지 마라. 기분 나쁘다.〉

〈쟤 이름이 로르인 걸 어떡해요? 로르.〉

〈쟨 로르가 아니고 로르드안이라잖나! 올!〉

올이 또 깔깔깔 웃었다.

디아린이 별다른 반응이 없자, 로르드안의 미소에 처음으로 약하게 금이 갔다.

"……혹시 제가 주제넘었나요?"

"아니, 아니에요."

다리를 굽히고 앉은 디아린은 로르드안과 시선을 맞췄다.

"그런데, 로르드안?"

"네?"

가지런한 손가락이 로르드안의 목에 묶인 붉은 리본을 당겨 풀었다. 로르드안은 꼼짝도 않고 얌전히 서 있었다.

"이 리본은 피부에 쓸려서 아플 걸요. 목이라 안 보이겠지만, 벌써 빨개졌어요."

화분 같은 걸 묶을 때나 쓰는 흔한 리본이다. 아이 피부에 닿기엔 적합지 않은 까슬까슬한 가장자리.

"대신 이걸 줄게요."

디아린은 머리에 묶고 있던 리본을 풀어 로르드안에게 건넸다. 오늘 아침 샤이가 골라서 묶어 준 부드러운 실크 리본은, 벨벳 소재라서 아주 부드러웠다. 디아린은 리본을 최대한 느슨하게 묶어, 목걸이처럼 늘어지게 만들어 걸어 주었다. 목에 전혀 닿지 않게끔.

"저를 배려해 주신 건 고마워요. 착한 아이시네요."

"착한 아이요? 정말요? 정말 제가 착한가요?"

"네, 정말로."

"……!"

로르드안의 얼굴이 순식간에 환해졌다.

"리본 감사합니다!"

꾸벅 고개를 숙인 로르드안은, 황족다운 걸음으로 물러났다. 그래도 어린 애라 그냥 병아리가 포르르 걷는 것 같았지만.

디아린은 자수정 방으로 돌아와, 침실로 향했다. 침대에 앉은 그녀가 중얼거렸다.

"이상해."

〈뭐가?〉

〈뭐가요?〉

"로르드안 있지. 스스로의 목에 리본을 너무 꽉, 진짜 꽉 묶어 놨어. 목이 살짝 졸릴 때까지 꽉꽉 매듭지었던데."

평소보다 숨 쉬기 어려웠을 것이다. 그렇게까지 꽉 묶은 데는 분명 이유가 있다. 무언가 절박하기 때문에.

〈본인이 안 묶은 걸 수도 있잖나.〉

〈맞아요. 황족이니까 시중 받았을 수도 있잖아요.〉

"그래. 안 그래도 긴가민가해서 방금 확인해 봤거든?"

디아린은 까칠까칠한 리본을 손가락으로 들고 휘휘 흔들었다.

"이 리본, 일부러 아플 정도로 세게 잡아당겨 빼 봤는데 미동도 안 했어. 저 꼬마 황자."

용혈도 통증은 느낀다. 더군다나 목은 생명과 직결된 부위라 더 위협에 민감한데도 움찔하기만 할 뿐 전혀 내색하지 않았다. 고통을 그냥 꾹 참은 것이다.

'착한 아이요? 정말요? 정말 제가 착한가요?'

'착한 아이'라는 말에 절박하게까지 집착하는 대답.

"뭐, 남말 할 처진 아닌가. 나도 어떤 말에 집착하곤 있으니까……."

어쨌든 로르드안은 디아린이 인정해 주자 겨우 안도하는 듯한 표정을 지었다.

"이상하지?"

천사 같던 황자가 대체 뭐에 그렇게 절박한 걸까?

* * *

"……에제트 형님이 북문석 성에 얼마나 더 머무르게 해 주실까?"

9황자 로르드안이 시무룩하게 중얼거렸다. 옆에 앉아 있던 10황자, 솔리다스터가 고개를 핵 돌리며 차갑게 말했다.

"얼마간이라고 했잖아. 일주일은 가능하겠지."

"고작 일주일……."

로르드안의 통통한 뺨이 우울하게 늘어졌다.

"더 있으라곤 안 하시겠지? 에제트 형님은 너무 대단해져 버리셨고, 우린 이제 고작 열두 살이고, 너무 작고 어려서 아무 쓸모도 없고……."

"그따위로 말하지 말랬지. 로르."

"……미안해. 난 그냥 걱정돼서."

"어떻게든 될 거야."

"어떻게든?"

그때였다. 노크 소리와 함께 문이 열리더니, 북문석 성의 사용인이 들어왔다.

"두 분 저하. 손님이 찾아 오셨습니다만."

솔의 얼굴이 조금 창백해졌다. 로르드안도 마찬가지였다. 그러나 황족답게, 두려움을 겉으로 드러내진 않는다.

"……어떤 분이 오신거지?"

"디아린 콘클이스터 영애님이십니다."

"……?"

"……?"

쌍둥이 황자가 서로를 마주 보았다.

* * *

"누님!"

로르드안이 환하게 웃으면서 꾸벅 고개를 숙였다. 디아린은 문을 닫고 안으로 걸어 들어왔다.

"어때, 방은 좀 편하신가요, 황자 저하들?"

"말 편하게 하세요, 누님!"

"응. 고마워."

'빨라……!'

옆에서 듣던 솔 황자가 약간 당황하는 사이였다. 로르드안이 쾌활하게 말했다.

"솔이도 이름으로도 부르셔도 돼요, 누님!"

"그럴게. 고마워?"

'너무 빨라……!'

솔 리다스터 황자가 눈만 뎅글뎅글 깜빡였다. 소년의 바로 옆에 와 의자에 앉은 디아린이, 그를 보고 빙긋 웃는다.

곧장 솔은 삐딱한 태도로 고개를 확 돌려 버렸다.

'경계하네.'

디아린은 일단, 성의 내정 책임자답게 방을 한 번 점검했다.

'별다를 건 없는데.'

더블렌 남작이 나름 신경을 써서 방을 챙겨서 그런지, 이불도 푹신해 보였고 마도석 난로도 잘 작동하고 있었다. 그때 디아린은 의외의 물건을 발견했다.

"로르드안, 커피 마셔?"

"전 아니고 솔이 마셔요. 커피를 좋아하거든요. 아, 따로 챙겨 주시진 않으셔도 돼요! 충분히 가지고 왔거든요."

"아하."

아키르 제국에서, 커피는 그렇게 대중화된 기호품은 아니었다. 차의 종류만 수십 가지이고, 티타임이며 티 파티가 주류라 커피는 잘 수입도 안 되는 품목이었다.

"솔 황자 저하?"

"말씀하시죠."

로르드안과 비교도 안 되는 딱딱함이다. 경계심이 폴폴 피어오르는 이유를 알 수는 없지만, 디아린은 남들의 경계에 익숙했다.

'콘클은 적이 많고, 나는 가장 만만한 콘클의 방계니까.'

"제 지식으로, 커피는 아이가 섭취하기에 별로 좋은 기호품은 아니거든요. 북문석에는 귀하고 향긋한 차가 다양하게 구비되어 있고 달콤한 과자도 많아요. 그걸 드시는 게 어떨까요?"

"정중히 거절하겠습니다. 저는 아이가 아니거든요."

'열두 살이면 애가 맞지 않나?'

"호의만 감사히 받겠습니다."

"뭐, 알겠습니다. 황자 저하가 그러시다면야. 참, 내일은 북문석 비정기적 토벌 시찰을 가기로 한 거 잊지 않으셨죠?"

"물론이지요."

"크게 위험하진 않겠지만, 그래도 마물이 나오는 안쪽까지 들어가니까. 검이나 방어구를 잘 챙기도록 하세요. 기사들은 약자를 우선적으로 지켜 주거든요."

"그럼 저는 지켜 주실 필욘 없겠네요."

솔 리다스터는 삐딱하게 웃으면서 가볍게 고개를 숙였다. 옆에서 로르드안은 안절부절못하고 있었다.

* * *

딜리스는 차분한 눈동자로 북문석 숲을 훑어보는 중이었다. 램드는 검을 들고 돌아다니다가, 딜리스와 마주쳤다.

"뭐 하냐? 딜리스."

"숲 시찰. 슬슬 검은 안개가 나올 때니까."

"겨울은 해가 일찍 지긴 하지."

램드는 수긍하다가 문득 생각난 듯 물었다.

"그런데, 딜리스. 생각보다 덜 불쾌해 보이네."

"뭐가?"

"쌍둥이 황자 따라온 귀족 일흔 명이 전부 북문석 숲에 같이 시찰 들어오겠다고 난리였잖아."

"그래. 미친놈들."

"공감한다."

덕분에 그 일흔 명을 보호해야 하는 기사들, 마법사들, 각인자들까지 총출동해 북문석 숲엔 이백오십 명에 가까운 일행이 들어와 있었다. 어지간한 정기 토벌 때보다도 훨씬 많은 숫자였다.

딜리스가 차갑게 웃었다.

"거기다가 하인들을 데려오기까지 하고 말이지. 우리가 지금 사냥 연회라도 나온 줄 아나 봐. 머리에 뇌 대신 스파게티 면이 들었나."

"너라면 화가 나서 거칠게 마물만 잡다가 돌아갈 줄 알았는데."

"그럴까 했는데, 안 하기로 했어. 내가 마음대로 굴면 저하와 영애님에게 폐가 되지 않겠어? 그러려니 넘기는 거지."

"……?"

램드는 문득 의아함을 느꼈다.

"영애?"

"제대로 호칭 안 해? 이 건방진 놈아."

"아. 그래, 미안. 영애님. 근데, 딜리스."

"왜."

"저하는 그렇다 치고, 영애님은 왜 갑자기 신경 쓰지?"

"어? 뭐……, 그냥?"

"그냥?"

램드가 더 이해가 안 간다는 표정을 지었다.

"네가 '그냥'이라는 이유로 넘어가는 경우를 본 적이 없는데 무슨 소리야? 넌 영애님을 콘클의 끄나풀이라고 정말로 싫어했잖아. 전부터 본성에 자주 들어오기도 하고. 영애님을 자주 찾아간다고 얼핏 들은 것 같기도 하고."

"……."

"맞지?"

허를 찔린 딜리스가 마른침을 꿀꺽 삼켰다.

'이 자식 쓸데없이 감은 좋아서.'

"뭔데. 대체 무슨 이유야?"

의구심이 가득한 진홍빛 눈동자. 딜리스는 재빨리 고민하다가, 느리게 입을 열었다.

"……예……뻐서? 그래. 예뻐서."

"뭐?"

딜리스가 고개를 쳐들었다. 마법사 특유의 냉기 어린 표정으로, 그녀가 턱을 까딱했다.

"감시하려고 자꾸 주변을 맴돌다 보니까, 굉장히 예쁘시더라고? 성 내정도 열심히 관리하시고. 그러다 보니까 마음이 풀렸어."

"그 이유가 다야?"

"그 이유가 다야. 예쁜 건 맞잖아."

램드는 허탈하게 헛웃음을 지었다.

"너는 정말 미인계를 조심해야겠다."

"그러게. 나도 그 생각 중이야."

태연하게 수긍하는 겉모습과 달리 딜리스의 심장은 쿵쿵쿵쿵 뛰고 있었다.

'하지만 잘 넘겼어.'

게다가 딜리스는, 지금 디아린에게 비밀리에 전해 받은 일이 하나 있었다. 그녀가 램드와 함께 안쪽으로 이동했다.

"마물들이 나왔네."

"저 정도야 평소에도 나오는 거잖아. 별거 아니지."

그들은 이곳에 북문석 토벌단만 들어온 게 아니라는 사실을 잠깐 간과하고 있었다.

* * *

〈이 인간은 오늘도 느긋하군. 느긋해.〉

〈별거 아니잖아요, 로르. 이 정도 마물쯤이야.〉

〈저기 저 귀족은 머리가 물어뜯기고 있는데?〉

〈난 우리 주인님 한정으로 별거 아니라고 말한 거야.〉

북문석 기사단 부단장, 오벨라 게오르크가 분노 섞인 외침을 쏟아냈다.

"젠장! 안쪽으로 들어오라고 했잖습니까! 대체 여기 들어오는데 포커와 체스판은 왜 가져온 겁니까!"

진짜 이걸 사냥 연회 정도로 알았던 얼간이들이 여간 많았던 게 아니다. 굳이 위험한 바깥쪽에 자리를 만들어 앉아 소풍 나온 양 노닥거리더니, 저렇게 마물의 밥이 되었다.

"마법 방어진 쪽으로!"

"각인자에게 최대한 붙으시오!"

"여기에다가 차양을 치는 미친놈들이 어디 있소!"

피를 보고 더 흥분한 마물들이 미쳐 날뛰었지만, 이쪽에는 이미 엄청난 수호 인력이 있었다. 덕분에 숲은 금세 정리되었다. 귀족 몇이 죽은 것 외에는 다른 사상자도 없었다.

죽은 이들의 명단을 들은 서북문석 후계자들은 서로 미소와 눈빛을 교환했다.

* * *

"동행했던 귀족들이 어제 죽었는데 오늘 가든파티를 연다니."

디아린이 픽 웃었다. 더블렌 남작이 한숨을 내쉬었다.

"이들은 행렬에 대한 정도 없는 모양입니다."

"정이 왜 있겠어요. 죽은 사람들은 전부 쌍둥이 황자들 외가 쪽 사람들 이던데."

서북문석 후계자들 측에서는 당연히 파티를 열고 싶을 터다.

"뭐, 좋게 생각해요. 더블렌 남작. 정원을 빌려주는 대가로 후원 무료 손질에다가 감사 대금도 넉넉히 받는걸요?"

"예. 저도 그냥 어이가 없어서 말씀드려 봤습니다."

디아린은 미소를 지으면서 걸음을 옮겼다. 사실 추웠다.

'얼어 죽겠는데 무슨 가든파티야.'

과시 목적이니까 일부러 가든파티를 택했겠지만.

서북문석 후계 측에서 아주 작정하고 화려하게 꾸민 정원은 저녁임에도 낮처럼 밝았다. 뷔페식으로 차려 놓은 샴페인이며 파티 음식은 제법 구색을 갖추고 있었다.

'금방금방 식어 버리긴 하겠지만.'

그녀가 샴페인 잔을 하나 골라 들고 발을 뗐을 때였다.

"아니, 이게 누구십니까. 콘클이스터 영애님?"

디아린의 앞길을 갑자기 가로막은 남자.

"소트안 남작?"

서북문석 후계 세력 중 하나인 소트안 남작.

첫날부터 남겨진 케이크를 끝의 끝까지 먹지 않고 고집스레 버티던 놈이라 얼굴이며 이름을 기억했다.

'스테이크에 잘린 케이크를 반죽해서 내놓으니까 먹긴 하더만.'

뭐 씹은 얼굴로, 디아린을 노려보면서 까득까득 씹어 먹더라.

소트안 남작이 웃으면서 말했다.

"아이쿠야, 저를 기억해 주시는군요? 정말 감격스럽습니다."

말과는 달리 소트안 남작의 태도는 문제가 있었다. 인사도 전혀 하지 않았고, 정중하지도 않았다.

"8황자 저하의 명성은 귀가 아프도록 들었는데, 영애님의 명성은 듣기에 다 민망한 것이라 정말 걱정했지요. 그런데 이리 직접 뵈니 걱정이 싸악 가셨습니다."

"어머, 제 명성이 어떤데요?"

"못된 이들의 말들이죠. 영애님이 원체 미인이시니 요부처럼 8황자 저하를 유혹했다는 말……, 뭐 그렇습니다."

입은 웃고 있었지만 소트안 남작의 눈은 차가웠다. 디아린은 여전히 옅은 미소를 지은 채 물었다.

"세상에. 정말 듣기 민망하네요. 그런데 제 혼약자와 제가 아직 혼약 관계임을 남작은 모르나 봐요?"

"어쨌든 두 분 다 성인이시니, 알 만한 건 다 아는 나이죠? 게다가 아무래도 영애님이 방계 출신이시니, 그런 소문이 떠도는 건 어쩔 수 없지요. 또, 따지고 보면 비난도 아닙니다. 영애님한테는 오히려 칭찬에 가깝죠."

"요부란 말이요?"

"그럼요. 영애님."

디아린이 고개를 끄덕였다. 그녀가 소트안 남작에게 한 발 가까이 걸어가더니.

챠악-!

샴페인을 그대로 얼굴에 부었다. 주변에서 은근히 귀를 기울이고 있던 이들이 대경해서 그쪽을 바라보았다. 소트안 남작의 얼굴과 옷이 금세 축축해졌다.

"이, 이게 무슨……!"

짝!

소트안 남작의 얼굴이 옆으로 돌아갔다. 여린 손으로 맞은 것치고는 심하게 붉은 자국이 나고 피까지 터져 주륵 흘렸다.

'피……?'

입 안 쪽이 터진 소트안 남작이 손에 묻어나는 붉은 액체를 보며 멍한 표정을 지었다.

"지금 한 말, 그대로 에제트한테 가서 해 봐."

"예……?"

"해 보라고. 싫어? 싫으면 내가 가서 하고."

차가운 목소리로 말한 디아린은 소트안 남작의 정강이를 구둣발로 걷어 찼다.

"힉!"

숨을 들이 삼킨 소트안 남작이 뭐라 입을 떼기 전에 그 자리에서 목소리를 높여 외쳤다.

"더블렌 남작!"

그로부터 정말 1분도 걸리지 않아 더블렌 남작이 쏜살같이 뛰어왔다. 더블렌 남작은 젖은 생쥐 꼴이 되고 뺨도 다 터져 있는 소트안 남작을 보고 눈을 크게 떴다.

더블렌 남작은 바로 호칭을 바꿔 말했다.

"황자비 저하. 무슨 일이십니까?"

"소트안 남작이 감히 내 혼약자를 모욕했어. 성 내정을 일임하는 사람으로서 도저히 간과할 수 없으니, 내일 안으로 서북문석 후계들은 전부 성에서 추방하겠다!"

"……!"

소트안 남작의 눈이 찢어질 듯 커다래졌다. 그저 빈정거렸을 뿐인데,

추방이라니. 추방이라니!

"명을 따르겠습니다. 황자비 저하."

더블렌 남작이 바로 복종했다.

"여, 영애님! 잘못했습니다! 전 그냥 사교계에서 들은 말을 재밋거리 삼아서……!"

소트안 남작이 금세 태세를 바꿔 매달렸다. 자신만 추방이어도 문제인데 서북문석 후계들을 전부 추방시키겠다니? 디아린은 얼음 같은 미소를 지으며 소트안 남작에게 다가갔다.

"재미있으려고 말했다고?"

"네, 네! 혹시 제 농담이 불쾌하셨다면……."

"나도 이거 재미있어서 이러는 거야."

"……예?"

작게 속삭인 디아린은 고개를 들고 싸늘하게 웃었다.

"이자의 짐 오늘 다 빼서 추방시켜!"

"알겠습니다. 비 저하."

"여, 영애님! 영애님!"

더블렌 남작이 호출한 하인들이 소트안 남작을 질질 끌고 나갔다. 순식간에 소문이 퍼지고 얼굴이 창백해진 서북문석 후계들은 디아린에게 매달리다가, 안 되니까 에제트에게 매달리기 위해 몰려갔다.

* * *

"아무리 그래도 저희를 쫓아내신다니요!"

"황자 저하!"

"영애님을 말려 주십시오!"

에제트는 소트안 남작을 보았다.

"소트안 남작."

"예. 저하."

"내 혼약자에게 무슨 말을 했습니까?"

"……제가 가벼운 농담을 했습니다만 그게 영애님의 심기를 건드렸나 봅니다."

"그러니까, 무슨 농담을 했느냐고 물었잖습니까."

"별 건 아니고……, 크악!"

발로 복부를 걷어차인 소트안 남작이 그대로 뒤로 자빠졌다. 옴짝달싹도 못 하는 소트안 남작의 주변으로 경악한 귀족들이 손을 덜덜 떨었다.

"저, 저하……."

"아무래도 내가 너무 만만해 보였나 보군."

자신을 내려다보는 황금색 눈동자가 어찌나 섬뜩하게 빛나는지, 소트안 남작은 그제야 지금 상황이 장난이 아니라는 걸 실감했다. 에제트는 발로 소트안 남작의 턱을 성의 없이 들어 올렸다.

"거짓말 지어내려 머리 굴리는 소리가 여기까지 들리잖아."

"커헉!"

"북문석에서 마물을 어떻게 사냥하는지 다시 보여 줘야 정신을 차리겠어."

＊ ＊ ＊

외가 친척들은 입이 귀에 걸렸다.

"와하하! 정말 그놈들은 입이 문제군요, 입이!"

"궂은 일 뒤엔 좋은 일이 온다더니, 딱 그 말이 맞습니다!"

"쓰레기 같은 놈들. 굳이 오늘 파티를 연 것도 분해 죽겠는데 폭죽까지 준비해 왔다고 하덥디다."

하지만 결국 쫓겨나는 건 저쪽. 외가 친척들은 본인들이 먼저 폭죽을 터뜨려 주기로 했다. 그들은 고용인들을 시켜 정원에 쌓인 폭죽을 터뜨리기 시작했다.

"뭐야, 이거 좀 이상한데요?"

"응? 연기가 왜 이렇게 많이 나!"

평범한 폭죽인 줄 알았는데, 연막탄에 버금가는 짙은 연기가 공간을 꽉 메웠다. 쿨럭쿨럭 기침하며 손을 떼는 사이, 누군가 폭죽에 전부 불을 붙였다.

"아, 앞이 안 보여!"

"무슨 일입니까!"

정원이 순식간에 짙은 안개로 꽉 차 버렸다. 바로 옆에 있는 사람조차 구분이 안 갈 정도였다. 급히 호출된 사용인들과 기사들이 짙은 안개를 몰아냈다. 마침 본성에 있었던 램드가 진두지휘했다.

겨우 안개가 잦아들자, 램드는 두리번거렸다. 디아린을 찾는 것이었다. 하지만 어디에도 그녀가 보이질 않았다.

점점 두리번거리는 속도가 빨라졌다. 둘러보는 눈길에 점차 핏발이 선다. 반대로 램드의 얼굴에서는 핏기가 쑥 빠지기 시작했다. 그가 목에 핏대를 세우며 외쳤다.

"영애님이 안 계시잖나!"

* * *

디아린은 감고 있던 눈을 떴다.

"북문석 숲?"

누군가 디아린을 기절시킨 후, 이곳으로 옮겨 놓은 것이다. 갑자기 짙어진 연기 때문에 앞이 안 보였을 때였다. 잠깐 정신을 잃었다가 눈을 뜨니 이곳.

'……이라고 생각하고 있겠지?'

사실 디아린은 기절하지 않았다. 누군가 세게 내려치기 직전, 마력으로 재빨리 머리를 감쌌다. 다만 기절한 척 축 늘어져 있었을 뿐.

터벅터벅.

디아린은 뒤에서부터 들려오는 소리에 고개를 돌렸다.

"키에에……."

검은 안개와 함께 쇳소리 같은 울음소리가 흘러나왔다. 두 눈에서 피가 흐른다. 스켈레톤 마물이 디아린을 향해 걸어오고 있었다. 숙련된 수문석 기사들이라면 어렵지 않게 해치울 수 있겠지만, 평범한 귀족 영애라면 목숨이 간당간당할 상황.

적당한 다친 척이 필요했다.

* * *

'적당히 다친 척은 어려울 거다.'

콘클의 기사는 나무 위에 몸을 숨긴 채로 비소했다. 왜냐하면.

"저기요!"

때마침 완벽한 타이밍이다.

디아린은 눈이 동그래져서 옆을 보았다. 10황자 솔이 스켈레톤 마물을 보고 허겁지겁 뛰어오고 있었다.

"10황자님? 왜 여기 있어요?"

"몰라요. 안개가 엄청 짙어져서 로르드안이랑 헤어져서 헤매는데, 갑자기 누가 머리를 쳤어요. 눈 떠 보니 여기였어요."

솔은 침을 꿀꺽 삼키고 다가오는 스켈레톤 마물을 보았다.

"저기요. 혹시나 싶어서 재확인하는데 기사이신가요?"

"아뇨?"

"그럼 마법사이신가요?"

"아뇨?"

"쳇."

허리에 차고 있던 검을 꺼낸 솔이 디아린의 앞을 막아섰다. 긴장한 솔의 이마에서 식은땀이 흘렀다.

"키에엑!"

스켈레톤 마물이 땅을 박차고 도약했다. 마물이 휘두른 본 소드가 솔의 검을 거세게 때렸다.

캉!

용혈이라지만, 아직 어린 소년일 뿐이다. 마물의 힘에 밀려난 솔이 "윽……!" 하고 검을 놓쳤다. 스켈레톤 마물이 바로 솔에게 달려들었다. 딱딱한 본 소드가 그대로 솔의 눈앞으로 휘둘러진다.

'무서워……!'

반사적으로 솔이 눈을 꽉 감은 직후.

'……아프지 않아?'

깜짝 놀라서 두 눈을 바로 떴다. 바로 눈앞.

"저기요……?"

처음 볼 때부터 설탕 같다고 생각했던 연갈색 머리카락이 바로 앞에서, 눈앞을 꽉 메웠다.

* * *

푸드덕—

전서구가 손을 떠나 날아갔다. 그 전서구는 오직 한 줄의 내용만을 싣고 날아가고 있었다.

[방계는 피를 토하지 않음.]

'콘클이스터는 나약하고 평범한 계집애에 불과해.'

기사도, 마법사도 아닌 주제에 알량한 정의감만 있어서, 뭣 모르고 어린 황자의 앞을 가로막는다. 덕분에 디아린의 다리가 쭉 긁히면서 아찔하게 피가 튀었다.

곧바로 다시 휘둘러지는 마물의 본 소드. 비명횡사 직전의 상황에도 디아린 콘클이스터는 어떤 힘도 보여 주지 못했다.

[디아린 콘클이스터는 8황자의 혼약자. 평범한 인간일 뿐인데 죽어 버리면 그건 굉장히 곤란한 일이다. 테스트를 마친 후에는 반드시 목숨을 붙여 놔라.]

주인의 명대로 바로 북문석의 기사인 척, 마물을 없애려고 했는데.

'8황자가 나타날 줄이야.'

수호자의 검이 챙강 하고 본 소드를 가로막았다. 스켈레톤 마물의 악력은 인간의 2배는 가뿐히 뛰어 넘는데, 한 손으로 검을 막고 다른 한 손으로는 디아린을 뒤로 보냈다.

솔직히 말해 기사는 그 실력에 소름이 돋았다.

'그렇게 빨리 오진 못하도록 연막탄을 몰래 폭죽에다가 섞어 놨는데도.'

확실히 수문석 지하에서의 명성은 거저 얻는 게 아닌 듯했다. 순식간에 그 단단한 스켈레톤 마물을 부숴 버리는 걸 보고 콘클의 기사는 뒷덜미가 다 곤두설 지경이었다.

그래도 자신까지는 발견하지 못했으니. 계획에 차질은 없었다.

'이제 용혈을 데리러 가 볼까.'

　　　　　＊　＊　＊

똑똑.

로르드안은 침대에 앉아서 뜨개질을 하다가 고개를 들었다.

"누구예요?"

"10황자 저하께서 보내셨습니다만."

"솔이!"

로르드안이 벌떡 일어나며 "들어와요." 하고 말했다.

'솔은 괜찮을까? 손뼈가 부서져서 방을 따로 써야 한다고 했는데…….
이걸 갖다 주자. 오늘 밤은 솔이랑 있어야지. 우리는 항상 같이 있었으니까.
절대 떨어지면 안 돼. 떨어지기 싫어.'

로르드안은 솔에게 미안했다.

하나뿐인 쌍둥이가 손을 다쳤다는 소식이 왔다. 아플 것이다. 그런데 들
었던 생각은 '더 오래 북문석 성에 있을 수 있겠다'라는 것.

북문석 성은 안전했다. 그래서 더 오래 있고 싶었다. 그런 건 안주인이
허락하는 것이고, 북문석 성의 안주인 역할은 당연히 디아린의 몫. 그래서
디아린에게 잘 보이고 싶었다.

종일 그녀의 심기를 살핀 덕에 그녀가 자신과 솔의 얼굴을 구분하기 어려
워한다는 걸 알았다. 알자마자 방 안에 놓인 화분에서 리본을 풀었다. 목에
꽉꽉 졸라매 묶고 뛰어갔다. 혹시 디아린이 먼저 다른 구분 방법을 찾을까
봐. 자신이 더 빨리 보여 주고 싶었다.

저는 당신에게 이렇게 무해한 아이예요.

그러니까 저희를 좀 더 머물게 해 주세요. 저희를 좀 더 살펴봐 주세요.
저희의 주변을…….

솔이 제일 싫어하는 자신의 나약함.

눈물이 날 것 같아서 로르드안은 눈가를 슥슥 비볐다. 일부러 활기찬

손길로 하다 만 뜨개질거리를 챙기는 와중. 달칵, 하고 문 잠기는 소리가
났다.

"으응?"

로르드안이 뒤를 돌아보았다. 사용인이—그러니까 하인이라고 생각한
남자가 문을 잠근 것이다.

'이상해. 저 남자, 북문석 하인이 아니야.'

황족은 황족. 비록 다른 황자들에 비해 많이 어려서, 정쟁과는 거리가
멀었지만 그렇다고 해도 편안하게 살아온 것은 아니다. 바로 도망치려고
하는 로르드안의 시야를 하인, 아니 콘클의 기사가 가로막았다.

"헉!"

긴 말도, 다른 설명도 필요 없다. 곧바로 퍽 하는 소리와 함께 로르드안의
시야가 그대로 끊겨 버렸다.

콘클의 기사는 미리 챙겨온 자루에 로르드안을 집어넣었다. 이 정도 납
치는 하도 많이 해서 일도 아니었다. 어차피 이 꼬마 녀석도, 황족이라는
점을 제하면 그저 평범한 꼬마니까.

자루의 끈을 꽉 죄매 묶은 그때.

"황족 납치라니."

"……!"

콘클의 기사가 소리가 난 쪽으로 곧장 단도를 던졌다. 창문 쪽. 날카롭게
벼려진 단도는 두꺼운 마법 방어막에 막혀 힘없이 바닥에 고꾸라졌다.

5계급으로 승급할 게 확실한 마법사. 수문석 지하의 생환자.

"참수를 미리 축하한다?"

딜리스의 손에서 엄청난 마력이 피어올랐다.

* * *

"뭐라고?!"

서북문석 후계자들의 실질적 수장, 파피아스가 벌떡 일어났다.

"화, 황자 납치라니!"

"지금 난리가 났습니다! 9황자님을 납치하려고 한 게 다름 아닌 저희 진영의 기사인 터라…….."

"무어라고!"

책상 앞에 내밀어진 납치범 신상 정보를 본 파피아스가 휘청거렸다.

"파피아스 님!"

이 기사는 콘클 공작이 비밀리에 보낸 기사였다.

'콘클 공작님……, 이게 대체 무슨……!'

파피아스는 몇 년 전부터 5대 공작가에 줄을 대고 싶어 하던 수많은 귀족 중 하나였다. 서북문석 정통 귀족의 피를 이었다고는 하나, 승계될 가능성은 너무도 희박한 먼 순위일 뿐.

하지만 서북문석 함몰이 기회로 찾아왔다. 그곳에 있던 귀족들은 거의 다 죽었기 때문에, 마침내 자신에게도 순서가 돌아온 것이다.

콘클 공작과 연이 닿게 되었지만, 그걸론 부족했다. 쌍둥이 황자에겐 눈엣가시인 외가 친척들이 있었다. 굳이 서북문석 영지로까지 터를 옮기겠다고 하며 사사건건 대립했다.

그때 콘클 공작에게서 비밀 전언이 왔다.

[북문석 성에서 조용히 살펴볼 일이 있으니, 내가 보내는 기사를 영지에 데려가라. 며칠이면 충분하며 합당한 보상을 약속하겠다. 만약 이 일을 누구에게 발설하면…….]

콘클 공작이 배신자를 어떻게 처리하는지 그는 아주 잘 알았다. 차라리 곱게 죽는 게 편할 정도다. 하지만 배신할 생각은 전혀 없었다. 그저 기회다 싫어 옳다구나 데려왔다.

　수문석성에 다른 귀족가의 기사를 비밀리에 데려오는 건 중죄였지만 알 바인가? 그런 걸 겁냈다면, 황자들의 우유에 밤마다 독초 가루를 뿌리지도 않았을 것이다.

　매일 밤마다 조금씩 고통을 느끼게 하는 독초. 진통은 갈수록 심해져, 몇 년 후에는 아예 걷지도 못하게 되는 특별한 독.

　이 독의 진통제 겸 해독제는 오직 자신만이 알고 있었다. 중독된 쌍둥이 황자들이 외가 친척들을 등지고 자신에게만 매달리게 하기 위한 방법이었다. 그랬는데…….

　벌컥. 문이 거칠게 열렸다.

　"파피아스 님! 황실 기사들이 들이닥쳤습니다!"

　"뭐, 뭐라고?!"

　냉엄한 얼굴의 황실 기사들이 우르르 들이닥쳤다.

　"구속해라."

　순식간에 황실 기사들이 파피아스를 제압했다. 파피아스는 책상에 상반신이 짓눌려 목에 핏대를 세웠다.

　"이, 이게 무슨 짓이오! 왜 나를 구속하는 것이오!"

　"파피아스 경."

　중죄를 다스릴 모든 권한을 지고 온 기사가 냉정하게 선고했다.

　"고문 끝에 범인이 경을 배후로 지목했소."

　"뭐?! 나, 나는 절대 아닌…….""

　"게다가 기사가 자백하길, 매일 밤 쌍둥이 황자에게 정체불명의 가루를 먹이고 했다지? 이미 경의 마차는 수색에 들어갔소."

　파피아스의 두 눈이 커졌다.

　'그 사실을 어떻게……!'

　황실 기사가 딱딱하게 말을 이었다.

"북문석의 신전에 이 사실이 퍼지는 바람에, 중앙 대신전에서까지 이 일을 알게 되었소. 곧 전 대륙에서 알게 되겠지. 황제 폐하의 진노가 이만 저만이 아니오."

"……!"

파피아스의 얼굴이 새하얘졌다. 아무리 대단한 콘클 공작이지만, 진노한 황제와 이런 일로 대척점을 지는 건 부담이 상당하다. 다시 말해, 이 부담을 대신 짊어질 자로.

'……내가 선택이 되었구나! 콘클 공작, 이 더러운 악당, 마귀 자식! 내가 죽어서도 너를 용서하지 않겠다! 악령이 되어서라도 그 뻔뻔한 낯을 다 물어뜯고 말리라!'

내뱉지 못한 저주 대신 눈에 핏줄이 툭툭 터졌다. 끌려가던 파피아스는 분노에 찬 비명을 마구 내지르다가, 결국 기력을 죄 잃고 기절해 버렸다.

* * *

디아린은 자다가 문득 눈을 떴다.

〈일어났나? 좀 괜찮나?〉

〈주인님! 기절하는 연기만 한다고 하셔 놓고 진짜 기절하시면 어떡해요!〉

'전날 잠을 못 자서…….'

디아린은 눈을 깜빡이다가 문득, 옆을 본다.

"……에제트?"

그가 침대에 엎드려 있었다. 잠든 것 같았다.

'여기서 잠든 건가? 날 간호했나?'

디아린은 옆에서 간호를 해 주다 잠든 사람은 처음 봐서 순간 당황했다. 이럴 땐 어떻게 해 줘야 하는 건가? 깨우면 더 피곤하지 않을까?

'이거라도 덮어 줄까.'

디아린은 샤이가 입혀 놓은 게 틀림없는, 단추가 달린 나이트가운을 풀었다. 그리고 에제트의 어깨에 둘러주려고 했을 때.

길쭉한 손이 막아 버린다. 디아린의 숨이 우뚝 멈췄다. 에제트가 그대로 몸을 일으켰다.

"나 때문에 깼어?"

"아뇨."

잠기운이 약하게 묻었던 목소리. 에제트가 제 얼굴을 쓸어 넘겼다. 황금색 눈동자가 금세 또렷해진다. 그는 일어나 협탁에 있는 식은 차를 따라 디아린에게 건네고, 자신도 한 잔 마시며 물었다.

"다리는 괜찮으십니까?"

민트 티를 한 잔 가득 마신 디아린이 대답했다.

"괜찮아. 붕대도 잘 감겨 있네."

그래봤자 좀 베인 것뿐이다. 이런 건 기사들 사이에선 '긁혔다'라고 표현한다. 스켈레톤 마물에게서, 고작 이것밖에 베이지 않았던 이유는 다름 아닌 콘클의 기사 때문이었다.

디아린이 솔의 앞을 막는 순간, 단도가 날아와 마물의 발에 꽂혔다. 분명히 콘클 공작의 끄나풀이 던진 게 틀림없었다.

'내가 죽거나 크게 다치면 곤란했을 테니까. 조절한 거겠지.'

그리고 그다음엔 갑자기 에제트가 나타났다.

사실 디아린은 내심 당황했다. 물론 그녀와 솔이가 버려진 곳이 북문석 숲 깊숙한 곳은 아니었지만, 그렇다고 입구 근처도 아니었다. 애당초 디아린이 예상한 것의 절반의 절반도 다치지 않은 이유가 그 덕분이었다.

"어떻게 그렇게 빨리 온 거야?"

에제트가 입을 열었다.

"디아린."

"응?"

"왜 다치셨습니까?"

"마물 같이 봤잖아. 그 마물한테 베인 게 다인걸."

"아뇨."

조금 켜 놓은 불빛이 그의 목에 음영을 드리운다.

"왜 저를 부르지 않았냐는 말입니다."

이너럴이 주고 간 통신석. 디아린은 팔찌로 만들어 에제트에게 선물했다.

북문석 숲에서도, 디아린의 통신석 팔찌는 끊임없이 반짝거렸다. 통신석은 팔에 끼고 있으면 아주 미약한 진동도 느껴져서, 못 받을 수가 없는 구조였다.

에제트임을 알면서도 받지 않았다.

왜냐하면 에제트가 없어야 했으니까. 그래야 콘클의 첩자가 안심하고 함정을 팔 거고, 디아린은 적당히 다쳐 줘 의심을 거두게 해야 할 계획이었으니까. 하지만 이런 말을 어떻게 에제트에게 할 수 있는가?

'하려면 내가 적조의 소환사라는 말부터 해야 하는데.'

그럴 수가 있을까.

디아린이 느리게 입을 열었다.

"미안해, 에제트."

그러니 할 수 있는 말은 고작 이런 것.

"……."

에제트가 천천히 고개를 숙였다. 디아린을 응시하던 희미한 황금색 눈동자가 바닥을 향한다. 상대의 얼굴을 살필 수 없다는 것. 그래서 상대가 무슨 표정으로 자신을 보고 있는지 모른다는 것.

그게 에제트에겐 반대였다. 상대가 자신의 얼굴을 살필 수 없는 것. 그래서 자신이 무슨 표정을 짓든 상대는 모르는 것.

그 기이한 외로움.

순간이었다.

"에제트?"

에제트의 턱이 위로 들어 올려졌다. 그는 당황해서 바로 눈앞의 연보랏빛 눈동자를 보았다. 자신의 턱을 홱 들어 올려놓은 사람이 정작 표정만큼은 에제트만큼이나 당황한 채였다.

"내가 그렇게 속상하게 했어? 미안해."

부드러운 손가락이 자신의 눈가를 그러쥐며 만져 보기 시작한다. 에제트의 눈동자가 살짝 떨렸지만, 디아린은 알지 못했다.

"왜 울려고 그러는 거야. 울지 마, 에제트."

"안 울었습니다."

"예전에도 그렇게 말하고 울었잖아."

"……언제요?"

"기억 안 나? 2년 전에, 내가 북문석 성에 오고 얼마 안 됐을 때 말이야. 악몽 꾸고 울었잖아."

"전 기억 안 납니다."

"그래? 하긴, 바로 다시 잠들어서 모를 수도 있겠네."

디아린이 미소와 함께 에제트의 얼굴에서 손을 뗐다. 에제트는, 시야에 어쩐지 온기가 묻어 있는 것 같은, 그런 착각이 들었다.

2년 전.

그때 에제트는 환각 마물에게 당한 마지막 후유증을 앓고 있었다. 목숨에 지장 가는 일은 아니었다.

다만 끔찍한 악몽을 꾸고 눈가가 젖어서 깼는데, 디아린이 옆에 와 있었다. 어떻게 들어왔는지는 모른다. 디아린은 그저 자신의 침대에 앉아 이렇게 말했다.

자도 돼.

여기 있을게, 라고.

잠들지 못하던 수문석 지하에서, 두 손에 얼굴을 묻은 채 떠올렸던 그 말.

* * *

황궁의 국무 회의실.

황제는 격분에 찬 얼굴로 말했다.

"감히 황족을 납치하려고 하다니. 9황자에게서 용혈을 빼내 실험에 쓰려 했다는 자백 결과가 나왔다! 심지어 불법 연막탄을 대량 밀수해 북문석 성에 사용했다니!"

"그런 극악무도한!"

"제정신이 아니군요!"

수문석성의 보안을 해치는 건 굉장히 무거운 죄다. 격분하는 귀족들 사이, 콘클 공작의 미간에는 약한 주름이 졌다.

'아무 말이나 지껄였을 텐데 꽤나 근접하군, 파피아스.'

하지만 파피아스는 절대 그 이상의 말은 할 수 없을 것이다. 파피아스는 자신에 대한 두려움으로 꽉 죄여진 소인배니까.

'하필 타이밍이 최악이었다.'

처음부터 9황자를 노렸으나 실패했다.

'딜리스 오안. 정보로 듣기로는 5계급도 반드시 이룰 마법사라고 했지.'

5계급이면 웬만한 왕실의 수석 마법사와 동급이다. 4계급도 차석 마법 사의 수준이다. 그렇다면 콘클의 기사 한 명이 이길 수 없는 게 당연했다.

'어쨌든 콘클이스터는 아니라는 편지가 왔다. 문제는…….'

다른 두 명의 후보에게서 결과가 도출되지 않았다. 하지만 그것도 곧 해결될 일. 만약 모두가 '아니오'라는 결과가 나온다면. 그건 두 가지를 의 미했다.

적조의 영혼석이 정말로 사라졌거나.

혹은 누군가 결과를 조작했거나.

만일 후자라면 후보들을 직접 제 앞으로 끌고 와서 마물 앞에 던져 줄 예정이었다.

'그러나 당분간은 몸을 사리는 수밖에.'

황제가 단단히 화가 났으니, 수사 인력을 쏟아부을 게 틀림없다. 이럴 때 괜히 수상한 행동을 하면 꼬리가 잡힐 위험이 있었다. 마무리가 될 때까지는 그저 느긋하게 기다리면 된다.

그때였다.

"폐하! 황제 폐하!"

국무 회의실로 급하게 들어온 이가 있었다.

황제가 이마를 약간 찡그렸다.

"알데트루다 룬, 무슨 일인가?"

아키르 황실의 수석 마법사인 알데트루다. 그녀가 저렇게 급하게 국무 회의실에 뛰어 들어오다니, 무슨 일이 생긴 건가?

모든 귀족들의 눈과 귀가 쏠린 가운데, 알데트루다는 방금 도착한 속보를 올렸다.

"적조의 영혼석! 적조의 영혼석이 나타났다고 합니다!"

기막힌 소식에 황제가 대경해서 벌떡 일어났다.

"적조의 영혼석? 그게 진짜인가!"

순간 국무 회의실은 벌 떼가 쏘인 듯 시끄러워졌다.

"적조요?!"

"사라진 신수 말입니까?"

"불사조가 이 땅에 실재하는 것이었습니까?!"

모두가 시끄럽게 떠들어댔다. 덕분에 콘클 공작이 벌떡 일어난 걸 이상하게 생각하는 사람은 아무도 없었다.

* * *

벌컥!

급하게 자수정 방의 문을 열고 들어온 딜리스는, 드물게 흥분해 있었다.

"들으셨어요? 적조의 영혼석이 나타났대요! 어떻게 하신 거예요?"

디아린은 눈을 깜빡였다.

"그게 진짜 적조의 영혼석이고 내가 가짜 소환사일 거라는 의심은 조금도 안 해요?"

"당연하죠! 디아린 양은 제가 이제껏 본 마법사 중 가장 강하고 대단한 사람이니까."

"어머."

디아린이 민망해져서 뺨을 살짝 긁적였다. 이렇게 진심으로 칭찬해 주는 사람은 정말 오랜만이었다. 만약 흰 사슴 부족에도 딜리스 같은 이가 있었으면, 어땠을까?

"일단 앉아요."

"네!"

딜리스가 바람 같은 속도로 착석했다. 총 8계급을 통틀어, 호기심에 가장 찌든 계급인 중급 마법사다웠다.

"일단 그 적조의 영혼석은 얘네가 만든 가짜예요."

디아린의 어깨 위에서 살랑살랑 날아다니는 붉은 깃털들. 딜리스가 "역시……." 하면서 고개를 끄덕였다.

당시 콘클의 지하 성에서, 막 정신을 차린 디아린은 최대한 빠르게 상황 판단을 했다. 적조의 로드로 다시 눈을 떴지만, 그 사실을 들켜 봤자 좋을 건 하나도 없었다.

금제를 걸어 두었던 마법의 힘도 완전히 되찾은 상태.

가짜 적조의 영혼석을 만드는 일은 마력이 좀 많이 소요되긴 했지만 디아린에게 크게 어려운 일은 아니었다. 그렇게 만든 가짜는 진짜가 아니니 유효 기간이 있었다. 적조의 힘이 다 증발하면 평범한 돌로 변했을 거고.

음습한 콘클 공작이라면 바로 이런 결론을 도출했을 것이다.

실험체 중 누군가가 몰래 적조를 각인시킨 후 도망갔다!

실험 데이터가 쌓여 있으니 적조에 관해서도 제법 알고 있을 게 당연했다. 콘클 공작은 어떤 식으로든 확인을 위해 밀정을 보낼 거라고 디아린은 예상했다. 그래서 너그러운 혼약자인 척, 쌍둥이 황자의 방문을 허락해 주었다. 밀정이 잠입하기 가장 쉬운 방법은, 거대한 단체 속에 스며드는 것이니까.

콘클 공작의 밀정이 마음껏 활개치고 다니라고, 북문석 숲에 오겠다고 난리를 치는 일흔 명을 모두 수락해 주었다. 미리 디아린이 심어 둔 딜리스는 쉽게 콘클의 기사가 누구인지 알아챌 수 있었다.

"파피아스가 희생양으로 대신 선택된 거군요. 불쌍하진 않지만요."

"그렇죠."

딜리스는 이해가 안 간다는 표정이었다.

"근데 대체 왜 콘클 공작이 9황자님을 노린 거죠?"

"콘클 공작에겐 특별하게 새로운 실험체가 필요했을 거예요."

"실험체라뇨? 콘클 공작이 무슨 실험을 하는데요?"

"적조의 영혼석을 생명체의 몸에 주입시키는 실험이에요."

"……!"

"적조 소환에 성공한 후, 소환사 자체를 본인 입맛대로 통제할 수 있게끔 하는 실험도 같이 진행하는 것 같더라고요. 확실한 건 아니지만 머리가 한동안 멍해지는 약을 몇 번 맞았거든요."

"그럼 설마."

딜리스가 천천히 되물었다.

"디아린 양이 2년 동안 콘클 성에서 칩거하고 있었을 때가……?"

"실험대 위였답니다."

"미친 새끼. 그렇게 잔인한 실험을……."

딜리스는 핏기가 쭉 빠진 얼굴로 중얼거렸다. 생각했던 것보다 더한 악당이고, 더한 쓰레기다.

"새 적조의 영혼석을 만들어 알린 것도 콘클 공작의 주의를 돌리기 위해서군요?"

"맞아요."

"그럼 콘클 공작은 바로 그 땅을 사들이려고 혈안이겠어요. 그렇지 않아도 사계탑에서 발표된 거라서 온 대륙이 들썩이는 중인데."

디아린이 빙긋 웃었다.

"사들이기 힘들걸요, 그 땅."

* * *

"대체 그게 무슨 말이냐? 그곳이 중앙 대신전의 땅이라니!"

콘클 공작이 싸늘한 얼굴로 분노했다.

사계탑에서 공인한 적조의 영혼석. 그 영혼석이 묻힌 땅의 주인을 알아내기 위해 곧장 사람을 파견했지만, 듣고 돌아온 소식이 상상 이상이었다.

"운도 좋은 놈들. 그런 극해 버려진 땅에 하필!"

원래는 콘클의 방식대로, 거래를 제안하는 척 땅 주인의 사지 몇을 자르려고 했다. 혹은 가족의 소재를 알아내 식솔의 목숨으로 협박하거나. 하지만 교단이 상대라면 이야기가 완전히 달라진다.

"차라리 잘됐군. 국내 땅이었다면 황실의 압박을 이기기 어려웠을 터이니, 국외인 게 낫겠어. 교단에서라면 분명 힐란 열매의 경매를 제시할 테지. 당장 경매에 참석시킬 차명인을 만들어 놓아라. 최대한 많은 힐란 열매를 확보하는 게 우선이다."

"곧바로 준비시키겠습니다."

그리고 며칠 후.

콘클 공작은 귀를 의심하는 소식을 새로 전해 듣게 된다.

"지금 뭐라고 하였느냐? 신전이 제시한 게 경매가 아니라고?"

"⋯⋯예."

"땅을 파내고 싶은 이들은 매일 백만 아일(화폐 단위)을 사용료로 지불하라고?"

"땅을 원하는 이가 너무 많아서 평화를 위해 어쩔 수 없이 내린 조치라고⋯⋯."

"평화는 얼어 죽을!"

콘클 공작이 내려친 팔걸이에 금이 갔다. 경매로 해결하는 게 나았다. 혹여 경매에 패배해 땅을 빼앗기더라도, 어떤 방법으로든 적조의 영혼석을 빼앗을 묘수를 강구할 생각이었으니까.

하지만 이런 식으로 나온다면, 어느 세력이 얼마나 참여하게 될지 모르고, 하나하나 감시까지 해야 한다. 추정되는 비용은 가히 천문학적이었다.

콘클 공작이 이를 갈면서 물었다.

"교단의 어떤 쓰레기가 이딴 방법을 제시했지? 차라리 그쪽을 압박하는 게 편하겠군. 추기경이라고 해도 상관없다. 아니, 오히려 추기경일수록 정치적인 얽힘이 심하니 약점을 찾는 것도 편하지."

"그것이⋯⋯."

콘클의 흑기사가 머뭇거리면서 말했다.

"아만드녠 고위 신관입니다……."

"아만드녠? 아만드녠이라고? 하필이면!"

권력자들도 쉬이 건드릴 수 없는, 빈민들의 신관. 20년간 그 스스로 쌓아 올린 명성은 콘클 공작이라도 함부로 할 수 없었다.

폭발한 콘클 공작이 기어이 의자의 팔걸이를 때려 부쉈다.

* * *

"흐흐흐흠~"

"아가씨? 기분이 좋아 보이시네요?"

샤이가 생긋생긋 웃으면서 과자를 새로 갖다 놔 주었다. 디아린은 쿠키를 입에 넣고 씹는 순간 "어?" 하면서 깜짝 놀랐다. 샤이는 더 놀라서 물었다.

"왜 그러세요?"

"이상해요. 쿠키가 왜 이렇게 고소하죠?"

"네? 이거 레몬 쿠키인데요……?"

"차는 또 왜 이렇게 고소하지?"

"그거 소다인데요, 아가씨……?"

디아린은 고소한 간식들을 마음껏 즐기면서 아까 읽었던 편지를 떠올렸다. 아만드녠 신관이 보낸 것이었다.

[말씀하신 대로, 교단이 소유한 땅 중 가장 외딴 지역의 극빙해 지역에 적조의 영혼석을.]

'빠뜨렸습니다.'

디아린이 컵을 기울이며 보이지 않게 웃었다.

처음에는 가짜 적조의 영혼석을 깊은 땅에 묻어놔 대륙 전체에 그 존재를 알렸지만, 아무도 모르는 밤중에 다시 몰래 파내 바다에다가 빠뜨려 놓게끔 아만드넨에게 부탁했다.

땅을 다 샅샅이 파내고, 다시 바다를 헤매고 다니려면 최소 반년은 걸릴 것. 그동안 가짜 적조의 영혼석은 끊임없이 '적조의 힘'을 분출해 파내는 이들의 심장을 거세게 뒤흔들 것이다.

'하지만 누군가가 발견하기 전에 평범한 파이어 오팔 광석 덩어리로 돌아갈 거고.'

채굴을 하고 싶다면 매일 백만 아일을 지불하라.

매일 엄청난 금액을 지불해야 하며, 불확실한 투자라 그리 많은 이들이 참여하진 않을 것이다.

'그러니까 참여한 일수가 늘어나면 참여비를 점점 깎아 주는 방식을 도입하라고 했지.'

전형적인 도박의 방식이다.

〈우와. 주인님 진짜 양아치 같아요!〉

〈신수의 소환사가 이토록 속물적이라니.〉

올과 로르가 나란히 한 말을, 디아린은 못 들은 척 했다. 어쨌든, 초기 입찰 참여 비용부터 금액이 크니 아무나 참여할 수가 없었다.

돈이 정말 많은 곳들.

'콘클과 아키르 황실은 분명히 참여하겠지. 사계탑에서도.'

이 금액의 절반은 교단으로, 남은 반은 원래 그곳에 신전을 세우기로 했던 아만드넨에게 간다.

[저는 교단에 들어오는 돈으로도 충분히 구빈 활동을 할 수 있으니, 제게 들어올 돈은 영애님께 전부 입금하겠습니다. 저는 제 몫이 아닌 돈은 별로 받고 싶지 않습니다.]

정말 청빈한 신관이 따로 없었다. '은의 탑'이 왜 아만드넨은 살려 달라고 했는지 딱 이해가 갔다.

'그나저나 오십만 아일을 몇 십 군데에서나 받을 수 있다니.'

눈이 핑핑 돌아가는 금액이었다. 늙어 죽을 때까지 마도석 걱정은 할 필요도 없는 엄청난 돈이었다.

'다른 돈은 그렇다 쳐도, 황실에서 받는 돈, 음. 따지고 보면 에제트 쪽 돈이잖아?'

잘 모아 놨다가 떠나기 전 에제트에게 주고 갈까? 아니면 그냥 내가 삼킬까? 디아린은 즐거운 고민을 하면서 소다를 호로록 마셨다.

그때, 똑똑 문 두드리는 소리와 함께 더블렌 남작이 들어왔다.

"영애님."

"왜요?"

"성 주방에 가져다 놓으신 저것들 뭡니까?"

"아, 도착했어요?"

디아린이 컵을 내려놓고 몸을 일으켰다.

* * *

"10황자 저하. 이만 물러갈 테니 약을 잘 드셔야 합니다."

"네."

의사가 떠나고, 솔 리다스터 황자는 붕대가 칭칭 감긴 손을 보았다. 북문석 숲에서 긴장해서 검을 너무 세게 잡은 탓인지, 손뼈에 금이 가 버렸다.

'이게 다 나으면 북문석 성을 떠나야겠지.'

그래도, 서북문석 후계자들이 대거 와해되었다. 파피아스가 잡혀가고 그와 함께 나쁜 짓을 저질렀던 이들이 줄줄이 수도로 압송되었기 때문이다.

'그 자식이 준 우유를 마시면 이상하게 다리가 아프다고 로르가 매일 찡찡댔었는데.'

애처럼 좀 굴지 말라고, 화를 내니까 울먹이면서 다 마셨다. 그런데 사실 그 우유에 독초를 타고 있었다더라. 파피아스가.

'그래도 이 성에 있을 땐 그 우유를 좀 덜 먹게 돼서 좋았지.'

이 북문석 성의 내정을 담당하는 혼약자—디아린 콘클이스터는 생김새와 달리 성격이 많이 강했다. 파피아스가 준 우유를 마시고 배가 불러 간식을 못 먹으니까 똑같은 걸 계속 내놨다.

'우유 마시면 배불러서 못 먹겠어요.'

'그럼 우유를 그만 먹으면 되잖아요? 지금 8황자 저하의 성의를 무시하는 건가요?'

옆에서 양손을 비비면서 듣고 있던 파피아스가 그 말에 움찔하더니, 바로 우유를 끊었다.

'파피아스한테 한 방 먹여 준 사람은 처음이었어.'

솔의 입에 저도 모르게 미소가 피어오른, 그때였다. 노크 소리와 함께 문이 열렸다. 솔의 바다색 눈동자가 커졌다.

"안녕, 솔. 몸은 괜찮니?"

디아린이 들어온 것이다. 그녀는 거리낌 없이 솔이 앉아 있는 침대 쪽으로 와서 물었다.

"초콜릿 마실래?"

디아린의 말투에 당황한 솔이 물었다.

"왜 갑자기 말씀을 놓으시죠?"

"로르드안이 그래도 된대."

"전 허락한 적 없어요!"

"그럼 너도 나한테 말 편하게 해."

"무슨……!"

뭐 이런 막무가내가 다 있지? 솔이 쳇 하고 고개를 돌렸다.

"됐어요."

"그래. 그럼 이 초콜릿 마셔."

"전 커피만 마시거든요?"

"커피보다 이게 맛있을 텐데."

디아린은 머그컵에 담아 온 핫 초콜릿을 조금 홀짝였다.

북문석 영지의 광장에는 디저트 가게들이 많았다. 핫 초콜릿을 사 오려고 했지만 추운 날씨 탓에 금방 굳어서 그냥 재료를 사 와 직접 녹여 본 거다. 아니, 녹여 보려고 한 거다.

'더블렌 남작이 한숨을 푹푹 쉬다가 대신 녹여 준 거지만.'

'이런 건 영애님이 하실 일이 아닙니다. 아니라니까요? 그냥 제가 하겠습니다. 줘 보십시오.'

디아린은 따뜻한 머그컵을 침대 옆 탁자에 올려두고 물었다.

"로르드안이 그러는데, 너 자주 아프다며?"

"그 녀석 쓸데없는 얘기를……."

"어떻게 아픈데?"

"그냥 가끔씩 두통 있는 게 전부예요. 그게 왜요?"

"주말에만 아프지?"

"……로르드안이 그런 것도 말했어요? 진짜, 이 자식은, 헉……!"

쿵, 쨍그랑!

솔이 깜짝 놀라 침대에서 벌떡 일어났다. 그가 엉겁결에 쳐낸 머그컵이 깨져 산산조각이 난 것이다.

"영애님? 황자 저……, 앗, 다치십니다! 움직이지 마세요!"

벌컥 열린 문으로 사용인이 뛰어 들어왔다. 솔은 디아린의 치맛자락에 튄 초콜릿을 보고 사색이 되었다.

"미, 미안합니……."

사과는 끝까지 이어지지 못했다. 디아린이 확 돌아서서 나가 버렸기 때문이다. 붙잡으려고 뻗은 솔의 손이 용기를 잃고 아래로 떨어졌다.

* * *

'머리 아파······.'

다음 날 오후. 솔은 깨질 듯한 머리를 부여잡았다. 주말마다 시달리는 이 두통은 보통 진통제도 잘 안 들었다. 그나마 외숙부가 주는 강한 진통제를 먹으면 조금 나은 정도.

식은땀을 흘리며 물컵을 더듬어 찾는데, 손에 딱 쥐어지는 머그컵. 솔은 퍼렇게 뜬 눈으로 하인인가 싶어 보았다가, 놀랐다.

디아린이 서 있었다.

어제 옷을 망쳐서, 다신 안 올 줄 알았는데. 또 찾아온 이유를 모르겠다. 솔은 디아린이 내민 컵이 따뜻하다는 걸 한 박자 늦게 알았다. 컵에 담긴 내용물이 초콜릿이 아니라 커피라는 사실도.

"······저기요. 저, 주말엔 커피 안 마셔요. 외숙부가 너무 많이 마시면 좋지 않다고······."

"마셔."

"······저기요."

"한 마디만 더 주절대면 입에 깔때기 꽂고 부을 거야."

"······!"

'무, 무서워!'

솔은 반항을 포기하고 커피를 허겁지겁 마셨다. 살짝 식은 온도라 금세 다 마실 수 있었다. 다 마시자 디아린이 컵을 빼앗아 탁자 위에 두었다. 알 수 없는 심술을 부린 후에는 확 가 버릴 줄 알았는데, 침대 옆에 딱 자리를 잡더니 다리를 꼬고 앉았다.

'나가라고 할까? 아냐. 어제 화가 많이 난 것 같으니까 사과의 의미로 가만히 있자. 진통제는 이따 먹으면 되지.'

"솔."

"……또 왜요."

"이제 머리 안 아프지?"

"뭔……, 어?"

솔이 문득 깨달았다. 어느 순간 거짓말처럼 머리가 아프지 않다는 사실을!

"어? 어어?"

작은 손이 작은 머리통을 마구 만져댄다. 얼떨한 표정이다.

"안 아프다!"

〈뭐야. 인간. 어떻게 한 건가?〉

〈무통 마법 쓰셨어요? 아닌데? 타인한텐 안 될 텐데?〉

'이거 마법 아냐.'

커피(카페인)를 마시면 혈관이 수축한다. 솔은 주중 아침마다 습관적으로 커피를 마신다고 했다. 생각보다 똑똑한 인간의 신체는, 몸은 커피가 들어올 것을 아니, 미리 혈관을 이완시켜 놓는다. 그런데 정해진 시간에 커피가 들어오지 않으니, 이완된 혈관이 수축되지 못해 두통이 생기는 것이다.

'솔이 주말에만 아프다고 로르드안이 말해서 이거구나 싶었지.'

"솔."

디아린이 물었다.

"너한테 커피 처음에 권한 사람이 누구야?"

"어……. 외숙부요."

"주중에 마음껏 커피를 마시라고 한 사람은?"

"그것도 외숙부요."

"그 자식이구나."

"네?"

"아냐."

서북문석 귀족 후계 수장이었던 파피아스도 답이 없는 쓰레기였는데, 피가 이어진 외숙부라는 놈도 아동 학대 쓰레기였다.

학대범들과 학대범들.

그 사이서 자란 아이들.

이런 상황을 만든 건 물론, 쌍둥이의 친조부인 황제 브루노 9세였다.

"하인들이 그러던데, 너희 허벅지에 피멍이 심하게 나 있다더라."

"……!"

순간 수치심으로 인해 솔의 얼굴이 빨갛게 달아올랐다.

"북문석의 하인들은 감히 황족의 건강 상태를 발설하고 다니나요? 교육을 대체 어떻게……!"

"외가 친척들이 너희한테 폭력을 휘두른 거지?"

"……."

"솔."

솔이 이를 악물었다.

"그래요! 근데 그게 왜요? 황족으로 태어난 이상 완벽해야 하는 것도 당연하고, 훈육으로 맞는 것도 당연히 감내해야 하는 거잖아요!"

"그게 어떻게 당연한 거야? 너흰 그냥 아이잖아. 아이한테 완벽을 요구하고 폭력이 정당한 거라고 말하는 건 절대 당연한 게 아니야."

"아이요? 우린 용혈이잖아요. 황족이잖아요. 어머니 아버지 없이 자랐어도, 용혈이니까, 황족이니까 절대 슬퍼하면 안 된다고 그랬는데. 다들 그랬다고요."

울지 않으려고 꾹 쥐어 잡은 작은 손에 손톱자국이 깊게 났다.

"어떻게 감히 불평하고, 어떻게 감히 슬프다고 얘기할 수 있는데요? 다른 불행한 아이들에 비하면 충분히 행복한 주제에, 어떻게 맞고 싶지 않다고, 그만 때려 달라고 빌 수 있는데요…….”

'떠나는 게 무섭다고? 흰 사슴족의 아이로 태어났으면, 아무리 어려도 종족을 위해 희생해야 하는 게 당연하거늘! 그만 떨고 당장 마을을 떠나 마법사에게 가거라! 한심하고 유약한 것…….'

“……솔.”

디아린은 솔의 머리를 끌어안았다.

“슬프다고 말해도 돼. 아팠다고 얘기해도 상관없어. 너흰 용혈인 거지 통증도 못 느끼는 물건이 아니잖아.”

“……나는.”

입술을 꽉 깨무는 잇새.

“나는…….”

결국 디아린의 어깨에 얼굴을 묻고, 솔은 엉엉 울었다.

* * *

며칠 후.

“누님! 첫눈이 왔어요! 가서 눈의 천사 만들어요!”

“무슨 어른이 그렇게 추위를 많이 타요? 자요. 나 손 따뜻하니까 잡든지 버리든지……. 아니! 진짜 버리면 어떡해요! 잡으시라고요!”

멀찍이 떨어져 지켜보던 더블렌 남작이 성가시다는 표정을 지었다.

“이젠 영애님께 병아리 두 마리가 붙었군요.”

샤이가 웃으면서 대답했다.

“두 분 다 귀여우니까요.”

“생김새는 그렇다만, 영애님 눈엔 안 보이실 것 아닙니까?”

“그러니까 아가씨가 대단하신 거 아니겠어요? 얼굴이 안 보여도 귀엽다는 걸 아시는 거잖아요.”

"흐음. 확실히 그렇군요."

샤이가 쿡쿡 웃었다.

문득 인기척을 느낀 그들이 뒤를 돌아보았다.

"8황자 저하."

"황자 저하. 언제 오셨는지요."

에제트가 서 있었다. 그는 눈밭을 뒹구는 꼬마들을 응시했다.

"로르드안과 솔이 북문석 성에 3주 정도 더 머문다는 이야기는 전해 들었나?"

"예. 오늘 아침에 들었습니다. 저하."

바로 어제. 쌍둥이 황자의 행렬 전원이 쫓겨나거나 수도로 끌려갔다. 서북문석 후계 세력도, 외가 세력도 가릴 것 없었다. 어쩜 그렇게 골고루 황자를 학대했는지 말이 안 나올 지경이었다. 황자들을 모실 주축들이 싹 다 소멸되는 덕에, 로르드안과 솔은 몇 주는 더 북문석 성에 머무르게 됐다.

그때, 디아린이 에제트를 발견했다. 연보랏빛 눈동자가 반짝 빛났다.

"에제트!"

디아린이 오는 것보다 에제트가 도착한 속도가 훨씬 빨랐다. 넘어질 뻔한 디아린의 팔을 손쉽게 잡아 세운다. 에제트는 제 품을 붙잡고 몸을 바로 세우는 디아린을 바로 앞에서 보았다. 디아린이 환하게 웃었다.

"북문석에서 오래 지내면 눈밭도 별로 안 미끄러운가 봐. 난 아직 좀 미끄러운데."

"넘어지겠습니다. 조심하세요."

"응. 고마워."

디아린은 미소를 지었다.

"안 바빠?"

"당신은요?"

"난 오전에 일 다 끝냈지."

"저도 다 했습니다."

"그럼 같이 놀래? 얘들이랑. 얼음 호수에 가 보자고 그러던데."

디아린의 턱짓에 따라 에제트의 시선이 움직인다. 저 뒤쪽에서 눈사람과 함께 나란히 서 있던 로르드안과 솔도 당연히 그를 발견했다. 에제트와 시선이 마주치자 움찔 떠는 솔과 달리, 로르드안은 포르르 뛰어왔다.

"누님. 형님! 저 궁금한 게 있는데요."

보석 같은 눈동자가 반짝인다.

"두 분은 언제쯤 성혼하시는 건가요?"

반사적으로 디아린과 에제트가 서로를 쳐다보았다. 한쪽은 상대의 얼굴이 보이지 않는 '공평한 피'. 다른 한쪽은 표정을 완벽히 감출 수 있는 잘 교육받은 황족이다.

"기밀인가요? 그러면요, 두 분은 좋아하는 관계이신 건가요? 누님? 어디 가세요? 으응? 부끄러우신가?"

저쪽으로 걸어가 버리는 디아린을 보며 로르드안은 고개를 갸웃했다.

"솔! 이리 와!"

구불구불한 연갈색 머리카락이 겨울바람에 흩날린다. 눈사람 쪽으로 걸어가 버리는 디아린.

"솔!"

"네, 네!"

솔이 재빨리 디아린에게로 뛰어갔다. 그녀의 손을 덥석 잡는 작은 손을 본 에제트의 눈이 약간 좁혀졌다.

"……?"

고개를 갸웃하던 로르드안이 순간 휘청거렸다.

"으앗! 어? 어……. 감사합니다, 형님!"

로르드안을 잡아 세워 준 에제트가 주의를 줬다.

"조심해. 미끄러우니까."

"네? 네!"

방싯방싯 웃으며 발에 힘을 잔뜩 준 로르드안이 조심스럽게 물었다.

"저, 형님. 저도 형님이랑 손잡고 걸어도 되나요?"

조심스러운 말. 에제트가 로르드안을 내려다보았다. 친조부의 폭정을 피해 살아남은 행운의 눈동자. 오션 블루 빛깔의 아름다운 두 눈. 그리고 긴 학대를 견딘 열두 살 소년.

"가자."

"네!"

로르드안이 잔뜩 들떠서 에제트의 손을 덥석 잡았다.

"형님은 손이 되게 단단하시네요!"

종알대는 소년의 손을 잡고, 에제트는 디아린이 있는 쪽으로 걸어갔다. 더블렌 남작과 샤이는 각자 미소를 머금고 그 모습을 관망했다.

"오랜만에 평화롭군요."

"그러게요."

샤이가 생긋 웃었다.

"다들 돌아오면 드실 수 있게 초콜릿을 미리 녹여 놔야겠어요."

눈송이가 조금씩 떨어졌다.

평온한 북문석 성.

황실의 사자가 도착한 건 다음 날 아침이었다.

chapter 10

차갑고 산뜻한 북풍이 부는 아침.

디아린은 심각한 얼굴로 망토에 달린 리본을 꽉 잡아당겼다. 샤이가 물었다.

"아가씨. 왜 그러세요?"

"에제트가 너무 급하게 수도로 올라가는 것 같아서요."

"하긴, 이제 곧 본격적인 겨울인데요."

성문 앞에서는 말과 마차 행렬이 분주하게 재정비를 마치고 있었다. 황제가 에제트를 급히 수도로 부르는 바람에, 밤새 준비된 것들이다.

샤이가 북문석 성을 돌아보며 말했다.

"황자 저하까지 수도로 떠나시면, 성이 꽤 허전하겠어요."

며칠 전 딜리스도 사계탑으로 떠났고, 램드 역시 신년제 창검전에 필수로 참여해야 해서 수도로 올라갔다.

"에제트."

타고 갈 말을 보고 있던 에제트가 뒤를 돌아보았다. 오랜만에 황자의 정복을 제대로 차려입은 그의 얼굴은 여전히 보이지 않는다. 하지만 다른 이들이 흘긋흘긋 쳐다보는 걸 보니 알겠다.

"오늘 너 엄청 잘생겼나 봐. 다른 사람들이 몰래 훔쳐보잖아."

디아린의 속삭임에 에제트가 헛웃음을 지었다. 웃음소리를 들은 디아린도 함께 미소를 지었다.

'키 또 컸네. 수도에 다녀오면 더 커져 있겠지.'

"황궁에 사람들 많이 오겠지?"

"아무래도요. 무척 붐빌 것 같습니다. 사계탑의 주인이 황실 연회에 참석한다고 했으니까요."

"그치. 대륙 최고의 신비주의인데."

몇십 년간 베일에 꽁꽁 싸여 있던 사계탑의 주인이 이례적으로 아키르 제국을 방문한다고 해서, 온 대륙이 다 들썩거렸다. 그래서 황실에서 급하게 황자들을 데리러 사자를 파견한 것이었다.

"정말 같이 안 가셔도 되겠습니까?"

"응. 난 다리도 아직 덜 나았잖아. 걸을 수는 있어도 뛰긴 어려우니까, 가 봤자 춤 한 곡도 제대로 못 출 게 뻔해. 안 가는 게 낫지."

웃으면서 대답했지만 속으론 굉장히 안도 중이었다.

'이때 다쳐 있어서 진짜 다행이다. 사계탑의 주인이라니. 왠지 마주치면 다 간파당할 것 같아.'

게다가 솔도 손을 다쳐 못 가게 되었다. 왜냐하면 황제 브루노 9세는 '정상적인 상태의 황족'만 불러오라고 했기 때문이다. 어디가 다치거나, 아픈 황족은 비정상적인 상태니 외부에 보여 주고 싶지 않다는 뜻이었다.

'하여간 정 떨어지는 미친 황제.'

마음속으로 비난하던 디아린은 문득, 의아함을 느꼈다.

"에제트."

"예."

"검은 어쨌어?"

북문석 수호자만이 그 능력을 입증하고 하사받을 수 있는 보검. 수호자의 검. 항상 에제트가 차고 다녔는데, 이번엔 허리에 없다.

"제 방에 뒀습니다."

"방에? 안 가져가려고?"

"예. 디아린, 제가 저번에 보여 드렸던 것 기억하십니까? 성의 비상시 보호막이요."

"기억하지."

북문석 성문 쪽 가장 높은 탑에 보관되어 있는 마법진. 수문석 영지를 보호하는 방어 마법이다.

"보호막을 작동시키는 열쇠가 그 검입니다. 혹시 모르니까 두고 가겠습니다."

"응. 알겠어."

고개를 주억거리면서도 한편으론 의문이 생긴다. 보호 마법진이 보관된 곳엔 마법진에 대한 설명이 적힌 짧은 책도 있었다. 디아린이 그 책을 읽어 보았을 땐.

'수문석의 수호자가 가장 중요하게 생각하는 단 한 명의 비용혈에게만 열쇠의 정체를 알려 주라고 적혀 있었는데.'

그럼 에제트는 지금 자신에게…….

"디아린?"

"아, 미안해. 딴생각 좀 했어. 언제쯤 돌아올 예정이야? 거리가 있으니까, 신년제는 지나고 돌아오겠지?"

"천룡절 당일까진 돌아오겠습니다."

"……천룡절까지? 그러면 2주밖에 안 남았는데?"

"2주나 남은 겁니다. 아슬아슬하겠지만 올 수 있습니다."

디아린이 얼떨떨한 표정을 지었다.

"눈 내리면 이동 속도가 더 더뎌지지 않아? 군이 천룡절에 맞춰서 올

필요 없잖아."

"그 날 당신 생일이잖습니까."

"어?"

"모든 '공평한 혈통'은 천룡절에 태어나니까요."

"어……. 그래서 천룡절에 오겠다고?"

"예."

디아린이 장난스러운 미소를 지었다.

"어려울 텐데."

"못 할 건 아니죠."

대답하는 에제트의 목소리는 조금도 무겁지 않다. 정말로 그럴 수 있다는 것처럼.

디아린이 멍하니 눈을 깜빡거렸다.

'잊고 지냈는데, 내 생일.'

콘클이스터 영지에 있던 아주 어릴 때를 빼고는, 누군가가 생일을 운운해 준 게 처음이었다. 어쩐지 마음이 간질거려서, 디아린은 괜히 뺨을 긁적였다.

행렬 준비가 완전히 끝난 건 그 즈음이었다.

"저하."

"준비가 다 되었습니다."

에제트가 고개를 끄덕였다. 하인이 말했다.

"9황자 저하는 마차에 오르시지요."

"네."

솔과 난생 처음 떨어져 보는 로르드안은 불안한 한편, 에제트와 함께 떠나는 여행이라 기대감 또한 얼핏얼핏 내비치고 있었다. 로르드안이 디아린 앞에서 눈을 반짝였다.

"누님! 솔! 저 잘 다녀올게요!"

"혼자 쏘다니다가 길 잃지나 마, 로르."

"알겠어, 솔!"

디아린은 로르드안에게 손을 흔들어 주고, 에제트를 보았다.

"조심히 다녀와, 에제트."

"예."

에제트가 디아린의 손등을 들어올렸다. 손등에 가볍게 내려앉는 입술. 디아린의 눈이 커졌다. 한때 목을 간지럽히던 나비들이 순간 가슴으로 움직여 버린 것 같다.

"디아린."

여느 때보다 더 부드러운 목소리로, 에제트가 말했다.

"당신에게 내 평화를 두고 가겠습니다."

그렇게 에제트는 떠났지만. 어느 도시나 그렇듯, 북문석 영지도 천룡절을 앞두고 점점 들뜨기 시작했다.

아키르 제국에만 있는 기념일, 천룡절.

건국 설화에서 가장 중요한 인물 중 하나인 천룡. 신성한 용이 아키르의 시조에게 처음 소환된 날을 기리는 날이었다. 또한 모든 '공평한 혈통'의 생일이기도 했다.

천룡절에는 집집마다 맛있는 음식을 잔뜩 차려 놓고 먹으며, 방 안팎에도 장식물들을 한가득 걸어 꾸며 놓는다.

"가장 대중적인 장식물은, 천룡을 상징하는 하늘이죠. 구름이나 태양, 별, 달 같은 모양을 잔뜩 걸 거예요."

평민들도 귀족들도 가리지 않는다. 모두가 다가올 천룡절에 조금씩 들떠 있었다. 성질 급한 집에서는 벌써 구름 모양으로 오린 반짝이는 종이 장식품을 문에다가 걸어 놓기도 했다.

"덕분에 꼭 하늘 위에 있는 기분이잖아요."

"멋진 기념일이지."

* * *

로르드안은 고개를 갸웃했다.

'형님. 또 상회에 들르셨어.'

최대한 빠르게 수도로 향하는 와중에도, 에제트는 커다란 도시의 상회에는 거의 들러서 둘러보았다. 한번 따라가 보았던 로르드안은 깨달았다.

'형님! 누님 생일 선물 못 정해서 이러시는구나!'

상당히 빠른 눈치를 타고난 로르드안이지만, 그 역시 디아린이 뭘 좋아하는지는 몰랐다.

'누님이 좋아하는 걸로 보이는 건 그나마 형님 정도? 하지만 형님을 선물로 줄 순 없잖아. 이미 누님 건데.'

작은 머리통을 두 팔로 끌어안고 곰곰이 고민하던 로르드안이 "아!" 하면서 재빨리 에제트에게 뛰어갔다.

"형님, 형님."

보석처럼 예쁜 눈동자가 빛났다.

"누님은 왠지 새를 좋아하는 느낌이에요."

에제트가 멈칫했다.

"새?"

"네!"

"새를 좋아한다고 네게 말한 적 있어?"

"아뇨! 그냥 감이긴 해요."

논거가 없으니 말이 안 되지만, 로르드안의 감은 나름 잘 맞는 편이었다. 귀여운 소년은 생긋생긋 웃으면서 말했다.

"누님 생일 선물로 새장은 어떨까요?"

황궁은 유례없는 화려함으로 재단장되고 있었다.

천룡절은 아키르 제국의 중요한 기념일 중 하나인 터라, 황궁 역시 희고 푸른 장식품으로 새로이 꾸며지는 중이었다.

높은 천장은 천룡절 기간에만 장식해 두는 광활한 하늘 그림으로 번쩍거렸다. 마도석을 이용한 특별한 그림으로, 매초마다 순은을 입힌 구름이 볕을 받은 듯 쉼 없이 반짝거려 한참을 넋 놓고 볼 정도였다.

평소 천룡절보다 몇 배는 더 공을 들인 황궁.

"환영하오. 사계탑의 주인이여."

아키르 제국의 황제조차 처음 만나보는 최상위급 마법사가 황궁에 들어섰다. 로브를 코끝까지 내려써 신비로운 분위기가 풍겼다.

탑주는 노인의 목소리로 물었다.

"반갑습니다. 그런데 8황자 저하는 누구십니까?"

특별한 손님을 맞이한 만큼 황궁에 모여든 귀족들도 각자의 속셈을 갖고 있었다.

"이번이 마지막 기회다. 알고 있지? 파스칼."

"예, 아버지."

"길러 준 은혜도 모르는 천박한 방계 계집 때문에……."

필리프 후작은 주름진 이마로 대연회홀을 노려보았다. 지금 필리프 가문의 처지는 완전히 엉망이었다.

파스칼리잔이 디아린에게 폭력을 휘두르고, 격노한 황제가 파스칼리잔을 황궁 지하 감옥에 가두면서 그들의 세상도 끝이 났다. 필리프 후작이 부랴부랴 귀국해, 겨우 아들을 꺼냈지만 그뿐.

'공국과의 언약식도 무기한 연장이 되고……. 지금 당장 피죽 한 그릇

못 얻어먹게 생겼어!'

뒤집어진 집안 꼴. 필리프 후작 부인은 아예 병이 나 칩거했다. 순조로이 진행되던 사업 역시 줄줄이 정지됐다.

'이번이 마지막 기회다.'

필리프 후작은 옆에 있던 마법사에게 말했다.

"잘 좀 부탁드리오. 파스칼이 머리는 명석한 놈이라, 어릴 때는 1계급에 이르기도 했지 않소. 비록 후계 수업 때문에 마법사로서의 길을 가는 걸 내가 반대했지만…… 혹시 모르지 않소? 그때 더 매진했으면 중급 마법사까지도 이룩했을지."

필리프 후작과 친분 있는 마법사가 고개를 끄덕였다.

"최선을 다 하겠습니다. 오늘은 이너럴 룬도 참석하지 않았다고 하니 명예 회복에는 더없이 좋지요."

필리프 후작이 혀로 마른 입술을 핥았다. 탑주와의 친분까진 바라지 않는다. 하지만 파스칼리잔이 칭찬 몇 마디만 들어와도 사교계에서의 입지를 다시 뒤집을 가능성이 있다.

'비록 공국만큼은 아니어도 괜찮은 혼처를 구할 수도 있어.'

"파스칼리잔 공자. 가시지요."

"예."

파스칼리잔과 마법사는 사전에 이미 말을 맞춰 놨다.

'공자. 제가 먼저 '마도석을 부수지 않고 발열시키는 가설'에 대해서 자연스레 얘길 꺼낼 테니, 적당할 때 끼어 드십시오. 사계탑에서 몇십 년째 계속 연구하는 주제입니다.'

진일보한 가설을 읊어 사계탑의 환심도 사기 위해서 필리프 후작가에선 꽤 큰돈까지 들였다.

'좋아. 지금 끼어들자.'

8황자를 비롯한 황족들은 일찌감치 대연회홀 안쪽에 있는 '황금 갈기의 방'으로 들어간 상태였다.

"아. 저도 그 주제에 관심이 있습니다."

마법사가 아닌, 잘 차려입은 귀족 청년이 말문을 열자, 모두의 시선이 쏠렸다. 그중에는 물론 사계탑의 주인도 있었다.

'됐어!'

환희를 감추면서 파스칼리잔은 말을 이었다.

"특히 작년에 발표된, '마도석의 화염 에너지를 단독으로 활성화시킬 수 있는 320가지 가설'을 전부 읽고 따로 연구도 해 보았지요."

"호오."

"누구지요?"

"그 왜. 필리프 후작가의……."

"아아. 지하 감옥?"

흥미 반, 경멸 반. 사계탑의 주인 곁에 서 있던 마법사가 말문을 연 것은 그때였다.

"그 가설이라면 더 들을 필요도 없겠군요."

탑주와 똑같이 로브를 입술까지 뒤집어써 얼굴도 잘 안 보이는 마법사였다.

"사계탑에서는 얼마 전 마도석을 부수지 않고 발열시키는 기술을 성공시켰습니다."

"……예?"

얼빠진 목소리로 되묻는 파스칼리잔과 달리, 근처에 있던 마법사들이 전부 경악하며 벌 떼처럼 일어났다.

"단독 활성화라뇨!"

"설마요? 진짜입니까?"

"언제요? 언제 성공시킨 겁니까?"

"대체 누가 그런 업적을!"

그때까지 고요히 있던 사계탑의 주인이 손을 들어 올렸다.

"조용."

순식간에 마법사들이 가라앉았다.

사계탑의 주인은 파스칼리잔을 쳐다보았다. 파스칼리잔은 기회를 놓치지 않고 바로 신사다운 미소를 그려냈다.

"안녕하십니까, 탑주님. 저는 필리프 후작가의 후계, 파스칼리잔 필리프입니다. 한때 마법사를 꿈꿨던지라, 항상 탑주님의 위명을 존경해 왔습니다."

반듯한 예복. 정중한 목소리. 사계탑의 주인이 보이는 관심. 모든 게 사교계로서의 재평가를 위해 도약하기 직전.

"아아……."

탑주가 기억났다는 듯 말했다.

"공국에게 파혼당한 폭력배군요."

"……!"

파스칼리잔의 혀가 그대로 굳었다.

"설마하니 정말로 내게 말을 걸까 했는데. 바깥세상에서는 이런 걸 두고 염치도 양심도 말아 먹은 상놈의 새끼라고 한다더니……."

탑주가 옆을 보며 물었다.

"자네가 전해 준 말 그대로구나, 이너럴 룬."

"저도 참 당황스럽습니다. 탑주님."

태연하게 로브를 벗어 내리고 파스칼리잔을 쏘아보는 이는 다름 아닌 이너럴 룬이었다. 필리프에서 보낸 마법사와 파스칼리잔의 얼굴에서 핏기가 쑥 가셨다.

* * *

"콘클 공작님!"

황궁의 광활한 대연회홀. 수천 명에 가까운 사람들이 참석해 있다 보니 여러 군집이 만들어져 있었다. 콘클 공작의 근처에서 수많은 귀족들이 손을 비비며 아부했다.

"사계탑의 주인조차 8황자 저하부터 찾으시는 걸 보니, 그 위명이 새삼 실감이 갑니다."

"그 8황자 저하의 혼약자는 콘클 공작님의 수양딸이고요."

"이게 전부 콘클 공작님의 뛰어난 안목 아니겠습니까."

콘클 공작은 흡족한 미소를 지으며 턱을 쓰다듬었다.

방금 전, 콘클 휘하 가문 중 하나인 필리프가 큰 망신을 당하고 쫓겨났다는 얘기가 파다했다.

콘클 공작은 가장 먼저 그 소식을 접해 들었다.

필리프와는 바로 선을 긋되, 디아린 콘클이스터를 올려 줘야 했다.

"조금 있으면 8황자 저하도 결혼이 가능한 나이가 되시니, 그때를 맞춰 황제 폐하께 혼인을 주청드릴 생각이지."

"탁월한 계획이십니다!"

"경사가 있겠군요!"

아부하는 귀족들의 머리가 바쁘게 굴러갔다.

"참. 아까 탑주님이 마도석에 대해 말씀하시는 걸 들으셨습니까?"

"들었습니다. 사용해도 잿더미가 되지 않는다는군요."

"신의 기적 아닙니까?"

그 기술이 정말이라면, 마도석 온열 난로의 크기는 굉장히 작아질 것이다. 한 번 쓴 마도석이 잿더미가 되지 않으니 몇 번이고 더 재사용이 가능할 것이다. 변주가 무궁무진한 원천 핵심 기술인 셈이다. 콘클 공작도 관심 있게 들었다.

"물론, 나 역시도 전해 들었다네. 가문 차원에서 당장 투자를 요청할 계획이지. 황금알을 낳는 거위, 아니 황금을 찍어 내는 복제기가 되지 않겠나?"

"역시 공작님은 사업 수완도 뛰어나십니다!"

"그렇다면 저희 쪽도……."

바쁘게 떠드는 귀족들 사이로, 콘클 공작은 다른 문제를 머릿속에서 그렸다.

적조의 영혼석.

예상했지만, 황실도 사계탑도 적조의 영혼석에서 끝까지 손을 떼지 않았다. 콘클 공작도 매일매일 거금을 부어 가며 발굴 작업에 착수 중이지만, 만약 다른 쪽에서 적조의 영혼석을 먼저 발견해 버린다면…….

* * *

"요즘 적조의 영혼석 때문에 교단이 아주 바쁘다지요."

아키르 수도의 대신전을 담당하는 주보 신관. 그는 호탕하게 웃었다. 주보 신관의 곁으로는 아부하는 이들이 한 가득이었다.

"맞아요. 특히 이번 일로 아만드넨 고위 신관님이 추기경 예하들의 신임을 그렇게……."

"커흠."

주보 신관이 바로 불편한 심기를 드러냈다. 그러자 아만드넨 얘기를 꺼내던 이들이 찔끔했다.

'눈치 없기는.'

다른 이가 얼른 끼어들었다.

"그 일은 전부 추기경 예하들의 신실한 신심 덕분이지요. 안 그렇습니까?"

아만드넨 신관의 공적을 완전히 지워 버리는 말에, 주보 신관은 기분이 좋아져 껄껄껄 웃었다.

"맞소. 더군다나 설령 적조의 영혼석을 찾는다고 해도 말이오? 천 년이나 나타나지 않은 신수요. 적조의 로드가 나타나려면 적어도 50년은 걸릴 테지 않겠소?"

적조의 영혼석이 나타났다는 건, 적조의 로드가 반드시 나타난다는 말과 일맥상통했다. 과연 미지의 인물일 새로운 로드가 어느 세력으로 흘러 들어갈지, 이것도 호사가들 사이에서 식지 않는 주제였다.

황실? 사계탑? 아니면, 제3의 세력으로?

다른 신수들과는 달리, 적조에 관한 데이터는 극히 드물었다. 그래서 얼마만 한 힘을 갖고 있는지도 제대로 기록된 책이 없었다.

"50년이 뭡니까, 100년도 잡아야 할 겁니다."

"맞습니다. 하하하!"

"그래도 기왕이면 교단으로 들어오면 좋겠군요."

"그렇게만 된다면 그야말로 교단은 죽지 않는 날개를 단 것이나 마찬가지일 텐데 말입니다."

검소해야 할 주보 신관의 손가락에서 루비, 에메랄드, 토파즈 등 다채로운 굵은 보석 반지들이 반짝였다.

* * *

〈생일 축하한다, 인간.〉

〈주인님! 생일 축하해요! 적조의 로드의 생일치곤 너무 많이 초라하지만 뭐 어때요!〉

천룡절 아침. 디아린은 눈 뜨자마자 들려오는 목소리들에 심술궂은 미소를 지었다.

"고맙다?"

부드러운 침구에서 몸을 일으켜, 주변을 둘러보았다. 침실 탁자 위에는 선물이 차곡차곡 쌓여 있다 못해 흘러내리고 있었다. 어제 미리 받은 생일 선물들이었다.

"이렇게 생일 선물 많이 받아 본 거 전생 현생 통틀어 처음인데."

샤이나 딜리스, 이작 등은 예상했다.

영지 귀족들이 선물을 보내는 것도 예상했다.

그런데 '겨울 물결'이나, 북문석 기사들이 생일 선물을 보내 줄 거라곤 전혀 예상치 못했다. 각양각색의 선물들이 한가득. 거기에 이디즈 그리젤 후작, 일리룸 공작과 이너럴 룬, 또 아만드넨 고위 신관까지 선물을 보내서 디아린을 당황시켰다.

차례로 보석이랑 보석.

마도석 교환권.

힐란 향료.

'딱 어울리게들 보내 주셨네.'

디아린의 침실도 천룡절 장식으로 여기저기 장식되어 있었다. 반짝이는 은색 구름이 동동 떠다니고, 푸른 태양과 푸른 달과 푸른 별이 벽에 붙어 있었다.

'솔이 며칠 동안 아주 신나서 장식해댔지.'

용혈이고, 황족이라지만, 애는 애였다. 황족들은 다 어릴 때도 어른스러울 줄 알았는데.

'에제트 때문에 생긴 편견이지, 뭐.'

며칠 전, 에제트가 황궁에서 출발한다는 서신을 받았다. 진짜 그렇게 빨리 출발할 줄은 몰랐다. 정말로 천룡절이 끝나기 전엔 아슬아슬하게 북문석 성에 귀환할 날짜였다.

디아린은 자리에서 일어나 설렁줄을 잡아당겼다. 샤이가 방문을 열고 들어왔다.

"아가씨, 생일 축하드려요!"

환하게 웃으며 걸어온 샤이가 바로 세숫물을 준비해 주었다.

"오늘 머리는 이렇게 할까요?"

"좋아요."

생긋 웃은 샤이가 바로 빗을 들어 올렸다. 에메랄드가 달린 은빛 리본으로 구불구불한 머리카락을 교차로 땋아 묶는다. 제대로 차려 입을 때나 할 만한 머리 모양에, 디아린은 약간 의아해졌다.

'아, 이거 혹시……?'

샤이가 꺼내 온 드레스가 평소 입던 것보다 유독 예쁘고 비싼 것임을 보고 확신했다.

'더블렌 남작이 깜짝 생일 파티 준비했나 보네. 나가면 막 폭죽 같은 거 터뜨리고.'

"자. 이제 나가실까요, 아가씨."

"좋아요."

벌써 다 간파했지만 모른 척해 줘야지. 디아린은 흘러나오려는 웃음을 열심히 참고 조심스레 문 밖으로 나갔다.

종이꽃이 든 폭죽이라면 이쯤에서…….

"……?"

"왜 그러세요, 아가씨?"

"아니에요."

침실 밖에는 아무것도 없었다. 천룡절답게 하늘 오브젝트 장식은 붙여져 있었지만 그게 전부였다.

'홀에다가 해 놨나?'

디아린은 두리번거리지 않으려고 주의하며, 또 조심조심 홀로 향했다.

"……?"

"아가씨? 뭐 떨어뜨리셨어요?"

"아, 아뇨. 장식이 예뻐서요."

홀에도 역시 아무것도 없었다. 그냥 솔이 사용인들과 며칠간 열심히 붙여 놓고 달아 놓은 예쁜 장식들만 가득했다. 천룡절 느낌이 넉넉하게 나기는 했지만. 괜히 헛다리를 짚었다고 생각하니 좀 창피했다.

'하긴. 소금쟁이 더블렌 남작이 생일 파티를 할 리가 없지.'

고개를 털레털레 가로저은 디아린이 막 식당으로 들어섰을 때였다.

팡!

바로 눈앞에서 커다란 상자가 빵 하고 터졌다.

"누님! 생일 축하해요!"

상자 속에서 튀어나온 사람은 솔. 예복까지 제대로 차려입은 꼬마 황자가 튀어나왔다. 꽃가루와 얇은 종이 리본들이 온 사방에 퍼졌다. 동시에 식당 안에서 기다리고 있던 사용인들이 축하 인사를 건넸다.

"생일 축하드립니다, 영애님."

"축하드려요, 아가씨!"

"축하드립니다!"

식당 여기저기에는 천룡절 오브젝트와 함께 연보랏빛 봄꽃인 스위트피가 흐드러지게 장식되어 있었다. 더블렌 남작이 다가와 말했다.

"영애님. 생신 축하드립니다."

"더블렌 남작……."

디아린은 두 손으로 입을 가리고 감격에 찬 표정으로 쳐다봤다.

"그렇다고 뭐 또 그렇게 감동하십니까."

"내가 일찍 죽으려나 봐요. 남작이라면 이런 파티 허례허식의 끝이라고 돈 한 푼도 안 쓸 줄 알았는데."

"……."

"그런데 스위트피는 어디서 구해 왔어요? 봄꽃이라 구하기 힘들었을 텐데."

"꽃은 황자 저하가 구해 주셨습니다."

"에제트가요?"

"예. 남부에서는 생일에 봄꽃을 장식해 두는 전통이 있다고 하시면서 말이죠. 맞습니까?"

"네, 맞아요. 어떻게 알았지……."

그래서 콘클이스터 영지에서 지낼 때는, 천룡절마다 봄꽃이 화병에 꽂혀 있었다. 디아린은 어쩐지 기분이 말랑말랑해졌다.

〈로르. 우리 각인된 이래 주인님 기분이 오늘처럼 좋은 게 처음인 것 같은데. 맞죠?〉

〈흠. 항상 이런 기분이면 그 괴팍한 성향도 좀 사그라질 텐데.〉

올과 로르가 속닥였다.

"천룡절에 태어나다니, 난 '공평한 혈통' 생일이 제일 신기하더라."

솔이 악동 같은 미소를 지으며 다가왔다.

"생일 축하해요. 이건 생일 선물."

"지금 뜯어봐도 돼?"

"뭐, 뜯든지 버리든지……, 아! 이러면 또 버릴……! 안 버리네?"

디아린은 리본을 풀고 포장지를 벗겨냈다. 포장지 안에는 화사한 화환이 들어 있었다. 솔이 헛기침을 했다.

"중앙에 있는 꽃잎은 진짜 자수정이에요. 옅은 보라색은 아니지만."

광장 보석상 여러 군데를 돌았지만, 디아린의 눈동자처럼 연한 보랏빛은 당장 구해 오기 힘들다고 해서, 진열된 자수정들 중 가장 색이 옅은 걸로 골랐다.

디아린이 화환을 머리 위에 얹어 보았다.

"어때?"

"예쁘네요. 뭐."

솔은 괜히 뺨을 긁적이며 눈동자를 이리저리 굴렸다.

"흠. 흠흠. 제가 성년이 되면 그땐 더 좋은 선물을 해 드릴게요."

"더 좋은 선물?"

머리 위 화환을 만지작거리던 디아린이 웃었다.

"그럼 그땐 자수정 광산으로 부탁해."

"아! 진짜 성격 이상해!"

"왜? 천룡절은 마음을 솔직하게 표현하는 날이잖아?"

너 마법사의 물욕을 무시하면 안 된다구?

디아린의 뻔뻔한 대답에 솔이 "쳇." 하고 한숨을 내쉬었다. 꼬마 황자는 "뭐, 됐어요. 그것도 좋으니까."라고 말하며 디아린을 다시 올려다보았다.

"왜?"

"인사는 마저 하려고요."

"인사? 축하 인사?"

솔이 고개를 끄덕였다. 오늘 괜히 황자의 예복까지 꺼내 입은 게 아니다. 제국의 황족답게 똑바르게 선 소년이, 오른쪽 손을 왼쪽 가슴 위에 올리고 엄숙하게 묵례했다.

"가장 신성한 날에 찾아온 혈통의 탄생을, 용혈을 전승한 아키르 황족의 이름으로 진심을 다해. 축하합니다, 레이디 디아린 콘클이스터."

* * *

"이 산맥 하나만 더 넘으면 북문석 영지입니다. 황자 저하."

"밤늦게는 도착하겠군."

"예. 천룡절을 넘기진 않을 것 같습니다."

에제트의 황금색 눈동자가 물끄러미 산맥 너머를 바라보았다. 그가 서 있는 곳은 지대가 유독 높아서, 북문석 영지의 가장 높은 첨탑 끝이 보였다.

램드가 물었다.

"그런데 저하. 좀 주무시지 않으셔도 괜찮으시겠습니까?"

"고작 이틀 정도로. 2년 동안 잠을 못 잔 적도 있는데."

"하긴요. 수문석 지하에선 신기하게도 그랬죠. 저는 지금도 잠이 쏟아질 때마다 많이 생경하고 이상합니다."

에제트가 피식 웃었다.

"이너럴 룬은 사계탑으로 먼저 돌아갔다고 했나?"

"예. 이미 돌아가셨습니다."

무슨 대규모 연구 중에, 에제트의 편지를 받고 잠깐 왔다 가는 것이라고 했으니까.

덕분에 뻔뻔하게 연회장에 얼굴을 들이민 필리프 후작가는 완전히 암전이 되었다. 황제가 갑자기 돌아서 파스칼리잔을 황후로 봉하겠다고 공표하지 않는 이상, 다시는 일어날 수 없으리라.

"파산 직전인 필리프 후작이 또 거금을 차용해 4계급 마법사에게 주었다고 하더군."

"그래서 이너럴 룬에게 와 달라고 하신 거군요. 헌데 좀 번거롭지 않으셨습니까? 어차피 제가 거기 기사단 조져 놨는데요. 저하께서 명하신 대로 일부러 어깨 부딪혀 가며 다 손수건 던졌습니다."

완전히 구깃구깃해진 필리프의 문양에 램드는 침까지 뱉었다.

"글쎄."

특유의 건조한 목소리로, 에제트가 말했다.

"내 혼약자에게 가해진 폭력이 그게 끝이란 생각이 들지 않아서."

순간 램드는 묘한 의문이 들었다. 그는 당사자들을 제외하곤 유일하게 이 혼약의 진면목을 알고 있는 유일한 사람. 그런데 왜 이 서늘한 황자 저하는 이렇게까지 그 혼약자를 생각하시는 걸까?

램드는 의문이 가득한 목소리로 조심스럽게 입을 열었다.

"황자 저하……."

"형님!"

헐레벌떡 뛰어온 꼬마 황자가 램드의 목소리를 묻어 버린다.

"어? 램드 경? 중요한 얘기 하고 계셨어요?"

"아닙니다. 9황자 저하."

예의 바르고 귀여운 로르드안은 기사들의 예쁨을 받고 있었다. 램드도 예외는 아니었다. 그는 "말씀 나누십시오." 하고 물러갔다.

"형님, 형님. 누님 생일 선물 어떤 걸로 하셨어요?"

"선물?"

"네!"

에제트가 말 쪽으로 걸어 가 "이걸로."라며 직접 보여 주었다. 로르드안이 "와." 하면서 감탄했다.

"새장이 아니라 횃대네요. 새가 날아가 버리진 않을까요?"

"키우는 새를 날아가 버리게 두진 않을 성격이지."

"어……. 그러게요? 왠지 누님은 아무것도 놓지 않을 것 같은 느낌이 들어요. 다 잡고 혼자 가면 간다고 할까……?"

"너도 그렇게 생각해?"

"네!"

'역시 형님은 누님에 대해 잘 아시는구나!'

로르드안의 눈동자가 반짝반짝 빛났다.

"그런데 형님, 저 궁금한 게 있는데요."

"말해."

천룡절은 솔직하게 마음을 표현하는 날. 게다가 저번엔 디아린이 솔이한테 가 버리는 바람에 대답도 제대로 못 들었다.

"형님."

로르드안이 두근거리는 마음으로 물었다.

"누님 엄청 많이 좋아하시죠?"

'어? 방금 형님 표정이……?'

로르드안이 눈을 깜빡거렸다.

'잘못 봤나?'

"형님?"

에제트가 천천히 입을 열었다.

"나는."

"8황자 저하!"

고요하게 이어지던 분위기가 삽시간에 깨진다. 급하게 뛰어온 기사가 목소리를 높여 보고했다.

"북문석에서! 북문석에서 긴급 경보가 울렸습니다!"

* * *

"모두 긴급 태세를 갖추어라! 황자 저하가 계시지 않으므로, 최고위급 경보 1급으로 전환한다!"

테트반 요크가 긴급하게 명령을 내렸다. 그는 뒤를 보며 외쳤다.

"오벨라 게오르크 경!"

"예! 단장님!"

"현재 램드 경이 공석이니, 기사단에서 부단장은 자네 혼자밖에 없어. 최대한 사상자가 나오지 않게 주의하되, 영지민 보호를 최우선으로 한다! 나는 콘클이스터 영애님에게 가 보겠다!"

"존명!"

오벨라 게오르크는 검을 고쳐 쥐며 차가운 눈으로 사방을 훑어보았다.

'대체 어디에서 나타난 것인가?'

마물 같기도 하고, 검은 안개가 뭉쳐진 것 같기도 한 기이한 덩어리들이 마치 되살아난 언데드처럼 영지를 휘젓고 있었다.

'죽여도 죽여도 계속 어디선가 나타나고 있어.'

천룡절의 산뜻한 장식들이 온통 짓밟히기 시작했다.

"이쪽으로 빠지시오!"

"침착하게 움직이십시오!"

교대로 북문석 성에 대기하는 기사들의 지휘 아래, 북문석 성의 사용인들은 신속하게 대피하는 중이었다. 하지만 대피하지 못하고 안절부절못하고 있는 사용인들도 있었다. 더블렌 남작과 샤이였다.

"더블렌 남작!"

"테트반 단장님!"

더블렌 남작의 얼굴은 드물게도 잿빛이었다. 테트반이 바로 물었다.

"영애님이 어디 계시오? 혹, 이작 드리엄 경이 같이 있소?"

"아닙니다! 오늘이 천룡절이어서, 영애님이 가족과 함께 보내라고 드리엄가로 돌려 보내셨습니다! 저녁에나 오라고 하셨는데……. 아마 이작 경은 지금 급하게 성으로 오고 있을 겁니다."

"10황자님은?"

"아까 전에 아가씨와 같이 물안개 정원으로 나가셨어요!"

샤이의 말에 테트반이 고개를 끄덕거렸다.

"일단 대피하시오. 영애님은 우리가 모시고 가겠소."

테트반은 휘하 기사 둘과 함께 재빨리 성 밖으로 나갔다.

여기에도 마찬가지로 그 기이한 검은 덩어리들이 돌아다니고 있었다. 정원의 일부가 파괴되어 있었고, 조각상들도 넘어져 엉망이었다.

'대체 이것들은…….'

"영애님! 무사하시군요!"

테트반을 본 디아린이 스태프를 들어 올렸다. 그녀의 주변으로 둥그스름하게 있던 약한 방어막이 사라졌다. 테트반은 재빨리 디아린에게 뛰어왔다.

"지금 바깥 상황이 좋지 않습니다. 마물로 추정되는 희한한 덩어리들이 영지에까지 들어왔습니다."

솔의 두 눈이 휘둥그레 커졌다.

"네? 영지에요? 영지에 마물 비슷한 게 나타났다고요?"

"그렇습니다. 마물의 출처도 확인되지 않았으며, 계속 끊임없이 나타나는 중입니다."

디아린이 눈썹을 슬쩍 올렸다.

'끊임없이······?'

"북문석 기사단으로 막아낼 수 있나요?"

"······확답드릴 수 없습니다. 하지만 영애님만은 무슨 일이 있어도 보호할 것입니다."

테트반의 명확한 대답. 디아린은 곧장 무릎을 굽히고 앉아 솔과 시선을 맞췄다.

"솔."

"네?"

"아까 내가 말한 거, 할 수 있을까?"

솔이 창백한 얼굴로, 하지만 굳건하게 고개를 끄덕였다.

"응. 할 수 있어요."

단장의 감으로 귀신같이 알아들은 테트반이, 곧장 단검을 건넸다. 디아린과 테트반의 시선이 잠시 마주쳤다. 꿀꺽 침을 삼킨 솔이, 주저 없이 단검으로 손바닥을 쭉 그었다.

"10황자 저하!"

"무, 무슨······!"

펄쩍 뛰는 기사들 사이, 오직 테트반만이 조용하게 말했다.

"가만히 있어라. 용혈이 있어야만 시조의 보호막을 작동시킬 수 있으니."

"······!"

"⋯⋯!"

솔의 손바닥에서 뚝뚝 떨어지는 피를, 디아린은 조심히 두 손으로 받았다. 피를 그러모으면서 디아린이 말문을 열었다.

"솔. 나 지금 하고 싶은 말이 있는데, 황실 모독죄로 잡아가지 말아 줄래?"

"⋯⋯뭔데요?"

"이거 솔직히 너무 야만적이고 비효율적인 방법 같아."

솔이 힘없는 목소리로 웃었다.

"그쪽도 좀 있으면 황족인데, 무슨 상관이에요."

"그래, 고생했어. 솔."

디아린이 피가 잔뜩 묻은 두 손을 모으며 말했다.

"나머진 어른한테 맡기고 이만 자."

"저기요. 애 취급 좀 그만⋯⋯."

솔이 까무룩 기절했다. 기사들이 바로 솔을 업고 정원 바깥을 향해 뛰어갔다. 디아린이 테트반을 흘긋 보았다.

"기사 둘 다 보낸 걸 보니까, 알고 있나 보네요."

"예. 보호막을 작동시키는 열쇠의 존재가 비밀에 부쳐져 있다는 사실을 알고 있습니다. 영애님은 열쇠의 존재에 대해서도 알고 계시겠지요."

"네. 성 2층 내 방 침실에 뒀어요."

"가지러 가야겠군요. 걷는 걸 보니 아직 다리가 덜 나으신 것 같은데, 업히시지요."

"사양 않을게요."

디아린이 바로 업혔다. 손바닥이 온통 피 칠갑이었다. 한 방울 한 방울이 아까워서 두 손을 꽉 기도하듯 잡았다.

'어린애가 직접 손바닥 그어서 준 거잖아.'

테트반 단장이 순식간에 도약한다. 속도와 바람을 함께 느끼며, 디아린은 진심으로 이를 갈았다.

'시조 당신 진짜 성격 이상해.'

성은 벌써 텅 비어 있었다. 디아린은 어깨로 침실 문을 박차고 들어갔다. 에제트의 검이 침대 바로 옆에 잘 놓여 있었다. 디아린은 바로 마력 촉수를 이용해 검을 망토로 둘둘 말았다. 그리고 다시 마력 촉수로 검을 들려다가 멈칫했다.

'어? 왜 안 들리지?'

〈수호자의 검은 성물이라서 그럴 걸요. 간혹 마력으로 움직일 수 없는 성물들이 있더라고요?〉

올의 말에 디아린이 이마를 찡그렸다. 저 검, 보이는 것보다 굉장히 무거웠다.

'내 몸 위에 올려놨을 땐 에제트가 무게를 지탱하고 있어서 무거운 줄도 몰랐던 거야.'

팔의 힘을 순간적으로 강화하는 마법을 걸어 검을 챙긴 디아린의 발밑으로 깃털들이 조금씩 떨어졌다.

* * *

북문석 성을 둘러싸고 있는 굳건한 성벽에서 가장 높은 탑.

수십 년을 북문석 기사단에 종사한 테트반조차 처음 와 보는 곳이다. 평소에는 두꺼운 쇠사슬과 자물쇠로 꽁꽁 잠겨 있는 곳. 게다가 안은 아예 미로였다. 다섯 번이나 변환되는 기막힌 미로를, 디아린은 한 번도 헷갈리지 않았다.

테트반은 속으로 내심 당황했다.

'이걸 어떻게 다 외운 거지?'

기사단장은 기사단장. 테트반은 무너지는 벽을 재빠르게 피했다. 디아린에 수호자의 검까지 업어 들고, 손자까지 둔 나이라고는 믿을 수 없을 정도였다. 그때, 테트반의 눈에 날카로운 기운이 돌았다.

"여기까지 저 기이한 것들이……!"

테트반이 이를 짓씹었다. 새까만 그림자가 뭉친 것 같은 희한한 마물이었다. 특이한 것은 가슴 쪽에 커다란 눈 하나가 달려 있다는 건데, 눈동자에서 피가 줄줄 흘렀다.

"경, 옆에!"

디아린의 외침에, 테트반이 바로 검을 냈지만 한 박자 늦었다.

허벅지를 공격당한 테트반이 죽을힘을 다해 마물 세 마리를 쳐냈다. 디아린이 바로 테트반의 등에서 뛰어내렸다. 테트반은 곧장 마물들의 목을 검으로 밀어 창문 밖으로 추락시켰다.

뒤를 돌아보던 테트반이 외쳤다.

"숙이십시오!"

디아린이 곧장 머리를 숙였다. 미처 내려앉지 못한 연갈색 머리카락 몇 올이 잘려 흩날렸다.

"경!"

테트반의 가슴이 뚫리며 피가 터졌다. 기사단장의 몸에 구멍을 낸 검은 팔이 슬렁슬렁 움직였다. 마물의 입이 크게 벌어졌을 때였다. 순식간에 핏줄처럼 뻗어져 나온 마력 촉수가 마물의 머리를 부쉈다.

"테트반 경!"

그대로 쓰러져 정신을 잃은 테트반. 붉은 피가 그의 몸을 따라 바닥에 흐르기 시작했다. 디아린의 얼굴이 창백해졌다.

"올!"

〈나왔어요.〉

소환사의 마음을 읽는 신수의 깃털. 테트반의 몸 위에 붉은 보호막을 생성시킨다. 디아린은 테트반에게서 시선을 돌리고, 마력을 피워 올렸다.

콰콰쾅!

순식간에 몸집을 부풀린 붉은 마력이 원기둥처럼 변해, 그녀가 선 자리 위의 천장 두 층을 단숨에 뚫어 부순다. 흙먼지가 보호막을 뚫지 못하고 쏟아져 내렸다. 디아린의 팔과 다리를 따라 붉은 마력이 감돌기 시작했다. 로르가 말했다.

〈신체 강화 마법은 잠깐만 써도 몸에 부담이 굉장히 크다. 알고 있겠지?〉

"알아. 그 전에 도착하면 돼."

마력으로 만들어진 계단이 뚫린 구멍을 따라 생성된다. 디아린은 검을 끌어안고 재빨리 계단을 밟고 뛰어올라갔다.

"후."

디아린은 숨을 몰아쉬며 문을 열었다. 보호진이 숨겨진 원탑 꼭대기에는, 역시나 공간 왜곡 마법이 걸려 있었다. 밖에서 보기에는 평범한 첨탑에 불과했으나 내부는 웬만한 귀족 저택 그레이트 홀의 크기에 맞먹었다.

디아린이 힘차게 안으로 걸어 들어가려다가 그 자리에서 철퍼덕 주저앉았다. 그녀가 버럭 소리 질렀다.

"야!"

로르가 멋대로 마법을 해제해 버린 것이다.

〈끝났다. 더 이상 강화 마법을 쓰면 다리에 영구적인 손상이 간다. 넌 지금 마법으로 통증을 느끼지 않게 해서 좀 오락가락한 상태야.〉

"조금만 더 가면 되는데……."

마법진은 방의 정중앙에 있었다.

"로르! 이 검, 네가 못 들어? 나도 같이 옮겨 주면 되잖아."

〈용혈을 묻힌 몸에다가 수호자의 검? 옮기다가 마력이 꼬일 위험이 있다. 그래도 해 볼까?〉

"……아냐. 됐어."

어차피 바로 앞이었다. 디아린은 무릎걸음으로 바닥을 기어가면서 이를 갈았다.

"내가 진짜 다치지만 않았어도! 콘클 이 개새끼!"

열심히 기어간 디아린이 오래지 않아 공간 중앙에 도착했다. 그녀의 손에 묻은 용혈과 검이 동시에 인식되면서, 아무것도 없던 바닥에 마법진이 그려지기 시작했다.

순식간에 사라지는 벽과 천장. 가장자리부터 중심으로. 바닥이 나선형으로 솟아올라, 디아린은 완전히 허공 위에 띄워졌다.

눈 깜빡할 새 시동 준비가 끝났다. 디아린은 곧바로 두 손으로 수호자의 검을 잡았다. 시선 위까지 들어 올린 에제트의 검을 바닥 마법진 중심에 그대로 내리꽂았다.

* * *

"부, 부단장님! 하늘을 보십시오!"

"저게 뭔가요?"

"북문석 성에 저 빛줄기는 뭐죠?"

오로라처럼 나풀거리는 빛이 거대한 돔 형태로 변해 북문석 영지를 둘러싸기 시작했다. 오벨라 게오르크는 얼굴에 튄 피를 닦으며 하늘과, 북문석 성을 번갈아 보았다.

"시조의 보호막이다."

"시조의 보호막이요?"

"그래."

"그럼 그……!"

오벨라가 목소리를 높여 명령했다.

"전원! 재정렬하라! 더 이상 마물이 들어올 수 없다! 잔여 마물을 해치 우는 데 주력하라!"

"예!"

일사불란하게 흩어지는 기사들. 오벨라는 다시 한번 북문석 성의 첨탑을 보았다. 보호막과 연결되어 있는 빛줄기가 그곳에서 시작되고 있었다. 첨탑 이 성문 쪽에 있었던지라, 시력이 아주 좋은 이들이라면 저 높은 곳에 누가 앉아 있는지도 볼 수 있었다.

'콘클이스터 영애님…….'

겨울바람에 연갈색 머리카락이 길게 휘날렸다. 어깨에 감싸진 붉은 망토도 마찬가지였다. 보호막을 작동시키는 열쇠에 대해서 제대로 아는 사람은 극히 드물었다. 부단장인 오벨라 게오르크 역시, "황자 저하께서 열쇠를 맡기고 가신 모양이군." 정도로만 중얼거렸다.

그때였다.

무심코 하늘을 다시 쳐다 본 오벨라의 두 눈이 가늘어졌다.

"부단장님! 광장 쪽 그 기이한 마물은 거의 다 처리했습니다! 10년째 기사 생활하면서 이런 놈들은 처음인데……. 숨통이 끊어지니 사체가 아예 검은 안개로 사라지지 뭡니까?"

보고하던 기사가 의아한 표정을 지었다.

"부단장님? 하늘에 뭐라도 있……, 어?"

기사가 멍하니 눈을 깜빡였다. 그가 넋이 나가 중얼거렸다.

"저게……, 뭐죠? 부단장님?"

오벨라 게오르크가 낮은 목소리로 명령했다.

"당장 마법사들을 불러와라. 어서!"

* * *

"주인님!"

주저앉은 그대로 하늘을 응시하고 있던 디아린이 뒤를 돌아보았다.

"이작?"

가장자리 나선 계단까지 기어 올라온 이작이 외쳤다.

"괜찮으세요? 이쪽으로 오실 수 있겠어요?"

"아냐. 이거 내가 조작 다시 하면 원 위치로 내려가."

디아린은 계단 아래를 가리켰다.

"봤는지 모르겠는데, 왼쪽 계단 모퉁이 아래에 테트반 단장님이 쓰러져 있거든?"

"네? 단장님이요?"

"응. 빨리 치료 받아야 해."

"그럼 주인님, 어서 업히세요! 같이 내려가요!"

"난 방어막을 끝까지 봐야 해. 일단 갔다 와. 난 내 발로 내려갈게."

"……알겠습니다! 바로 다시 오겠습니다, 주인님!"

이작이 뒤돌아 내려갔다. 디아린의 입가에 상황과 어울리지 않는 미소가 배어져 나왔다.

"괜히 말다툼 안 해도 돼서 다행이다."

얼마나 편해.

지금 이곳에서 아름다운 신파극을 찍고 있을 시간?

〈유감스럽게도 전혀 없군.〉

로르의 중얼거림이 디아린의 마음을 대변한다. 그녀는 곧바로 스태프를 꺼내 쥐어 들었다.

새까만, 꼭 사슴의 뿔처럼 보인다고 생각한 흑단목 스태프.

여기저기 묶인 황금색 리본이 길게 흩날렸다.

디아린이 스태프를 바닥에 짚고, 지지대 삼아 겨우 일어났다.

"올. 돌아왔어?"

〈네. 왔어요.〉

올의 목소리는 평소와 달리 낮았으며, 심각했다.

디아린이 고개를 젖혔다. 광활한 하늘을 완전히 메운, 한 개의 거대한 눈이 그녀를 마주 본다.

* * *

"빨리 말해요! 저게 뭡니까! 대체 무슨 마물이에요?!"

"좀 기다려 봐요! 지금 측정 중이잖아요!"

"살아 있는 마물은 금세 측정할 수 있지 않소! 저렇게 큰 마물이라니 듣도 보도 못했소!"

"아, 그러니까 좀 기다려 보라고요!"

기사들의 재촉에 마법사들이 성을 냈다. 마법사 중 가장 나이가 많은 노년의 마법사가 천천히 눈을 떴다. 그의 이마에서 식은땀이 뚝 떨어졌다.

"최, 최상위급 마물……."

"예?!"

"최상위급이요?"

"잘못 들은 거 아냐? 말도 안 돼!"

순식간에 시끌벅적해진다. 측정하던 노년의 마법사가 벌떡 일어났다.

"정정하겠습니다. 정정하겠습니다!"

외치는 마법사의 손이 잘게 떨리고 있었다.

"……대, 대마물! 대마물입니다!"

몇몇은 무기마저 떨어뜨렸다.

* * *

대마물.

모든 마물의 정점에 있는 가장 강력한 12마물들.

일부는 신전 계시록에까지 기록되어 있을 정도였다.

"피해!"

대지에 떨어진 피 웅덩이가 흐물흐물하게 뭉쳐서 기이한 검은 마물로 변한다. 흐느적대며 걸어오는 수십 마리의 마물 떼. 보호막은 더 이상 마물의 침입을 허락지 않는 용도다. 이미 보호막 안으로 들어온 마물은 처치하는 수밖에 없는데.

기사들과 마법사들이 일제히 공격을 시작했다. 하지만 대마물의 직접적인 시야 아래 있는 검은 마물들은 상상 이상으로 강했다.

"마물들이 대피소로 향하고 있습니다!"

"인간의 냄새를 맡은 거야!"

"가슴에 달린 눈을 찔러라! 그곳이 약점이다!"

"마, 마법을 준비……, 커윽!"

격렬한 저항. 아비규환이었다.

온 벽이며 바닥에 핏방울이 흩뿌려졌다. 목이 뚫린 시체들이 바닥에 나뒹굴었다. 쓰러진 기사들을 짓밟고 마물들이 계속해서 들어왔다.

정신없이 마물을 쳐내며, 오벨라 게오르크는 디아린 쪽으로 뛰어오고 있었다. 그녀가 "영애님! 피하십시오!" 하고 외치는 소리가 언뜻 들리는 것도 같았다.

환청일까. 샤이의 목소리도, 더블렌 남작의 목소리도 들린 것 같다. '피하세요!'라고…….

낯설었다. 그 어떤 삶에서도 저렇게 자신의 목숨을 걱정해 준 사람들이 없었다.

진짜 가족도 아니면서. 피가 섞인 것도 아니면서.

나와 같은 종족인 이들도 영영 해 주지 않던 걸.

차라리 저들만 데리고 도망갈까. 그러면 내가 마법사임을 들킬 확률이 현저히 적어지지 않을까.

쾅!

고막을 때리는 굉음과 함께 북문석 성의 일부가 무너져 내렸다. 새벽마다 아름답던 물안개 정원은 이미 반파가 난 상태였다. 창백한 얼굴로, 디아린은 저 끔찍한 광경들을 응시한다. 언젠가 에제트와 함께 소원을 빌었던 광장의 분수 조각이 무너지고, 미처 도망치지 못한 영지민들이 비명을 지르며 죽어갔다.

'제가 수호해야 할 것들을 반드시 지킬 수 있기를.'

에제트가 수호하던 모든 것.

기사의 밤마다 홀로 나와서 걸었다던 그곳들.

지켜야 했던 걸 지키지 못했을 때, 너는 괜찮을까?

나처럼 피를 토하고 웃음을 터뜨리며 절망하지 않을까?

기잉—

디아린의 발밑으로 둥근 마법진이 생성된다. 아무 의심도 없이 허공으로 발을 디딘다. 발이 닿는 곳마다 둥근 마법진이 계단처럼 형성된다. 열두 개의 계단을 오르며 염원에 대해서 생각한다. 자신이 영영 꿈꾸던 것들에 대해서 생각한다.

1년 안에 이곳에서 죽어 조용히 사라지는 것.

누구의 눈에도 띄지 않고, 정해진 수명을 다해 죽는 것.

"올. 지금 내가 쓰려는 마법, 몇 명이나 볼까?"

〈이 영지에 있는 전원. 그리고 가장 가까운 열 개의 도시, 또한 저기서 달려오고 있는 '그 용혈'까지요.〉

"……에제트가 벌써 도착했구나."

천룡절이 끝나기 전엔 오겠다더니, 진짜로.

디아린은 뒤를 돌아보지는 않았다. 손목에 찬 통신석 팔찌는 이미 먹통이다. 마력이란 마력은 모조리 끌어와야 해서, 여기에 달린 마도석 장식마저 뜯어 흡수했기 때문이다.

조용히 허공을 올려다본다.

단 한 개의 눈과 단 한 명의 마법사. 서로를 관찰하듯 조용히 바라본다. 다만, 한쪽은 너무도 거대했고 한쪽은 너무도 작았다는 사실이다.

"그냥 물러갈 수는 없어?"

당연히도 답은 돌아오지 않는다. 마물 안에는 인간에 대한 살의 본능 외엔 아무것도 없으니까. 서서히 새로운 핏물이 들어차기 시작하는 짐승 같은 새빨간 눈.

"그래, 없겠지."

디아린이 스태프를 들어 올렸다.

순간 그녀의 마법진이 완전히 확장된다. 순식간에 거대해진 마법진이 영지 전체를 덮어 버릴 만큼 아우른다.

새로운 하늘.

새로운 장막.

대마물의 크기에 맞먹는 거대한 마법진. 그 정중앙에 선 디아린은 스태프를 허공에 꽂아 넣었다. 황금빛 리본이 미친 듯이 나부끼면서 용혈을 토해 낸다.

그 순간 엄청난 빛의 기둥이 솟구치며 사방으로 뻗어나갔다. 멍하니 바라만 보고 있던 사람들은 예상치 못한 강렬한 빛줄기에 반사적으로 눈을 감았다.

새까만 날개 한 쌍이 펼쳐졌다가 깃털을 흩뿌리며 사라진다.

"나 분명 후회하겠지."

혼자 중얼거린 말에 기대치 않은 대답이 돌아온다.

〈아니.〉

〈적조의 로드는 후회 같은 거 안 해요, 주인님.〉

〈그러니 무엇이든 네가 하고 싶은 대로 해라.〉

〈그 어떤 것이든지 말이에요.〉

"너희라도 있어서 다행이야."

디아린이 픽 웃었다.

누군가가 소중해진다는 게 두렵다.

그 사람이 아끼는 것들이 내게도 영향을 끼치는 상황이 낯설다.

통제되지 않는 마음으로, 결국 새로운 마법사가 이곳에 나타났음을 공표하겠다고 결정하는 것.

스태프를 두 손으로 잡는다. 대마물의 검은 안개가 그녀를 감싸기 직전이었다.

발밑으로 깃털이 쌓이다가 사라졌다. 붉은 마력이 솟구쳐 완전히 펼쳐진다. 꾹 감겼던 연보랏빛 눈동자가 천천히 뜨였다. 동공에 감도는 짙은 마력. 손목에서 빛나는 각인자의 문양은 완전한 붉은색.

사라진 신수, 적조의 문양.

"대……, 대마법진……."

한 마법사가 멍하니 중얼거렸다. 하늘을 반으로 쪼개는 운석을 봐도 이보다 놀라진 않을 터. 그 어떤 마법사도 입을 열지 못했다.

* * *

사방이 어두웠다.

디아린은 눈을 감았다가 떴다. 생전 처음 보는, 이상한 곳이었다. 하늘은 핏빛으로 붉다. 바닥은 거칠고 메마른 흙으로 가득했다. 어디로 눈을 돌려도 피와 마물의 시체로 가득했다.

아무도 없어.

아무도 없는 곳.

이곳은 수문석 지하. 그러니까, 이건.

—잃어버렸던 기억.

디아린은 터덜터덜 걸었다. 맑은 피가 고인 웅덩이가 보인다. 아무 생각 없이 스쳐 지나가려다가 문득, 기이함을 느끼고 정지한다. 고개를 옆으로 돌린다. 숙인다. 핏물에 비추어지는 자신을 본다.

이상한 모습이다. 미늘 갑옷처럼 딱딱한 피부. 마귀처럼 길어진 팔다리. 왜소한 체구에 달린 거대한 붉은 날개는 핏물로 젖어 있다. 수많은 마물의 껍데기를 억지로 이어 합쳐 놓은 모습.

손을 움직여 본다. 웅덩이에 비치는 손이 움직인다. 머리를 흔들어 본다. 웅덩이에 비치는 머리가 흔들린다.

—이게 너야.

누군가가 귓가에서 속삭이는 것 같다.

—너라고. 아니. 나라고…….

온통 마물의 핏물에 젖어 있는 이 새로운 마물이 자신이라고.

문득 등 뒤에서 기척이 느껴진다. 집채만 한 거대한 마물이 디아린을 물어뜯으려다가 실패한다. 뒤엉킨 전투 끝에 마물이 죽는다. 저도 모르게 사체를 먹으려다가 정지한다.

—마력이 고갈된 건 알고 있지.

심한 허기가 든다.

—그래도 마물은 먹지 않을래. 먹고 싶지 않아.

자그맣게 바라는 순간, 머릿속에서 강렬히 울리는 경보음.

〈아무것도 바라지 마. 아무것도 바라지 마. 아무것도 바라지 마. 아무것도 바라지 마. 아무것도 바라지 마. 아무것도 바라지 마. 아무것도 바라지 마. 아무것도 바라지 마. 아무것도 바라지 마.〉

그제야 깨닫는다.

—이게 적조의 소환자가 되기 위한 시험이구나…….

소망하지 않는 것.

어떤 것도 바라지 않고 버텨 내는 것.

멍하니 고개를 들어올린다. 본능에 잠식된 마물처럼 이성을 지운다. 되는 대로 걸으며 되는 대로 사냥하고 되는 대로 마력을 채운다.

인간을 먹으려고 한 건 언제였을까?

만나 본 마물 중 가장 강한 거대한 흡혈 마물과 싸운 후였다. 목을 물어뜯길 뻔했으나 용혈에게 도움을 받는다. 흡혈 대마물을 쓰러뜨린다. 눈앞에 넘어져 "고, 고맙……."이라고 말하는 인간을 먹으려고 하나 실패한다.

자신을 가로막는 검. 가장 달콤한 피.

용혈.

초반에 포기했던 시력을 다시 되살리기 위해, 쓰러진 흡혈 마물의 일부를 뜯어 삼킨다. 마력이 감돈다. 오랫동안 감겨 있던 눈이라 뜨는 데 시간이 제법 걸린다.

"……신이……, 왜……."

자신의 공격에 용혈의 귓불에서 피가 흐른다. 저 귀, 분명 흉터가 남을 터. 아주 오랫동안 쉬지 못한 게 틀림없는 용혈은 이겨내질 못한다.

마침내 목을 뚫기 직전.

굵은 가시 같던 손이 살갗 바로 위에서 정지한다. 정지한 손이 움직이기 위해 바르르 떨린다. 용혈을 죽이지 않기를 소망할수록 여러 개였던 팔이 뚝뚝 끊어져 바닥으로 떨어진다. 다리가 떨어져 내린다.

마침내 감겨 있던 눈이 떠진다.

천천히 들어차는 빛.

그제야 자신이 끊임없이 중얼거리고 있었다는 사실을 알게 된다.

"그만해. 죽이지 마. 죽이지 마. 죽이지 말아 줘……. 왜 바랄수록 적조는 내 몸을 부수는 거야. 이런 게 어째서 신수의 시험이야. 죽이지 마. 죽이지 말아 줘……. 그 애는……."

완전히 되찾은 시력.

"……디아린."

처음으로 제대로 본, 에제트의 얼굴은 눈물로 엉망이 되어 있었다.

"당신이 왜……."

그가 스스로의 손을 찢어 버리는 걸 본다. 피가 철철 흐르는 손으로 자신을 붙잡는 걸 본다. 핏기가 사라지는 얼굴로도 지혈하지 않고, 마력이 담긴 용혈을 넘기는 것을 본다.

용혈이 디아린에게 넘어오면 넘어올수록, 마력이 채워지면 채워질수록. 목을 뜯어서 용혈을 통째로 삼키고 싶다는 오싹한 욕망에 스스로 흠칫 놀란다.

디아린은 에제트를 밀치고 일어나 뒷걸음질 쳤다.

에제트는 피범벅이 된 채로도, 제 손을 붙잡으려고 따라오다가 휘청거리며 한쪽 무릎을 꿇고 주저앉았다.

도망치면서 디아린은 뒤돌아보지 않았다. 다시 돌아가 에제트의 목을 물어뜯어 버릴까 봐 무서웠다. 마지막 마물의 껍데기가 떨어지기 직전에야, 겨우 용기를 내 뒤를 돌아보았다.

너는 지금도 울고 있을까?

뚝 떨어지는 마지막 팔들.

죽음을 감지한 그 순간, 새롭게 길을 그리는 별.

〈드디어 네가 이겼다. 적조의 로드여.〉

붉은빛과 함께 통째로 사라졌던 기억이 돌아온 것은 오늘. 모든 '공평한 혈통'들이 태어난 날. 천룡절의 가장 늦은 밤이었다.

* * *

"……멍청하게도."

디아린이 웃었다. 연보랏빛 눈동자에 눈물이 고여 그렁그렁했다.

"다 알고 있었잖아. 넌, 다 알고 있었으면서."

보이지 않는 용혈의 얼굴. 뺨 여기저기에 튄 마물의 피만이 선명하다. 에제트. 그의 손끝이 약하게 떨린다. 디아린은 기어이 두 손으로 얼굴을 감싸고 울음을 터뜨렸다.

왜 우는지는 자신도 모르겠다.

자신이 딛고 있던 이 아슬아슬한 평화가 깨져 버려서? 숨겨 왔던 마법의 힘을 드러내 버렸으니, 콘클 공작이 무슨 수를 써서라도 자신을 데려갈 걸 알아서?

아니면, 사실, 네가 모든 걸 알고 있었기 때문에?

하늘에서 땅으로 추락한 대마물. 선 채로 굳거나, 기절하거나. 오직 디아린만을 멍청하니 바라보는 사람들.

"조금만 더 빨리 돌아오지 그랬어. 내가 마법 같은 거 보일 일 없게 하지 그랬어. 이딴 영지 신경도 안 쓰이게 차라리 나한테 잘해 주지 말질 그랬어!"

디아린은 뒤로 돌아섰다.

북쪽의 하늘. 오로라처럼 확장된 마력이 일거에 축소되며 그녀가 걷는 곳마다 거대한 계단을 만든다. 디아린은 뒤도 돌아보지 않고 그대로 계단을 밟고 뛰어갔다. 길게 흩날리던 연갈색 머리카락이 순식간에 자취를 감췄다.

* * *

디아린은 북문석 숲 깊숙한 곳으로 걸어 들어왔다. 걷다가 다리에 힘이 풀려 주저앉았다. 더 마력을 썼다가는 몸이 붕괴할 걸 알아, 쓸 수도 없었다. 무통 마법이 아니었다면, 한 발자국도 못 움직였을 것이다.

간신히 두 날개를 꺼내서 웅크리고 눕는다. 날개를 닫아 몸을 감싼다.

손이며 발이며 머리며 열이 끓지 않는 곳이 없다. 온몸에 열이 올라서 뜨거웠다.

"너희랑, 에제트의 용혈이 아니었으면 나도 어디 하나 날아갔겠지?"

올과 로르는 대답이 없다. 기절한 모양이다.

제국에서 가장 큰 영지의 하늘을 감쌀 만큼 거대한 마법진을 그렸으니. 계시록에 기록될 역사 깊은 대마물을 홀로 잡았는데 몸이 멀쩡할 리가 없다.

수면 아래로 천천히 가라앉는 의식. 눈을 감은 채로 웃었다.

"그러고 보니까, 난 에제트 얼굴을 보긴 본 거구나."

비록 잠깐이지만. 아이처럼 울고 있었지만.

문득 시야에 희미한 빛이 들어온다. 천천히 눈꺼풀을 들어 올린다. 멍하니, 디아린은 중얼거린다.

"……에제트."

헐떡이는 목과 오르락내리락 하는 가슴. 이 추운 계절에도 열기가 피어오르는 단단한 팔이 디아린을 세게 끌어안는다.

"왜 온 거야?"

"당신이 가니까요. 제가, 너무 늦게 와서."

그제야 디아린은 자신을 끌어안은 에제트의 손이 피범벅인 걸 안다. 스스로 찢은 상처에서 낸 용혈이, 고갈된 마력을 보충시켜 계속 디아린의 몸으로 흡수된다.

"……!"

순간 디아린이 에제트를 밀어냈다. 수문석 지하에서의 일이 떠오른 탓에. 그때 디아린은 진심으로 에제트의 목을 물어뜯고 싶어 했다. 지금은 그 정도는 아니지만.

"저리 가."

"디아린."

"제발. 저리 가. 나 지금 마력이 완전히 텅 비었단 말이야. 몸에서 열 나는 거 안 느껴져?"

이 정도를 다 채우려면 용혈을 얼마나 들이부어야 하는지 디아린조차 감이 잡히지 않았다.

"내가 널 잡아먹어도 상관없어?"

"상관없습니다."

열로 팔팔 끓는 것 같은 손가락을 에제트가 다시 맞잡는다. 끝도 없이 흐르는 용혈이 디아린의 피부에 묻는다.

달콤하게까지 느껴지는 피.

디아린은 정말이지 숨조차 제대로 쉴 수가 없었다.

"수문석 지하에서 나 봤잖아. 내가 적조의 소환사인 것도 알잖아."

"압니다."

"내가 마물 먹는 것도 봤잖아."

"봤어요."

"다 보고 알면서도 모른 척한 이유가 뭐야. 내가 적조의 소환사인 걸 알아서? 묵인하면서 날 이용하려고?"

알고 있다. 에제트가 이럴 리 없다는 걸 안다. 이런 말이 너무 비약인 걸 안다. 하지만 도무지 멈출 수가 없었다.

흰 사슴족도 그랬으니까.

반다도 자신이 싫다고 했으니까.

도무지 내가 서 있는 곳엔 진심이 없어서.

가족이라고 믿었던 사람들한테, 사실 네가 쓸모 있었던 건 그 능력밖에 없다는 말. 그 말을 또 듣고 싶지가 않아서. 그럼, 그러면 너희가 사랑한 건 대체 누구냐고.

문득 디아린은, 뺨이 따뜻한 게 에제트의 체온 때문만은 아니라는 사실을 알았다.

"······에제트?"

에제트가 울고 있다는 사실을, 한 박자 늦게 깨닫는다.

서서히 밀려오는 기이한 깨달음.

무언가 이상하다고 했지. 정말로 이상하다고 했지.

"디아린."

보이지 않는 뺨을 타고 흐르는 선명한 눈물.

목소리에 묻어나는 물기.

"당신이 적조의 로드든, 마물을 뜯어 삼킨 대상이든. 제겐 정말로 아무 상관없습니다."

"······."

"왜 묵인했냐고 물으셨지요. 알 수가 없어서 묵인했습니다."

언제나 무표정했던 그가 처음으로 감정을 드러낸다.

"제가 대체 어떻게 애원해야."

"······."

"당신이 또 나를 떠나지 않을지······."

도저히 알 수가 없어서.

그렇게 그들의 만남을 숨기고 감정을 숨기고 전부 다 숨기고.

수문석 지하에서 살아와 재회한 후, 단 한 번도 그녀를 '콘클이스터 영애' 따위로 부르지 않았던 것처럼. 2년 전 당신이 이름으로 부르겠다고 했을 때부터, 단 한 번도 다르게 불러 본 적 없는데.

"······도대체 어떻게 말해야, 당신이 또 나를 두고 사라지지 않을지 알 수가 없어서요."

이 마음을 들킬까 봐 두려웠다.

그게 전부였다.

* * *

백조의 소환사이자 황태자의 연인.

지금은 이름도 얼굴도 사라진 그녀는 어린 에제트를 제법 마음에 들어했다.

'내가 왜 황자님을 마음에 들어 하는지 아니?'

생긋 웃는 미소.

'황자님의 용혈에 담긴 마력이 유달리 강력하거든. 그것도 타고난 재능이지. 신수 소환사라면 누구나 황자님을 마음에 들어 할 거야.'

그 말이 맞는다면. 그 말이 틀리지 않는다면.

에제트는 뺨에 묻은 피를 손등으로 닦으며 하늘을 올려다보았다. 핏빛하늘. 검은 태양이 떠 있는 곳.

수문석 지하.

용혈 냄새를 맡고 달려오는 마물들을 죄 베어 내고, 거칠어진 숨을 몰아쉬면서, 붉은 날개를 떠올렸다.

수문석 지하에 떨어진지 얼마 되지 않아 본 존재. 앞이 잘 안 보이게 된램드와 딜리스조차 떨게 만들던 강력함. 핏빛처럼 붉은 날개.

이상했다.

왜 그 붉은 날개를 보고 자신의 하나뿐인 혼약자가 생각이 난 걸까?

에제트는 쓴웃음을 지었다. 스스로가 정말로 미치기 직전인 건 맞는 것같다는 생각부터 들었다.

자신의 얼굴을 항상 빤히 보는, '공평한 혈통'의 혼약자. 자신보다 네 살이많은 연상의 혼약자는 어딘가 항상 느긋했다. 타고난 성정인지, 자신보다더 어른이라서 그런지.

다정했다. 과분할 정도로 다정했다. 매번 거절하는 상대에게 항상 다정할 수 있는 이유가 무엇일까. 그 다정함에서 기이한 절박함을 느낀 건 또언제였을까.

혹시 콘클 공작이 자신을 이런 식으로 포섭하라고 했나 싶어, 디아린의 주변을 살폈지만 별 건 없었다. 콘클 공작에게 따로 편지를 보낸 적도 없었다.

서북문석 함몰 소식은 어디까지 전해졌을지. 북문석에서도 전해졌을 게 뻔했다. 디아린도 들었겠지.

위험하니까 서북문석에 가지 않았으면 좋겠는데.

더블렌 남작이 어련히 잘 막아 줬겠지, 싶다가도. 왠지 디아린이 진심으로 가겠다고 하면 그 누구라도 말리기 어렵지 않을까 하는 생각도 들었다.

'신수의 시험은 형태는 다 다르지만, 가장 큰 틀은 같다더구나. 아무것도 바라지 않는 것. 인간은 욕망하기에 비로소 인간이니까. 그 한계를 뛰어넘는 거지.'

"……죽이지 마."

그때.

"이런 게 어째서 신수의 시험이야."

그는.

"에제트는……."

이 존재의 정체를 알고 만다.

"……디아린."

'그래서, 신수의 시험 도중에 소망이 생기면 어떻게 되냐면, 가여운 황자님. 하나씩 떨어져 나가. 몸이든, 마음이든.'

투둑. 투두둑.

정신없이 디아린을 가로막는다. 그만하라고 애원해도 들리지 않는다. 다만 마력이 고갈되어 가는지 헐떡대는 몸. 에제트는 손바닥을 찢는다. 흐르는 용혈로 디아린을 붙잡는다.

제게서 용혈이 빠져나갈수록 디아린의 헐떡임이 줄어든다.

왜 여기 있냐고, 당신이 왜 이곳에 있냐고.

이 위험한 곳에 왜 대체 혼자서 돌아다니고 있냐고.

왜 자기 같은 걸 위해서 신수의 뜻에까지 반하냐고.

늘 차가웠던 황금색 눈동자에 눈물이 자꾸 솟아난다. 대량의 피가 급격히 빠져나가 시야가 슬슬 어지러워질 때였다.

디아린이 자신을 뿌리치고 뒷걸음질 친다.

현재 그녀에겐 눈이라고 부를 만한 것도 없었지만, 에제트는 알 수 있었다. 어떤 말을 해도 들리지 않던 디아린이, 지금 처음으로 자신을 알아본 것이라고.

따라가려다가 휘청해서 한쪽 무릎을 꿇고 주저앉은 것이, 그렇게 한이 될 수가 없었다.

* * *

그리하여, 그 지옥에서 생환한 에제트가 가장 먼저 물었던 질문은 하나였다.

"내 혼약자는 어디 있나?"

혹시 죽었다는 대답이 돌아올까 봐, 살아 있냐고도 묻지 못한 그 질문. 에제트의 목소리에 담긴 미묘한 긴장을 알아챈 사람은 다행히 아무도 없었다.

그리하여 마침내 황태자의 폐위제.

램드가 속삭였다.

"저 여자, 저하를 바라보는데요."

차가운 황금색 눈동자가 움직였다. 반대쪽은 귀족들의 자리였다. 적잖은 눈들이 아닌 척 이쪽을 흘긋대다가 사라졌다. 장갑으로 가린 입들과 모자 아래서 주고받는 눈빛들. 그 사이로 보이는…….

'저' 여자.

모를 리가 없었다. 계속 찾았던 얼굴이었으니까. 그토록 찾았던 얼굴이니까.

묵인하는 건 어렵지 않았다. 디아린이 기억을 잃었다는 사실쯤은 금세 눈치챌 수 있었다. 아니고서는 자신 앞에 나타나 계약서를 들이밀지도 않았을 테니까.

모른 척하고, 모른 척하고, 모른 척하고. 혹여 알게 되면, 내가 당신의 정체를 안다는 사실을 들킨다면. ……이번엔 당신이 어디로 사라질지 알 수가 없어서.

에제트에게 가족은 없다. 디아린에게도 가족은 없다. 남은 가족이라곤 가족 같지도 않던 가족들.

디아린이 눈물을 뚝뚝 흘리면서 웃었다.

"……우리 둘 다 바보같이 버려져서는."

용혈과 눈물로 흠뻑 젖은 연보라색 눈동자. 이유를 알 수 없게 자꾸만 눈물이 나왔다. 따뜻하게 젖어 들어가는 뺨과 따뜻하게 흐르는 피. 둘은 그렇게 서로를 껴안고 한참을 말없이 울었다.

chapter 11

반파된 물안개 정원과 달리, 북문석 성은 예상보다 훨씬 멀쩡했다. 요새와 설계 구조가 비슷하다더니 진짜였다.

"샤이 양."

디아린은 뜨거운 물에 턱까지 담그고 말했다.

"번거롭게 해서 미안해요. 다리가 생각만큼 잘 안 움직여서."

"왜 사과를 하세요?"

샤이는 어쩐지 울 것만 같은 표정이었다.

"영지를 지켜 주시다가 그런 거잖아요. 저랑 약속해요, 아가씨. 앞으로 아무한테도 사과 같은 거 안 하시겠다고요. 아가씨는 좀 그러셔야 해요."

디아린이 고개를 끄덕였다.

뜨거운 물에 담근 다리를 주물러 보았다. 어느 정도 감각은 있다. 그나마 용혈이 엄청나게 들이부어져서야 이 정도였다. 에제트가 대체 얼마만큼 더 피를 넘겨주려는 건지, 알 수가 없어서 밀어냈지만.

"아가씨. 주무실 때까지 제가 옆에 있을까요?"

"아뇨. 손 부족하다면서요? 가서 일 봐요."

"그럼 무슨 일 있으면 줄 잡아당기세요."

샤이가 이불을 꼭꼭 덮어 주고 나갔다.

자수정 방. 성에서 가장 좋은 방들 중 하나답게, 방음은 끝내줬다. 바깥에서는 더블렌 남작의 진두지휘 아래 성을 정상으로 복구하는데 난리라던데…….

"엄청 조용해."

그때 문득 침실 문이 열린다. 문 잘 닫히는 소리. 천천히 걸어오는 소리. 침대에 걸터앉는 듯한 느낌. 디아린은 피곤하고 귀찮아서 등도 안 돌리고 말했다.

"샤이 양이면 있고 더블렌 남작이라면 내 침대에서 썩 일어나 가서 일 봐요. 나 엄청 멀쩡……."

"……디아린?"

순간 디아린의 귀가 쫑긋 섰다. 그녀가 벌떡 상체를 일으켰다.

"에제트?"

젖어 있는 까만색 머리카락. 잠들기 직전의 편한 차림새. 디아린은 어리둥절해졌다.

"왜 여기 있어?"

"……제가 사용인들에게 말을 잘못 했나 보군요."

대마물의 산하 마물들이 활개를 치고 다니면서, 북문석 성 내부에도 영향이 고스란히 남았다.

자수정 방은 다행히 침입한 마물이 없었지만 에제트의 침실이 있는 사파이어 방은 엉망진창이었다. 급한 대로 다른 빈 방에서 머물면 되니까, 적당히 정리된 방을 찾아오라고 했는데.

정신이 없는 사용인들이 '아주 잘 정리된' 자수정 방에 에제트를 데려다 놓았다. 아니, 정신이 없었던 건 자신도 마찬가지인가. 에제트는 헛웃음을 지었다.

"디아린. 몸은 좀 괜찮으십니까?"

"나야 덕분에. 에제트는?"

"저도 나쁘진 않습니다."

"그래도 얼마간은 쉬어야 하지?"

"하루 정도는요."

가볍게 대답한 에제트가 물었다.

"디아린."

"응?"

"혹시 바깥 거실에서 하루만 자고 가도 됩니까?"

"거실? 소파에서 자려고?"

"제 침실이 박살이 나서요."

디아린이 눈을 깜빡였다.

"……혹시 북문석 성이 다 파괴됐는데 나만 눈치 없이 모르고 있는 거 아니지?"

에제트가 피식 웃었다.

"아닙니다. 크게 부서진 곳은 없습니다. 그런데 바깥은 어수선하니 부르기 그래서요."

"아하."

디아린이 안심하면서 고개를 끄덕였다.

"그럼 에제트, 여기서 자."

"……여기서요?"

디아린이 턱짓으로 거실을 가리켰다.

"내가 소파에서 잘게. 에제트 너보단 내가 작잖아? 키도 그렇고."

소파는 어찌 됐든 이 넓디넓은 침대보단 작으니까. 디아린이 덮고 있는 이불을 걷어내려고 하자 에제트가 바로 "됐습니다."라고 말하면서, 일어나려다가…….

"……."

그는 이마를 찌푸렸다. 두 다리가 말을 듣지 않았다. 어릴 때, 처음 검술을 배우고 연무장을 뛰었을 때. 그때 근육통 때문에 다리가 잘 안 움직이던 것과 비슷했다. 다른 게 있다면 이번엔 아예 다리라는 부위가 마비된 것 같다고 할까.

"왜 그래, 에제트? 다리 아파?"

"다리가 멈춘 것 같군요."

"멈췄다고……? 아. 용혈 때문이구나."

디아린의 몸에 그대로 피를 부어뒀으니까. 평범한 피가 아닌 마력이 감도는 용의 피. 덕분에 디아린은 다리를 좀 움직일 수 있게 된 것과 달리, 에제트는 다리 밑이 마비되어 잘 움직여지지 않았다.

"그럼 거실은 내가 갈게? 음, 황자 저하도 제가 움직여야겠고."

"저 혼자 움직일 수 있는데요."

"걷지 못하시잖아요, 황자 저하."

"……."

에제트가 눈썹을 슬쩍 까닥였다. 디아린이 간과한 게 있다면, 에제트는 유능한 기사고 신체 능력이 그녀와는 비교가 안 된다는 점이다. 에제트는 잠시 걷지만 못할 뿐이지, 무릎 포함 허벅지는 몹시 정상이었다.

침대 위에 꿇어앉은 에제트가 무릎걸음으로 시트를 기어, 디아린 쪽으로 왔다. 어느새 디아린의 바로 앞.

연보랏빛 동공이 흔들렸다. 그녀가 머뭇거리며 물었다.

"우리, 지금 너무 가까이 있는 거 아닐까?"

"창가에서 책 읽을 땐 이 정도 거리보다 가까웠잖습니까."

"하지만 여긴 침대고."

"저흰 혼약자이죠."

"……."

디아린이 말문을 잃었다. 방황하는 그녀의 눈동자를 본 에제트가 결국 웃었다. 이 어리고 발칙한 혼약자를 가느다랗게 뜬 눈으로 노려보던 디아린은 문득 의문이 들었다.

"그러고 보니까, 에제트."

"예. 디아린."

"내 앞에서 너무 무방비하네. 예전부터."

수문석 지하에서는 에제트를 진심으로 죽일 뻔했는데.

"난 네 목 물어뜯을 뻔했는걸."

"지금도 물어뜯고 싶으십니까?"

"아니?"

"그럼 됐지요."

디아린은 잘 몰랐지만, 현재 에제트의 안색은 평소보다 핏기가 훨씬 적은 상태였다. 그런 낯빛으로, 그는 바로 앞에 있는 그녀의 얼굴을 느리게 훑어본다.

"그리고 사실은 물어뜯어도 괜찮을 것 같습니다."

"뭐?"

"그렇잖습니까. 전 웬만해선 잘 안 죽고, 당신은 용혈에 끌릴 수밖에 없으니까요."

"절대 안 물어뜯어."

이마를 찡그리고 정색한 디아린이 말했다.

"그리고 나 너 용혈에만 끌리는 거 아냐."

"아니라고요?"

"응."

"그럼요?"

디아린이 두 손을 뻗었다. 바로 눈앞에 있던 에제트의 얼굴을 감싸고, 침대 헤드에 기대고 있던 허리를 들어 올린다.

먼저 키스하고, 금세 떨어져 나간다.

"이상해."

디아린이 혼잣말을 했다.

"보이는 건 없는데, 왜 입을 맞추면 입술이 느껴질까?"

지극히 '공평한 혈통'다운 의문으로, 제 입술을 만지작거려 보는데, 문득 턱이 들어 올려진다.

에제트가 깊숙이 입을 맞췄다.

* * *

황제 브루노 9세가 의자 팔걸이를 쾅 내리쳤다.

"이게 말이 되는가!"

황궁은 그야말로 뒤집어졌다. 긴급 소집된 귀족 회의에, 콘클 공작은 가장 앞줄에 앉아 있었다.

"콘클 공작!"

"하문하시옵소서, 폐하."

"공작의 수양딸인 디아린 콘클이스터가 홀로 대마물을 잡았다. 홀로! 그녀가 마법사라는 사실을 공작은 알고 있었나?"

"폐하! 신은 전혀 모르는 일이옵니다!"

콘클 공작이 억울한 목소리로 외쳤다. 회의장 역시 대 패닉 상태였다.

"대마물입니다. 대마물이라고요! 다름 아닌 대마물입니다!"

"황제 폐하. 상식적으로 말이 되지 않습니다. 황실 수석 마법사이자 6계급 고위 마법사인 알데트루다 룬 역시, 홀로 대마물을 잡을 수 없습니다."

"이는 사계탑의 주인에게도 불가능한 일입니다!"

"그럼 그 영애님이 사계탑의 주인을 능가한단 말입니까?"

"그게 말이 됩니까!"

황제가 탁자를 탕탕 내려쳤다.

"모두 정숙하게나!"

금세 회의장이 쥐 죽은 듯 고요해졌다. 브루노 9세는 심호흡을 한번 하고, 다시 한번 콘클 공작에게 물었다.

"콘클 공작! 디아린 콘클이스터의 나이가 몇이지?"

"정확한 나이는……, 당장 기억나지 않사오나 약관을 넘긴 지 얼마 되지 않았습니다."

황제의 뒤에 시립해 있던 시종장이 작게 속삭였다.

"폐하. 스물두 살이옵니다."

"뭐라? 스물두 살?"

황제의 반문이 숨죽이고 있던 귀족들 귀에 흘러 들어갔다.

"말이……, 안 되잖습니까?"

"스물두 살인데 대마물을 홀로 잡았다고요?"

"차라리 바닷물을 오늘 다 말려 버리는 게 더 쉽겠군요."

마물 등급 측정에 오류가 생긴 것 아니냐.

과장이 된 것 아니냐. 오보인 게 아니냐.

8황자 저하께서 잡으신 거고 영애가 마지막에 마법을 쓴 게 아니냐.

말도 안 되는 소식을 목도한 사람들은 좀 더 현실적이라고 생각되는 쪽으로 의견을 모았다.

"지엄하신 황제 폐하! 대륙 공통의 법에 따라, 사계탑과 교단, 12왕국에 긴밀히 협력을 요청할 것을 건의드리옵니다!"

제국이 단독으로 처리를 판단할 수 있는 건 최상위급 마물까지. 대륙 공통의 법에 의해, 현재 디아린 콘클이스터가 거하고 있는 곳 반경 10㎞ 자체가 임시 치외법령으로 설정된다.

"윤허하겠다. 즉시 전령을 파견해 사계탑과 중앙 대신전, 12왕국의 사절단을 본국으로 부르라!"

귀족 회의가 잠시 파하고.

느리지도, 빠르지도 않은 걸음으로 복도를 걸어가는 콘클 공작의 곁으로 시종 한 명이 자연스레 붙었다.

"콘클 공작님."

작고 신중한 목소리가 바로 곁에서 소곤거렸다. 콘클 공작은 마치 목소리가 들리지 않은 척 앞만 보고 걸어갔다.

"땅에 떨어진 용이 북쪽 문으로 체스 말을 놓았습니다."

"……!"

뒷짐 진 채 걸어가던 콘클 공작의 두 손이 꽉 쥐어졌다. 눈길을 주지 않으면 알아채지 못할 반응이었다. 콘클 공작이 낮은 목소리로 물었다.

"확실한 정보인가?"

"사적인 테이블에서 내려진 명입니다."

"언제쯤이지?"

"팔걸이 없는 의자들이 모이기 직전입니다."

"……퀸에게 성의를 표하겠다고 전해라."

시종과 콘클 공작은 자연스레 모퉁이를 두고 갈라졌다.

'교활한 늙은이 같으니라고.'

콘클 공작이 입술을 짓씹었다.

'땅에 떨어진 용이 북쪽 문으로 체스 말을 놓았습니다.'

황제가 북문석 영지로 근위대를 파견했다는 뜻이다.

'사적인 테이블에서 내려진 명입니다.'

비밀리에.

'팔걸이 없는 의자들이 모이기 직전입니다.'

방금 전 있었던 긴급 소집 귀족 회의 직전에.

아키르 제국의 주인인 황제에게, 귀족 영애 하나 오라 가라 하는 건 일도 아니다.

하지만, 지금 디아린 콘클이스터가 평범한 귀족 레이디인가?

결코 아니다. 소식을 접한 모든 이들을 경악에 빠뜨린 상대. 대마물을 쓰러뜨렸다는 미지의 마법사.

대륙 공통에 법의 의거해, 정식으로 절차를 거쳐야 하며, 신전과 사계탑, 그리고 12왕국의 긴밀한 협력 아래 황궁으로 송환할 수 있다. 이게 공식적인 절차다.

황제 브루노 9세는 이 모든 것을 무시하고, 디아린을 가장 먼저 선점하기 위해 지탄을 무릅쓰고 황궁으로 몰래 데려오려는 것이다. 뒷감당으로는 적당한 특별 면책권을 생각해 놨을 터.

방금 전 긴급회의에서도, 황제는 눈 하나 깜짝 않고 신전과 사계탑, 그리고 12왕국으로 사절을 요청하겠다고 서명하질 않았던가.

교활하고 노회한 용혈. 뒷공작이 만만찮다.

'퀸에게 황금 주머니를 마흔 개 더 보내야겠군.'

콘클 공작이 오래전 매수해 놓은 황제의 시종장. 그가 아니었으면 이런 귀중한 정보를 바로 전해 듣지 못했을 것이다. 여자도 황후도 아닌 시종장을 '퀸'이라고 칭하는 까닭은 혹여 밀담이 새어 나갈 때를 대비한 것이다.

'퀸'이라는 호칭만 듣고 콘클 공작과 황후의 결탁을 의심하도록.

그래서 황후에게 의심이 쏠리도록.

콘클 공작은 뒷짐을 지고 계속 걸어 나갔다.

긴급 귀족 회의는 일주일에 걸쳐 진행될 예정. 그래서 참석할 의무와 자격이 있는 모든 귀족에게 황궁 내 숙소가 배정되었다. 호화롭게 편의를 봐주는 척하지만 속뜻은 흑심을 품은 귀족들이 북문석 성에 암조를 파견하지 못하게 하겠다는 거나 진배없다.

콘클 공작의 얼굴에 차가운 미소가 걸렸다.

'정녕 콘클이스터 그 계집이 적조의 로드란 말인가?'

하지만 아무리 적조의 로드라도, 홀로 대마물을 잡을 수는 없다. 정확히는 인간의 육체가 적조의 힘을 온전히 감당할 수가 없다. 애초에 신수의 힘을 완벽히 쓸 수 있는 로드는 존재하지 않았다.

이제까지 명맥이 이어진 신수의 로드들도 그러할진대, 사라진 신수 적조라면 더더욱⋯⋯!

'어떻게든 콘클이스터를 데려와 실험을 해 봐야 한다.'

콘클의 소식망은 상상 이상.

사실 콘클 공작은 황제보다도 한 발 먼저, 북문석 성에 있었던 일에 대해서 전해 들었다.

긴급 귀족 회의 절차에 의해 디아린 콘클이스터가 수도로 부름 받아 올라오기 전, 어떻게든 먼저 디아린을 수중에 확보해야 했다. 이미 입궁하기 전, 콘클 공작은 수십 명의 흑기사단을 파견한 상태였다. 말이 기사단이지, 암살을 주로 맡던 살수들이다.

'필요하다면 8황자를 죽여도 좋다. 근위대와 충돌을 해도 상관없다. 반드시 디아린 콘클이스터를 숨 붙여서 내 눈앞에 가져와라.'

* * *

"컥!"

거친 숨을 몰아쉬던 암살자의 멱살이 들어 올려졌다. 램드는 산뜻하게 웃으면서 턱을 으깨 버렸다.

"이걸로 서른일곱 명째군."

단기간에 암살자가 이렇게 많이 온 건 처음이었다. 북문석 성이 반폐쇄되고 긴급 경보를 발휘한 것도 역시 처음이었다.

"램드 경."

"예. 오벨라 경."

역시나 암살자를 처치하고 온 오벨라 게오르크가 램드에게 작은 목소리로 말했다.

"황자 저하께서 다리가 지금 온전치 않으시니 최대한 안쪽으로 들어가지 못하게 해야 한다."

"예? 분명 어제만 해도 괜찮으시다고……."

"쉿."

그들의 작은 대화를 엿들은 암살조가 그림자처럼 움직였다.

자수정 방은 그야말로 철통경비였다. 침실과 이어지는 거실, 거실 밖 복도. 침실에 난 커다란 창문 아래에도 기사들이 경비를 하고 있을 정도였다.

콘클의 암살자는 소리조차 없이 조용히 숨어들었다.

황제가 조용히 파견한 근위대는 이미 상당수 목숨을 잃었다. 물론 콘클의 흑기사들 역시 예상한 것 이상의 피해를 입었지만, 어쨌든 북문석에 먼저 도착한 이들은 흑기사들이었다.

'그러나 시간이 얼마 없다.'

교단과 사계탑에서는 각각 사절을 긴급 파견했으며, 각 주요 왕국에서조차 외교 사신을 파견했을 정도다. 며칠 후면 사계탑의 마법사 사절단들이 북문석 성에 도착한다는 소식을 들었다.

디아린을 생포하기 위해 최고위급 마법사를 무력화시키는 각종 마도구들을 지원받는 대로 모조리 가져왔지만, 당당하게 오는 사계탑 사절단과 정면충돌할 수는 없었다. 절대로.

암살자는 창문을 통해 침실 안으로 조용히 착지했다. 공주님이나 쓸 법한 호화롭고 커다란 방. 한쪽에 놓인 널찍한 침대로 향한 암살자의 눈에 이채가 돌았다.

콘클이스터 방계는 침대 안쪽에서 깊이 잠들어 있었고, 바깥쪽에는 8황자가 눈을 감고 있었다. 둘 사이에는 성인 셋이 더 들어갈 만큼 자리가 있었다. 콘클이스터 방계를 지키기 위해 모색한 방안인 듯했다.

암살자는 단검으로 바로 8황자의 오른팔을 베었다. 아니, 베려고 했다. 단검이 박힌 곳은 침대 시트.

"……."

암살자의 이마에서 식은땀이 뚝 떨어졌다. 그는 눈동자만 움직여, 제 바로 뒤에 서 있는 에제트를 보려고 애썼다. 암살자의 목 바로 아래, 에제트의 검이 서늘하게 빛났다.

털썩.

숨이 끊어진 암살자가 자수정 방 거실에 내던져졌다.

"저하."

"황자 저하."

이미 대기하고 있던 램드와 오벨라가 나란히 고개를 숙였다. 에제트는 손에 쥐고 있던 마도구를 넘겼다.

"이건……. 그물 형태의 마법사 포박 용품이로군요."

마도구에 대해 지식이 있는 오벨라가 먼저 알아보았다.

"굉장합니다. 이 정도면 6천만 아일은 우습게 넘길 것 같습니다. 이보다 더한 마법사 포박 도구는 있지도 않겠군요."

촘촘한 은사를 꼬아 만든 그물 사이사이에, 특수하게 세공된 아주 작은 마도석들이 수도 없이 박혀 있었다. 누가 봐도 최고위급 마법사들을 포박하기 위한 걸출한 작품이었다.

에제트는 거실에 마련된 소파에 앉아 등을 기대고 다리를 쭉 폈다. 긴 다리는 멀쩡했다.

"최후의 수단까지 내놨으니, 더 이상 디아린을 노릴 수도 없겠지."

그동안 암살자들에게서는 쭉 마도석이 박힌 수갑, 족쇄, 사슬 등만이 발견됐다. 램드는 "다른 건 더 없을까요?"라고 말하며 암살자의 품을 뒤집기 시작했다.

오벨라가 설핏 웃었다.

"일부러 저하의 다리에 대해 거짓 정보를 흘린 보람이 있군요. 이들은 심리적으로도 몰려 있었을 테니 걸려들었습니다. 사흘 밤을 꼬박 덤벼들었으나 어떤 수확도 없었으니 말이죠."

에제트가 고개를 끄덕였다. 얼음장 같은 눈동자가 암살자를 보았다.

"시체들은 전부 모아 성문 앞에 늘어놔라. 이 암살자들을 이유로 어떤 개인적인 손님도 들이지 마. 황실 세력도 예외는 없다."

"존명."

램드가 바로 시체를 업어 들고 나갔다.

저런 식으로 실려 나간 사체만 족히 50구가 넘었다. 이 수많은 암살자들의 시체를 성문 앞에 놓아 가시적인 효과를 노린다. 에제트가 방어하고자 하는 건 친조부인 황제였다.

브루노 9세. 그의 욕심은 손자인 자신이 제일 잘 알았다.

황제가 에제트에게 비밀리에 보낸 전서구도 있었다. 하지만 읽을 수는 없었다. 전서구가 북문석 성에 당도하기 전 암살자들이 쏴 죽였기 때문이다. 그는 알면서도 제지하지 않았다.

주관적 판단 아래, 디아린 콘클이스터가 안전하다고 판단되기 전까지, 결코 어떤 종류의 외부인도 들이지 않는다.

몇 시간 후 정식으로 공표할 내용에 서명하고서 에제트는 디아린이 잠들어 있는 침실로 돌아갔다.

* * *

쾅!

황제가 탁자를 내려쳤다. 거대한 회의장을 둘러본 황제가 노기에 띤 음성으로 말했다.

"북문석 성에 간악한 검은 손이 뻗쳐졌다니 이게 어찌된 일인가!"

"폐하. 디아린 콘클이스터 영애님을 노리고 숨어 든 암살자의 시체가 족히 벽을 쌓을 정도라고 합니다."

"벽을 쌓을 정도라뇨!"

"그런……!"

이미 뒤로 근위대를 보냈다가, 상당한 손실을 입은 황제는 표정이 좋지 못했다. 쥐도 새도 모르게 북문석 영지로 내려가던 근위대를 반몰살시킬 수 있는 세력? 대륙을 털어도 몇 되지 않는다. 황제는 이미 이를 갈면서 비밀 조사에 착수했다.

암살조의 주인인 콘클 공작 역시 낯빛이 나빴다. 긴급히 철수한 암살자들이 올린 보고서엔 이루 말할 수 없는 손해들이 나열되어 있었다.

"황제 폐하. 신 한 말씀 올리고 싶사옵니다."

켈스튜더 공작이 입을 연 건 그 즈음이었다.

"발언을 허락한다. 켈스튜더 공작."

"황공하옵니다. 폐하. 신이 듣기로는 콘클이스터 영애님은 사계탑에 등록되어 있지 않은 마법사라고 하던데……. 이는 제국 법령에 의해 몹시 중죄가 아닙니까?"

전설적인 대마물의 어마어마한 가치에 홀려 모두가 애써 모른 척하던 문제. 그걸 켈스튜더 공작이 아예 대놓고 꺼내자 거대한 대회의장이 금세 웅성웅성해진다.

'저 얘길 지금 꺼내다니.'

'무슨 속셈인 것인가.'

'설마…….'

황제가 물었다.

"하고 싶은 말이 무엇인가? 켈스튜더 공작."

켈스튜더 공작은 비열한 미소를 지으며 말했다.

"폐하. 물론 대륙 공통의 법도 중요하나, 반역에 버금가는 중죄를 무시할 수는 없습니다. 제국의 존망은 곧 제국민의 존망. 디아린 콘클이스터 영애님을 1급 죄수로 수배해 황궁으로 압송하기를 청하는 바입니다."

"……!"

"……!"

"……!"

가장 앞줄. 공작 서열에 나란히 앉아 있던 일리룸 공작이 한쪽 입꼬리를 틀어 올렸다.

'이때다 싶어서 어떻게든 8황자의 혼약자 자리를 공석으로 만들려고 애쓰는군.'

하지만 일리룸 공작이 요 며칠간 관찰했던 황제는 그럴 생각이 없어 보였다.

'오히려 회의가 이어질 동안 디아린 영애님을 은근히 두둔……, 음?'

일리룸 공작이 눈을 가늘게 떴다. 황제의 입가가 미묘하게 올라가 있었기 때문이다. 마치 요 며칠 동안 입장을 뒤집어 버릴 중요한 일을 겪었다는 듯이.

황제가 입을 열었다.

"짐은 켈스튜더 공작의 진언을 받아들이겠다."

"폐하!"

"지나치게 강경한 처사입니다!"

"재고해 주십시오!"

회의장이 발칵 뒤집어졌다. 일리룸 공작이 곧장 차가운 미소를 지으며, 반박할 말을 정리했다. 유원지의 소중한 투자자이자 일리룸의 은인인 사람을 죄수로 취급해 보겠다고?

'절대 안 될 말이다.'

황명에 따라 황실 기사단장이 막 대회의장에 들어선 그때였다.

"황제 폐하! 방금 사계탑에서 긴급 사절단이 도착했습니다! 7, 7계급 마법사 아틸라 룬이 사절 대표로 왔습니다!"

황제가 귀를 의심했다.

"지금 뭐라 하였는가? 7계급 마법사?"

"예, 폐하!"

"……!"

몇몇 공작들마저 놀라서 의자에서 일어섰다. 이하 귀족들도 마찬가지였다.

"지엄하신 아키르의 황제 폐하께, 탑주님의 전언을 올립니다."

전 대륙을 통틀어 단 세 명 있는 7계급 마법사. 아틸라가 올린 편지를 읽은 황제의 두 눈이 몹시도 커졌다. 그가 분노를 겨우 숨긴 목소리로 물었다.

"아틸라 룬! 이게 정녕 사실인가?"

* * *

디아린은 마차 안에서 손거울을 보았다.

"에제트, 어때?"

현재 그녀의 피부는 석고를 갈아 바른 것 같았다. 원래도 흰 편인 피부가, 지금은 안장하기 직전의 시체와 흡사했다. 이 정도면 화장이 아니라 분장이었다.

"나 유령처럼 보여?"

맞은편에 앉아 있던 에제트가 고개를 갸웃했다.

"솔직히 말씀드려도 됩니까?"

"응? 당연하지."

"천사 같은데요."

"……."

디아린은 그 무미건조한 황자님이 지금 뭐라고 한 건지 도무지 이해가 가지 않았다. 그녀는 일단 입술을 좀 더 창백하게 만들면서 말했다.

"에제트. 좀 변한 것 같아."

"제가 말입니까?"

"응."

"어디가요?"

"예전엔 그런 말 절대 안 했잖아."

에제트는 어깨를 으쓱했다. 이런 말을 하고 싶은 걸 내내 참았다는 생각은 왜 못 해 주는 걸까.

그사이, 열심히 굴러가던 마차의 속도가 점차 줄어들었다. 에제트가 마차 창밖을 보면서 말했다.

"사신들이 이미 도착해 있나 보군요."

현 북문석의 수호신인 에제트 아스페르크 키르헨이 '혼약자의 안전'을 이유로, 북문석 성의 외부인 출입을 완전히 금지시킨 지 사흘.

사계탑과 교단, 제국, 기타 왕국의 인사들이 섞인 쉰 명 남짓의 사절단이 도착했지만 여전히 문을 열어 주지 않았다. 대신해서 새로운 장소가 선발됐다.

북문석 영지 안에 있으며, 성과 물리적 거리가 가깝고. 안전하고, 목적이 확실하며. 규모가 큰 곳.

"북문석 귀족 대의회관에 오신 걸 환영합니다. 8황자 저하. 그리고……. 디아린 콘클이스터 영애님. 북문석 영지를 구해 주신 영애님께 진심으로 존경과 경애를 바치는 바입니다."

정복을 완벽히 차려입은 드리엄 백작 이하 두 명의 백작. 콘라드 백작과 웨즈베타 백작. 북문석 휘하 모든 가문의 가주들이 디아린에게 깊숙이 허리를 굽혔다.

'어리다.'

'어려.'

'너무 어리잖아.'

디아린 콘클이스터가 대회의관 중앙 대회의실에 입장하는 순간, 자리에서 일어선 모두가 동시에 한 생각이었다.

옅은 보랏빛 눈동자. 커피에 우유를 넉넉히 부은 듯한 연갈색 머리카락. 대마법진을 그렸다더니, 그 덕에 엄청나게 창백한 안색. 스물두 살이라는 보고는 옛적에 들었지만 실제로 봐도 충격은 가시지 않는다.

그리고 디아린의 뒤에 선 8황자.

이미 대륙을 한바탕 뒤엎은 적이 있는 소년 기사이질 않은가.

"먼저, 대마물 켄자스를 쓰러뜨린 성과에 경의를 표합니다. 디아린 콘클이스터 영애님."

'대마물 이름이 켄자스였구나.'

"허나, 영애님은 사계탑에 등록되어 있지 않으셨습니다. 아키르 황실에서는 이를 몹시 유감으로 생각하고 있으며⋯⋯."

벌컥.

중앙 대회의실의 문이 예고도 없이 열렸다. 문을 박차고 들어온 이들은 다름 아닌⋯⋯.

"사계탑 직속, 7계급 마법사 치프리아노 크렌드입니다."

"⋯⋯?"

"⋯⋯7계급?"

"방금 7계급이라고 했습니까?!"

'7계급'이라는 말에 아연실색하는 사람들을 본 척도 않고, 치프리아노는 에제트와 디아린에게 공손히 인사부터 했다.

"사안이 사안이니, 잡다한 이야기는 거두절미하고 바로 본론으로 들어 가겠습니다."

치프리아노는 품에서 편지를 꺼냈다.

사계탑의 상징 문양이 선명하게 그려진 뒷면. 탑주가 친필로 기입한 글자들.

"사계탑의 비공개 비망록에 디아린 콘클이스터 영애님은 마법사로 등록 되어 있었으나, 탑주님의 비밀 지령으로 인해 부득이하게 이를 공개하지 않고 있었습니다."

'······비공개 비망록이라니!'

사절단 가장 앞에 앉아 있던, 황제 직속 행정관들의 두 눈이 부릅떠 졌다. 치프리아노는 편지를 디아린에게 건네며 말을 이었다.

"따라서, 디아린 콘클이스터 영애님에 대한 모든 이의는 사계탑에서 일괄 책임지고 대행 처리하겠음을 공식적으로 발표하는 바이며."

"······."

"디아린 룬은 아키르 황궁이 아닌, 사계탑으로 돌아와 주시기를 요청 드립니다."

"······!"

"······!"

"······!"

제국 황실에서 파견된 사절들이 자리에서 벌떡 일어섰다. 사절 전원의 얼굴이 새파랗게 질렸다.

* * *

"아가씨······."

샤이는 바들바들 떨리는 두 손을 맞잡았다.

"전 아가씨를 만나기 전까지, 제가 '그' 사계탑에 들어가 보는 날이 올 거라곤 상상도 하지 못했어요."

'저도 그래요……'

차마 하지 못 하는 말을 삼키고, 디아린은 마차 창밖을 바라보았다. 그녀 역시 은근히 긴장한 상태였다.

황궁과 사계탑.

디아린은 후자를 골랐다.

황실 파견 사절들이 바로 태도를 바꿔 싹싹 빌려고 했지만 가차 없었다. 7계급 마법사 치프리아노가 가차 없었다는 말이다. 치프리아노는 곧장 디아린을 마차에 태워 사계탑으로 데려왔으니까.

'그건 그렇고 얘넨 언제 일어나는 거야?'

괜히 등을 꼼지락거려 본다. 올과 로르는 대마법진을 그리고 기절한 후로 쭉 말이 없다. 침묵한 기간만 따지면 가히 기록이었다.

처음엔 혹시 그래, 마력을 빈사 상태에 이르기까지 확 써 버리는 바람에 부작용으로 소환 해제된 건가 싶어서, 손목의 각인을 발현시켜 보았다. 선명한 적조의 각인이 여전한 걸 보고 안심했지만.

"영애님. 도착하셨습니다."

사계탑.

대륙 지성 집단의 결정체이자, 단 하나의 공식적인 마법사 단체.

위치상으로는 서부 에페리시 공국 토지에 속해 있으나, 사실상 독립국으로서 존재했다.

'엄청나네.'

사계탑의 영토를 구분 짓는 건 엄청난 길이의 불투명한 유리 차단막이었다. 그냥 유리가 아니라, 마도석을 곱게 으깨 바른 유리 차단막은 끊임없이 다채로운 색깔로 변화했다. 제국에서도 국경 경계를 이렇게 확실하게 구분 짓지 않는다. 사계탑의 이 돈지랄 구분선의 의미는 하나였다.

실수든 고의든 허락 없이 넘어오면 죽음뿐.

"근데 의외로 사계탑 날씨는 평범하네요. 아가씨."

샤이가 디아린의 망토를 새로 꺼내며 말했다.

"사계탑에는 날씨를 바꿔 주는 마법 성물이 잔뜩 있을 줄 알았는데 아니었나 봐요."

디아린은 예전에 딜리스에게 들었던 얘기를 떠올렸다.

'사계탑은 날씨를 변경하는 마법 성물은 절대 쓰지 않는대요. 무조건 사계절을 고수한다죠.'

'왜요? 아, 상징적인 의미로?'

'아뇨. 아뇨. 절대 아뇨.'

딜리스는 눈썹을 찡그리고 말했다.

'연구에만 미친 마법사들이 많아서, 계절이 바뀌는 식으로라도 시간이 흐르는 걸 알려 주지 않으면 5년 후에나 연구실 밖으로 나온다던데요?'

'아하.'

확실히 디아린은 납득했다.

사계탑의 모든 건물은 하늘 계단으로 연결되어 있었고, 그중에서도 중앙 건물은 거대한 유리 온실 형태였다. 샤이는 숙소로 안내됐고, 디아린은 사계탑의 주인을 만나러 가기 위해 걸음을 옮길 때였다.

뒤에서 인기척이 느껴졌다.

별생각 없이 뒤를 본 디아린이 어? 하고 눈을 깜빡였다. 그녀가 두 손을 흔들었다.

"딜리스 룬!"

꽤 오랜만에 재회하는 딜리스였다. 연둣빛 눈동자. 여전히 짧은 은발. 그런데 뭔가 좀 이상했다.

딜리스는 고장 난 인형처럼 삐걱삐걱 디아린에게 다가왔다. 눈치껏 디아린을 안내하던 하급 마법사가 멀리 떨어졌다. 반가운 표정으로 딜리스를 응시하던 디아린은 점차 의아해졌다. 뚝딱대며 걸어오는 딜리스의 안색이 너무 파리했기 때문이다.

"딜리스 룬? 어디 아파요? 안색이 왜 이래요?"

"저, 그. 디아린 양."

식은땀을 뻘뻘 흘리며 딜리스가 작은 목소리로 말했다.

"타, 탑주님이……."

"탑주님이?"

눈을 꾹 감은 딜리스가 고해하듯 말했다.

"디아린 양이 저, 적조의 로드인 걸 아세요……!"

디아린은 발을 삐끗했다.

* * *

"탑주님은 이곳에서 기다리고 계십니다."

바깥에서부터 커다란 문이 닫혔다. 디아린은 혼자 들어섰다.

뭐 하는 공간이지.

'얼핏 듣기엔 탑주의 방이라고 했는데.'

하지만 이곳은 '방'이라고 이름 붙이기에는 정말로 광활한 공간이질 않은가.

천장에서부터 이어진 짙은 벨벳 커튼이 무대 장식처럼 잔뜩 늘어뜨려져 있다. 시야를 방해하는 고혹적인 벨벳 천들. 바닥에서는 출처를 알 수 없는 안개가 피어나고 있고…….

디아린은 천천히 안쪽으로 걸어 들어갔다.

'내가 적조의 소환사인 걸 탑주가 안다고?'

그것도, 디아린이 만들어 준 마도석 기물 1365개를 보고 알았단다.

'어떻게 그럴 수가 있지? 하긴, 그러니까 그 대단한 사계탑의 주인인 거겠지만.'

그나마 다행인 건, 모두의 앞에서 정식으로 공표한 건 아니라는 사실 정도? 사계탑의 주인은 딜리스를 따로 불러내서 딱 한 마디를 던졌다고 했다.

'넌 적조의 로드를 주인으로 모시고 있군.'

……이라니.

세상에 별로 무서운 게 없어 보이던 냉소적인 딜리스가 식은땀을 줄줄 흘리며 말했다.

'조심하세요, 디아린 양. 탑주님은 속을 도저히 알 수가 없어요.'

위험하다고요.

디아린은 사실 그 말을 들으며 다른 게 궁금했다.

'왜 딜리스 룬은 날 주인으로 모시고 있다는 건데요……?'

에제트는 어쩌고……? 그렇게 물어볼 만한 상황은 아니라, 그냥 고개만 끄덕여 주었다.

어느새 가장 안쪽.

"……."

디아린의 시선에 젊은 남자가 들어왔다.

커다란 흑단 책상. 배경처럼 놓인 수십 개의 책장에는 빽빽이 책과 종이가 꽂혀 있었으며, 향긋한 나무 냄새가 진하게 났다. 책상 끄트머리에 걸터앉아, 마법진이 그려진 종이들을 보고 있던 남자가 고개를 들어 올렸다.

색깔 탓인지, 유독 더 광석처럼 싸늘해 보이는 은색 눈동자가 디아린을 본다.

사계탑의 주인.

그가 방금까지 검토하고 있던 종이 뭉치를 하늘 위로 던졌다. 탑주의 하늘색 머리카락 위로 종이꽃처럼 흩뿌려진다.

'……던져?'

디아린이 멈칫했을 때였다. 탑주는 그 자리에서 무릎을 꿇더니 그대로 슬라이딩하며 순식간에 앞에 도착했다.

"드디어! 내가! 나보다 높은! 마법사를 영접하게 되는구나!"

무릎을 꿇은 채로 디아린에게 손을 내줄 것을 요청한다. 그녀가 얼떨결에 손을 내밀자, 탑주는 디아린의 손등에 입을 맞췄다. 차가운 외모와는 정말 어울리지 않게 눈동자가 반짝반짝 빛나고 있었다.

"이리 만나게 되어서 반갑습니다! 마지막 계급을 앞둔 마법사여!"

원래 세상은 넓고 또라이들은 많다. 몇 번이나 환생한 덕에 디아린도 이 사실을 잘 알고 있다. 비록 반다를 되살리려다가 실패한 부작용으로 인해, 그 삶들은 하나같이 흐려져 기억이 잘 안 나지만.

아무튼 이런 디아린의 삶에서도, 사계탑의 주인은 단연 독보적으로 희한한 사람이었다.

"탑주님."

"이름으로 불러요. 엔리크 발렌시아입니다."

"네, 그럼 엔리크 룬."

"그렇게 부르는 사람은 50년 만이군요."

'50년?'

눈앞의 남자는 잘 쳐 봤자 이십 대 후반으로밖에 보이질 않는다.

'게다가, 이번에 제국에 방문했을 때는 분명 노인의 모습이었다고 램드 경이 말해 줬었는데.'

뭘까?

"실례인데 엔리크 룬? 연세가 어떻게 되시나요?"

"얼마 전 생일이 지났으니 아흔다섯 살입니다."

"……."

"……?"

말문을 잃은 디아린을 의아하게 보던 엔리크는, 아 하면서 말했다.

"내가 너무 젊어 보여서 이상한가 보군요. 이건 간단한 마법 부작용입니다."

"간단한 마법 부작용이요?"

"그렇죠. 영원히 늙지 않는 시약을 만들어 보려다가 실패했거든요."

"……네?"

디아린이 고개를 갸웃했다. 엔리크가 웃음을 터뜨렸다.

"실패한 게 아닌 것 같은데요—라고 생각하고 있군요. 좋아요. 이 모습은 남들한테 잘 안 보여 주는데. 특별한 사람이니까 보여 줘야지."

엔리크가 일어나더니 마법을 썼다. 순식간에 어린아이의 몸이 되었다. 여섯 살? 일곱 살? 디아린은 제 허리 밑으로 내려간 소년을 보면서 물었다.

"그게 평소 상태이신가요?"

"원래 상태입니다. 평소에는 마법으로 청년의 모습을 유지하고 있고요."

"그게 가능해요?"

"바깥에서는 불가능하죠. 하지만 여긴 바닥에 딛고 선 석재마저 마도석으로 되어 있는 사계탑의 중심이라 어지간해선 가능합니다."

"아하."

디아린이 고개를 끄덕였다. 그녀는 엔리크가 장서 사다리에 직접 타고 올라가 책을 찾는 걸 보면서 물었다.

"아, 그럼 황궁에 갔던 건……?"

"그땐 좀 고생했죠. 늙은이 몸을 만들려고 정밀 가공한 마도석으로 외피를 만들어서 걸쳤는데, 유지 비용이 한 시간마다 2백만 아일씩 나가니……."

사계탑 회계관이 피눈물을 흘렸지만, 어쩔 수 없었다. 엔리크는 반드시 8황자를 봐야 했다.

"왜요?"

"8황자는 그대의 혼약자잖아요?"

"네."

"그러니까 음, 아 이거. 무례하게 들릴까 봐 좀 조심스러워지는데."

"탓 안 할 테니까 빨리 말씀하세요."

궁금해 죽겠으니까. 디아린은 마법사다운 호기심으로 귀를 잔뜩 기울이고 있었다. 엔리크는 책을 고르다가 너털웃음을 터뜨렸다.

"그대는 8황자와 많이 접촉해 있었을 테니, 좀 더 확실하게 확신할 수 있을 거라고 예상했습니다."

엔리크는 손을 쭉 뻗어 높은 곳에 위치한 책을 꺼내며 말했다.

"피부가 자주 접촉한 만큼 적조의 기운이 8황자의 몸에 남아 있었을 거라고요."

"……."

"근데 생각보다 그대와 8황자가 덜 접촉했던 모양입니다. 알아내기 힘들더군요."

디아린은 잠시 입을 다물었다. 엔리크는 침묵이 길어지자 "윽." 하면서 밑을 내려다보았다.

"혹시 내가 방금 그대에게 실례를 저지른 겁니까? 미안합니다. 사다리를 발로 차서 미는 건 참아 줘요."

"저를 얼마나 인성 파탄자로 보는 거죠?"

"아니. 이너럴은 퍽 하면 그래 가지고."

"이너럴 룬이요? 점잖으신 분이잖아요?"

"참나! 이 자식은 나한테만 막 대하고 밖에서는 내숭을 떠나 보네! 징그러운 늙은이 같으니라고!"

자신보다 서른 살은 어린 이너럴에게 징그러운 늙은이라고 악담을 퍼부은 엔리크가 두꺼운 책 몇 권을 기어이 끄집어내서 조심조심 사다리에서 내려왔다.

"자. 이걸 읽어 보시면 됩니다."

"이게 뭔데요?"

아까부터 갑자기 사다리 올라가서 책을 찾더니. 내민 책이 한 권도 아니고 서른 권이고, 무엇보다 주제가 다 달랐다. 하지만 일정한 범주로 묶을 수는 있었다. 그렇게 묶어 보면.

"마법사의 영혼에 새겨진 상처를 치유하는 법. 환각 마물에서 벗어나는 법. 마지막 계급, 마지막 계절에 다다르는 법."

'마지막 건 그렇다 치고. 앞의 두 개는 무슨 말이지?'

영혼에 새겨진 상처? 반다를 살리려다 실패한 부작용을 일컫는 걸까?

환각 마물에서 벗어나는 법은 또 무슨 말인가? 환각 마물에 시달리는 건 디아린이 아니라, 자신의 개인 호위인 이작 드리엄인데.

디아린은 도무지 이해가 가지 않는다는 표정으로, 거대한 방으로 옮겨졌다.

"이너럴 룬?"

"황자비 저하!"

이너럴이 서둘러 뛰어왔다. 그는 정말이지 무슨 말을 해야 할지 모르겠다는 표정으로 말했다.

"이야기는 다 들었습니다. 대마법진……, 대마물……. 어쩐지 황자비 저하를 볼 때마다 기이하게 친근한 마음이 들더니. 다 이유가 있어서였군요."

이너럴은 안쓰러운 표정이었다.

"황자비 저하. 8황자 저하 때문에 무리하셨군요."

신기했다. 어떻게 아는 건지 알 수가 없었다.

"그나저나 몸은 좀 괜찮으신지요?"

"네. 나쁘지 않아요."

"8황자 저하가 용혈을 들이부어 주셨나 보군요."

"어떻게 아셨어요?"

"예? 그야 8황자 저하가 황자비 저하를 몹시 사……."

"이너럴 룬! 준비가 끝났습니다!"

뒤에서부터 크게 들려온 목소리에 이너럴 룬이 아참, 하면서 정중하게 디아린의 손을 잡고 안쪽까지 바래다주었다.

"계급 측정은 금방 끝날 겁니다."

"고마워요."

디아린이 들어가고, 이너럴은 고개를 설레설레 저었다.

"이너럴 룬. 저 분이 그, 대마물을 혼자 잡았다던?"

"맞아. 그 분이시다."

"수문석 지하의 생환자인 8황자의 혼약자이기도 하시고요?"

"그래, 그렇단다."

동료 마법사가 "휘유—" 하고 휘파람을 불렀다.

"동시대에 이런 엄청난 거물을 만나다니. 살아 있어서 행운이네요."

닫힌 문에서 시선을 뗀 마법사가 물었다.

"그나저나 아까 무슨 말 하려다 마셨어요? 정략혼이라고 들었는데, 8황자, 저 혼약자를 진심으로 사랑하시는 모양입니다?"

"암, 몹시 진심으로 사랑하시지."

이너럴은 염려스러운 눈으로 닫힌 문을 보았다.

"절박할 정도로 진심이시라, 그게 걱정이지."

그로부터 몇 분 후, 측정실 안쪽에서부터 마도석 수천 개가 산산조각이 나는 엄청난 소리가 들렸다.

＊ ＊ ＊

"……이와 같이, 아키르 제국, 교단. 12왕국을 포함한 모든 왕국. 공국들. 현존하는 학술원과 학회 전체에 디아린 콘클이스터를 사계탑 직속 마법사로 공표한다."

엔리크는 그렇게 말한 다음에 웃었다.

"참. 8계급이라는 건 대외적 극비사항 취급."

"……."

"……."

"……."

메타샤의 원탁에 둘러앉은 이들 머리 위로 무거운 침묵이 내려앉았다. 세 명의 7계급 마법사, 그리고 6계급 마법사들 중 가장 뛰어난 성취를 보여 이 귀중한 원탁에 앉을 자격이 있는 이너럴까지.

디아린을 사계탑까지 데려왔던 치프리아노가 조심스레 물었다.

"이너럴 룬. 실례합니다. 그 디아린 룬의 나이가 어떻게 된다고 했죠?"

"마흔 번째 물어보시는 것 같은데 황자비 저하는 스물두 살이십니다."

"……."

"……."

"……."

결국 다른 7계급 마법사가 쾅 하고 원탁을 쳤다.

"그게 말이 됩니까! 22살에 8계급 마법사라뇨! 물론 측정기가 박살이 나는 걸 제 눈으로 똑똑히 봤지만 이게 말이 됩니까! 차라리 유리 바늘 위에 철근 거신상을 올려두는 게 더 현실성 있겠군요!"

엔리크가 쯧쯧 혀를 찼다.

"원래 마법은 한계가 없는 거다. 너는 7계급 마법사라는 녀석이 벌써부터 스스로에게 한계를 걸어 놓으면 어쩌자는 것이냐? 겨우 여든여덟 밖에 먹지 않은 자식이 벌써부터 생각이 그렇게 딱딱해서야."

"제 말뜻은 그게 아닙니다!"

마법사는 다시 한 번 쾅 원탁을 쳤다. 이너럴은 속으로 생각했다.

'이 원탁, 천 년은 넘은 역사의 산증인인데 너무 막 다루시는군.'

"그 어린 분이 홀로 대마법진까지 그리는 마법사라는 건 탑주님보다 대단하다는 뜻이잖습니까! 그럼 사계탑의 주인 자리를 그분에게 물려주시고 탑주님은 일선에서 물러나셔야죠!"

"아아. 그게 문제였나."

엔리크가 손뼈를 우두둑거렸다. 7계급 마법사가 살짝 당황했다.

"너는 귓구멍이 막혔느냐? 디아린 룬의 계급을 극비 사항으로 취급하겠다고 내가 처음에 말한 건 벌써 잊은 것이냐? 상황이 안 된다잖나! 상황이!"

엔리크가 쾅 하고 원탁을 내리찍었다. 이너럴은 속으로 생각했다.

'탑주님이 저러시니 다른 분들이 배우신 게 틀림없군.'

"잘 들어라. 너, 너, 너. 이렇게 셋은 오늘부터 그 아이의 몸에 흐르는 고대 마법, 콘클이스터는 영원히 콘클을 공격하지 못한다는 저주 같은 마법을 파훼시키는 연구에 주력해라."

"방계 혈통을 속박하는 마법이군요."

"그래. 그런 종류로 추측된다."

"근데 그걸 저희가 왜 해야 합니까?"

"맞아요."

"왜 해야 하냐고? 내가 도와주겠다고 약속했으니까. 아. 좋아. 벌써부터 왜 내 약속에 너희가 희생해야 하냐는 표정이군."

엔리크가 턱짓했다.

"이너럴?"

"예, 탑주님."

“설명 시작해라.”

“알겠습니다.”

이너럴이 바로 챙겨왔던 서류를 한 부씩 배부했다.

“일전에 사계탑을 뒤흔들었던 ‘마도석의 형태를 온전히 유지하되 어떤 마도구도 거치지 않고 마법사의 순수 마력만으로 보존된 에너지를 활성화시키는 기물’에 대해서는 여러분 모두 알고 계시지요?”

“알죠.”

“알아요.”

“압니다.”

이너럴이 싱긋 웃었다.

“그럼 설명이 쉽겠군요. 이 보존 기물을 만들어 보내 주신 분이 다름 아닌 황자비 저하입니다. 그러니 황자비 저하를 정 돕지 못하겠다면 기물 연구에서 다들 손 떼십시오.”

“할게.”

“할게요.”

“하겠습니다.”

“좋아.”

엔리크가 만족스럽게 고개를 끄덕였다. 바로 출렁거리는 피를 내밀었다. 디아린에게서 뽑아 온 피였다. 딱 봐도 와인 병 한 병은 채울 법한 양에 이너럴은 속으로 한숨을 내쉬었다.

‘저렇게 무식하게 뽑아 오면 어쩐단 말인가.’

* * *

디아린은 병든 병아리처럼 긴 소파에 앉아 꾸벅꾸벅 졸고 있었다. 샤이는 눈물이 그렁그렁해져서 말했다.

"딜리스 룬!"

"네, 네?"

"아까 그분, 생체 실험자라든지 그런 분 아니에요? 어떻게 아가씨 몸에서 피를 그렇게 많이 뽑아갈 수 있어요! 악랄해……!"

"악랄, 그렇죠. 악랄하죠."

딜리스는 어색하게 웃었다.

'그 악랄한 생체 실험자가 탑주님이라는 거 말해 줘야 하나……? 하지만 놀라서 기절하면 어떡하지, 이 하녀 아가씨가?'

디아린은 샤이를 꽤 각별하게 여겼다. 마도석 온열 난로조차 붙여 주지 않은 콘클 공작가에서, 전속 하녀 같은 걸 붙여 줬을 리가 없다. 말하자면 디아린의 첫 전속 하녀.

게다가 샤이는 북문석 4대 백작가 중 하나인 웨즈베타 백작가의 영양도 탐낸 전적이 있을 만큼 성실하고 헌신적이었다. 성격이 얼굴에 뚝뚝 묻어난다고 할까.

'역시 입 다물고 있어야겠다.'

딜리스가 그렇게 결론을 내렸을 때, 샤이가 비장하게 말했다.

"그분이 또 아가씨를 만나러 오겠다고 하시길래 문을 잠갔어요."

"네? 어, 언제요?"

"한 시간 전이요."

딜리스는 침착하게 문 쪽으로 걸어갔다. 문틈을 살짝 열어 보자, 평소처럼 로브를 코끝까지 뒤집어쓴 남자가 앉아 있었다. 그래도 대륙에서도 손꼽히는 대단한 거물인데 저렇게 문전박대당하다니…….

딜리스는 아무것도 못 본 척 다시 문을 닫았다.

"샤이 양."

"네?"

"잠깐 잊고 있었는데, 영애님이 아까……."

적당한 핑계로 샤이를 내보낸 딜리스가 직접 문을 열어 주었다.

나가는 샤이를 곁눈질로 보니, 앉아 있던 자리는 텅 비어 있었다. 몇 분 후 뚜벅뚜벅 걸어 들어오는 발걸음 소리. 엔리크였다. 딜리스는 바로 말했다.

"그 하녀는 15분이면 돌아올 거예요."

"이 내가 하녀 따위의 눈치를 봐야 하나?"

"디아린 영애님이 아주 아끼는 하녀랍니다."

"14분 안에 대화 끝내지."

엔리크는 그렇게 말하며 쓰고 있던 로브 모자를 훌렁 넘겼다. 매끈한 은색 눈동자가 드러난다. 그는 여전히 기절 잠에 빠져 있는 디아린을 보면서 말했다.

"좀 중요한 얘기라, 둘이서만 나누고 싶은데 괜찮겠는가?"

"알겠습니다."

딜리스는 곧바로 여덟 걸음 물러났다. 엔리크가 커다란 구슬을 잡듯 양 손을 가슴 앞에 모았다. 은빛 마력이 뻗어져 나가 딜리스와의 사이에 소리를 소거하는 벽을 쳤다.

그 순간 엔리크의 키가 확 작아졌다. 발목까지 오던 로브가 땅에 질질 끌렸고, 긴 소매도 축 늘어졌다. 일곱 살, 본래 모습으로 변한 엔리크가 잠든 디아린의 팔을 잡고 흔들었다.

"그대. 오수는 그만 즐기고 일어나 봅시다."

핏기 가신 얼굴의 디아린이 눈을 떴다.

"어……, 엔리크 룬?"

연보라색 눈동자가 주변을 한 번 크게 둘러본다.

"음소거 마법을 걸면 신체 유지가 힘든가 보네요."

"정확합니다."

겉으로만 어린 사계탑의 주인은 디아린의 안색을 확인했다. 입술에 핏기가 전혀 없는 것이, 이대로 나갔다간 사계탑에서 아키르 제국의 예비 황자비를 홀대하다 못해 학대한다고 악의적 소문이 쫙 돌 지경이었다.

'식비를 열 배로 높여서 책정해야겠군. 아니면 이너릴이 뭐라고 하겠어.'

일단 엔리크는 소파 옆 테이블에 놓인 포도 주스를 잔에 따라 건네주었다.

"고맙습니다."

당도가 높아 진하고 달콤한 주스를 마셨다. 엔리크는 디아린의 앞에 앉았다.

"그대."

그리고 평화로운 어조로 말했다.

"그대 영혼에 최상위급 환각 마물이 붙어 있었습니다."

최상위급 환각 마물? 생각지도 못한 엔리크의 말에 반사적으로 떠오른 존재는 단 하나뿐이었다.

'올로르?'

디아린은 마시던 주스를 줄줄 흘렸다. 갑자기 머리가 핑 돌았다.

"……?!"

방구석에 놓인 접이식 의자에 앉아, 디아린과 엔리크를 별생각 없이 바라보던 딜리스의 연두색 눈동자가 휘둥그레 커졌다. 디아린이 갑자기 마시던 주스를 줄줄 흘리더니 닦을 생각도 못 하고 벌떡 일어났기 때문이다.

문제는 현재 디아린의 몸 상태. 피를 엄청나게 뺀 상태라는 걸 간과했는지, 바로 휘청거린다.

"디……!"

순간 소리를 차단하던 마력 벽이 설탕 가루처럼 깨진다. 금세 청년의 모습으로 변한 엔리크가 옆으로 넘어가는 디아린을 온몸으로 받아 내 그대로 주저앉았다.

"아, 이런."

엔리크가 당황하는 목소리가 끝이었다. 소리를 차단하는 벽이 눈 깜짝할 새 다시 생성되고, 엔리크는 금세 꼬마 모습으로 돌아갔다.

그는 마력 벽에 개구리처럼 착 달라붙어 있는 딜리스를 보고 "괜찮아. 괜찮아" 하면서 손을 흔들어 주었다.

* * *

형태가 정립되어 있는 인간과는 달리, 마물은 마력이 뒤틀린 돌연변이 같은 존재다. 상상할 수 있는 부작용의 상상력을 깨부수는 것이 바로 환각 마물이었다.

"그러니까, 적조의 영혼이 마물이라는 뜻이 아니고요. 그대."

"……."

"내가 원래 말을 오해하게 잘 합니다. 이너럴이 고치라고 했는데 쉽지가 않군요."

"……."

그 말을 듣고서야 디아린이 겨우 숨을 내쉬었다. 엔리크도 그제야 따라서 숨을 내쉬었다.

"아니, 그대. 대체 왜 그렇게 놀랍니까?"

"비슷한 말을 들은 적 있어서 혹시나 했죠."

일전에 '은의 탑'이 그렇게 말하질 않았던가.

'네 몸엔 마물의 기운이 느껴지는구나.'

'정말 이번에는 올이랑 로르가 마물인 줄 알았다고…….'

디아린이 얼굴을 쓸어 넘겼다. 엔리크가 디아린을 자세히 쳐다보다가 말했다.

"적조가 그대에겐 몹시 중요한가 봅니다."

"신수잖아요. 중요하죠."

솔직히 말하자면 더 이상 뒤통수를 맞고 싶지 않았다. 온통 흰 사슴족으로 얼룩진 생에서, 디아린에게 홀로 귀속된 신수인데.

'그마저 환각 마물이었다고 하면 마음이 많이 쓰라렸을 거라고.'

디아린이 속으로 투덜거렸다. 특히 두 번째 삶에서 그러질 않나. 자신을 사랑하는 가족이어서, 마음을 줬는데, 알고 보니 함께 환생한 흰 사슴족의 원로들이었을 때. 한순간 돌변해 어서 대마법진을 그리거라! 하고 말할 때의 표정이 흐리게 기억에 남았다.

디아린은 "으." 하면서 머리를 휘저었다.

"어쩐지 이상하다고 했어요."

"짐작 가는 일들이 있었군요?"

"짐작까진 아니지만……."

이작 드리엄이 자신에게 '주인님'이라고 부르던 일. 하급 환각 마물이 '반다'의 모습을 형상화하던 일. 북문석 숲에 간 후 유독 환각 마물을 자주 만나던 일.

'다 연계된 일이었구나.'

디아린은 한숨을 내쉬었다.

"지금도 환각 마물이 내 영혼에 붙어 있나요?"

다행히 엔리크는 고개를 저었다.

"지금은 없습니다. 아주 최근에 떨어져 나갔더군요. 내 추측에는 대마물을 잡으려고 대마법진을 그린 때 떨어진 것 같고."

"아하."

"그때 그대의 육체가 산산조각이 날 뻔했나 봅니다."

"그랬죠."

"용혈과 적조의 힘으로 그대는 간신히 버틴 거고."

"맞아요."

디아린은 문득 궁금해졌다.

"왜 저는 이 사실을 몰랐죠? 같은 8계급이라면서. 게다가 제 적조 역시 이런 사실을 몰랐어요."

물론 마물을 씹어 먹은 전적이 있어 그것과 헷갈릴 수는 있었다지만.

"아, 그건."

엔리크가 자신의 눈을 가리키며 말했다.

"내 눈이 마법 성물이기 때문입니다."

"……네?"

성물?

"안질환을 효과적으로 해결할 수 있는 방법을 연구하다가. 약간 실험을 해 봤거든요."

"……실패하셨군요?"

"그래요. 실패 부작용으로 시력을 잃기 직전에 고대 마법 유적지에서 이 성물을 찾았죠. 여기 압축되어 있는 마도석만 족히 1만 개는 넘습니다."

디아린은 신기하다는 표정으로 엔리크의 은색 눈을 빤히 바라보았다.

어쩐지, 눈빛이 광석처럼 차갑다는 생각이 들었는데 진짜로 광석일 줄이야.

"다른 사람들의 영혼이 다 보이는 건가요?"

"제한이 걸려 있어서, 같은 계급의 마법사의 영혼만 보입니다."

하지만 엔리크는 전무후무한 8계급.

그동안 같은 계급의 마법사 따위 한 번도 만나 본 적이 없다. 애초에 8계급 마법사라는 존재가, 천 년이 넘는 사계탑 역사를 다 합쳐도 세 명도 되지 않았다.

"다시 말해 그대의 영혼만 보인다는 소리입니다. 사실 그대가 나타나기 전까지는 이런 기능이 있는지도 몰랐어요. 알았다면 또 실험을 해 보았을 텐데……. 뭐. 지금이라도 실험해 보면 되니까요."

"정말 본인 몸으로 열심히 실험하시네요."

"당연하지요? 그게 마법사의 윤리잖습니까."

'마법사의 윤리…….'

디아린은 문득 궁금해졌다.

"엔리크 룬, 그럼 남의 몸으로 연구와 실험을 자행하는 마법사들은 뭔가요? 풍문으로 떠돌아다니는 흑마법사들인가요?"

"음?"

엔리크가 고개를 저었다.

"흑마법사들은 인간의 몸 자체를 싫어합니다. 그래서 가혹한 환경에 집어던지긴 하지만 직접적인 인체 실험을 하진 않아요."

'그럼 콘클 공작 성 지하실에서 인체 실험을 하던 마법사들은 누구지? 내 손목에 적조의 영혼석을 매달던 그놈들.'

이제까지는 콘클 공작이 포섭한 마법사거나, 아니면 흑마법사라고 생각했다. 하지만 사계탑의 주인조차 본인의 몸으로나 실험을 하는데 그런 이단이 그렇게나 많이 나올 수가 있을까?

'마법사가 아니지만 마법사와 비슷한 존재라면.'

문득 디아린은 깨달았다. 그녀의 입가에 비뚤어진 미소가 걸렸다.

'무슨 소속들이었는지 알겠어.'

* * *

이너럴은 호오, 하면서 고개를 갸웃했다.

"아키르 제국에서 드디어 친서가 왔군요."

디아린을 훌쩍 사계탑으로 데려온 이후, 각국에서 엄청난 양의 편지와 사절단들이 왔다 갔다 했다.

"대마물 켄자스의 사체도 대륙법에 의해 황자비 저하에게 귀속되었으니까 말이죠."

대마물의 가격이 하늘을 찌르는 이유는 여러 가지가 있다. 그중 가장 대표적인 것은 역시 지속적으로 뿜어내는 마력.

각종 마도구가 호황기를 누리는 지금, 마도석은 필수적인 에너지 연료였다. 아주 간단히 계산해 보자면, 대마물의 사체 하나는 다이아몬드 광산 열 개를 합친 가격이었다.

"물론 사체를 분리하는 비용, 정제하는 비용, 보관 비용, 판매 수수료 등을 합치면 40% 정도는 떨어져 나가겠지만, 그래도 그게 어디입니까?"

아키르 제국의 가장 부유한 공작가 중 하나라는 한 공작가가 다이아 광산을 세 개 가지고 있으니, 말하자면…….

"우리 황자비 저하가 가장 부자가 된다는 소리군요."

"언제부터 아셨다고 '우리' 황자비 저하입니까? 이너럴 룬."

"어흠. 저는 황자비 저하와 수문석 정기 토벌도 함께 치러 낸 경험이 있어서 그렇습니다."

"……그건 솔직히 부럽군요."

7계급 마법사가 6계급 마법사를 부러워 할 일은 잘 없는데. 이너럴은 후후 웃으면서 수염을 쓰다듬었다.

"어쨌든 아키르 제국 황제가 직접 보낸 친서이니, 이건 무시를 못 하겠습니다."

"무슨 내용입니까?"

"뻔하지요. 황자비 저하는 8황자 저하와 '반드시', '무조건' 혼인을 약속한 사이니 결혼식을 치를 예정이니, 속히 돌려보내 달라. 뭐 그런 내용입니다."

"하지만 8계급 마법사를 보내기 좀 아깝지 않습니까? 차라리 탑주님을 보냅시다."

"대외적으로는 8계급인 게 비밀이니까요. 하지만 말씀대로 차라리 탑주님을……."

"너희는 아주 하극상에 재미를 붙였구나."

하하 웃으며 등장한 엔리크가 두 마법사의 머리를 쥐어박았다. 이너럴이 꿍 하면서 쥐어 박힌 머리를 붙잡았다.

"탑주님! 노인을 이리 학대하면 어쩝니까!"

"예순 살이 무슨 노인이더냐. 한창 봄이란다, 이너럴아. 아흔 살부터 노인 대접을 해 줄 것이니 장수하거라."

엔리크는 친서를 받아 읽었다.

"친서를 가져온 제국의 황제 사절단은 어디 있느냐?"

"동쪽 탑에 모셔 두었습니다. 선발대만 오늘 오고 나머진 내일 도착한다더군요."

"흠, 그래. 그럼 내일 대면하자고 전하거라."

* * *

'배 터질 것 같아······.'

며칠째 계속 과식한 디아린이었다.

향신료를 듬뿍 뿌려 구워 낸, 뜨거운 육즙이 좔좔 흐르는 새 고기와 미트 파이. 연어를 얹은 샐러드, 토마토 소고기 스튜, 샴페인 등 맛깔스럽고 무거운 음식들이 잔뜩 나왔다.

더는 못 먹겠다고 하니까 샤이가 포크로 찍어서 입 안에 넣어줬다. 함께 식사하던 딜리스한테 도와 달라는 눈빛을 보냈지만.

'저는 샤이 양을 이길 수 없어요, 라는 표정으로 고개를 저었지.'

배는 터질 것 같았지만 막상 따뜻한 침대에 몸을 기대니 기분은 또 나쁘지 않았다. 사계탑에서는 디아린에게 가장 좋은 방을 내주었기 때문에 침구도 푹신했다.

"조금만 눈 붙일까······."

배가 불러서 그런지, 침구가 좋아서 그런지 상체만 기댄 채로 디아린은 금세 잠에 빠졌다.

* * *

그날 밤.

디아린은 기이한 시선을 느끼고 눈을 떴다. 희미하게 들어오는 달빛 사이로 초점이 맞춰진다. 그리고 자신의 얼굴을 빤히 내려다보고 있는 새 두 마리.

'……새?'

디아린이 당황해서 벌떡 일어났다. 두 마리의 새가 푸드덕거리며 날았다가 디아린의 무릎에 다시 얌전히 앉아 쳐다보았다.

황금빛이 감도는 붉은색 깃털. 연보라색 눈동자.

"너희 설마 올로르……?"

"우와."

"생각보다 빨리 맞추는군."

"세상에, 진짜로?"

하마터면 디아린은 저도 모르게 비명을 지를 뻔했다. 샤이 양이 뛰어들어오면 곤란했기에, 그녀는 바로 이불을 뭉쳐 제 입을 틀어막았다.

얼떨떨한 눈으로 보다가 이불을 빼고 물었다.

"올?"

"네!"

"로르?"

"왜."

두 새가 나란히 대답했다.

"너희 뭐야, 그 모습?"

올이 자랑스럽게 날개를 파닥거렸다.

"현신화했어요."

"어떻게? 안 된다고 그랬잖……, 아!"

머릿속에 스쳐 지나간 대화.

'지금도 환각 마물이 내 영혼에 붙어 있나요?'

'지금은 없습니다. 아주 최근에 떨어져 나갔더군요. 내 추측에는 대마물을 잡으려고 대마법진을 그린 때 떨어진 것 같고.'

디아린은 이불을 떨어뜨리고 두 손으로 입을 막았다.

"환각 마물이 떨어져 나가서구나……!"

영혼에 붙어 있는 마물의 자리가 비면서, 자연스레 그 자리만큼 마력이 들이찼다.

8계급 마법사로 비공식 사계탑 명부에 작성되고 며칠. 디아린은 신수 적조를 현신화시키는 데 성공했다.

"근데 올, 로르. 너희 그 모습이 원래 모습이야?"

"원랜 더 커요."

"더 크다."

"더 크다고? 얼마나……. 히익."

순식간에 방 안을 꽉 채울 정도로 커진 올의 모습에 디아린이 말문을 잃었다.

"한 이 정도요."

올이 다시 크기를 줄이자, 디아린이 고민에 빠졌다.

"안 되는데."

"뭐가 안 되나?"

"누가 봐도 너무 신성하잖아, 너희."

굴러가면서 봐도 신수다.

독수리 크기의 커다란 몸체. 기다란 꼬리. 고상한 붉은색 깃털에 감도는 황금빛이 어찌나 신성한지, 한 번 봤다 하면 없던 신화도 적어 낼 수 있을 것 같았다.

"좀 더 평범한 새로 변해 봐."

올과 로르는 바로 몸체를 더 줄였다. 길고 풍성했던 꼬리가 짧아지고, 반짝이던 황금빛도 많이 줄었다. 그래도 뭔가 희귀 동물 같다는 느낌은 폴폴 들지만, 귀한 종이라고 납득할 만한 모습이었다.

디아린이 휴 하고 한숨을 내쉬었다.

"좋아, 이 정도면 괜찮겠다."

"그렇게 걱정할 필욘 없다."

로르가 부리를 까딱거리며 말했다.

"신수는 원체 오만한 걸로 유명하지. 이렇게 크기를 줄여 주는 신수 따윈 어디에도 없다는 소리다."

"그럼 너희는 왜 줄여 주는데?"

올이 날개를 으쓱했다.

"글쎄요? 주인님한테 드리는 일종의 경애라고 할까나……?"

"경애?"

올이 고개를 끄덕거렸다. 그래 봤자 새가 끄덕거리는 거라서 솔직히 좀 귀여웠다. 게다가 자세히 보니 머리 깃 모양이 좀 달라서 구분이 가긴 갔다.

'이렇게 보니까 둘이 표정이 다른 게 잘 보이네.'

올은 새 주제에 헤헤 웃고 있고, 로르는 새 주제에 무심한 표정을 짓고 있다. 빤히 보던 디아린이 물었다.

"너희, 눈동자 색이 나랑 똑같네?"

"그야 주인님 신수니까 주인님이랑 똑같이 했죠."

"나랑 똑같이?"

"네에."

디아린이 눈을 깜빡거렸다.

"그럼 원래 눈동자 색은 뭐야?"

"원래 색이란 거 없어요. 이게 원래부터 우리 색이 되는 거예요. 나중에 사람으로 현신화해도 말이에요."

"사람으로?"

"네."

"아. '은의 탑'처럼?"

올이 고개를 끄덕거렸다. 디아린이 손가락으로 턱을 괬다. 올이 디아린 주위를 빙글빙글 돌면서 말했다.

"그러니까, 나중에 주인……."

그때였다.

똑똑.

올과 로르가 재빨리 깃털로 변해 디아린 어깨로 흡수됐다. 문 두드리는 소리와 함께 샤이가 들어왔다.

"아가씨? 일어나셨네요?"

일찍 주무시더니, 하고 웃는 샤이의 품에는 커다란 샴페인 병이 하나 들려 있었다.

"그거 뭐예요?"

"아! 이거 이너럴 룬이 주셨어요. 아주 비싼 샴페인이라고 아가씨 갖다 드리라고 하시던데요?"

디아린이 눈을 깜빡였다. 샴페인은 축하를 하는 술. 어쩌면 상황과 이렇게 딱 맞는 술이 나타났지?

"지금 좀 맛보실래요?"

"좋아요. 그럼 잔은 세 개 주세요."

"네? 세 개요?"

샤이가 방을 휘휘 둘러보았다. 하지만 당연히 아무도 없었다.

'나중에 손님이 오시나?'

* * *

올과 로르는 테이블에 앉아서 부리 앞에 놓인 잔들을 오도카니 쳐다보았다. 디아린이 직접 따라 준 샴페인에서 기포가 포륵포륵 올라왔다.

"너희는 새니까 술은 마시지 마."

"우린 새 아니에요!"

"신수다!"

둘이 발끈해서 외치자 붉은 꼬리가 휘날렸다. 디아린은 잔을 가득 채우며 키득키득 웃었다.

"아무리 그렇게 화내도, 그런 모습으로 말해 봤자 하나도 안 무서운데요."

똥글똥글한 연보랏빛 눈동자 두 쌍이 자신을 빤히 바라보는데 그냥 예쁜 새로밖에 보이질 않았다. 디아린은 불현듯 궁금해졌다.

"올. 아까 사람으로도 현신화할 수 있다고 했잖아."

"네!"

"그때도 나랑 같은 눈동자 색인 거야?"

"그렇죠."

"신기하다. 남들 눈엔 가족처럼 보이겠네."

"으응?"

올이 작은 고개를 갸웃거렸다.

마력을 적잖게 되찾아, 새의 모습으로까지 현신화할 수 있게 되었지만 기본적으로 신수와 소환사는 영혼이 연결되어 있다. 그러니 신수는 소환사의 감정 일부를 읽는 게 가능했다. 방금 디아린은 '가족'이라는 얘기를 꺼내며 무척⋯⋯.

〈두려움? 두려움 느낀 거? 맞나?〉

〈맞다.〉

로르가 대답했다. 적조의 이 짧은 대화는 디아린에게는 들리지 않았다. 로르가 물었다.

"인간. 넌 가족이 아직도 무섭나?"

디아린은 잔을 들고 멈칫했다. 올은 "우와. 저걸 저렇게 직구로 물어볼 줄은 몰랐는데." 하고 감탄했다.

"무서운 건 아냐. 그런데 이젠 난 마력도 거의 정상이잖아. 그러니까……."

태어나자마자 마력에 강력한 금계를 건 덕분에, 이번 생에서 디아린은 흰 사슴족의 원로들을 만나지 않았다. 혹은 이미 마주쳤더라도, 그들의 기억이 되살아나지 않았을 터.

어느 쪽이든.

"이제 얼마 있지 않으면 원로들을 대면해야겠지. 그들이 제발 지금의 나와 거리가 있는 사람으로 환생했길 바라고 있어."

아버지— 하고 평소처럼 팔을 뻗어 안기려다가 홱 밀쳐지는 경험은 이전 생에서 겪은 걸로도 충분했다.

그때 기분이 어땠더라.

따뜻한 침대에서 자고 있는데 얼음물이 얼굴에 홱 끼얹어지는 기분이었다.

"하지만 나도 이번에는 그냥 안 휘둘릴 거야. 엔리크 룬이랑 대화를 했거든."

* * *

고대 마법 성물을 눈으로 끼워 넣은 사계탑의 주인.

그리하여 같은 계급인 디아린의 영혼을 볼 수 있는 마법사, 엔리크는 그녀와 마주치는 순간부터 깊은 고민에 빠졌다. 이 성물 안구로 보는 디아린의 영혼이 얼마나 만신창이인지 알 수 있었기 때문이다.

"그대는, 환각 마물 때문에 중요한 기억을 일부 소실했군요."

'나는……, 살고 싶었어.'

'나는 네가……, 싫어.'

반다의 말. 흐릿한 기억.

디아린은 씁쓸한 표정을 지었다. 두 번째, 세 번째 생의 기억들은 물에 탄 잉크처럼 많이 흐려졌지만, 첫 번째 생만큼은 늘 또렷한 편이었다. 돌이켜 보면 북문석 성에 가기 전만 해도 첫 번째 생의 기억이 이렇게까지 흐리진 않았던 것 같다.

'하지만 수문석 지하에 다녀온 이후엔 기억이 점점 흐려졌지. 나도 모르는 새 그랬던 거야.'

반다에 대한 기억은 갈수록 희미해지고, 그러면서 반다를 살려야 한다는 강박적인 마법 부작용은 생을 끈질기게 이어 따라와, 디아린을 족쇄처럼 얽어맸다.

"그 마법 부작용은 그대에게 너무 큰 상처입니다. 그대는 상처가 아닐 거라고 생각하려고 애썼군요. 괜찮습니다. 스스로의 상처를 외면하는 사람들은 많으니까요."

"……."

"그대는 이미 중상 상태였고, 거기에 적조의 영혼까지 들어찼으니 한마디로 말해 빈사 상태예요."

"빈사 상태요?"

"예."

"부작용이 그렇게 심했다고요?"

"붕괴 직전이었죠."

디아린은 약간 당황했다. 사람이 몸을 크게 다치면 움직이지 못하듯이, 영혼을 크게 다치면 깊은 잠에 빠져 일어나지 못한다. 혹은 실이 끊긴 마리오네트처럼 백치 상태가 되거나.

하지만 디아린은 멀쩡했다.

'물론 피를 좀 토하긴 했지만?'

마법도 쓰고 마법도 썼고 마법도 쓰질 않았나? 한 박자 늦게 깨달은 디아린이 설마 하며 물었다.

"설마 제 혼약자의 용혈이 막아 주고 있었나요?"

                            * * *

'그대. 비록 그대의 혼약자가 알고서 의도한 일은 아니겠지만.'

천 년을 타고 흘러 온 천룡의 피. 용혈의 기이함은 사계탑에서 특히 적극 연구한 분야다. 덕분에 사계탑의 주인인 엔리크는 아주 잘 알고 있었다.

'맞습니다. 용혈이 막아 준 게.'

'…….'

'그대의 혼약자가 진심으로 그대를 지켜 주고 싶어 한다는 사실만은 확실하군요.'

그렇지 않고서는 제아무리 용혈이라고 해도 이토록 완벽하게 빈사 상태인 디아린의 영혼을 지탱하진 못했을 테니까.

결국 디아린은 샴페인을 물처럼 들이켰다. 달콤한 술이 속을 뜨겁게 데우고 넘어간다.

"우왁, 주인님!"

"좀 천천히 마셔라. 네가 고래도 아니고."

올과 로르가 파닥파닥 날아 디아린에게서 술병과 술잔을 빼앗아 들었다.

디아린은 떨어지는 깃털 하나를 잡아 손에 꼭 쥐며 한숨을 내쉬었다.

"에제트가 아니었으면 벌써 또 다음 생이었을 거야, 나."

아니, 영혼이 빈사 상태라고 했으니 어쩌면 이번엔 아주 오랫동안 잠든 채 죽지도 깨어나지도 못하는 상태가 되었을지도 모른다. 분명 그랬을 것이다.

만약 수명이 다해, 다음 생에 도착한다면. 그때 또 에제트 같은 혼약자를 만날 수 있을까?

디아린은 고개를 저었다. 감정을 솔직히 할 필요가 있었다.

자신은, 에제트 같은 혼약자가 아니라 에제트가 좋은 것임.

평생, 누구도 자신의 피를 빼 가며 제 목숨을 수호해 준 적이 없다.

"그래서 나도 생각이 좀 바뀌었어."

첫 번째 생으로부터 이어진 강박적인 집착. 그것을 본인의 잘못이라고 여기고 포기했던 적이 잦았다.

내가 마법에 실패했으니까.

내가 반다를 지켜 주지 못했으니까.

하지만 지금은 다르다. 엔리크는 자신에게 '마지막 계급'을 앞두었다고 말했다. 직감적으로 알 수 있었다. 디아린이 한 번도 이루지 못했던 대마법사를 의미하는 것임.

"그땐 이 질긴 마법도 해제할 수 있을 거야."

문득 에제트가 보고 싶다고 생각한 그때였다. 술병을 들고 있던 쪽 손목이 턱 잡힌다.

"올?"

〈그거 저 아니에요, 주인님.〉

〈이 인간아. 눈 좀 똑바로 떠 봐라.〉

어느새 모습을 감춘 올과 로르가 속닥속닥 떠들었다.

때마침 달빛이 환하게 방 안을 가득 채운다. 약간 열린 창문으로 들어온

밤바람에 커튼이 흩날렸다. 초점이 덜 맺혀서 흐릿한 게 아니라, 정말로 얼굴이 보이지 않았다.

'공평한 혈통'에게만 적용되는 조건. 보이지 않는 얼굴.

아키르의 황족.

"……에제트?"

디아린은 하마터면 잔을 떨어뜨릴 뻔했다. 에제트는 가볍게 잔을 잡았다. 반쯤 찬 샴페인이 일렁거렸다. 흘긋 잔을 본 에제트가 디아린에게 턱을 까딱였다.

"저번엔 로르라고 하더니, 이번엔 올이군요. 대체 누굽니까?"

"에제트?"

"예, 디아린."

꿈이 아니었다. 에제트는 탁자에 샴페인 병과, 술잔을 내려놓으며 말했다.

"사절단이 일찍 도착해서 들어왔습니다. 잔은 왜 세 개……."

에제트는 말을 끝까지 맺지 못했다. 왜냐하면, 디아린이 제 목을 확 끌어안았기 때문이다. 디아린은 에제트를 껴안은 채 그의 목에 얼굴을 묻었다.

"보고 싶었어."

에제트의 심장 박동 수가 빨라지는 걸 아는지, 모르는지.

"저도."

에제트는 디아린을 안은 팔에 힘을 주었다.

"저도 보고 싶었습니다."

품 안에 가득 차오르는 이 온기가 얼마나 현실성이 없는지. 이 사람이 알까.

디아린은 숨이 살짝 막혀 올 때가 되어서야, 에제트를 밀어냈다. 미소를 지으며 물었다.

"같이 마실래? 아직 많이 남아서."

"그럴까요."

디아린은 샴페인 때문에 달아오른 뺨으로 에제트에게 자리를 권했다. 로르가 부리도 안 댄 잔을 에제트에게 주면서 술을 따라줬다.

"디아린."

에제트는 슬쩍 한 쪽 눈썹을 치켜 올렸다.

"너무 많이 마시는 거 아닙니까?"

에제트에게 한 잔 따라 줄 때 디아린은 세 잔을 마시고 있었다. 저 정도면 샴페인을 즐기는 게 아니고 들이붓는 수준이었다.

"안 마시고 버릴 순 없잖아."

"제가 마시겠습니다."

에제트가 디아린의 잔을 가져가 대신 마셨다.

"에제트."

디아린은 그를 응시하다가 말했다.

"너 진짜 잘생겼더라."

에제트는 하마터면 술을 뱉을 뻔했다. 잔을 내려놓은 그가 물었다.

"……제 얼굴이 보이십니까?"

"지금은 아니. 근데 수문석 지하에서 보였었어."

비록 울고 있었지만.

그렇게 한 번이라도 봤다는 게 어디인가.

디아린은 의자에서 일어났다. 따라 일어나려는 에제트의 어깨를 잡아 눌렀다. 두 손으로 에제트의 뺨을 감싸 잡는다. 연보랏빛 눈동자가 그를 내려다본다.

"에제트."

"예."

"탑주님이 알려 주셨는데. 네 용혈 덕분에 내가 살아 있대."

환각 마물이 떨어져 나가고, 몸이 회복되니 확실히 알 수 있었다. 에제트와 가까이 있으면 그녀의 마음이 편해진다.

"아니었으면 백치 상태가 됐을 거랬어. 아니면 깊은 잠에 빠져서 일어나질 못하거나."

그러니까 정말로 고맙…….

……다고 말하려던 디아린은 순간 두 눈을 크게 떴다. 눈 깜빡할 새 에제트가 손바닥을 그어 피를 냈기 때문이다. 붉은 피가 배어나는 손을 디아린이 서둘러 잡았다.

"에제트? 지금 뭐 하는 거야?"

"용혈이 좀 더 필요할 것 같아서요."

"나 이제 괜찮아!"

"괜찮다고요?"

"그래!"

"제 눈엔 안 괜찮아 보이는데."

"진짜야!"

디아린은 테이블 위에 놓인 냅킨으로 에제트의 손을 막아 지혈했다. 술이 확 깨는 기분이었다.

"제발. 아프지 않아? 자꾸 손바닥 찢지 마. 그래서 내가 수문석 지하에서도 얼마나……."

투덜대면서 제 손을 치료하는 디아린을 보며 에제트는 약하게 웃었다. 그는 멀쩡한 다른 손으로 디아린의 뺨을 감쌌다. 냅킨을 묶다 말고 디아린이 고개를 들어 올린다.

"에제……."

에제트가 턱을 기울여 입을 맞췄다. 갑작스러운 입맞춤에 당황한 디아린의 허리를 붙잡아 끌어당긴다. 따뜻한 입술 안쪽으로 파고들며, 지혈되지 않은 손바닥으로 드러난 손목을 잡는다.

피가 팔을 따라 흘러 팔뚝에서 뚝뚝 흐른다.

항상 마력이 부족한 마법사의 몸으로 흡수되는 마력의 선혈.

나는 내 피를 다 빼도 좋으니 당신 곁에 있는 걸 허락해 주길 바란다고.

디아린에게 할 수 없는 말임을 알아 조용히 삼키며, 에제트는 키스했다.

chapter 12

"불변의 진리가 사계절의 탑에 드리우기를. 탑주님께 인사드립니다."

"인사드립니다."

아키르 제국 황실에서 파견된 귀족 사절단들이 공손히 인사를 했다. 노인(의 외피를 걸쳐 입은)의 모습을 한 엔리크가 고개를 끄덕였다.

"반갑소, 그대들."

엔리크의 뒤에서는 사계탑의 재정 회계 담당자가 피눈물을 흘리고 있었다. 시간 단위로 마도석이 엄청나게 소모되는 외피를 빨리 벗겨내고 싶었다.

'참자. 오늘만 저 외피를 쓰고 활동하면 당분간은 안 쓰겠다고 말씀하셨으니까.'

엔리크는 사계탑 내부에서는 항상 젊은 모습으로 다녔다. 하지만 가끔 이렇게 외부 인사가 많이 들어오는 날이면, 노인의 외피를 걸쳤다.

'분란을 없애기 위한 가장 좋은 방법이라고 하셨으니.'

영원한 젊음은 인류의 가장 큰 소망이질 않은가.

비록 엔리크는 실험에 실패해, 어린아이의 모습으로 돌아가 버렸지만 이런 자세한 속사정을 아는 사람은 드물었다. 다만 사계탑의 주인인 엔리크가 8계급이라는 전무후무한 마법 계급과, 사계탑에 압축된 수천 억 개의 마도석 덕분에 젊은 모습으로 돌아갈 때가 있다.

……라고만 암암리에 알려져 있었다. 아니었으면 이미 사계탑의 영토에는 그저 그런 도둑들이 아니라 군대가 파견됐을 거라고, 엔리크는 항상 말했다.

'그나저나 이번에 들어온 8황자의 혼약자가 대단하긴 한가 보군. 엉덩이 무거우신 탑주님이 직접 나와서 사절단을 응접하고. 대마물의 소유자이신 분이니 당연한가.'

아키르 제국의 사절단은 대마물의 소유권에 대해선 제대로 협상해 보기도 전에 실패했다.

사계탑이 왜 그토록 부유하냐면, 돈에 미친 마법사들이 많아서였다. 정확히는 마법 연구엔 돈이 많이 드는데, 평소에 돈을 개처럼 모아 놔야 연구할 때 차질이 생기지 않으니 벌 수 있을 때 눈에 불을 켜고 벌어 놓는 것이다.

"자, 그럼 협상도 잘 끝냈으니 기념으로 그대들에게 내 '깃털의 정원'을 보여 드리겠소."

협상에 말려 들어가 너덜너덜해진 사절단을 데리고, 엔리크는 미소를 지었다. 커다란 유리 온실에 들어선 귀족들의 눈이 커졌다.

"오호, 아름답군요."

"탑주님은 새를 이렇게 많이 키우십니까. 그래서 깃털의 정원이라는 이름이 붙여진 겁니까?"

"굉장히 고상한 취미시군요."

사계탑 주인의 개인 정원에 초청받았다는 건 제국 사교계에서 끝장나게 자랑할 수 있는 이야깃거리가 생겼다는 소리다. 사절단들은 족히 백 마리는 넘어 보이는 아름다운 새들을 보면서 감탄했다.

"몇 마리는 먼 곳까지 발걸음 한 그대들에게 선물로 드리겠소. 대신 돈과 정성, 그리고 사랑으로 키우겠다고 서약서를 써야 하오."

"물론이지요!"

"대단한 영광입니다!"

모두가 체통도 잊고 새를 보고 있을 때, 디아린도 마침 정원에 들어왔다.

"디아린 룬!"

엔리크는 바로 반가워하며 두 손을 잡았다. 사절단들의 시선이 바로 그 꼭 잡은 손에 향했다.

'이럴 수가.'

'과연.'

'탑주가 저리 반가워하다니…….'

"디아린 룬. 그대에게도 새 한 쌍을 선물하고 싶은데 받아 주시겠습니까?"

이 선물을 거절할 사람이 있을까?

디아린이 "감사합니다."라고 대답하자, 엔리크는 수많은 새들을 둘러보다가 붉은색 새 한 쌍을 골랐다.

"그대의 붉은 망토와 가장 잘 어울리는 깃털이군요. 대마물 켄자스를 쓰러뜨린 그대의 공을 사계탑의 이름으로 치하하는 바입니다."

"영광입니다."

디아린이 고개를 가볍게 숙였다.

"정말 멋진 새로군요."

"아주 귀한 혈통으로 보이질 않습니까. 아키르 황실의 영예입니다."

* * *

"드디어 다 나갔군."

깃털의 정원이 조용해지자, 엔리크가 후후 웃었다. 그는 어느새 청년의 모습이었다. 내내 착 붙어 있던 재정 담당자가, 사절단들이 나가자마자 노인의 외피를 재빨리 벗겨 갔기 때문이다.

엔리크가 디아린을 돌아보며 말했다.

"이렇게 해 달라고 한 거 맞지요, 그대?"

엔리크의 도움을 받아, 일부러 '적조'를 사절단의 눈에 노출시킨 디아린이 고개를 끄덕였다.

"네. 도와주셔서 감사합니다. 엔리크 룬."

"별 말씀을."

사계탑의 주인이 선물로 내어 준 새이니 혹여 '적조'라고 의심을 받을리도 없을뿐더러 달라고 할 수 있는 사람도 없을 터.

완벽했다.

미소 짓는 디아린의 뒤로, 올과 로르가 날개를 펼쳐 날아다녔다.

"우릴 고작 새 취급하다니."

"너무해요! 주인님."

로르와 올이 각자 불퉁댔다. 디아린이 되물었다.

"너희 새 맞잖아?"

"우린 신수야!"

"맞아! 누가 하찮은 새라는 거예요!"

날개를 파닥거리며 올이 정원의 새들을 둘러보았다. 올이 사납게 눈을 부라리자 수많은 새들이 찍 소리도 못하고 겁먹은 듯 뒷걸음질 쳤다.

"그대, 그대의 적조는 생각보다 성격이 더럽군요."

엔리크가 디아린에게 작게 소곤거렸다. 올과 로르가 확 하고 엔리크를 노려보자, 그가 "어흠." 하고 바로 기계적인 웃음을 만면에 머금었다.

"실례했습니다. 신수여. 자자, 제 정원에 오신 귀한 손님을 맨입으로 돌려보낼 수 없는 노릇이니 배는 채우고 가시죠."

직접 돌보는 정원이 맞기는 하는 듯, 엔리크는 능숙하게 횃대에 걸린 먹이 주머니를 꺼내들었다.

"최고급 밀웜입니다."

"안 먹어!"

"안 먹어요!"

"엇? 밀웜이 싫으십니까? 그럼 이쪽엔 또 최고급 지렁이가 준비되어 있지요."

엔리크가 집게로 벌레를 잡아 부리 앞에 들이대자, 올과 로르가 바로 꺄아악 비명을 지르며 날아다녔다. 신수의 파닥임에 놀라 버린 수많은 새들이 한 번에 날개를 펼쳐 마구 비행했다. 순식간에 정원이 새 천국이 되었다.

디아린은 웃음을 터뜨렸다.

* * *

올과 로르가 과일을 먹으려는 샤이의 손에 붙잡혀 딴 곳으로 간 사이, 엔리크가 말했다.

"참. 디아린 룬. 내일 돌아가면 반드시 보양을 잘 해야 합니다. 마도석을 항상 끼고 다니도록 해요."

"알겠어요."

붕괴되기 직전의 영혼을 에제트의 용혈이 지탱해 주고 있었다니까. 디아린은 아예 마도석으로 팔찌 목걸이 귀걸이를 만들어서 몸에 차고 다닐 생각이었다.

"음, 8황자의 용혈 때문이라면 크게 문제 삼을 필요 없죠."

"네? 왜요?"

"생각해 봐요. 그대는 8계급 마법사고, 마지막 단계를 앞두었지요. 그대의 생명 유지와 보존을 위해 용혈 하나쯤 피 다 빨려 죽는 건 인류적으로 수지 맞는 장사…… . 가 아니라 내가 사회성이 좀 부족한 탓에 방금 말실수를 했나 보군요."

엔리크는 아, 하고 손뼉을 탁 쳤다.

"그렇군요. 뭘 잘못했는지 알겠습니다. 8황자는 수문석의 생환자로서 전설적인 기사이니, 좀 더 쓸모없는 용혈을 내 달라고 아키르 황실에 부탁해도 좋겠군요. 내가 듣기론 황실에 어린 쌍둥이 황자가 있…… . 그대? 그대! 어디 갑니까! 디아린 룬!"

내가 또 무슨 말실수를 해 버린 건가!

* * *

"……이너럴 녀석에게 물어보고 왔습니다."

엔리크가 큼큼 헛기침을 했다.

"재능 있는 자의 수명을 위해서 무고한 생명을 희생하는 건 마법사의 윤리에 맞지 않지요. 미안합니다."

하지만 용혈은 어쩐지 사람 같지 않아서, 자주 잊는단 말이지. 엔리크는 그렇게 중얼거리며 머리를 긁적였다.

"아무튼 8황자가 그대의 혼약자이니, 기왕이면 헤어지지 말고 잘 지내십시오. 용혈에게 착 붙어 지내다 보면 그대의 만신창이 영혼도 서서히 나을 겁니다."

그러다 보면 마지막 계급에 다다를 수 있을 것이고.

"마지막 계급이요."

"그래요. 마지막 계급, 마지막 계절."

엔리크는 단어를 떠올리는 것만으로도 좋다는 듯 미소를 지었다.

"그대는 사계탑이 왜 사계탑이라고 불리는지 압니까? 사람은 누구나 가장 좋아하는 계절이 있는 법이지요. 마법사들은 이상향의 계절에 다다르기 위해 계속해서 달려갑니다."

그래서 마법은 시작점도, 도착하는 지점도 다르다. 누군가는 따뜻한 봄을 가장 좋아하며, 다른 누군가는 청량한 여름을, 또는 가을을, 겨울을. 모두가 다르기 때문이다.

"하지만 마지막 계급은 다르지요. 유한한 계절의 한계를 뛰어넘어, 무한히 아름다운 계절을 이루죠. 쉽게 말해 함박눈이 하염없이 내리는, 봄꽃의 계절이 가능한 겁니다."

그래서 마지막 계급인 9계급은 다른 말로도 불린다.

"다섯 번째 계절."

"다섯 번째 계절……."

디아린이 따라서 중얼거렸다.

"그런데 엔리크 룬. 보여 주신 마지막 계급에 달성하는 법들을 기록한 책 맨 뒷부분이 찢겨 있었어요."

"그 두꺼운 책을 벌써 다 읽었습니까?"

"네."

엔리크가 내심 당황했다. 디아린이 되물었다.

"그런데 맨 마지막 장은 무슨 내용이 적혀 있나요?"

"그, 내가 찢긴 했는데……."

"왜요?"

"흠……."

"왜요?"

"그 방법이 좀 금기의 방법이라서 그렇습니다."

"금기의 방법이요?"

"……."

"……?"

엔리크가 헛기침을 했다.

"9계급은 원래, 인간이 아니라 용을 위한 계급입니다. 용은 인간과는 달리 심장이 네 개인 종족. 인간은 죽었다 태어나는 수밖에 없죠. 그래서 총 네 번 죽고 다섯 번째 살아나 마지막 계급을 이루는 방법이 기록되어 있었습니다."

네 번을 죽고, 다섯 번째?

"……그냥 죽기만 하면 되나요?"

"그럴 리가 있겠습니까. 거대한 마법진을 그리면서 마력을 전부 소모하며 죽어야 합니다. 사실상 말이 안 되는 방법이죠."

그런 짓을 하다간 마법사의 영혼이 온전하겠는가. 정신이 아득해지고 마음이 찢겨 나가고. 살아도 산 것 같지가 않아 이번의 나는 언제쯤 죽을까, 하고 세게 되겠지.

……라고 생각하던 엔리크가 설마 하면서 물었다.

"혹시 그대……, 그런 식으로 죽었……습니까?"

"……."

"설마……."

"……."

"이럴 수가."

엔리크는 드물게 말문을 잃었다.

"몇 번이나 죽었는지 물어도 되겠습니까?"

"……세 번이요."

"이럴 순 없어."

엔리크가 세상 무너진 표정으로 제 얼굴을 감쌌다.

"방금 그 금기의 방법은 못 들은 걸로 해 주십시오."

"저기 죄송한데 제가 언제 죽겠다고 그랬나요?"

"그대. 나는 그대의 영혼이 어느 정도 보입니다. 영혼이 너무 다쳐서 그런지 그대는 삶에 대한 의지가 현저히 부족했어요. 사람이 당장 죽어도 납득해 버릴 정도로."

"그건……, 언제 죽을지 모르기 때문이었고요."

디아린이 한숨을 내쉬었다.

어떤 삶에서든, 또 언제 흰 사슴족의 원로들을 만날지 모르니까. 강박증처럼 피어나는 마법 부작용 때문에 또 제 목숨을 바쳐 마법진을 그리게 될지 모르니까.

그렇기에 디아린의 삶은 언제나 준비하는 삶이었다.

언제 죽어도 아쉽지 않게 마음의 준비를 하는 삶.

하지만 이별이 익숙하다고 해서, 이별을 좋아하는 사람이 있을까?

마찬가지인 이야기였다.

"사실 전 죽기 싫어요. 단 한 번도 죽고 싶었던 적이 없어요. 그리고 지금은 제 목숨을 지탱해 준 사람이 있으니까."

에제트.

잠긴 목소리로 고백하던 혼약자. 피범벅이 된 손으로 자신을 붙잡던 소년.

디아린은 언제 사랑에 빠진 걸까?

"그러니까 제 손으로 제 목숨을 끊는 일은 없을 거예요. 전 제 혼약자를 혼자 남겨두는 짓은 하지 않을 거라서요."

엔리크가 안도의 한숨을 내쉬었다.

"8황자는 이번 생에 정말 이룬 업적이 많군요. 수문석 지하에서 생환해 왔지, 최악의 대마물 스켈루스도 끌고 왔지, 9계급을 앞둔 그대의 목숨도 지켜냈지."

8황자는 어제 사절단의 일부와 함께 도착했지만, 오늘 협상 테이블엔 앉지 않았다. 내심 타국에서 가장 유명한 황족 중 하나일 8황자가 앉아 주길 바랐던 사절단들은 아쉬워하는 눈치였지만.

'덕분에 저희 쪽 의견대로 쭉 끌고 올 수 있었습니다.'

이너럴이 뿌듯해하면서 말하질 않았던가.

아키르 황실 연회에 참석했을 때도, 8황자만 보면서 눈을 못 떼거나 한숨을 내쉬는 여성 귀족들이 수십이었다.

"생각할수록 8황자가 나쁘지 않군요. 아키르 제국의 건국제가 지나는 대로 그쪽네 황제가 바로 결혼식을 준비할 거라던데, 저도 꼭 참석하겠습니다."

"네?"

디아린이 눈을 깜빡였다.

"……결혼요?"

* * *

일주일 후.

아키르 제국 수도의 황궁, 황제는 옥좌에 앉아 근엄하게 눈앞에서 머리를 조아리는 마법사를 보았다.

"그래. 드디어 콘클이스터 영애가 돌아오게 되었군."

"황공하옵니다. 무리한 마법진을 감당한 탓에, 디아린 룬의 건강 상태가 좋지 않아, 사계탑에서 정양하느라 시일이 다소 소모된 점 양해 부탁드리옵니다. 폐하."

"물론 건강에 관련된 일이라면 어쩔 수 없지. 콘클이스터 영애, 아니 곧 8황자비가 될 그 아이는 대마물을 잡지 않았는가? 사계탑의 주인에게 감사하다고 전해 주게."

"영광이옵니다."

황제의 의례적인 치하에 자리하고 있던 귀족들이 소곤댔다.

"탑주님이 미리 마법 성물들을 빌려주었다고 하더군요. 2년 전 서북문석 함몰 사건 때문에 수문석의 마력이 파동 치는 문제를 미리 잡아내서 감시하고 있었다고 합니다."

"하긴, 그래야 말이 되지요. 어떻게 마법사가 혼자 대마물을 잡습니까? 성물들이 있었던 덕이죠."

"아무리 수많은 마법 성물들을 갖고 있었어도 콘클이스터 영애님의 업적은 대단한 겁니다."

디아린 콘클이스터는 마력이 아주 늦게 개화한 케이스라고 알려졌다. 극히 드물기는 하나, 아예 없는 일은 아니라 사계탑의 발표는 신뢰성을 가졌다.

디아린의 마력이 개화한 사실을 사계탑이 알게 건 얼마 전 북문석 토벌에 이너럴이 지원을 갔을 때.

마침 수문석의 마력 파동에 주의 깊은 경계를 갖고 있던 사계탑에서는, 디아린을 비공식 마법사로 등록하고, 4계급 마법사인 딜리스 오안과 함께 북문석 영지를 감시해 줄 것을 부탁했다.

······라니.

콘클 공작은 싸늘해진 시선으로 앞을 응시했다.

늦은 개화? 그렇다기엔 마력은 조금의 기미조차 보이지 않던 계집이다. 콘클 공작은 이를 잘 알았다. 왜냐하면, 그녀의 실험 결과가 그렇게 나왔으니까.

다시 말해······.

'실험을 통해 운 좋게 마력을 얻은 게 틀림없다. 적조의 영혼석의 일부가 몸에 오래 접촉되면서 마력이 급격히 터진 게다. 운도 좋은 계집이군.'

여하간 콘클이스터, 그 집안은 하나 남은 혈육까지 전혀 마음에 드는 게 없었다. 기껏 방계 주제에 '그것'을 가지고 있었을 때부터 건방졌다.

"그래서, 8황자의 혼약자의 계급은 어떻게 되나?"

순간 알현실에 자리한 모든 사람들의 눈과 귀가 쏠렸다.

'과연 몇 계급일 것인가?'

'최소 중급 이상이겠지.'

'생각보다 계급이 낮을 수도 있다. 사계탑에서 미리 차출해 주었다던 성물의 목록이 어마어마했으니까.'

6일 전 사계탑에서 출발한 디아린과 에제트는 이르면 오늘 황궁에 도착한다. 사계탑은 그때까지 정확한 계급 발표를 차일피일 미루었다.

"예. 황제 폐하. 여기 탑주님의 친필 편지가 있습니다."

시종장이 마법사에게 건네받은 편지를 황제에게 올렸다. 펼쳐 본 황제는 눈을 의심했다. 시시각각 변하는 황제의 얼굴을 귀족들은 의아해하며 지켜보았다.

굳은 얼굴로 자리에서 일어난 황제가 입을 열었다.

"시종장은 황명을 전하라."

"받들겠습니다. 황제 폐하."

순간 자리에 앉아 있던 모든 귀족이 몸을 일으켰다. 황명이 선포되는 자리에서는 모든 이가 한쪽 무릎을 꿇고, 가슴 위에 손을 올리는 예를 갖추어야 했다.

"대마법사인 시조의 의지에 따라, 건국 이후 아키르 제국은 마법의 융숭함을 존중하고 장려해 왔다! 시조의 제례에 따라 제국의 황제인 짐이 명하노니."

황제가 선포했다.

"7계급 마법사 디아린 콘클이스터에게 '오드'를 미들 네임으로 하사하겠노라!"

"……!"

"……!"

"……!"

누군가 쿵 하고 넘어지는 소리가 들렸다. 안경을 떨어뜨리는 소리, 다리가 풀려 주저앉아 버리는 소리.

콘클 공작이 들고 있던 타이마저 뚝 떨어져 바닥을 굴렀다.

아키르 제국 시조의 친우였던 천룡의 이름, 오드.

'오드'를 미들 네임으로 하사받는다는 건 역대 다시없을 광영이자 제국이 표할 수 있는 가장 큰 영광의 의미였다. 아키르 천 년 역사를 다 통틀어도 몇 명 되지 않을 정도로 '오드'라는 미들 네임이 가진 위력은 대단했다.

그와 동시에, 단 한 표현이 귀족들의 표정을 멍하게 만들었다.

"……7계급?"

"스물두 살이, 7계급이라고요?"

"말도 안 됩니다……."

칙서를 선포한 황제가 홱 돌아서 알현실을 떠나자, 곧장 귀족들도 썰물처럼 빠져나가 바쁘게 이 엄청난 소식을 전하러 뛰어다녔다.

* * *

아키르 제국이 완전히 뒤집어진 것에 반해, 정작 방금 마차에서 내린 디아린은 기묘한 표정만 짓고 있었다.

"오드요?"

"예!"

"내 이름에 오드가 들어간다고요?"

"그렇습니다!"

"디아린 오드 콘클이스터 영애님!"

"디아린 오드 콘클이스터 영애님!"

아주 그냥 "만세! 만세! 만세!" 하고 외칠 수준이었다.

다시없을 광영이라고, 축하드린다고, 세기의 영광이라고, 각도기인 양

구십 도 인사를 한 시종들이 물러났다. 같은 마차에 타고 있던 딜리스는 흥미로운 얼굴로 말했다.

"그럼 디아린 양이 황자 저하와 정식으로 혼인하시면 디아린 오드 키르헨이 되는 거네요."

"천룡의 미들 네임에 황가의 성이라니, 아가씨……!"

샤이는 뭐 얼마나 더 감격해야 하는지 모르겠다는 표정이었다. 그도 그럴 것이, 기본적으로 황족은 '오드'라는 미들 네임을 하사받을 수가 없다. 시조의 친명이었기 때문에 감히 어기는 황제가 없었다.

디아린이 엄밀히 따지자면 아직 정식 황족은 아니라서 가능했던 일.

그 덕분에 역사상 단 한 번도 없던 대단한 이름이 탄생해 버릴 예정이다. 사교계가 얼마나 시끄러운지 열리는 티 파티마다 그 얘기뿐이라는 말도 들었다.

"모시겠습니다. 오드 영애님."

거의 바닥에 머리를 박을 정도로 굽실거린 시종들이 디아린을 안내했다.

"여기는……."

디아린이 눈을 깜빡거렸다.

원래 에제트가 머물던 '흰 떡갈나무 궁'이 아닌, '북쪽 날개 궁'으로 안내된 것이다. 굽이치는 파도가 우아하게 조각된 기둥들이 한눈에 들어왔다.

"궁이 마음에 드시나요, 영애님?"

"네……."

빈말이 아니었다.

궁은 넓었다. 엄청나게 넓었다. 얼마나 광활한지 시원한 해방감마저 느껴질 지경이었으니. 디아린과 같은 마차를 타고 왔던 딜리스도 차가운 얼굴을 깨고 여기저기를 둘러보았다.

"이곳이 오드 영애님이 쓰실 침실입니다."

'우와.'

눈이 땡글 튀어나올 정도로 거대한 침실이었다.

자수정 방도 굉장히 넓었는데, 디아린에게 주어진 이 침실은 자수정 방(침실+거실+응접실+개인 욕실)을 네 개는 합친 크기였다. 너무너무 넓어서 200명은 들어가 잘 수 있을 정도였다. 멀리 보이는 침대도 어찌나 큰지. 폭신폭신한 침구 위에서 누워서 몸을 쭉 펴고 싶었다.

신기했다.

'그 대단한 날개 궁이라더니 진짜네.'

에제트와 번갯불에 콩 구워 먹는 것 같은 혼약을 할 때였다.

디아린은 입궁하기 전, 황실에서 나온 시녀에게 황실 예법이나 황궁 지리 등에 대해서 고양이 세수 같은 교육을 받았었다.

제국 황궁은 그 규모가 가히 독보적이었다.

번성한 마을 여러 개가 족히 들어가고도 남을 정도였는데, 이렇게 거대한 황궁에서도 특별히 중요한 궁들이 있다.

먼저 황제의 거처인 중앙궁을 중심으로 하여, 사방으로 자리한 황후의 궁, 제1 황비의 궁, 황태자의 궁. 그리고 '북쪽 날개 궁'도 그 무리에 속했다.

북쪽 날개 궁은 대대로 황제가 가장 총애하는 황족에게 하사하는 거처였다. 그래서인지 북쪽 날개 궁은 대단히 드넓었으며, 아름다운 정원과 크리스털 온실이 딸려 왔고, 무엇보다 독특하고 상징적인 권한이 하나 주어졌다.

바로 황궁 성벽의 작은 곁문을 개폐할 수 있는 권한.

황궁의 성벽에는 커다란 정문을 제외하고, 작은 보조 문이 하나 나 있었는데, 이를 시간에 구애받지 않고 마음대로 개폐할 수 있는 권한이었다.

그때, 사용인들을 따라 잠시 따로 자리를 옮겼던 샤이가 얼굴이 새파래져서 돌아왔다.

"아가씨!"

"샤이 양? 손에 그거 다 뭐예요?"

디아린은 샤이의 양팔에 가득한 드레스를 보고 물었다. 심지어 두 손엔 빗도 다섯 개씩 들려 있었다.

"아가씨를 기다리는 손님들이 너무 많아요……!"

"네?"

북쪽 날개 궁 응접실에 꽂혀 있는, 한쪽 끝부분만 접은 방문 카드만 몇십 장이라고 했다.

'다들 사용인이 아니라 직접 와서 방문 카드를 놓고 갔다는 거지. 부담 엄청 주네.'

"빨리! 빨리 단장을 다시 해야겠어요!"

"하하. 다들 이틀은 더 기다리라고 하죠."

게으름 피울 의욕으로 가득 찼던 디아린에게, 시종이 급하게 달려와 소식을 전했다.

"영애님! 오드 콘클이스터 영애님! 황제 폐하께서 시종장을 보내셨습니다!"

'으으.'

디아린은 하마터면 신음 소릴 낼 뻔했다.

* * *

"짐의 대에 '오드'의 미들 네임을 하사받다니. 이는 짐에게도 희귀한 경험이로구나."

"황공하옵니다. 황제 폐하."

디아린은 가슴 위에 한쪽 손을 올리고 가볍게 몸을 굽혔다.

이번에 디아린은 '황금의 정원'이라는 알현실로 불려 왔는데, 듣자 하니 이곳은 중앙궁에서도 가장 사적이고 중요한 알현실이라고 했다.

"그래. 아스페르크도 몇 개월 후면 혼인이 가능하게 되지."

황족을 위시한 모든 아키르의 제국민들은 건국제마다 한 살씩을 더했다. 제국의 건국제는 한여름이고, 황족들의 혼인 가능 연령은 열아홉 살부터.

"초겨울에 첫눈을 맞으면서 결혼을 하는 것도 나쁘지 않겠지. 황후가 준비해 줄 터이니 궁금한 게 있으면 황후에게 묻고, 원한다면 구상안을 미리 받아 보아도 좋다."

"신경 써 주셔서 감사합니다, 폐하."

……라고 대답하면서도 디아린은 속으론 허 참 하고, 혀를 찼다.

'나보고 대놓고 황후의 구역을 침범하라는 거야 뭐야.'

궁내 행사 구상안을 미리 달라고 말하는 것은, 귀족가로 따지자면 안주인이 주최하는 무도회에 참견하겠다는 것과 비슷했다.

'아무리 황궁이라지만 말이지.'

왜 역사에도 그런 일이 비일비재하지 않은가. 황후와 가문이 다른 황비나, 황태자비가 들어와 권력 싸움을 하게 되는 일. 황궁도 결국은 정치판이니 당연했다.

'만약 황자가 마음대로 황제 본인의 정치에 간섭하려고 하면 불같이 화를 낼 거면서. 월권이라고 하겠지.'

황후는 아닐 거라고 생각하는 걸까? 여자들이니까 그저 하하호호 웃을 거라고 생각하는 걸까? 정치판처럼 싸우면 질투라고 몰아가는 경우를 수도 없이 봤다.

디아린의 눈에 황제의 얼굴은 보이지 않았지만, 그래도 분위기라든지 그런 건 충분히 유추할 수 있었다.

'꼭 나를 값비싼 희귀 동물 보듯이 하는 기분이야.'

이 품종을 수집할 가치가 있는지. 새끼는 과연 잘 칠지. 인간미는 전혀 없이, 그런 식으로 품평 받는 기분이다.

실제로 브루노 9세는, 에제트가 살아 있는 전설이 되어 귀환한 것을 크게 기뻐했다. 자신의 치세에 주요한 업적을 찍어 준 손자에게 마땅한 상을 내리려고 했다.

이를테면 방계 가문의 디아린이 아닌, 새로운 혼약자 같은 것.

디아린 콘클이스터와 파혼시키고, 에제트를 명문가인 켈스튜더 공작 영애와 결혼시킬 생각이었으나…….

'스물두 살에 7계급 마법사라.'

디아린이 생각보다 너무 커져 버렸다.

게다가 오드의 미들네임.

물론 절차로는 황제가 하사한 것이다. 하나 실제로는 아키르의 시조가 친필로 작성해 황제들에게 물려주는 비밀 서언에 나오는 조건 중 하나에 디아린이 부합했다.

서른 살 이전에 6계급 이상의 마법을 달성한 자.

무엇보다 사계탑에서는 가장 강한 마법사를 따른다. 천지가 한 번 더 개벽하지 않는 이상, 후일 사계탑의 주인은 눈앞의 이 혼약자가 될 거라는 소리였다. 대륙에서도 독보적인 입지를 지닌 아키르 황실에서조차 놓칠 수 없는 매력적인 조건.

다만, 걸리는 건 한 가지가 있었다.

"오드 영애. 영애가 7계급 마법사임을 콘클 공작도 정녕 몰랐나?"

황제의 뒤에 조용히 시립해 있던 시종장의 눈길이 디아린에게 향했다.

* * *

"……그래서."

콘클 공작은 달칵 찻잔을 내려놓았다.

"북문석 토벌 때 환각 마물에 잡힌 후에야 마력이 발휘되었다?"

디아린이 얌전히 대답했다.

"네, 콘클 공작님."

"이너럴 룬이 너를 도왔고?"

"네. 도와주셨어요."

콘클 공작이 한쪽 입꼬리를 틀어 올렸다.

광활한 황궁에서도 다섯 손에 꼽히게 좋은 궁. 북쪽 날개 궁이다.

아키르의 귀족은 그 거주지의 면적이 법으로 엄격하게 정해져 있다. 정확히는 '침실은 얼마만큼의 크기, 응접실은 얼마만큼의 크기를 초과하여 지을 수 없다.'라고 법제화가 되어 있었다. 아무리 재산이 많아도, 설령 공작이나 대공 같은 대귀족이어도 엄정한 제국의 법규를 어기고 멋대로 성이나 저택의 방을 증축할 수 없었다.

하지만 황궁은 다르지 않나.

이 북쪽 날개 궁은, 주인인 디아린만 원한다면 콘클 공작의 침실보다도 넓게 증축할 수 있었다. 그것이 황족과 귀족 사이에 넘을 수 없는 벽인 셈이다.

"8황자와 혼약을 주선해 준 내게는 감사하고 있지?"

"물론이지요, 공작님. 다만……."

"다만?"

"아까 폐하께서 응접실에서 물어보시더라고요."

'영애가 7계급 마법사임을 콘클 공작도 정녕 몰랐나?'

"폐하가 그랬단 말이지."

"네. 아무래도 공작님의 충심을 의심하시는 것 같아요."

"패권자의 곁에는 삿된 말이 많이 흐르는 법이지. 유념하겠다. 네가 고생이 많구나."

"아니에요. 전 콘클이스터고, 공작님은 엄연히 제 수양아버지시니, 제가 돕는 건 당연하잖아요?"

"늘그막에 수양딸에게 효도를 받는구나."

콘클 공작은 너털웃음을 터뜨렸다.

'이 영악한 계집이 나와 황제의 사이를 부러 이간질하려고 하는 수도 있어. 믿을 수가 없으니 시종장에게 물어봐야겠군.'

콘클 공작은 턱수염을 쓰다듬었다.

"디아린 콘클이스터. 혹시 2년 전에 콘클의 성에서 무엇을 했는지 기억하고 있나?"

"아파서 늘 잠에 취해 있던 그때를 말씀하시는 거지요? 별달리 특별한 일상은 아니었잖아요. 그저 약을 먹고, 쉬다가 잠이 들고……. 반복했죠."

디아린은 "참." 하면서 눈을 깜빡거렸다.

"사계탑의 주인께서 제 마력을 살펴보시다가, 제 몸 안에 이상한 마력의 흔적이 남아 있다곤 하셨어요."

"……."

찻잔을 쥐려던 콘클 공작의 손이 순간 멈칫했다. 그의 손발이 바로 차갑게 식었다.

"아마 제가 마력이 뒤늦게 발현된 특이 케이스니, 그 흔적 같다고는 하셨지만요."

"그런 일이 있었나."

콘클 공작의 머리가 바쁘게 돌아갔다. 분명히 적조의 영혼석을 억지로 주입시킨 흔적을 말하는 터. 이는 철저히 비밀에 부쳐져야 할 일이었다.

"콘클에도 마법사들은 있지. 혹시 모르니 그들에게도 진단을 받아 보는 건 어떻지?"

"네?"

디아린이 웃음을 터뜨렸다.

"농담이시죠? 저보다 계급 낮은 마법사들에게요?"

계급.

콘클 공작은 얼굴을 약간 굳히며 말했다.

"비록 너보다 약간 계급은 낮지만, 그래도 경험이 많아 실력이 좋은 마법사들이 콘클에는 있지."

콘클 공작가에는 계급 높은 마법사들이 포진하고 있었다. 다른 공작가들과 비교해서도 상당히 수준이 높았다. 이는 콘클 공작의 자부심이었다.

"공작님. 이런 말씀을 드려도 될지는 모르겠지만……."

디아린은 순진한 얼굴로 미소를 지었다.

"전 저보다 낮은 계급은 그저 개나 돼지로 보인답니다."

"……."

문득 공작의 머리를 스치는 대화가 있었다.

'아버지. 수양딸이면 저 아이가 제 동생이 되는 건가요?'

'그럴 리가 있느냐? 하찮은 방계 출신일 뿐이다. 너보다 한참 낮은 계급은 그저 개나 돼지나 마찬가지인데 동생이라니? 콘클의 명예가 웃겠군.'

콘클 공작의 낯이 딱딱하게 굳었다.

chapter 13

그로부터 며칠 후.

드디어 방문 카드를 다 정리한 디아린은 소파에 축 늘어졌다. 오늘은 진짜 게으름 피울 거라고, 열심히 생각하던 디아린에게 반가운 인물이 찾아왔다.

"잘 지내셨습니까? 영애님."

"램드 경! 오랜만이네요?"

진홍색 눈동자며 불곰 같은 진홍색 머리카락을 질끈 묶어 놓은 모습도 여전했다.

〈넌 그러고 보니 항상 다른 인간의 눈동자 색부터 확인하더군.〉

〈맞아요. 습관이에요?〉

'마법사라서 그래.'

마법사들은 동공에 마력이 감돌게 하는 경우가 많아, 첫 번째 생에서 굳은 습관이었다.

디아린은 램드에게 물었다.

"있잖아요. 램드 경."

"예, 영애님."

"내가 저번에 황궁에 왔을 때는 '흰 떡갈나무 궁'으로 안내했었잖아요. 근데 왜 지금은 북쪽 날개 궁이죠?"

설마 내가 너무 대단해져서 황제가 북쪽 날개 궁마저 선물해 준 건가! 그러면 이건 내 궁이 되는 건가!

아쉽게도 그건 아니었다.

"아스페르크 황자 저하가, 수문석 지하에서 생환하신 후 이 북쪽 날개 궁을 하사받으셨습니다. 하지만 꽤 오랫동안 비워진 궁이었던 탓에 수리 기간이 길어졌지요."

"아하."

디아린이 납득한 표정을 지었다.

"나는 또 램드 경이 나한테 일부러 안 알려 준 줄 알았죠. 북문석 성 수리한 일을 안 알려 줬던 것처럼요."

"그때 일은 다시 말씀드리지만 정말 죄송……."

램드가 식은땀을 뻘뻘 흘리며 거듭 사과했다. 그러자 디아린이 소리 내서 웃었다. 그 모습이 지난번에 봤던 때와 크게 다르지 않아 램드는 기이했다. 사실 램드만큼 디아린의 계급이 믿기지 않는 사람이 제국에 또 있을까.

"영애님. 사실은 드릴 말씀이 있어서 찾아왔는……."

"아가씨. 아가씨!"

샤이가 허겁지겁 문을 열고 들어왔다. 그녀는 당황한 목소리로 뜻밖의 방문 소식을 디아린에게 알렸다. 디아린과 램드의 눈이 나란히 동그래졌다.

"벌써 찾아왔다고요?"

"벌써 말입니까?"

램드와 디아린이 서로를 쳐다보았다.

* * *

에제트는 북쪽 날개 궁으로 거처가 바뀌었다는 사실이 별달리 새삼스럽지는 않았다.

그의 계조모인 오블리잔 황후는 온갖 핑계—예컨대 최고급 목재를 수입해 오려면 시간이 걸린다, 더 좋은 비단 직물을 짜내려면 지금 계절에는 필연적으로 손이 늦는다 등으로 늦추던 수리를 더 이상 미루지 못했다. 디아린이 사계탑행을 택한 그날부터.

지지부진 끌고 가는 것도 정도가 있는 법이다. 더군다나 디아린을 사계탑에 빼앗기게 되어 황제는 몹시 분노하던 참이다.

사실 에제트는 황후가 자신을 싫어하는 걸 이성적으로 이해는 했다. 그는 오블리잔 황후의 친손자인 3황자의 앞길을 가로막는 가장 큰 장애물이니까. 무엇보다 황후가 남몰래 '용혈'을 끔찍해한다는 사실쯤은 짐작했다.

남편인 황제는 잔인하게도 자식들을 다 죽여 버렸고, 빈 황자의 자리에 황손들을 죄 올려놓는 미친 짓을 저질렀으니. 정신을 놓고 칩거한 황비만 몇이던가.

하지만 이해가 가는 건 이해가 가는 거고. 안쓰럽거나 동정심이 드는 건 아니었다. 그건 에제트가 책임져야 할 죄가 아니었으니까. 휘둘려 줄 생각 역시 애초부터 없었다.

에제트는 황후의 시녀장에게 되물었다.

"황후 폐하께서 티 파티에 오라 하셨다고?"

"그렇습니다. 두 분은 따지자면 황후 폐하의 손자 부부 아닙니까. 황후 폐하께서 손수 찻잎을 고르실 거라고 하셨습니다."

이 말인즉슨, 에제트가 수문석 지하에서 생환했을 때에도 형식적으로만 얼굴을 비쳤던 황후조차 디아린을 탐내기 시작했다는 것. 이러니저러니

해도 수도 사교계는 여전히 꽉 쥐고 싶은 것이다.

"영애님은 150년 만에 '오드'의 미들 네임을 받으신 귀한 분 아닙니까? 황후 폐하의 티 파티에 참석하시고, 또 수도 사교계에 황후 폐하의 보호 아래 나서면 얼마나 그림이 보기 좋겠습니까."

그림이라.

이제 와서?

황후가 황제를 증오하고 있을 것과는 별개로, 에제트는 둘이 썩 잘 어울리는 부부라는 생각이 들었다. 이렇게까지 꼭 닮은 점이 있질 않은가.

"아쉬워지니까 기꺼운 척하시는군."

"예? 8황자 저하! 그 무슨 황망한 말씀을……!"

"황후 폐하께 전해 드리지. 갑작스러운 티 파티는 내가 어려우니 다음에 찾아뵙겠다고."

명백한 거절에 시녀장의 얼굴이 창백해졌다.

"저, 저하……."

"다음에 말씀드리지."

바늘 하나 들어가지 않을 것 같았다. 시녀장은 결국 입술을 짓씹으며 물러섰다. 하지만 속으로는 살짝 가슴을 쓸어내렸다.

'그래도 알버트가 이미 혼약자에게 갔지.'

황후의 부시종장인 알버트는 벌써 디아린에게 향했다. 일부러 둘이 나눠서 각기 찾아갔다. 8황자와는 달리 내궁에 속할 수밖에 없는 혼약자는 감히 황후의 티 파티 초청을 거절하진 못할 것이다.

'아쉬운 대로 하나라도 데려가야 황후 폐하께서 면이 서실 터.'

* * *

"못 가겠습니다."

"예? 콘클이스터 영애님!"

황후의 부시종장은 못 들을 말을 들었다는 표정을 지었다.

"하지만 황후 폐하께서 친히 티 파티에 영애님을 초청하셨습니다. 당장 며칠 후면 본격적인 사교 시즌이 시작되는 걸 아시잖습니까? 그때 황후 폐하께서 친히 골라 주시는 목걸이를 하고 가면 얼마나 아름다우시겠습니까?"

"어머, 알버트 부시종장."

디아린은 눈을 깜빡거리며 말했다.

"그동안은 한 번도 부르지 않으셔 놓고 오늘 갑자기 이렇게 부르시는 이유가 뭘까요?"

"……황후 폐하께서 그간 몸이 좋지 않으셨답니다. 폐하께선 황실의 웃어른이시니 손아랫사람인 영애님이 넓은 마음으로 이해해 주셔야죠."

'손아랫사람이라. 뭐 틀린 말은 아니지.'

황실 서열로 얘기하자고 하면 당연히 디아린이 밀린다. 그렇게라도 그녀를 티 파티에 데려가 귀족들 앞에 트로피처럼 선보이고 싶은 모양인데 안 될 말이지.

"티 파티 초청 명단입니다. 보시죠."

부시종장이 내민 명단을 별생각 없이 훑어보던 디아린의 눈썹이 슬쩍 치켜 올라갔다.

'아주 대놓고 콘클을 싫어하는 자들로만 구성하셨군요.'

트로피로 자랑하려던 게 아니라, 트로피를 가져와 부수는 걸 보여 주고 싶었던 모양이다. 디아린이 고개를 들었다. 그녀의 표정을 곁눈질로 살피고 있던 부시종장이 바로 조용히 시선을 내리깔았다.

디아린은 픽 웃었다.

황후가 친히 보낸 초청장을 어린애처럼 거부한다면 이쪽이 잃고 들어가는 게 너무 많다. 지극히 마법사답게, 디아린은 손해를 보는 걸 아주 싫어했다. 그리고 처맞아 놓고 조용히 넘어가는 상황도 그다지.

'그러니까 사고나 하나 작게 일으켜 볼까.'

"부시종장."

"말씀하시지요. 영애님."

디아린은 어깨에 두르고 있던 목면 피슈(삼각형의 숄)를 제대로 고쳐 두르며, 턱짓으로 뒤를 가리켰다.

"내 뒤에 있는 상자들 보이나요?"

응접실 한쪽에 가득 쌓인 선물 상자들. 희귀한 고서적들이며 아름다운 보석, 색깔이 고운 비단 천 등이 호화롭게 흘러내렸다.

"예, 보입니다."

"저 중 절반이 내게 샤프롱을 자처하는 귀부인들이 보내 주신 거랍니다. 왜 내게 저렇게 많은 귀부인들이 선물을 보냈을까요?"

"그야, 영애님이 '오드'의 미들네임을 하사받으셨고. 또 대마물 사체의 주인이시자, 7계급 마법사이시기도 하니까……."

"잘 아네요."

디아린이 턱짓을 까딱하며 물었다.

"그런데 부시종장은 뭘 가져왔죠?"

"……?"

부시종장은 순간 기가 막혔다.

물론 황후가 직접 샤프롱으로 나서는 경우는 없다. 하지만 측근인 귀부인들을 대리 샤프롱으로 지정해, '샤프롱 격'으로 뒤에 앉아 있을 수는 있다.

이게 얼마나 대단한 영예인데, 다른 귀부인들처럼 선물을 바리바리 보내며 아첨해야겠는가?

심지어 디아린은 한술 더 뜨기까지 했다.

"황후 폐하시라면 이 귀족들의 선물을 다 합친 것보다도 더 좋은 걸 보내 주실 수도 있지 않나요?"

'아무리 대단한 미들네임을 받았다고 해도, 혈통은 변하질 않는구나. 비천한 방계 같으니라고!'

너무도 천박하질 않은가. 누가 몰락한 시골 방계 혈족 아니랄까 봐!

화가 머리끝까지 난 부시종장이 디아린을 가르치기 위해 목소리를 높였다.

"콘클이스터 영애님! 황후 폐하께 대놓고 재화를 요구하시다니요! 황족의 품위에 너무도 어울리지 않으십니다! 아무리 출신이 부족하다고는 하시나……."

"출신?"

흠칫.

"알버트 부시종장. 지금 출신이 부족하다고 했나요?"

얼떨결에 속마음이 튀어나온 부시종장이 바로 목을 가다듬었다.

"방금은 실수를……."

"실수?"

디아린의 눈동자가 싸하게 변했다.

"오드의 미들 네임을 가지고, 대마물 사체의 주인이며, 7계급 마법사인 내게 출신 성분을 들먹여 놓고, 실수?"

쾅!

순식간에 소환된 스태프가 바닥을 거세게 내리찍었다. 알버트 부시종장의 얼굴에서 핏기가 싹 빠져나갔다. 상식적으로 황후의 측근인 자신을 죽일 리는 없겠지만, 그건 말 그대로 상식이다. 만약 디아린이 회까닥 돌아서 자신을 죽여 버린다면…….

이렇게 진심으로 목숨의 위협을 느낄 정도로, 지금 디아린의 표정은 너무도 심상치 않았다.

'게다가 7계급 마법사……!'

"죄, 죄송합니다, 영애님! 제가 모자라 실언을 했습니다!"

알버트 부시종장이 바로 납작 엎드렸다.

숨 막히는 침묵이 흘렀다. 알버트 부시종장의 턱에서 땀이 한 방울 타고 흘러 바닥으로 뚝 떨어졌을 때였다.

디아린의 목소리가 다시 상냥해졌다.

"그래요. 부시종장이 머리가 모자라 실언을 했다는데 내가 이해해야죠."

"가, 감사합니다."

스태프를 다시 집어넣은 디아린이 말했다.

"그런데 부시종장. 부시종장 때문에 너무나 불쾌해진 내 기분은 어떻게 해야 할까요?"

"영애님의 기분이 풀리신다면 뭐든지 하겠습니다."

"그래요?"

디아린이 바로 환하게 웃었다. 그녀가 숨도 쉬지 않고 발을 들어 올리더니, 냅다 그를 걷어찼다.

"악!"

불의의 일격에 알버트가 비명을 질렀다. 디아린은 갈고리를 찍은 맹독 품은 전갈처럼 표독스럽게 말했다.

"난 오늘부터 그대의 북쪽 날개 궁의 출입을 불허한다."

"……?!"

알버트가 저도 모르게 벌떡 고개를 들어 올렸다.

그러니까, 북쪽 날개 궁의 주인에겐 그런 권한이 있긴 했다. 하지만 바로 얼마 전까지 북문석에 처박혀 살다 온 방계가 어떻게 그걸 알 수 있는 거지? 황실 예법서를 탐독이라도 했나? 그 엄청나게 두꺼운 걸? 언제?

"그리고 황후 폐하께 그대 입으로 직접 전해. 감히 날 모욕한 그대를 처벌하지 않으시면 나는 절대 폐하의 티 파티에 참석하지 않겠다고."

"……!"

부시종장의 안색이 아예 시체처럼 변했다. 머리가 빙글빙글 돌기 시작했다. 지금 엄청나게 큰일이 한 번에 두 개나 닥쳤는데, 뭐가 더 큰 문제인지 감이 안 잡혔기 때문이다.

'날개 궁 출입 불허는 황제에게 보고가 올라갈 것이고, 티 파티 불참은 황후에게 보고가 올라갈……'

난 끝났다.

알버트 부시종장은 직감적으로 깨달았다. 그의 온몸에서 식은땀이 비 오듯 쏟아지기 시작했다.

* * *

"……."

램드는 방금 일어난 엄청난 폭풍 같은 장면에 마른침을 꿀꺽 삼켰다.

황후의 부시종장은 황후의 측근. 궁중 사용인 중에서도 몹시 격이 높은 위치다. 당연히 웬만한 귀족들도 굽실거리고 친분을 쌓으려고 난리다. 그러니 저렇게 건방진 것이다. 디아린을 '그래 봤자 방계 출신'이라고 무시하고 있는 게 눈에 보일 정도로.

그런 놈을 너무 완벽하게 내쫓았다.

에제트의 명 때문에 황궁에 계속 머무르며 어떤 일을 처리 중이던 램드는, 당연히 수도 귀족들의 생리에도 굉장히 익숙해진 상태였다. 그래서 더 잘 알 수 있었다.

'……영애님이 첫 만남 때 날 무척 봐주신 거였군.'

깨닫고 만 램드는 디아린을 살짝 살펴보다가, 눈썹을 치켜떴다.

"영애님. 왜 표정이 안 좋으십니까?"

"아니. 황후가 생각보다 너무 빨리 움직여서요. 난 지금 샤프롱도 없는데."

이런 건 임시방편에 불과했다. 까딱 늦다가는 황후 손에 들어가게 될지도 몰랐다.

"그렇군요……. 일단 제가 바로 돌아가 아스페르크 저하께 말씀드려
놓겠습니다."

"알겠어요."

램드는 헛기침을 했다. 그는 디아린에게 올릴 말이 있다며, 잠시 샤이를
내보내 달라고 말했다.

"영애님. 몸은 괜찮으십니까?"

"몸이요? 괜찮아요."

램드는 약간 고민하다가 말했다.

"저번엔 피를 토하셨잖습니까."

"그땐 그때고요. 지금은 괜찮아요. 좋은 약을 사계탑에서 얻었거든요."

"그렇습니까……. 정말 다행이군요. 그런데 영애님."

"네?"

"말이 나온 김에."

램드는 품속에서 서약서를 꺼냈다. 서약서를 알아본 디아린이 아, 하면
서 입을 벌렸다.

"그건."

"이건 찢겠습니다. 더 이상 필요 없으니까요."

램드가 서약서를 쭉 찢었다. 그러자 디아린의 목에서 은빛 문양이 반짝
하고 빛났다가 사라졌다. 서약의 강제적인 증표가 완전히 없어진 것이다.

마찬가지로 반으로 찢긴 서약서가 은빛으로 타면서 순식간에 세상에서
증발했다. 서약서를 가진 사람의 자발적인 의지가 아니라면, 절대 찢어지
지 않는 서약서가 없어졌다.

"영애님."

그러더니 램드가 돌연 무릎을 꿇었다. 디아린의 두 눈이 동그래졌다.

"램드 경? 왜 이래요? 돌았어요?"

"돌지 않았습니다."

램드는 진지한 얼굴로 말을 이었다.

"디아린 오드 콘클이스터 영애님. 귀족 레이디에겐 심한 결례인 걸 알지만 한 가지 꼭 여쭙고 싶은 게 있습니다."

"결례인 걸 알면 묻지 마요."

"황자 저하께서도 영애님의 몸 상태에 대해 아십니까?"

"아, 진짜."

'대체 램드나 딜리스나……'

얘네는 실제로 죽을 고비를 몇 천 번은 넘기다 와서 그런지 전장에 나갔다 온 기사들보다도 겁이 없었다. 머리를 쓸어 넘긴 디아린은 후 하고 숨을 내쉬었다.

"난 다 나았어요."

"의사에게 진단을 보여도 될 정도로요?"

"……"

디아린이 바로 대답을 않자, 램드는 무릎을 꿇고서 입술을 꾹 깨물었다. 그가 마음을 누르는 듯한 목소리로 말했다.

"저번엔 제게 말씀하셨죠. 어차피 헤어질 건데 이런 민감한 건강 얘길 왜 해야 하냐고. 저는 그 말에 납득할 수밖에 없었습니다. 그런데 지금은……, 아니시지 않습니까?"

"……"

램드가 두 손으로 얼굴을 쓸어 넘겼다. 거대한 덩치인 그가 하기엔 좀 안 어울리는 행동이었지만.

솔직히 그래, 걱정이 됐다. 안 되고 배기겠나.

이 어린 레이디가 7계급 마법사란다. 7계급. 아키르 황실 수석 마법사보다 높은 계급이었으며, 정말로 말이 안 되는 건 디아린의 나이였다. 스물두 살에 7계급? 역대 전례가 없는 일이었다.

역대 7계급 마법사 중 가장 어린 나이가 여든 살이었다. 기사는 강할수록 건강하다는 뜻이었지만, 마법사는 머리를 쓰는 직업이라 좀 달랐다. 강하다는 게 무조건 건강하다는 뜻으로 치환되는 게 아니었다.

더군다나 얼마나 디아린의 상태가 안 좋았으면, 사계탑에서 내리 몇 주나 요양하다 온단 말인가.

"저는 아스페르크 저하께 충성을 바치는 기사입니다. 제 주군을 위해서라면 얼마든지 죽을 수도 있지요. 그러니 간언드리는 것입니다."

제 목숨보다 중요한 주군인 에제트 황자 저하께서 디아린 영애님, 당신을 마음에 담은 게 눈에 심하게 보입니다.

"황자 저하께 말씀드려야 하지 않겠습니까. 영애님의 건강 상태를 정확히 아셔야 압니다. 감기 같은 수준이 아니라, 각혈은 특히."

신뢰의 문제니까. 램드는 후 하고 한숨을 내쉬었다.

"제가 너무 주제넘었습니다. 사죄드립니다, 영애님."

"알긴 아는군요."

"예. 꿇고 있겠습니다."

꿇은 자세로 가만히 있는 램드를 일별한 디아린이 옆으로 걸어가 의자에 앉았다.

다리를 꼬고 손등에 턱을 괸 채로, 그녀는 생각에 잠겼다.

"내가 이대로 경을 꿇어앉히고, 에제트를 맞이하면 그가 무슨 표정을 지을까요?"

"제 생각에는."

램드가 천천히 입을 열었다.

"아마 제 쪽에 눈길 한 번만 주는 게 전부이실 겁니다. 영애님께 다른 걸 묻지도 않으시겠지요."

황자비가 휘하 기사에게 벌을 내리는 건 당연한 권한이니.

예비든 뭐든 그건 공식적인 직책에 불과하다. 황자의 마음이 남다른 걸 최측근 기사인 램드가 모를 수가 없었다.

"그건 주군에 대한 믿음인가요?"

"그렇습니다."

"내가 에제트에게 건강 상태를 말하지 않으면, 에제트에게 타격이 갈 거라는 것도 믿음이고요?"

"……그렇습니다."

생각에 잠겨 있던 디아린이 말했다.

"램드 경은 내 건강 상태에 대해 에제트에게 말할 생각이 없군요. 하지만 에제트가 모르는 걸 경이 안다는 사실은 도리에 맞지 않는다고 생각하고. 맞죠?"

램드는 느릿느릿 고개를 끄덕였다. 디아린과 처음 한 약속을 깰 수도 없으니, 램드는 결국 이런 무례를 선택한 것이다.

무슨 생각을 하는지, 램드를 빤히 보던 디아린이 자리에서 일어났다. 그리고 돌아서서 문 밖으로 나가 버렸다.

* * *

"……해서."

3황자 벨마르가 말했다.

"이것은 네게 맡기겠다고 하시더군."

에제트는 초안을 무표정하게 받아들였다.

3황자 벨마르가 한쪽 입꼬리를 끌어 올리며 말했다.

"축하한다. 아스페르크."

"뭘 말입니까."

"별달리 쓸모없던 '공평한 혈통'이 대단한 인사가 되어서."

에제트가 초안 개요 서류를 훑어보며 말했다.

"제 혼약자는 원래부터 대단했습니다. 발에 채일 만큼 흔하고 쓸모없는 용혈들보다 말이지요."

"흔하고 쓸모없는 용혈들이라."

에제트는 "아닙니까?" 하고 되물었다.

"그렇게 죽어 버려진 용혈이 몇입니까."

"네 말이 옳다."

벨마르가 음울한 표정으로 희미하게 웃었다.

"권체스터도 흔하고 쓸모없이 죽었지."

4황자 권체스터 가이오 키르헨. 은의 산에서 화살 더미에 깔려 온몸이 끊어져 죽은 황자.

어느 의미에선 벨마르의 조롱 아닌 조롱이었다. 운이 없었다면 너 역시 북문석 아래에서 그렇게 죽었을 텐데. 또한⋯⋯.

'내가 벌인 일을 너는 모르겠지.'

하지만 그 자신감은 에제트와 시선을 마주치는 순간 이상하게 사그라졌다.

'왜 꼭, 진실을 알고 있는 것처럼 느껴지는 것이지.'

"⋯⋯."

"말이 나온 김에."

에제트는 느른하게 서류를 내려놓으며 말했다.

"황후 폐하가 자꾸 제게 끈을 던지려 하시던데 혹시 지지하는 황족이 바뀌셨답니까?"

에제트의 빈정거림에 벨마르의 입매가 굳었다. 황후가 친손자인 벨마르에게서, 에제트에게로 관심을 옮겼냐는 소리다.

"⋯⋯그래 봤자 네겐 계조모시다. 그분은 내 친조모야."

"그렇지요."

"그러니⋯⋯."

"그런데도 저는 마침 친조모가 부재하시니."

에제트가 턱을 비스듬히 들어 올리며 물었다.

"계조모라 할지라도 뒷배론 괜찮지 않겠습니까?"

"……."

벨마르의 수하들이 들었다면 단번에 위기감을 느낄 질문이었다. 실제로 벨마르의 표정조차 딱딱해졌다.

본래라면 황후가 3황자를 배신할 리 없다는 단단한 믿음이 있겠지만……. 그 단단한 믿음에도 희미한 의심이 갈 정도로, 말도 안 되는 업적을 지닌 마법사가 나타나질 않았나.

내궁의 주인인 황후는 '오드'를 미들네임으로 하사받은 디아린에게 생각보다 더 눈독을 들이고 있고, 지금 당장 북쪽 날개 궁엔 황후를 막아 줄 방패가 따로 없는 실정이었다.

그러니 에제트는 3황자의 수면에 돌을 던졌다. 물결이 가라앉을 때까지는 내부에서 삐거덕거리는 게 멈추지 않을 테니까. 에제트의 예상보다 조손의 믿음이 끈끈할 수도 있다지만. 상관없다. 그런 건 밖에서 적당히 흔들어 주면 그만이니.

똑똑.

그때였다. 문을 두드리며 시종이 들어왔다.

"8황자 저하. 오드 콘클이스터 영애님이 드셨습니다만……."

에제트가 바로 자리에서 일어났다.

"그럼 이만 물러가 주시지요. 배웅은 따로 하지 않겠습니다."

그러더니 자신이 아예 문 밖으로 걸어가 버렸다. 벨마르 또한 돌아가기 위해 방을 나섰다.

벨마르는 문 앞에서 디아린과 마주쳤다. 짧은 묵례만 서로 오간다. 디아린은 바로 에제트에게로 눈길을 옮겼다. 벨마르는 기묘한 광경이라는 생각을 했다.

한때는 콘클의 몰락한 방계. '공평한 혈통'.

지금은 7계급의 마법사. 오드의 미들네임.

아키르 황실, 정확히 황제 브루노 9세는 결코 디아린을 빼앗기지 않으려 갖은 노력을 다할 것이다. 그러니 에제트 아스페르크 키르헨과 디아린 오드 콘클이스터의 결혼은 순조로이 이루어질 것이다.

디아린을 흘긋 보고 지나쳐 걸어가는 뻴마르의 두 눈에는 기묘한 욕망이 서려 있었다.

* * *

'3황자가 왜 와 있는 거지?'

디아린은 바로 물었다.

"3황자가 왜 와 있었던 거야?"

에제트는 별 고민도 없이 들고 있던 서류를 내밀었다.

"내가 봐도 돼?"

"못 볼 건 또 뭡니까?"

"으음."

'하긴, 부부는 한 몸이라니까.'

물론 아직 부부는 아니지만. 나중에 결혼한다잖아?

디아린은 호기심 어린 눈으로 서류를 읽었다.

"어? 건국제 초안이네?"

동그래지는 눈을 보며 에제트가 말했다.

"'이거 되게 유력한 황위 후보자들만 받는 거 아닌가?'라는 표정으로 보시는군요."

"……?"

속마음이 그대로 읽힌 디아린이 눈을 깜빡였다.

"내 표정이 그렇게 잘 읽혀? 다른 사람들은 못 읽던데."

"글쎄요. 제 눈엔 잘 읽힙니다."

"이상하네. 나 옛날에는 무표정하단 말 많이 들었는데."

흰 사슴족에 있을 때는, 특히.

디아린이 얼굴을 만지작만지작했다. 그러다 보니 에제트의 침실이 눈에 들어왔다. 문득 떠오르는 게 있었다.

"에제트. 우리 결혼한대."

좀 놀랄 줄 알고 꺼낸 말이었지만, 에제트의 반응은 뜻밖에도 평범했다.

"압니다."

"안다고?"

"지금 서로 혼약자 신분인데 결혼을 하게 되겠지요."

"뭐야. 항상 결혼할 걸 염두에 두고 있었어?"

"예."

디아린이 고개를 갸웃했다.

"하지만 난 일 년 안 돼서 떠나기로 했었잖아."

"안 떠나실 거잖습니까?"

"우리 나눠 쓴 계약서는?"

"찢으면 그만이지요."

그러자 디아린이 짓궂은 미소를 지었다.

"내가 안 찢으면?"

순간 에제트의 황금색 눈동자가 일렁였다가, 디아린이 시선을 마주치려고 하자 재빨리 평온을 되찾았다. 물론 처음부터 끝까지 디아린은 못 보았지만 올과 로르는 확실히 보았다.

올이 〈요거 요거?〉 하면서 말 꼬리를 쭈욱 늘렸다.

〈요놈 봐라~? 어린놈이 벌써부터 싹수가?〉

〈흠……. 어쩐지 그 녀석이 생각나는군.〉

〈뭐야. 기분 나쁘니까 그 자식 얘긴 하지 마요, 로르.〉

〈그리 많은 시간이 흘렀는데도 아직 기분이 나쁘냐. 알겠다.〉

디아린에게 들리지 않게 속삭인 적조는 다시 조용해졌다. 왜냐하면.

〈주인님이 용혈과 15% 이상 접촉하려고 하면 새 형태로 돌아가 있으라고 했으니까요. 우리 주인님은 왜 그렇게 부끄러움이 많지?〉

〈나도 이해가 안 간다.〉

〈가지 말까요?〉

〈안 죽을 자신 있나?〉

〈뭐 해요, 로르! 당장 가지 않고요!〉

* * *

"어머, 드디어 밥을 먹네."

샤이가 웃으면서 작게 자른 과일을 내놓았다.

"아까까진 횃대에 앉아서 인형처럼 가만히 있더니. 이렇게 얌전하고 예쁜 새들은 정말 처음이야. 우리 아가씨가 예뻐서 새들도 예쁜 건가?"

사계탑의 주인이 손수 선물한 새라더니, 과연 영특하고 아름다웠다. 벌레는 전혀 먹지 않고, 깨끗이 손질한 과일만 조금 먹는다고 디아린이 말해서 그렇게 키우는 중이었다.

"배가 많이 고팠나 보구나. 무척 오래 먹고 있어. 더 먹을래? 오구오구."

샤이는 미소와 함께 다른 과일을 또 꺼내 왔다.

* * *

디아린은 부어오른 입술을 만지작거리며 창가 쪽으로 걸어갔다.

"근데 에제트. 나 사실 할 말 있어서 왔어."

"말씀하세요."

"나 예전에 피를 토했었어. 최근은 아니고, 북문……."

휙. 디아린이 양팔이 잡혀 뒤로 돌려 세워졌다. 그녀는 당황해서 바로 앞에 있는 에제트를 보았다. 그의 손이 빠르게 식기 시작했다.

"그게 무슨 말씀입니까?"

"피……. 아니, 에제트. 아파서 피를 토한 게 아니야. 신수의 마력을 감당 하질 못해서……, 에제트!"

디아린은 깜짝 놀라 에제트의 손목을 잡았다.

에제트가 들고 있던 단검이 챙그랑 소리를 내며 바닥에 떨어졌다. 붉게 흐르는 용혈이 그녀의 피부에 닿자 말할 수 없는 충족감이 느껴졌지만, 이건 생리적인 충족감이고.

디아린은 경악한 목소리로 외쳤다.

"뭐 하는 거야!"

"당신이 피를 토하는 것보다 제가 피를 흘리는 게 나아요."

"아니, 그게 뭐가 나은데……. 그리고 나 이제 피 안 토해. 예전 일이란 말이야."

"그 말을 어떻게 믿습니까."

"세상에. 혼약자 말을 왜 못 믿어."

"당신도 절 잘 안 믿으시잖습니까. 아니었으면 이제 얘기하신 이유가 없을 테니까."

"그……."

디아린이 한숨을 내쉬었다. 딱히 할 말이 없었다. 대신해 그녀는 도무지 어쩌면 좋을까 하는 표정으로 에제트를 보았다.

아마 디아린의 눈에, 에제트의 얼굴이 보였더라면 결국 마음이 약해 졌을 수밖에 없을 거였다. 에제트는 무너질 것 같은 표정을 짓고 있었으 니까.

그 스스로도 몰랐던 약한 눈빛.

왜 이제야 이야기하느냐고 그녀에게 따지고 싶나?

'그럴 리가.'

디아린에게 이 마음이 들킬까 봐, 그래서 더 이상 비밀을 간직하지 못할까 봐 거리를 유지한 건 자신이었다. 다시 말해 혼약자에게 믿음을 주지 못한 것도 자신이다.

그래서 디아린이 피를 토하는 걸 말하지 않은 이유를 에제트는 일단, 머리로는 납득했다.

납득해야만 했다.

"지금은 어떤데요."

"괜찮아. 그런데 의사한테 진찰받았을 때 괜찮다고 들을 자신은 없어. 하지만 그렇게 심했다면 사계탑에서 무슨 말을 들었을 텐데, 다른 말은 없었어."

참 솔직한 대답이다.

상황과도, 감정과도 어울리지 않게 웃음을 조금 지을 정도로.

"내일 궁의를 부르겠습니다."

"응."

조용하고 실력 뛰어난 궁의를 매수하는 건 지금의 에제트에게 일도 아니었다. 에제트의 감정 변화를, 적나라하게 느낀 디아린은 안도했다.

'램드 말 듣길 잘한 것 같네.'

"램드라니요?"

실수로 생각이 입 밖으로 튀어나왔나 보다. 디아린은 머쓱한 표정을 지었다.

"사실 램드가 알고 있었거든. 내가 피 토하는 거."

이제까지 있었던 일을 간략히 얘기해 주었다. 에제트가 무슨 표정으로 듣고 있는지는, 역시 알 수가 없었다. 그래도 램드가 말한 것처럼, 심한 것 같지 않아서…….

그때였다.

'어?'

디아린은 입가에 뭔가가 묻어나는 것 같아서, 무의식적으로 손바닥으로 문질렀다. 별생각 없이 내려다본 흰 손바닥에는…….

"……피?"

쿨럭.

뜨거운 덩어리가 목구멍을 역류하는 것 같다는 느낌과 함께, 붉은 피가 주르륵 쏟아졌다.

"어……?"

디아린은 당황해서 에제트를 올려다보려고 했으나, 눈앞이 흐려지는 바람에 실패했다.

다리에 힘이 빠져 그대로 주저앉았다.

"……디아린. 디아린, 디아린!"

"무슨 일……, 헉! 영애님!"

"여, 영애님!"

"궁의! 궁의를 불러와라!"

디아린이 정신을 잃기 직전, 마지막으로 인지한 건 북쪽 날개 궁이 뒤집어 지기 시작했다는 사실.

* * *

"뭐라 하였느냐?"

황제의 안색이 바로 굳었다.

"오드 영애가 중독되었다니!"

"사, 사실이옵니다. 폐하. 심지어 영애님이 대량의 피를 토했다고……."

"그게 말이 되느냐!"

쾅!

황제가 팔걸이를 내리찍자 보고하러 온 시종이 사색이 되어 무릎을 꿇고 덜덜 떨었다.

아키르 황궁에 온 지 얼마나 됐다고 독살 시도라니!

사계탑에서 당장 디아린을 데려가고, 단교를 운운해도 무방할 정도의 큰일이었다. 물론 후자는 사계탑에서도 잃는 것이 너무 많겠지만 그만큼 중대한 사건이라는 뜻이었다.

"어떤 배 밖에 간이 나온 이가 이런 짓을 사주했단 말인가!"

황후. 아니면 켈스튜더 공작?

"의외로 콘클 공작일 수도 있습니다."

시종장의 말에 황제는 이마를 찡그렸다.

"일리가 있군. 8황자에게 친딸을 붙여 주고 싶을 수도 있어."

어쨌든, 당장 중요한 건 디아린 오드 콘클이스터의 목숨이었다. 최대한 망가진 곳 없이 살려내야 한다.

"황제 폐하. 8황자 저하가 드셨습니다."

"들라 하라!"

"할바마마."

"아스페르크. 오드 영애의 상태는 어떻지?"

"……."

인사를 올리고 들어 올리는 에제트의 눈가가 묘하게 붉었다. 그걸 본 황제의 표정도 더욱 심각해졌다.

'생각보다 더 안 좋은 것인가, 오드 콘클이스터가?'

황제는 이제 위기감마저 느꼈다.

아키르 제국은 대륙 단 하나의 제국.

걸출한 대마법사였던 시조와, 대대로 혈통을 타고 내려오는 용혈로 인해 독보적인 최강자의 자리를 지키고 있다. 그렇다고 해서 제국이 사계탑과 척지는 건 아주 미련하고, 미련하고, 미련한 짓이었다.

더군다나 일방적으로 아키르 황실에서 일어난 일이 아닌가? 각국에서도 촉각을 곤두세울 일이었다. 황실의 대외적 위신이 얼마나 깎일지 짐작만 하려고 해도 머리가 다 아찔해졌다.

"할바마마."

그때, 에제트가 갑자기 무릎을 꿇고 바닥에 엎드렸다. 시립해 있던 시종들이 당황해 주춤거렸다. 에제트는 아랑곳하지 않고 말했다.

"제게 흑태자를 주십시오."

"흑태자?"

흑태자. 황실 소속의 비밀 기관으로, 정보를 수집하는 그림자와 같은 존재였다. 흑태자를 이용해 오드 영애의 독살 미수범을 찾으려는 모양이었다.

다만 흑태자는…….

"흑태자는 황태자에게만 내려지는 암조다."

"알고 있습니다. 그러니 임시로 빌려주십시오."

"임시로?"

황제는 잠시 무게를 재어 보았다.

8황자가 저렇게까지 나오는 것을 보니 오드 영애의 상태가 몹시 위중한 게 틀림없었다. 만약 오드 영애가 죽거나, 그렇지 않더라도 심각한 후유증을 안게 된다면…….

'황제 폐하. 사계탑의 주인은 콘클이스터 영애님에게 몹시 각별하게 굴었습니다.'

'외동딸을 살피는 듯 다정하였습니다.'

'아무래도 차기 사계탑의 주인이 될 이가 확실하다 보니…….'

사절단들의 보고가 떠올랐다.

황제도 최소한, 사계탑의 드센 항의와 분노에 면을 세울 구실들이 몇 개는 필요했다. 그리고 황궁에 들어온 7계급 마법사에게 감히 독을 먹인, 간덩이가 부은 반역자를 황제 역시 알아야 했다.

감히 자신이 지키고 선 황궁에서 이딴 짓을 하다니!

황제는 두 번째 손가락에 끼고 있던 토파즈 반지를 빼서 에제트에게 던졌다.

"흑태자의 임시 귀속을 허락하겠다, 아스페르크!"

* * *

〈로르.〉

올은 우울한 목소리로 말했다.

〈……난 우리 주인님이 이렇게 허무하게 죽어 버리게 될 줄 몰랐어.〉

〈이 악마는 죽어도 다시 환생한다고 했잖나.〉

〈하지만……. 거기엔 우리가 없잖, 으악!〉

〈악! 놔라, 인간! 흔들지 마라!〉

〈어지러워요!〉

디아린의 두 손에 들린 붉은 깃털들이 마구마구 흔들렸다. 그녀는 깃털 둘을 확 허공으로 성의 없게 던져 버렸다. 뱅글뱅글 돈 깃털을 보며 디아린은 눈썹을 치켜 올렸다.

"나 안 죽었거든?"

〈농담이잖아요! 농담! 구웨에엑, 토할 것 같아……〉

〈속 안 좋다…….〉

"대체 무슨 신수가 멀미를 하는지."

디아린은 어휴 하고 어깨를 으쓱했다. 그리고 악덕 주인처럼 거만하게 말했다.

"거울이나 가져와 보거라."

〈예이…….〉

〈예…….〉

올과 로르는 힘없이 둥실 날아서 화장대에 놓인 동그란 거울을 가져왔다. 디아린은 거울에 얼굴을 비추어 보았다. 안색이 핏기가 없어 파리했다.

"아직도 이러네."

피를 토하고 쓰러진 지 이틀.

디아린은 누가 봐도 심한 환자 같았다. 그나마 입술에 색이 좀 돌아오는 게 다행이긴 한데.

〈그나마 내가 현신해 너와 떨어져 있어서 다행이었다.〉

로르의 말에 디아린은 살짝 미소를 지었다.

"그 말은 좀 슬픈걸."

〈사실이니까. 네 영혼에 내가 거하고 있었을 때 피를 토했다면, 더 심하게 부담이 갔을 거다.〉

로르는 어느새 새로 현신한 상태였다. 짧게 깃털을 가다듬은 후 디아린의 무릎 위에 사뿐히 앉았다. 디아린과 꼭 닮은 연보랏빛 눈동자는 진지하게 자신의 주인을 올려다본다.

〈그러니 인간, 더는 미루지 마라. 나를 펜나투스 호수로 보내. 망설이지도 말고, 죄책감을 가질 필요도 없어. 너는 우리를 소환한 것만으로도 전대미문의 기적을 일으킨 마법사다.〉

"……."

〈우린 죽어서 다시 만날 수 있어. 나를 보내기만 한다면 인간, 너는 아주 오래 살다가 올 테고, 그땐 네 영혼을 내가 직접 마중 나가마.〉

디아린의 눈동자가 가볍게 떨렸다.

"난……."

그때였다. 인기척이 느껴지고 문이 열렸다. 올과 로르는 재빨리 깃털로 변해 사라졌다.

"아가씨!"

"아, 샤이 양."

그리고 샤이의 뒤로 시녀 여럿이 줄지어 들어오고 있었다.

"아가씨, 약부터 어서 드시기로 해요."

한달음에 달려 온 샤이는 다정한 목소리로, 하지만 울먹거리는 표정으로 말했다. 하긴, 디아린이 쓰러졌을 때 밤낮 가리지 않고 샤이가 붙어 있으려 했다더라.

그때였다.

"흠흠. 샤이 님."

시녀 하나가 헛기침을 하며 끼어들었다. 복장이나 머리 장식으로 볼 때, 시녀들 중에서도 높은 지위인 듯했다.

'전부 황후 쪽 사람이랬지. 본궁 시녀들이니까.'

원래는 흰 떡갈나무 궁에 머물 때 붙었던 시녀들을 데려오려고 했는데, 황후가 굳이 '격'을 운운하며 이들로 배치했다고 들었다.

'격이라.'

시녀는 말했다.

"지금 이런 말씀 드리기 죄송하지만, 샤이 님? 이곳은 한낱 민가 따위가 아닌 신성한 황궁입니다. 그러니 오드 콘클이스터 영애님을 '아가씨'가 아닌 '영애님'이라고 부르셔야 합당합니다."

'어쭈?'

텃세 봐라?

황궁에 시집오거나 장가오는 귀족 자제들은 측근 사용인을 데려오는 경우가 적잖았다. 그들은 '아가씨'나 '도련님'이라는 호칭을 잘만 사용했다. 문제없는 관례였다.

디아린이 재미있다는 표정을 지은 그때. 샤이가 하녀를 싸늘하게 보며 먼저 입을 뗐다.

"당신 직책이 뭐였지요?"

다정한 울먹거림이 완전히 사라진 목소리. 시녀를 돌아보는 샤이의 얼굴은 흡사 얼음장 같았다. 디아린이 당황한 건 당연지사.

'으응?'

"당신 직책이 뭐냐고 물었잖아요."

재차 묻는 말에, 시녀도 당황해서 대답했다.

"제 직책은 시녀입니다."

"아가씨 앞에서 입을 놀리는 태도를 보면 황녀 저하는 되는 것 같군요."

"세상에, 그 무슨 말씀을!"

"감히 누가 아가씨의 잔에 독을 탔는지 모르는 상황에서, 행실을 자중하는 것이 목숨을 유지하는 데 도움이 되지 않겠습니까?"

"……!"

저 말인즉슨, 샤이가 '네가 세작 같은데?'라고 몰아 버릴 수 있으니 입 닥치라는 뜻이었다. 준황족 독살 혐의니 용의자에게 고문을 가하는 것도 허용되었다.

샤이는 디아린을 보며 아련하게 호소했다.

"아가씨. 아가씨 앞에서도 이리 건방지니 정말로 잔에 샷된 것을 집어넣은 범인이 이 자리에 있을 수도 있겠어요."

"아, 아닙니다! 절대 아닙니다!"

시녀는 바로 사색이 되어 벌벌 떨었다. 둘러보니 다른 시녀들도 아무 말 못 하고 있었다. 그들을 쳐다보는 샤이의 눈빛이 정말로 엄청나게 싸늘했기 때문이다.

디아린은 뜻밖의 사실을 깨달았다.

'샤이 양이 사실 더블렌 남작보다 한 수 위였던 거구나.'

디아린은 확신했다.

'더블렌 남작이 이 자리에 있었으면 감동의 박수를 쳤을 거야. 분명해.'

* * *

그날 밤.

"다행히 완벽하게 해독이 되었습니다. '네르테트 줄기 극독'은 확률이 반반이지요. 완전히 죽거나, 혹은 완전히 멀쩡하거나. 다행히 영애님은 천룡의 사랑을 받는 분이셨나 봅니다."

궁의의 말에 디아린이 에제트를 슬쩍 보았다. 에제트가 가볍게 고개를 끄덕였다.

"그럼 약재를 달여 오겠습니다, 영애님. 아, 시녀분은 절 따라 와 주시겠습니까?"

"네."

궁의가 공손히 고개를 숙이고 나갔다. 그의 뒤를 따라 램드와 딜리스가 시선을 교환하고 함께 따라 나갔다.

조용해진 침실. 디아린은 바로 허리를 일으키며 웃었다.

"진짜 매수했네, 궁의?"

에제트가 고개를 끄덕였다.

"원하는 일을 좀 들어줬을 뿐입니다."

"일? 어떤 일?"

"어딜 가나 지위 높은 망나니들이 있으니까요."

"아하."

좋게 말해 망나니, 제대로 표현하면 쓰레기 귀족. 궁의의 고충을 해결해 준 모양이다. 디아린은 대강 알아들었다.

"그렇게 갑자기 일어나면 어지럽습니다."

"나 중독 아닌 거 알잖아."

"알지요."

에제트는 침대 헤드에 베개를 쌓아 주며 말을 이었다.

"마법 부작용이라고 했죠."

디아린은 "응." 하면서 고개를 끄덕였다.

마법 부작용.

디아린의 몸에는 언제나 무통 마법이 걸려 있었다.

문제는 아키르 황궁 전체에 걸린 보호 마법이었다. 복잡한 보호 마법과, 디아린의 몸에 걸린 무통 마법이 조금씩 충돌하고 있었던 것이다. 며칠씩 머물 때는 상관없었지만, 황궁에 체류한 시간이 누적되다 보니 결국 한계치를 넘기고 피를 토해 버린 것.

"이 마법을 좀 손봐야겠어. 내일쯤 나갔다 올게. 황궁 안에선 마법을 사용하는 게 까다로우니까."

"적당한 장소를 수배해 놓지요."

순순히 말한 에제트는 디아린의 앞에 털썩 앉았다.

"아픈 곳이 어디입니까. 디아린."

"아픈 건 아냐. 초반에 적조의 힘을 감당하기가 힘들어서 피를 몇 번 토했거든. 그때 조금이라도 아픈 게 싫어서 무통 마법을 걸어 놓은 거야."

"별거 아닌 것처럼 얘기하시는군요."

"왜냐면 정말 별거 아니니까."

에제트는 물끄러미 디아린을 보다가 작게 한숨을 내쉬었다.

"디아린."

"응."

그는 미리 가져온, 작게 접은 쪽지를 내밀었다. 읽어 본 디아린의 두 눈이 커졌다.

'엥?'

"정말로 날 독살하려고 한 범인이 있었다고?"

이게 대체 무슨……?

"증거와 증인까지 전부 확보가 끝났습니다."

"배후가 누군데?"

"에더그린 남작으로, 황후의 추종자 중 한 명입니다."

에제트의 말은 쉽게 해석이 갔다.

"황후랑은 상관이 없는 걸로 결론이 나겠다는 뜻이구나."

"예. 단순히 추종자일 뿐이니까요. 당신에게 독을 먹여 그걸로 황후의 측근 세력이 되려고 한 것 같습니다. 자세한 건 문서로 따로 보여 드리죠."

"응."

뜻밖의 독살 사건에 얼떨떨했지만, 곧 당황감은 가셨다. 디아린은 외려 기분이 좋아지기 시작했다.

"황제 궁에는 '황후의 추종자'인 에더그린 남작을 내놓으면 되겠네?"

이 핑계로 북쪽 날개 궁은 여러 가지를 요구할 수 있다.

"일단 시녀들을 다 바꿔야겠어. 황후 쪽 사람들인 걸 뻔히 알면서 내 침실에 들이고 싶지 않아."

"아예 새로 뽑는 게 좋겠습니다."

"응. 그리고 흑태자를 더 오래 갖고 있을 수도 있겠네."

"그렇지요."

"불운은 종종 행운을 불러온다더니."

"행운이요?"

"행운이잖아?"

마법 부작용으로 피를 토하며 쓰러지지 않았다면 독을 먹었을 거고, 그럼 지금보단 더 고통스러웠어야 했을 텐데.

디아린은 순수하게 기뻐하고 있었다.

사실 기뻐하는 게 맞다. 상황적으로는 에제트도 기뻐해야 옳다. 디아린의 말은 하등 틀리질 않았으니까. 다만.

에제트는 디아린을 힘주어 껴안았다. 그의 심장 박동 소리가 디아린에 게까지 느껴졌다.

"에제트?"

"화가 나네요."

"……왜?"

"그러게요. 왜 화가 나는지 저도 모르겠는데."

디아린의 어깨에 턱을 묻은 에제트가 조용히 입을 열었다.

"디아린."

"응."

"저랑 약속을 하나 하셨지요. 이번 일이 이렇게 원하신 대로 잘 마무리 될 때."

마법 부작용이 독살인 척 상황을 조작하기.

아이디어를 낸 건 디아린이었다. 결국 진짜 독살 시도가 있긴 했지만. 그러면서 한 약속이 하나 있는데…….

"그거, 음. 꼭 해야 해?"

"하셔야지요."

에제트는 망설임도 없이 디아린에게서 떨어졌다. 그리고 단검을 꺼내 손바닥을 죽 그었다. 피가 흐르는 손으로 디아린의 손을 맞잡았다. 마력이 담긴 용혈은, 마력이 부족한 몸에 천천히 흡수됐다.

디아린은 생각했다.

이상했다. 에제트는 손바닥을 그어 피를 내어 주는데, 왜 디아린에게는 다르게 느껴질까. 심장을 그어 피를 내어 주는 것처럼 느껴져서.

에제트는 아무 말 없이, 미세하지만, 혈색이 돌아오는 디아린을 보았다. 항상 막연히 사라져 버릴 것 같던 그녀가, 이 자리에 머물러 줄 것 같다는 안도감이 든다.

그 스스로도 설명하기 힘든, 그런 기이한 감정이었다.

그렇기에 진심으로, 에제트는 자신이 용혈을 타고나서 다행이라고 여겼다.

"에제트."

팔을 타고 흐르는 붉은 피를 본다.

"나 말이야."

디아린은 내내 고민하던 것을 입에 올렸다.

"펜나투스 호수에 데려가 줄 수 있어?"

chapter 14

"램드 베스턴."

"예, 8황자 저하."

램드는 딱딱하게 굳어서 무릎을 꿇고 있었다. 그는 도무지 어쩔 줄 모르겠다는 표정이었으며 허리엔 식은땀까지 나고 있었다.

"네게 최우선 명령권을 가진 게 누구지?"

"……아스페르크 저하이십니다."

수문석 지하에서, 마지막 고목에 피를 묻히기 직전. 램드는 에제트에게 새로운 기사의 맹세를 바쳤다. 그때부터 그는 황제의 권속인 수문석 기사가 아니라, 오직 에제트를 섬기기로 결심했다.

"알고 있긴 하군."

"……."

그랬는데.

'그러면서 왜 디아린의 건강 상태에 대해서 미리 말하지 않았느냐'라는 질책을 예상했다. 눈을 질끈 감은 램드는 이 침묵도 좀 무서웠다.

"최우선 명령권을 폐기하지."

"에제트 저하!"

에제트에게 버림받는 건 상상도 해 본 적 없는 램드가 두 눈을 부릅떴다. 그럴 바엔 차라리 이 자리에서 죽는 게 나았다.

"나는 차선으로 둬."

"그 말씀은……."

에제트는 흑태자의 상징 인장인 토파즈 반지를 손에 쥐며 말했다.

"이제부터 네게 가장 상위 명령권을 행사하는 사람은 내가 아니라 디아린이다."

* * *

그로부터 며칠 후.

북쪽 날개 궁에서 대량의 사용인들이 물갈이가 된 후.

샤이는 오늘도 끊임없이 들어오는 선물 상자들을 보며 흐뭇하고 뿌듯한 표정을 지었다.

"북쪽 날개 궁에 매일 들어오는 선물이 열 수레가 넘는대요. 샤이 님. 황궁에 소문이 쫙 퍼졌다니까요?"

"맞아요. 영애님한테 잘 보이려는 귀족들이 얼마나 많아요?"

"일리룸은 또 선물을 보냈어요!"

"또? 이만큼이나? 그 소문이 맞는 거 아니에요?"

"무슨 소문요?"

"왜, 지금은 활동을 전혀 안하시지만 일리룸에도 공자님이 계시잖아요. 그분이 어쩌다 영애님을 보고 한눈에 반했다고 소문이 막……."

"어머, 어머!"

"조용."

엄중한 샤이의 말에 시녀들이 합 하고 입을 다물었다.

새롭게 들어온 디아린 거처의 시녀들.

쥬드, 로사, 베리, 쟌.

성적 우수. 준귀족 출신. 귀족 하녀 학교의 정식 졸업생. 그들을 직접 뽑은 인물은 다름 아닌 샤이였다.

'아가씨가 정말 나한테 일임하실 줄은 몰랐지만 말이야……'

물론 신임을 받고 있다는 증거 같아서 기분은 좋았다. 이번에 새로 들어온 새내기들이라 궁내와는 기존 커넥션이 없다는 게 가장 큰 장점이었다.

샤이는 어깨를 으쓱하고 말했다.

"그중에서 황금 장신구만 따로 빼놔."

"황금 장신구만요? 왜요?"

"아가씨가 황금 장신구만 착용하실 거라 말씀하셨거든."

"네에에?"

"하지만 이렇게 보석들도 많이 들어왔는데요?"

루비, 오팔, 사파이어, 에메랄드. 각종 유색 보석들 사이에서 질 좋은 자수정들도 제법 많이 들어왔다. 디아린은 그게 좀 성의 있고 귀엽다고 말했다. 그녀의 눈동자 색을 염두에 두고 보낸 선물이 틀림없으니까.

'그리고 이렇게도 말씀하셨지.'

'제가 황금을 좋아하는 걸로 보여야 남들이 황금 선물을 더 많이 해 줄 거 아니에요.'

금이 차고 넘칠 만큼 들어오면 녹여서 커다란 침대로 만들 거라고요.

황금 침대에서 한 번 자 보는 게 꿈이었다고.

디아린의 속셈에 샤이는 "귀여우셔라." 하고 말하며 쿡쿡 웃었다. 물론 할 일을 잊진 않았기 때문에, 샤이는 쥬드와 로사, 베리와 쟌의 도움을 받아 황금 장신구들만 따로 빼서 커다란 상자에 차곡차곡 넣었다.

똑똑.

문 두드리는 소리가 들린 건 얼마 후였다. 조심스럽게 들어온 이는 다름 아닌…….

"이작 경?"

바로 이작 드리엄.

디아린의 개인 호위인 기사! 이작이 샤이를 알아보고 고개를 가볍게 숙였다.

"오랜만입니다. 샤이 양. 잘 지내셨습니까?"

"물론이지요! 그런데 어떻게 벌써 오셨어요?"

"주인님이 사계탑에서 출발하셨다는 소식을 듣고 바로 짐을 꾸렸던 터라……."

이작은 머쓱한 표정으로 뺨을 긁적였다.

그는 딱 보기에도 엄청나게 거대한 방을 둘러보며 물었다.

"주인님은요?"

"아, 아가씨는 잠시 자리를 비우셨어요. 가 보실 곳이 원체 많으셔야죠."

"아하. 알겠습니다. 그러면……."

이작이 우물쭈물하자 샤이가 눈치 좋게 웃었다.

"일단 묵으실 방을 먼저 안내해 드릴게요. 쟌?"

"네!"

쟌이 얼른 뛰어가 시종들을 불러왔다.

이작이 쟌과 시종들을 따라 방을 나가자, 조용했던 방 안이 폭발적으로 변했다.

"세상에, 샤이 님! 아까 그 분 누구예요?"

"왜 영애님한테 주인님이라고 불러요?"

"잘생겼어!"

쥬드와 로사와 베리가 차례로 소리쳤다. 샤이는 검지를 까딱였다.

"아가씨의 개인 호위시란다. 북문석 정통 백작인 드리엄가의 차남이시지.

이작 드리엄 경이야.”

“꺄악!”

“그래서 주인님이라고 부르는 거군요!”

“잘생겼어!”

쥬드와 로사와 베리가 차례로 꺅꺅댔다.

사실 아무리 개인 호위라고 해도, ‘주인님’이라고 호칭하는 경우는 잘 없다. 그런데 명문가의 잘생긴 소년 기사가 쓰니까 아주 귀에 쏙쏙 박혔다.

‘그런데 오랜만에 본 것치고는 표정이 좀 어둡네. 이작 경은.’

샤이는 선물 상자들을 마저 분류하며 생각했다.

‘대마물 켄자스가 출몰한 날, 밤에 아가씨를 데려오지 못해서 그동안 자책감에라도 휩싸였나? 젖살도 좀 빠진 것 같고. 키는 성장기라 그런지 많이 큰 것 같고.’

여러 모로 감이 좋은 샤이는 술술 혼자 정답을 맞혔다. 그녀는 햇빛이 내리는 커다란 창문으로 시선을 옮겼다.

“아가씨는 5월의 유원지에 도착하셨으려나?”

* * *

“안녕하십니까, 오드 영애님.”

일리룸 공작이 환히 웃었다.

5월의 유원지 성의 3층. 최고 귀빈만을 모시는 블랙 다이아몬드 로열 퀸 응접실에 디아린이 삐딱하게 앉아 있었다.

“일리룸 공작님.”

“예. 오드 영애님?”

“선물 그만 보내달라고 제가 분명 말씀드렸을 텐데요.”

"납득할 수 없어서 계속 보냈습니다. 왜 그만 보내야 하지요?"

"너무 과하잖아요! 보낼 거면 한 번에 보내시든지, 매일 선물을 보내면 일리룸의 중립이란 이미지가 무너질지도 모르잖아요!"

"괜찮습니다. 영애님."

일리룸 공작은 반대편에 앉아 진지하게 말했다.

"원래 일리룸은 기이한 변덕을 부리는 걸로도 암암리에 유명하지요. 중립이면서 '퀠스튜더의 식탁'에 참여하기도 하고, 다른 쪽과도 교류를 제멋대로 나누기도 했습니다."

물론 그 얕은 교류에도 콘클은 단 한 번도 포함된 적 없지만.

하지만 일리룸의 변덕은 예측불허.

디아린에게 자꾸 선물 상자를 수백 개씩 보내는 것도 그저 '변덕'이라고 생각할 터다. 오히려 일리룸 공작이 제국을 뒤흔든 7계급 마법사에게 아무것도 안 보내면 그게 더 수상하게 보일 게 뻔했다.

"게다가 일리룸의 후계자들은 어릴 때부터 마법을 좋아했었고, 대륙을 들썩인 최연소 7계급 마법사님에게 성의를 많이 보였을 뿐이죠."

일리룸 공작은 자신 있게 말했다.

"모두가 팬심이라고 생각하지 않겠습니까?"

"팬심이요?"

"예, 팬심이요."

'……조금만 더하면 기둥뿌리를 뽑을 것 같겠던데?'

다른 가문의 기둥뿌리야 뽑히든 말든 별로 상관없지만, 일리룸은 자신의 소중한 도구, 아니, 숨겨진 뒷배였다.

일리룸 가문이 가난해지면 디아린에게도 타격이 온다는 소리다.

"그래요 뭐, 알아서 하시겠죠……."

사실 오늘 직접 유원지에 들러보고 걱정이 싹 가시긴 했다.

"사람이 양 떼처럼 많네요."

"그렇지요?"

일리룸 공작은 흐뭇한 표정을 지었다. 요즘처럼 일리룸 공작가의 재산 창고가 풍족한 적이 없었다.

"하지만 일주일에 3일은 예약제로 돌릴 생각입니다. 대기만 세 시간이 넘으니 불만이 많더군요. 분위기 잡기도 어렵고요. 또 이번엔 사계탑과 연계해서 '회전목마'라는 걸 들여놓을 생각입니다. 마침 사계탑에서 새로운 마도석 기술이 나왔다고 하는지라……."

그 기술이 디아린에게서 시작되었다는 걸 일리룸 공작은 전혀 몰랐다.

신뢰하는 제1 투자자에게 성실한 브리핑을 끝내고, 일리룸 공작은 다른 서류 뭉치를 내밀었다.

"자, 영애님. 이건 말씀하신 수도 귀부인 목록 서류입니다."

"고맙습니다."

디아린은 일리룸 공작에게서 서류를 받아 들었다. 꽤 묵직했다.

"영애님. 갑자기 왜 샤프롱이 필요하다고 말씀하시는 겁니까?"

"그러게요. 원랜 별로 생각이 없었는데 말이죠……."

이대로라면 꼼짝없이 황후의 측근 귀부인이 붙을 판국이었다.

"의외로 황후 폐하께서 끈질기시더라고요."

"확실히……, 그런 면은 있으시지요."

알버트 부시종장의 일로, 그래도 한 달은 다시 사람을 안 보낼 줄 알았는데. 세상에, 디아린은 수도의 최고 귀부인을 너무 쉽게 생각했다.

'어젯밤 황후의 시녀장이 보석까지 들고 찾아올 줄이야.'

어떻게든 디아린을 자신의 줄 아래 사교계에 내보내려는 속셈이 뻔했다.

"무작정 거절하기도 어렵고요."

"그렇지요. 일국의 황후 폐하시니까 말입니다."

에제트와는 이미 얘기도 끝났다.

'내가 괜찮은 샤프롱을 물색할 때까지 여유 시간이 필요한데, 얼마나

잡을 수 있어?'

하고 물었더니 한 달이나 보장해 주더라.

'그게 가능한가?'

의문부터 들 정도로 넉넉한 여유 시간. 하지만 늑장 부릴 생각은 없었다.

일리룸 공작은 자신의 몫으로 뽑아 온 서류를 보며 말했다.

"8황자 저하의 세력 쪽 귀부인으로 하시겠습니까?"

"음……? 에제트한테 줄 대려는 귀족들이 이렇게 많아요?"

"잘 모르시나 본데 엄청나게 많습니다."

"우와."

"그리고 이 중 3할은 우리 영애님 추종자들."

"저요?"

"아키르 제국은 마법이 융숭한 곳이잖습니까. 게다가 '오드'이시기도 하죠. 얼마나 제국이 떠들썩했는지 아십니까?"

"어머."

디아린은 입술을 꾹 누르고 웃음을 참았다. 일리룸 공작이 헛 참, 하면서 같이 웃었다.

"영애님. 그냥 대놓고 좋아하셔도 됩니다. 어린애 같으시군요."

"저 어린애 아닌데요."

"좋아하는 감정을 표현하는 걸 쑥스러워하는 것도 어린애의 특성입니다."

"됐어요. 말 안 해요."

그러고 디아린은 서류를 스르륵 넘겼다.

"하지만 전 중립 세력의 부인을 제 샤프롱으로 정하고 싶어요."

"어째서입니까?"

"에제트의 세력은 따지고 보면 이미 내 것이잖아요? 내 것이 아닌 걸 내 것으로 끌어들이는 게 훨씬 효율적이고요."

"참 마법사다운 생각이시군요."

너털웃음을 터뜨린 일리룸 공작을 향해 디아린이 진지하게 말했다.

"그리고 지위도 높아야 해요."

"그렇다면 애거스티 백작 부인은 어떻습니까? 대단히 중립인 가문이죠."

"백작 가문은 안 돼요. 표면적으로는 몰라도, 실제로는 황후 폐하의 귀부인과 맞서도 밀리지 않아야 하니까요."

"영애님 말씀은 백작 위의 급은 되어야 한다는 소리군요. 하지만 마땅한 사람이 없지 않습니까?"

중립인 귀족이 생각보다 많지 않다. 일리룸의 안주인 자리가 비워진 건 한참 전의 일이고.

"앙드레만 후작 부인은요?"

"흐으으음……."

"거참, 제가 영애님 샤프롱으로 나설 수도 없고 말입니다."

"저도 여자 귀족님이 더 좋답니다?"

"그럼……."

"이분으로 할래요."

"예?"

일리룸 공작이 급격히 당황스러운 표정을 지었다.

"작센느 공작 말입니까?"

"네."

"그……, 물론 작센느 공작은 철저히 중립 가문이고, 또 5대 공작 중 하나이니, 영애님이 말씀하신 조건에 아주 부합합니다만. 문제는 난이도가……."

일리룸 공작이 난색을 표하든 말든 디아린은 작센느 공작밖에 눈에 안 들어오는 모양이었다.

결국 일리룸 공작이 헛기침을 했다.

"영애님. 작센느 공작이 샤프롱이 되어 주길 바라는 수많은 레이디들과 귀부인들이 있었지만, 전부 거절당했습니다. 작센느 공작이 저와 동년배지만, 왜 한 번도 사교계에 샤프롱으로 나온 적이 없는지 알고 있으십니까?"

"잘 모르겠어요."

일리룸 공작이 활동을 하는 중립이라면, 작센느 공작은 아예 활동을 안 하는 중립이었다. 얼마나 안 했냐면 20년은 가뿐히 넘어갔다.

"그나마 작센느 공작이 수도 저택에 기거하는 이유도, 황립 도서관을 편하게 이용할 수 있기 때문입니다. 작센느는 유구한 학자 가문이고, 공작 본인 역시 대단한 학자니까요."

"그렇다고 황립 도서관을 사다 바칠 수도 없고요."

"그렇죠. 작센느에서 영애님께 선물이라도 많이 보냈습니까?"

"음……. 아뇨. 한 상자 보냈어요."

"보십시오. 작센느 공작은 여전히 관심이 없는 겁니다."

비록 상자 하나를 보냈지만, 거기에 들어 있던 내용물은……. 아주 아름다운 순금 깃펜이었다.

'생각해 보니 더 마음에 드네?'

그런 디아린도 모른 채 일리룸 공작은 차를 마시면서 말을 이었다.

"대대로 작센느의 가주들은 매달 논문을 발표하는 '밀사회'의 최고 자문 위원직을 겸하기도 합니다. 수많은 논문들을 검토하느라 공작 역시도 밤잠도 잘 못 잘 만큼 몹시 바쁘기도 하고요."

잠도 못 잔다라…….

"일리룸 공작님."

디아린은 음흉한 미소를 지었다.

"저는 논문에 찌든 학자의 마음을 여는 아주 좋은 방법을 알고 있답니다?"

* * *

작센느 공작저에 커다랗고 특이한 상자가 배달되었다. 아키르 제국 5대 공작가 중 하나이다 보니까, 매일매일 이런저런 선물이나 물품이 엄청나게 배송되기는 했다. 대부분은 적당히 집사가 처리했지만, 이번에는 발신인이…….

"오드?"

작센느 공작이 뜻밖의 이름을 듣고 되물었다.

"디아린 오드 콘클이스터?"

"그렇습니다. 작센느 공작님."

"그 유명한 천룡의 미들네임을 가진 혼약자가 내게 왜 선물을 보냈지? 피곤하군."

그렇게 말하며 공작은 눈가를 꾹꾹 짚었다. 집사는 어렵지 않게 짐작할 수 있었다.

'공작님은 어제도 논문 때문에 전혀 못 주무셨나 보군.'

"일단 열어 보시는 게 어떨까요?"

"좋아."

작센느 공작은 흘러내리던 안경을 고쳐 쓴 후, 직접 상자를 열어 보았다.

"흐음? 이게 뭐지?"

날씬한 샴페인 병 같은 게 여덟 병이나 들어 있었다. 액체 색깔은 복숭아 와인 같은 연한 핑크색. 집사는 굳은 표정을 지었다.

"공작님은 술을 잘 즐기지 않으시는데……. 영애님이 어려서 뭘 모르나 봅니다. 당장 치우겠습니다."

"아니, 뒤 봐라. 술이 아니라는군."

"술이 아니라고요?"

"그래."

작센느 공작은 동봉된 편지를 읽었다.

"이게, 그러니까……. 로즈 쿼츠 자양 강장제?"

"자양 강장제요?"

*　*　*

"아가씨, 아가씨!"

샤이가 헐레벌떡 뛰어왔다.

"손님이 오셨어요! 자, 작센느 공작님이 오셨다고요!"

오늘도 선물 상자를 열심히 정리하던 시녀들이 깜짝 놀랐다.

"네?!"

"작센느 공작님이요?"

"그분이 영애님을요?"

작센느 공작이 얼마나 사적인 친분을 안 만드는지, 황궁 소속 사용인들이 훨씬 잘 알았다.

디아린은 오늘을 위해 미리 준비한 드레스와 주르륵 펼쳐진 선물 상자 속의 수많은 장신구들을 눈으로 재빠르게 훑으며 말했다.

"나비 정원으로 모시세요."

*　*　*

"이 정원에 주인이 생긴 건 참 오랜만이군."

작센느 공작은 나비 정원의 자랑인 '크리스털 온실' 안으로 들어와 말했다.

브루노 9세가 즉위한 후로, 북쪽 날개 궁은 언제나 비어 있었다. 그런

궁을 전설적인 명성을 쌓은 황손 예비부부에게 내리다니, 참 속이 보이는 황제라고 작센느 공작은 생각했다.

'그렇다고 그게 자신의 업적이 되는 것도 아닌데 말이지.'

어쨌든 아름다운 궁이었다. 다른 정원에는 유리 온실만 있어도 주인의 기가 쫙쫙 펴는 법인데 여기에는 아예 크리스털 온실이 있었다.

물론 지붕만 크리스털로 되어 있지만. 그래도 그게 어디인가.

작은 폭포와 연못. 색깔 고운 물고기들.

마법 성물로 온도와 풍량(風量)을 섬세하게 조절할 수 있는 덕분에 이 크리스털 온실 안은 초여름 같았다.

그리고 새하얀 목면 식탁보를 깐 흰색 티 테이블. 색깔을 맞춘 테이블 의자도 곡선이 몹시 우아했다.

"빨리 대화를 끝내야지."

그때였다.

쏴아— 하는 소리와 함께 마법 성물로 만든 따스한 바람이 불어왔다. 포플러 나무와 잉두트 나무의 잎사귀들이 바람에 흔들리며 목가적인 소리를 냈다.

따뜻한 미풍. 나비 꽃이라고 불리는 분홍빛 꽃잎이 마치 봄날처럼 흩날리며 떨어진다. 마음이 잠길 정도로 환상적이며 낭만적인 이 분위기는 마치 동화 속의 한 장면 같았다.

그리고 정말로 동화처럼. 길고 예쁜 리본이 날아와 작센느 공작 앞에 떨어진 건 그때였다. 작센느 공작은 허리를 굽혀 리본을 주워 올렸다. 리본이 날아온 방향으로 뒤를 돌아본다.

연보랏빛 눈동자의 레이디가 자신에게로 걸어오고 있었다.

지금 계절과는 어울리지 않지만, 곧 다가올 봄이 연상되는 하늘하늘한 드레스 자락이 아련하게 나풀거렸다. 뺨을 타고 길게 흩날리는 구불구불한 연갈색 머리카락을 귀 뒤로 넘긴다.

손등을 덮은 반투명한 레이스. 사뿐사뿐한 발걸음. 흩날리는 꽃잎.

순간 몽환적인 분위기에 압도된다. 작센느 공작은 한 박자 늦게 입을 열었다.

"……오드 콘클이스터 영애님?"

디아린이 대답 없이 부드러운 미소를 지었다. 바로 직전까지 시녀들이 미친 듯이 달라붙어 꾸며 준 덕에 눈부실 정도로 빛나는 외모.

작센느 공작의 머리카락도 함께 바람에 휘날린다. 그녀는 디아린에게서 잠시간 눈을 떼지 못했다.

〈올.〉

로르가 조용히 입을 열었다.

〈왜요?〉

〈이 악마가 저 여잘 꼬시려는 건가?〉

〈뭐……, 주인님이 아까 스스로를 영업해 보겠다고 하셨으니까, 비슷한 것 같네요?〉

〈영업이 성공한 건가?〉

〈일단 우린 넘어간 것 같아요.〉

〈그렇군. 확실히.〉

* * *

"오드 콘클이스터 영애님. 제게 보내 주신 로즈 쿼츠 자양 강장제가 대체 무엇입니까?"

작센느 공작이 단도직입적으로 물었다.

근 며칠, 작센느 공작은 이 놀라운 자양 강장제 때문에 돌아 버리는 줄 알았다.

'여보! 리미! 대체 이 자양 강장제 어디서 난 겁니까?'

작센느 공작의 남편이자 마찬가지로 이름난 학자인 그가 빈 병을 들고 와 추궁했다.

'어디서 이렇게 효과 좋은 걸 공수한 거예요? 머리는 맑아지고, 능률은 오르고, 잠은 깨는데 부작용이 없는 게 말이 돼요?'

이 자양 강장제가 그 정도라고?

남편의 말에 반신반의하며 마셔 본 작센느 공작은 그날로 신세계를 경험했다.

"이틀이나 밤을 샌 저도 마셔 봤는데, 머리는 새벽이슬처럼 맑아지고 능률은 밭의 소처럼 오르고 잠은 폭포를 맞은 듯 깨는데 부작용이 없더군요."

머린 맑아지고. 능률도 오르고. 잠까지 깨는데…….

부작용이 없어?

유구한 학자 가문답게 작센느 공작저에도 자양 강장제가 수백 종이 구비되어 있다. 대부분 특별한 약초에 꿀과 연잎 이슬을 재워서 마시는 자양 강장제. 당일 잠은 깨워 주지만, 다음 날 체력을 두 배로 소모하게 해서, 당장 급할 때가 아니면 별로 선호되지 않는 약물이었다.

"하지만 이건 전혀 다르더군요. 작센느 공작가는 고작 며칠 만에 이 로즈 쿼츠 자양 강장제가 없으면 살 수 없는 몸이 되었습니다."

"작센느 공작님? 그 로즈 쿼츠 자양 강장제는 중독성이 전혀 없는데 그렇게 말씀하시면…….'

위험하게 들리잖아?

"그만큼 좋다는 말이었습니다."

"제가 적어 둔 주의사항 보셨나요? 네 병 이상 마시면 더 이상 잠을 이기지 못하고 주무시게 될 텐데요."

"네 병 이상은 아까워서 마시지도 못했습니다. 영애님. 자양 강장제 덕분에 머리가 맑아져서 처리해야 할 논문도 8할이나 더 빨리 정리했고요."

당장 궤짝, 아니 갤리선 규모로 구매하려고 상단들을 샅샅이 뒤졌지만, 어디에도 이 자양 강장제는 팔지 않았다.

다시 말해 희귀 비매품.

그때 작센느 공작은 알았다.

'내게 원하는 게 있으시군. 그 영애님이.'

"뭘 원하십니까?"

디아린은 단도직입적으로 말했다.

"제 샤프롱이 되어 주세요."

"모르시는 모양이군요. 영애님, 저는 샤프롱은 번거로워서 맡아 주지 않습니다."

"알고 있어요."

"알고 계신다고요?"

"네."

작센느 공작은 말없이 차를 한 모금 마셨다.

"……로즈 쿼츠 자양 강장제는 어디서 구매할 수 있습니까? 구매할 수 없다면, 영애님만 만들 수 있는 특별한 제조법인 겁니까?"

"아뇨."

"아니라고요?"

디아린이 눈을 깜빡였다.

"저만 알고 있던 제조법은 맞지만, 공유했어요. 그러니 다음 달부터 사계 탑에서 판매를 시작할 거예요."

디아린이 매긴 가격은 제법 비쌌지만 일국의 당당한 공작이 못 살 정도는 절대 아니다.

"오드 콘클이스터 영애님."

그러나 작센느 공작은 이마를 찌푸렸다.

"왜 그 얘길 해 주시는 겁니까? 이 자양 강장제를 독점 비매품으로 삼는다면 원하시는 대로 절 충분히 샤프롱으로 삼을 수 있을 텐데요."

"그야."

"그야?"

"공작님은 절 콘클의 수족이라고 생각하시잖아요."

순간 허를 찔린 작센느 공작이 찻잔을 내려놓았다. 디아린은 말을 이었다.

"제 성에 '콘클'이 붙은 것도 맞고, 제가 콘클 공작의 수양딸인 것도 맞지만, 저는 콘클과 뜻을 같이하지 않습니다."

'외려 콘클 공작 죽이고 싶은 사람 그게 나라고요.'

"그러니까 이건 말하자면 제 호의의 솔직한 표현인 거예요. 왜냐면 저는 작센느 공작님의 마음에 들고 싶거든요. 공작님의 영광스러운 첫 샤프로니안(샤프롱의 보살핌을 약속받은 레이디나 귀부인)이 되고 싶어서요."

"……."

작센느 공작은 바로 대답하지 않았다. 그녀는 의자에 등을 기대고 안경을 고쳐 썼다. 단정하게 묶은 금빛 도는 갈색 곱슬머리가 바람결에 휘날렸다.

크리스털로 된 지붕에서 햇빛이 보석처럼 쪼개져 비산한다. 온실 안은 싱그러운 초여름의 온도. 싱싱한 초록 나뭇잎 밑으로 진 흐드러진 그늘이 바깥 계절마저 잊게 해 준다. 티 테이블 맞은편에 앉아 있는 하늘하늘 예쁜 드레스를 입은 디아린을 본다.

아까 작센느 공작이 주워 준 길고 보드라운 리본은 찻잔 옆에 잘 접혀 놓여 있다. 스물두 살에 7계급 마법사라는 전무후무한 타이틀. '오드'를 미들네임으로 하사받은 자.

비록 콘클의 수양딸이지만. 아까 동화처럼 마주쳤을 때는 솔직히…….

'반했지.'

작센느 공작은 미소를 머금었다. 가끔 이렇게 시간을 내 그녀와 차를 마셔도 좋을 것 같다. 이날의 분위기를 때때로 반추할 때마다 기분이 많이 좋아질 것 같다.

결정했다.

작센느 공작이 천천히 입을 열었다.

"영애님."

"네, 공작님?"

"좋습니다."

"……!"

디아린이 만면에 웃음을 머금었다. 눈동자가 반짝반짝 빛났다.

"정말요?"

"그래요."

선선한 대답에 디아린이 의자에서 벌떡 일어났다. 그리고 작센느 공작의 두 손을 꽉 잡았다.

"감사합니다!"

작센느 공작이 피식 웃었다.

단 한 번도 누군가의 샤프롱이 되어 준 적 없는, 중립 귀족 작센느 공작. 그 암묵적인 명칭이 깨진 날이었다.

"기왕 이리 된 것, 역사에 길이 남을 샤프롱이 되어 보도록 하지요. 디아린 영애님."

* * *

1년 365일 사계탑은 바빴지만, 요즘은 정말 눈코 뜰 새도 없이 바빴다.

얼마 전 사계탑을 강타한 '마도석 기물'의 원리는 이미 파악이 끝난 상태.

마도석 난로의 크기는 이미 기존 대비 절반 가까이 줄었다. 더욱 줄이고 연구하면, 기사들의 갑옷에 '보온'이라는 기능을 추가시킬 수 있을지도 몰랐다. 그렇다면 실제 전쟁에서 얼마나 큰 도움이 될는지 쉬이 추산하기가 어려울 정도였다. 날씨에 조금 덜 구애받는 정도라고 해도 승패를 판가름하는 데 중요한 요소로 작용하는 법이니까.

마법사들은 연구에 매진하느라 정신이 없었다. 밤에는 불이 꺼진 창문을 찾는 게 더 어려울 지경이었다.

"이너럴아."

사계탑의 주인이자 8계급 마법사인 엔리크가 말했다.

"디아린 그 아이가 떼돈을 벌겠구나."

"어마어마하게 버실 겁니다. 다른 것도 다른 건데, 이 로즈 쿼츠 자양강장제를 각종 학술원에서 얼마나 사들이려고 하겠습니까."

"이름은 꼭 그렇게 지어야 되겠다고 하더냐?"

"보석을 마셔 보는 게 꿈인 사람들이 있을 거라고 하시더군요."

"희한한 꿈이군."

"세속적인 꿈도 때로는 좋지요."

복숭앗빛의 상큼한 단맛이 도는 액체.

그 액체는 이미 사계탑을 강타했다. 특히 사계탑의 연구 주력용 탑인 만월탑 연구실의 책상 곳곳에는 로즈 쿼츠 자양 강장제 빈병들이 굴러다니고 있었다.

비록 네 병을 연달아 마시면, 스르르 잠이 들어 버리고 근육이 풀어져 노곤해지는 등의 사소한 부작용은 있지만.

"사실 부작용이라기보다는 제약이란 말이 어울리죠. 아니었으면 전쟁에서 심하게 악용이 되었을 겁니다."

심지어 이 부작용 아닌 부작용도 정제를 다시 하면 건강한 수면제로 응용할 수 있을 정도였다.

"그래. 제조법은 철저히 비밀에 부치거라."

"말이라고요."

이너럴은 고개를 갸웃했다.

"그나저나 황자비 저하는 참 대단하시군요. 이런 대단한 자양 강장제 제조법은 어떻게 알고 계시는 걸까요?"

* * *

"내가 일단은 흰 사슴족의 아이였으니까?"

디아린은 손으로 턱을 괬다.

흰 사슴족은 빛과 치유를 담당하는 부족. 다시 말해 약재와 치료에도 상당한 지식을 보유하고 있었다.

"뭐, 대부분의 약재가 달라져서 여기에 적용할 수 있는 건 그리 많진 않지만."

많지 않다는 건 다시 말해 있기는 한다는 것. 그중 하나가 바로 이 자양 강장제였다.

"원랜 흰 사슴족의 지식을 이용하는 게 꺼려졌는데. 꼭 첫 번째 생에서 발목 잡힌 삶이라는 걸 재확인하는 기분이었다고 할까."

지금은 생각이 바뀌었다.

'어차피 이번에도 지나가는 삶이라고 생각했었지.'

그러니까 애착을 두지 말자고 늘 다짐했었는데.

'막상 살아야겠다고 생각하니 쓸 수 있는 건 다 써야 억울하지 않겠더라고.'

게다가, 생각해 보니 '좋은 약'이라는 건 어디서든 엄청나게 고가로 팔린다. 말하자면 황금을 끌어 모으는 제작 레시피가 디아린 손에 있다는 것이다.

"자양 강장제 말고도, 한 가지를 더 사계탑에 주문서를 넣어 놨는데.

이건 시간이 좀 걸린대."

올이 물었다.

〈그 무슨 화상 치료제요?〉

"응. 화상 치료제."

로르가 말문을 텄다.

〈그런데 인간, 유독 졸려 보이는군.〉

"계속 긴장했거든. 난 나보다 나이 많은 사람을 보면 긴장돼."

정확히는 자신의 테두리에 들어설 '나이 많은 사람.'

올이 물었다.

〈또 그 원로들일까 봐요? 주인님.〉

"응."

흰 사슴족의 원로들.

끊임없이 디아린과 함께 환생하는 그들.

〈어떤가. 이번엔 아닌 것 같나?〉

"응. 로르. 다행히? 정확히는 좀 더 두고 봐야겠지만……. 아닐 거야. 아마도. 아냐, 아니어야 해. 내 소중한 샤프롱이 원로의 환생이라면 난 너무 세상이 거지같을 거야."

디아린은 미소를 머금었다.

"그래도 지금은 기분이 좋아. 나, 진짜 멋진 샤프롱 생겼잖아."

헤헤 웃은 디아린의 눈이 스르르 감겼다. 잠이 쏟아졌다.

* * *

다음 날.

아침 차를 마시고 있는 디아린에게, 시녀 로사가 헐레벌떡 들어왔다.

"영애님, 영애님! 8황자 저하가 오셨어요."

"아, 모셔요."

이제는 디아린의 샤프롱인 작센느 공작은 추진력이 아주 뛰어난 성격이었다. 디아린은 벌써 다음 주에 작센느 공작저에서 여는 티 파티에 초대받게 되었다.

'일주일 만에 티 파티를 준비하고 여는 게 가능한가……?'

어쨌든 에제트와 의논을 해야 했다.

오늘도 여전히 안개에 휩싸인 에제트의 얼굴.

디아린은 별생각 없이 보았다가 '응?' 하면서 에제트를 보는 눈에 힘을 주었다. 샤이에게 입고 온 재킷을 건네주고 있던 에제트가 디아린을 보고 당황했다.

"……디아린?"

"에제트?"

디아린은 차 시중을 들어 주던 시녀들을 내보내고 에제트의 바로 앞에 섰다. 그녀가 에제트의 뺨에 손끝을 대었다.

"얼굴이 좀 선명해……."

"제 얼굴이요?"

"응."

"얼마나요?"

"예전엔 100으로 흐렸다면 지금은 85 정도……?"

뭐지? 왜지?

〈우리 덕분이야.〉

신나서 올이 끼어들었다.

〈주인님 마력에 우리 마력 비율이 높아져서 그런 거라고요. 그동안은 주인님 동체가 익숙해지지 않는데 이젠 서서히 익숙해지나 봐요.〉

〈속도가 생각보다 빠르긴 하군. 아무래도 계급 높은 마법사라서 그런 모양이다.〉

〈로르 말이 맞아. 그러니까, 주인님은…….〉

갑자기 굳은 디아린을 보고 에제트가 시선을 맞췄다.

"왜 그러십니까?"

"에, 에제트."

방금 올에게서 충격적인 소식을 들은 디아린이 입을 열었다. 에제트의 황금색 눈동자가 함께 커졌다.

* * *

"저하, 뭐 하십니까?"

램드는 얼떨떨한 표정을 지었다.

"거울……을 왜 그렇게 온종일 보고 계십니까?"

할 일도 엄청 많으시면서. 뭐 상처가 난 것도 아니시면서. 디아린 영애 님의 거처에 다녀오더니 계속 저러고 계신다.

"램드."

"예."

"디아린이 내 얼굴을 좋아할까?"

"예? 어차피 보지도 못하시잖아요."

"만약에 보게 된다면."

"……?"

램드가 되물었다.

"'공평한 혈통'이 용혈의 얼굴을요?"

"그래."

당황스러웠지만 일단 질문에 대답은 해야 했다. 램드는 별 고민 없이 말했다.

"황자 저하께 홀딱 반한 레이디가 제가 아는 것만 수십 명이 넘어가니 비슷하지 않겠습니까?"

그러더니 꽤 진지하게 덧붙였다.

"물론 장미가 가장 인기 많은 꽃이어도, 모두가 장미꽃을 좋아하는 건 아니지만요."

에제트가 램드를 바라보았다. 램드가 바로 식은땀을 흘렸다.

"그, 저하. 혹시 제가 말실수를 했습니까?"

"아니. 대답 한 번 참 직설적이고 솔직해서."

"흐어."

한 대 얻어맞는 줄 알았던 램드는 안도의 한숨을 쉬었다.

"수문석 지하에서 얼마나 굴렀습니까. 이 정도면 귀족이죠."

에제트는 아까 디아린에게 들었던 말을 복기했다.

'나 몇 년 안에 네 얼굴 볼 수 있을 거래!'

아마도 적조에게 들은 말일 터.

사실 디아린은 모르는 일이지만, 수문석 지하에서 살아 돌아온 이후로 에제트는 항상 디아린을 만날 때 최대한 예쁘고 단정한 차림을 고수했다.

정복, 예복, 경장, 예장.

혼약자는 자신의 얼굴을 보질 못하니 다른 쪽을 열심히 관찰할 걸 알아서.

다행히 에제트는 신체 조건이 굉장히 뛰어난 편이었다.

"8황자 저하. 알데트루다 룬이 찾아 왔습니다. 펜나투스 호수 개방 때문이라고 말씀 올려 달라고 하였습니다."

시종의 말에 에제트가 자리에서 일어났다.

* * *

"펜나투스 호수는 간혹 사람을 튕겨 낼 때가 있어서, 이런 식으로 예비 시찰을 반드시 해 봐야 합니다."

아키르 황실 수석 마법사이자 6계급의 마법사, 알데트루다의 딱딱하고 사무적인 설명.

"용혈이신 황자 저하는 예외지만, 오드 콘클이스터 영애님은 아니시지요. 자, 제 손을 잡고 들어가야 합니다."

손.

손?

손.

디아린은 순순히 손을 내주었다. 뒤에서 따라오던, 황실 차석 마법사가 이마를 약간 찌푸렸지만, 디아린은 알지 못했다.

성문만큼이나 거대한 석재 문에 알데트루다가 손을 올리자, 복잡한 마법진이 그려졌다. 이윽고 쿠쿵 소리를 내며 육중한 문이 스스로 열렸다. 디아린은 한눈에 파악할 수 있었다.

'걸린 보호 마법이 120개야.'

과연 아키르 제국에서 가장 중요한 성물.

열린 문 안에는 복도가 이어져 있었는데, 의외로 실외였다. 벽은 높았지만 지붕이 없었고, 가로수가 심어져 있었다. 여느 중정과 비슷한 구조였다.

디아린은 안으로 들어갔다. 에제트가 이미 호수 부근에서 기다리고 있었다. 미소를 지은 디아린은 입구 하늘을 올려다보면서 생각했다.

'마법 보호막 엄청나네.'

실제로 보니까 상상했던 것보다 더 엄청났다. 천장이 뚫려 있되 진짜로 뚫려 있는 게 아니었다. 수천 개의 보호막을 거미줄로 촘촘하게 쳐 놓은 것 같았다. 정상적인 방법으로 하나씩 하나씩 해제하고 들어오려면 아무리 디아린이라고 해도 일주일은 걸릴 정도였다.

"보시다시피 평소의 펜나투스 호수는 이렇게 유리 바닥처럼 딱딱합니다. 자, 혹시 모르니 계속 제 손을 잡고 가시지요."

"그래요."

역시나 뒤에서 따라오던 황실 차석 마법사가 이마를 좀 더 찌푸렸지만, 아무도 몰랐다.

부동면의 호수.

'여기에 용혈을 부으면 물이 되는구나.'

실제로 보니까 더 신기했다. 자세히 들여다보려던 디아린이지만 팔이 잡혔다.

"그만 숙이십시오."

에제트가 디아린을 가볍게 끌어 올려 세웠다. 그걸로도 모자라 손까지 단단히 붙들어 잡았다.

"……."

"……."

"……."

오늘은 호수를 여는 날이 아니라, 아키르 황족 외에도 몇몇 허가받은 이들은 들어올 수 있었다. 그래서 알데트루다 외에도 차석 마법사 몇 명이 함께 들어와 있었다. 그러니까 다시 말해 이걸 다 실시간으로 남이 본다는 소리였다.

디아린은 에제트의 귓가에 작고 빠르게 속삭였다.

"남들 보면 이상하다고."

"뭐가요."

"호수가 딱딱한데 내가 빠질 염려도 없잖아. 이러면 소문이 날 것 같아."

"무슨 소문이요?"

"그……. 네가 날 너무 과보호? 한다고?"

좋게 말해 과보호지 그냥 에제트가 디아린한테 분리 불안증 수준으로 너무 절절절절절절절 맨다고 소문이 날 것만 같았다.

"그런 소문이 나는 것도 좋지요."

"좋다고?"

"예."

좋은데.

에제트는 흘긋 뒤를 보았다. 황금색 눈동자와 시선이 마주친 마법사들이 어흠어흠 헛기침을 하며 눈을 돌렸다.

"펜나투스 호수, 한 번 만져 보기는 해야겠어."

디아린이 바닥에 무릎을 굽히고 쪼그리자, 에제트가 바로 따라서 몸을 숙였다.

'진짜 내가 빠질까 봐 무서운가 보네.'

아직 부동이라 그런지, 아무 느낌도 안 드는데.

하지만 에제트의 불안감을 디아린은 충분히 이해하긴 했다.

'나라도 에제트가 빠질지 모른다면 무서울 테니까.'

사랑이라는 게 참 그렇다.

상대방이 혹여 불의의 사고라도 당할까 봐 이렇게나 마음이 불안할 때가 있는 것.

그리고 내게 이렇게 마음을 보여 준 건 네가 처음이라는 것.

디아린은 에제트의 손을 꼭 잡았다. 황금색 눈동자가 잡힌 손을 물끄러미 보더니, 좀 더 힘을 주어 깍지를 껴잡았다.

펜나투스 호수는 맑고 단단한 유리를 만지는 기분이었다. 디아린은 손 끝으로 호수를 만져 보았지만, 별다른 건 없었다.

'로르, 어때?'

〈뭐가 말인가?〉

'아니, 뭐 특별한 기분이 들 줄 알았지. 신수의 세계와 연결이 되어 있다며, 여기.'

〈그다지? 난 별로 그 세상이 그립지 않……. 아니다. 그래. 그립군. 이런 인간계와는 비교가 안 돼.〉

올이 불퉁하게 중얼거렸다.

〈개 뻥치고 있네.〉

식겁한 로르가 바로 목소리를 끊었다.

〈그렇게 말하면 저 인간이 듣잖아!〉

〈내가 틀린 말 했냐고요!〉

〈넌 저 인간의 마음이 불편하길 바라나?〉

〈로르가 안 가면 되잖아요.〉

〈내가 안 가면 저 인간이 피 토하고 죽는데? 넌 쟤가 죽어 버리는 게 좋나?〉

〈싫어.〉

〈내가 가는 것도 싫고?〉

〈싫어.〉

로르가 한숨을 내쉬었다.

〈네 마음대로 다 할 수 없다는 걸 왜 아직도 모르나. 올. 네가 아무리 가장 강한 신수여도 안 되는 건 있는 법이야.〉

〈몰라. 난 마음 같아선 흑조 백조 청조 황금조 싹 다 소환해서 날개 한 짝씩 내놓으라고 협박하고 싶어.〉

〈그걸로 이 인간의 수명을 연장해 주게?〉

〈그래요.〉

〈너는 정말……. 이러니 네가 신수의 폭군이란 말이나 듣고 사는 거다.〉

〈지들이 나보다 강해지면 될 건데 안 되니까 뒤에서 그런 말이나 조잘거리죠. 하나도 안 무섭네요. 내 주인님 목숨보다 소중한 게 뭐가 있다고요?〉

퉁명스레 말한 올이 잠깐 침묵을 지켰다가, 입을 열었다.

〈……그래도, 네가 안 가면 좋겠다는 건 진짜야. 로르.〉

* * *

그날 밤.

올은 잔뜩 심통이 나서 날개를 파닥거리고 있었다.

"예쁜 새야, 과일 더 안 먹니?"

샤이가 묻자 올이 고개를 도리도리 저었다. 마음 같아선 과일 좀 그만 줘! 하고 외치면서 횃대를 뒤엎고 싶었지만, 샤이는 디아린이 가장 아끼는 하녀라 눈치를 좀 봐야 했다.

샤이가 나가고, 조용해지자, 올은 사방을 살피다가 왼쪽 발로 로르의 대행 중인 가짜 새 인형을 콱 걷어찼다. 사계탑에서 만들어 준 인형은 바닥에 떨어져 힘없이 바르작거렸다.

"와, 진짜 성격 하고는."

흠칫.

올이 바로 도망가려고 했지만 디아린이 던진 그물이 한발 더 빨랐다. 꽁꽁 묶인 올이 〈으으.〉 하고 몸을 움츠렸다.

"하여간 황궁은 마법을 마음대로 못 써서 불편해. 마력으로 잡으면 되는데 굳이 그물을 써야 하고."

디아린은 저벅저벅 걸어 와 그물을 벗겨내고 올의 몸통을 잡았다. 흥 하고 시선을 피한 올이 〈어라?〉 하면서 디아린을 다시 보았다.

"로르는요?"

디아린의 영혼에 로르가 없었다.

"내 침실에 있어. 너네 싸웠다며?"

"안 싸웠어요! 걔랑 얘기하기 싫은 거지!"

"세간에선 그걸 싸웠다고 하는 거란다? 귀여운 바보야."

"누가 바보래."

올은 쒸익쒸익 화를 냈다. 디아린은 에휴 한숨을 내쉬고 의자에 털썩 앉았다.

"인간이 적조를 소환하는 게 미친 짓이라며?"

"……."

"그러니까 원래 내 수명의 끝은 스물다섯 살이고?"

"……그건 적조를 계속 부담하고 있을 때 얘기고요."

"흠."

디아린이 말했다.

"내가 생각해 봤는데, 난 이번 생에 누릴 걸 많이 누렸으니까 이제 그만 살고 죽어도 될 것 같……."

"안 돼요!"

"그래. 안 되지?"

"……."

올이 부리를 삐죽였다.

"난 주인님이 좋아."

"알아."

"그리고 로르도 좋아."

"그렇겠지. 나, 로르한테 듣고 왔는데 너 엄청 성격 제멋대로였다며?"

"우와! 입 싼 자식."

하지만 틀린 말은 아니었다.

다섯 신수 중 오직 적조만이 영혼이 두 개라는 건, 다시 말해 적조가 감당해야 할 힘의 양이 엄청나다는 뜻이니까.

가장 강한 신수.

올은 덕분에 '제멋대로' 그 자체였다. 로르와 '그' 외에는 아무도 적조를 통제할 수가 없었다.

적조의 힘을 감당하는 소환사?

당연히 존재한 적 없다. 천룡에게 처음 소환되어 시조에게 양도된 이후, 아무도 다시 적조를 소환하지 못했으니까.

자신들의 첫 소환사인 천룡은 금방 죽었다. 시조는……. 더 말할 것도 없었다. 그 전에도, 그 후에도 몇 번이고 소환된 다른 신수들과는 달리, 적조를 소환할 수 있는 생명체는 너무도 드물었다.

너무 강하니까.

너무 강해서 목숨을 걸어야 하니까.

생명까지 걸고 적조를 소환하는 위험을 감수할 바에는, 안전하게 다른 신수를 소환하는 게 나았다. 아무도 적조를 찾지 않았다.

게다가 적조의 영혼석이 어디서 어떻게 굴러다녔는지, 아니 대체 어디를 굴러다녔기에 천 년이 넘는 시간 동안 아무도 발견하지 못했는지 올과 로르도 알지 못했다. 영혼석에 있을 때의 기억은 올과 로르에게도 없었으니까.

우린 어디에 있었던 걸까?

"오드 그 자식한테도 우린 다섯 번째 신수였어요."

올은 그게 좀 짜증났다. 할 거면 우릴 제일 먼저 소환하지, 다섯 번째가 뭐야. 다섯 번째가.

"그래서 난 주인님이 좋았어. 우리를 첫 번째로 소환해 줬고 또 마지막일 거 아냐."

"마지막일 거라고 안 했는데?"

"아, 그런 표현은 그 용혈한테만 써요! 그 용혈 안달복달 난 모습 재밌던데요!"

올이 흥 하고 고개를 저었다.

디아린은 '에제트가 언제 안달복달 났지?'라는 생각을 하다가, 책꽂이로 걸어가 책 한 권을 꺼냈다.

『마지막 계급, 마지막 계절에 다다르는 법』

"올."

"왜요."

"이 책, 사계탑의 주인이 준 거야. 나더러 마지막 계급에 다다를 수 있을
거랬어."

"……?!"

뜻밖의 말에 로르의 날개가 퍼덕거렸다.

"진짜요?"

"그래. 역시 그땐 아예 기억도 안 나나 보네. 뭐, 하긴 기절해 있었으
니까."

뒤엔 샤이한테 붙잡혀 과일 먹으러 갔었지?

디아린은 어깨를 으쓱했다.

"다섯 번째 계절은 인간의 계급이 아니라며? 9계급. 그러니까 용의 계
급이라며."

"맞아요."

"그럼 내가 이 계급에 다다르면 내 수명을 깎지 않고도 적조를 감당할
수 있는 뜻일 거 아냐."

"……맞아요."

"그럼 얘기 끝났네."

디아린은 책을 다시 꽂아 넣으며 말을 이었다.

"사랑하는 내 적조에게 약속할 테니, 내가 다섯 번째 계절에 다다르는
그날. 난 다시 로르를 소환할게."

"……"

'친애하는 내 신수에게 약속하니, 나 천룡 오드는 절대로 배신당하지
않을 것이다. 그러니까, 적조여. 그만……, ……라.'

왜 갑자기 이 말이 겹쳐져 생각이 나나. 올은 고개를 흔들었다. 디아린이 고개를 갸웃했다.

"그렇게 내 약속을 못 믿겠으면 피를 내서 서약을……."

"됐어요!"

올이 날개를 파닥거렸다.

"……알겠으니까 죽지만 마세요. 연약한 인간이면서 그렇게 어려운 약속 내미는 건 주인님밖에 없을 거야. 빨리 잠이나 자러 가요."

"그래."

"잘 자요. 주인님."

"너도 잘 자."

"진심으로 하는 말이에요. 잘 자요."

기묘한 말에 디아린이 뒤를 돌아보았다.

그녀의 것과 꼭 닮은 연보랏빛 눈동자에 미미한 걱정이 스며들고 있었다.

"펜나투스 호수에 처음으로 다녀간 신수의 로드는 기이한 꿈을 꾼다니까."

* * *

올의 말대로, 그날 밤 디아린은 아주 기이한 꿈을 꾸었다.

디아린의 첫 번째 생이었다.

이 모든 것이 기인한 삶.

동요에 묘사될 듯한 아름다운 산골처럼, 고요히 흐르는 냇물 하나를 건너 두고, 흰 사슴족의 원로들이 보였다.

[……마력……, 더…….]

[……부족……. 생명……. 줄여…….]
[……반다……, 죽어……, 연장…….]

무슨 말이지?

띄엄띄엄 이어지는 말에 머리가 어지러웠다.

수많은 이들이 동시에 디아린의 귓가에 대고 말하는 것처럼 번잡했다.

'무슨 말이야?'

하염없이 이야기하는 이들 쪽으로 멍하니 걸어가려던 디아린이 멈칫했다. 투명하게 흐르던 냇물의 색이 핏빛으로 바뀐 것이다. 마치 그녀를 건너가지 못하게 하려는 것처럼.

그래서 디아린은 냇물을 건너지 않고 그 자리에 우두커니 서서 귀를 기울였다.

선명치 않던 말들은 점차 확실해졌다.

[마력을 더 내놓게 해야 한다.]

[마력이 부족하다면 '그 애'의 생명력을 줄여서라도…….]

[반다의 목숨이 너무 약해져 있어. 이대로라면 죽어 버릴지도 모른다. 어떻게든 연장해야 해.]

[모든 건 이제까지 그래 왔던 것처럼.]

마지막 말에서 무언가 이상함을 깨닫는다.

'반다는 내 품에서 죽었는데?'

목숨을 연장할 시간 따위 전혀 없었다. 한두 마디를 겨우 하고 그대로 죽어 버려서, 그래서 반다를 되살리려고 디아린이 대마법진을 그리지 않았나. 몇 번의 생을 거치는 사이에도.

디아린이 혼란스러워하는 사이, 목소리는 더 이어졌다.

[물론 '그 애'에게는 들키지 않았겠지? 비밀리에 생명력을 가져와야……]

그 애? 생명력?

'대체 이게 다 무슨…….'

흰 사슴족 원로들의 목소리가 다시 작아진다. 멀어지고 있다. 디아린은 홀린 듯 그 목소리들을 따라가기 위해 발을 뗐다. 첨벙, 첨벙. 붉은 냇물에 발이 담긴다. 원로들에게 빼앗겼던 시선이 이번엔 그쪽으로 쏠렸다.

긴 시간.

디아린은 맨발에 닿은 냇물의 정체를 서서히 깨달았다. 평범한 냇물이 아니었다. 흐르고 있는 건 피였다. 그리고…….

'이건 그냥 피가 아니야. 용혈이야.'

용혈…….

'에제트?'

* * *

디아린이 벌떡 일어났다.

횃대에 앉아 있던 로르가 날아왔다.

"펜나투스의 첫 꿈을 꿨나 보구나, 인간."

"이게 무슨 꿈이야? 호수가 만들어 낸 환상인 거야?"

"글쎄. 나도 완벽히는 모른다만 환상은 아니다. 진실이지."

"진실?"

"그래. 정확히 말하자면."

로르의 깃털이 나풀거렸다.

"너를 둘러싼 세계가 기를 쓰고 감추려던 진실."

"나를 둘러싼 세계……."

디아린이 이마에 맺힌 식은땀을 닦았다. 느릿느릿 호흡을 고르자 로르가 폴폴 날아와 물이 든 잔을 갖다 주었다. 식은 물을 마시자 좀 머리가 가라앉았다.

'물론 '그 애'에게는 들키지 않았겠지? 비밀리에 생명력을 가져와야…….'

꿈을 반추해 보던 디아린이 홀로 중얼거렸다.

"비밀리에 생명력을 뜯겼다는 그 애는 누구였을까?"

그 애라고 지칭할 것까지 있나?

디아린은 피식 웃었다.

"누가 봐도 나잖아……."

흰 사슴족의 아이는 두 명뿐이었으니까.

그렇다면 제 생명력을, 반다에게 주었다는 건가? 왜? 이상했다.

디아린의 기억으로, 반다는 단 한 번도 아프지 않았다. 늘 밝고 건강한 아이. 언제나. 아니면, 반다가 그렇게까지 아팠던 걸 자신만 몰랐던 건가? 왜? 왜 자신에게만 감춘 건데?

자신은 반다를 살리기 위한 비상 보조 축전지 같은 게 아니었는데.

당신들은 왜 그걸 비밀로 한 건데?

"인간. 컵 깨지겠다."

로르가 홀랑 컵을 빼앗아 갔다. 디아린은 힘이 심하게 들어가 새하얗게 질린 두 손을 내려다보았다.

"꿈에서 용혈이 날 붙잡았어."

"네 혼약자의 용혈?"

"응."

"참 끈덕지구나. 굳이 그러지 않아도 내가 적당히 보고 널 꿈에서 깨워 주었을 텐데."

어깨를 으쓱한 로르가 말했다.

"뭐, 그 덕분에 네 영혼이 조금도 다치진 않긴 했다. 배신 때려 훔친 용혈도 쓸모는 있구나."

"말을 왜 그렇게 해."

"꿈은 더 꾸지 않을 테니까, 더 자라. 인간."

"그래. 며칠 있으면 작센느 공작저에도 가야 하고, 바쁘니까."

디아린은 순순히 눈을 감았다.

"잘 자라."

로르가 날개로 디아린의 눈가를 가볍게 쓸었다. 금세 눈앞이 혼몽해졌다. 흐릿한 시야 사이로, 감았다 뜬 눈에.

'방금 꼭, 로르 실루엣이 흐릿하지만 사람처럼 보였는데…….'

금세 잊고 만 중얼거림이었다.

* * *

며칠 후.

날씨는 아주 맑았다. 황궁에서 출발한 예쁘고 사랑스러운 마차는 작센느 공작저 앞에 멈춰 섰다.

"작센느에 오신 걸 환영합니다, 내 사랑스러운……. 아니, 정정하지. 오늘따라 눈이 부시게 아름다운 샤프로니안 디아린 영애님."

샤이를 필두로, 쥬드, 로사, 베리, 잔이 최선을 다해 치장해 준 디아린은 반짝반짝 빛이 나는 것 같았다.

"초대에 감사드립니다. 리미르젠 작센느 공작님."

양손으로 드레스를 잡고 고개를 숙인 디아린이 허리를 폈다. 그런 다음 그녀는 "와." 하면서 두 손으로 입을 가렸다.

"왜 그럴까?"

"제 샤프롱이 너무 멋있어서요."

리미르젠 작센느 공작이 후후 하고 웃었다.

"첫 티 파티니까 신경을 좀 썼지."

몸에 딱 맞는 각 잡힌 공작의 예복. 작센느의 문장 상징인 포도 덩굴이 새겨진 훈장이 왼쪽 가슴에 여러 개 달려 있었다.

평소의 부스스했던 금갈색 머리는 깔끔하게 손질해 한 갈래로 묶어 넘겼다. 테에 작은 루비가 박힌 호사스러운 모노클(외알 안경) 금줄이 귓가에서 찰랑거렸다.

'아니, 아부가 아니라 진짜……, 멋있으신데?'

디아린은 티 파티에 초대 될 영애들이 작센느 공작에게서 눈을 못 뗄 거라고 생각했다.

그 생각은 현실이 되었다.

"앙드레만 영애, 왜 아까부터 가슴을 짚고 계신 건가요?"

"고, 공작님이 너무 멋있으셔서요…….."

"앙드레만 영애도 그러신가요? 저는 숨이 잘 쉬어지지 않아요."

후우우우우.

깊은 한숨과 함께 영애들은 약속이라도 한 듯 저편에 있는 테이블을 보았다.

"저런 분을 요즘 말로 미중년이라고 한다더라고요."

"너무 멋있어요."

"이런 그림은 흔하지 않죠."

여성 귀족은 남성 귀족과 비슷한 비율이었지만, 여성이 가주인 경우는 흔하지 않았다. 그런 만큼 가주의 정복을 빼 입고 티 파티를 주최한 작센느 공작은, 말하자면 신선한 충격이었다.

새로운 미래 모델.

"근사해."

"저렇게 나이 들고 싶어요."

"저런 식으로 말이죠."

작센느 공작 본인은 사교 활동에 전혀 관심이 없었지만, 그래도 안정적인 교류를 위해 가문 차원에서 어느 정도 연회는 주관할 필요는 있었다. 그래서 보통은 작센느 공작의 남편이나, 또는 가신의 귀부인들이 주최해 왔다. 덕분에 얼마 전, 작센느 공작의 이름으로 티 파티 초청장이 날아온 일이 그간 사교계에서 꾸준히 화두에 오르기도 했다.

여기까지는 작센느 공작의 변덕이라고 여길 수 있겠지만, 샤프롱이라니! 더군다나 그게 요즘 제국을 들썩이게 만든 오드의 영애라니!

요 근래 디아린만큼 화제에 올라 있는 인물도 없었다. 북쪽 날개 궁으로 선물은 산더미처럼 보내도, 막상 그녀가 티 파티를 열지 않으니 다들 몸이 달아 있었다.

"좀 있으면 우리 테이블에도 오시겠죠?"

"다른 테이블 못 가시게 아주 흥미로운 이야길 많이 준비해 보자고요."

"좋아요."

의기투합한 영애들은 향긋한 차를 마시며 홀을 둘러보았다.

"그런데, 오늘 초청 받은 분들 전부 중립 세력이네요."

"그러니까요."

8황자의 혼약자인 디아린이 샤프로니안인 티 파티이니만큼, 8황자를 지지하는 귀족들을 대거 초청해도 됐을 텐데.

"왜일까요?"

* * *

"지금 황후 폐하와 충돌하는 건 몹시 어리석은 짓이죠."

"그래. 황후의 세력은 몹시도 크지."

작센느 공작이 동감했다.

8황자의 혼약자이자, 오드의 미들 네임을 가진 디아린이다. 흑철 같은 중립인 작센느 공작을 샤프롱으로 삼은 것만 해도 사교계가 들썩일 이야기인데.

거기에 작센느 공작저에서 8황자를 물밑 지지하는 귀족가의 부인들을 대거 모아 티 파티를 해?

누가 봐도 선전포고였다.

3황자와 오블리잔 황후에 대한 선전포고.

콘클 공작도 당연히 경계할 터.

'경계만 하면 다행인데, 그 음험한 콘클 쪽에서 어떻게 이용해 먹으려고 난리를 칠지도 모르잖아.'

디아린의 예상은 정확했다.

'아무리 물밑에서 황후와 콘클 공작이 치고 박고 싸우고 있다곤 하지만요.'

굳이 공공의 적이 될 필욘 없다.

적당히 신경을 거스르는 정도로만.

그러니 당장 공격할 정도는 아니게 보이는 게 중요했다. 어디까지나 허용 가능한 사교 활동 정도로.

작센느 공작이 입을 열었다.

"오블리잔 황후는 본인의 입지 역시 굳건하지만, 친정 가문인 듀르셰 공작가의 위세가 대단하지. 동부에 터를 둔 부유한 권력 가문이니."

콘클 공작가가 암흑에 적을 둔 공작가라면, 듀르셰 공작가는 정반대였다. 대대로 황후를 수도 없이 배출한 명문가로, 제국의 빛이라고도 불렸다. 게다가 황후를 많이 배출했으니, 따지고 보면 에제트에게도 듀르셰의 피가 어느 정도는 흐를 터……?

작센느 공작이 바로 불쾌한 표정을 지었다.

"흐음, 아니다. 이런 식으로 이어 버리면 아키르 제국 귀족들은 다 일가 친척이란 소리겠지. 나도 소름이 돋는구나."

"저도요."

"그럼 이런 이야기는 여기까지 하고."

미소를 지으며 작센느 공작이 디아린을 다른 테이블로 안내해 주었다.

"자, 그럼 또래끼리 즐거운 시간 보내시길."

* * *

티 파티는 몹시 즐거웠다.

처음엔 복잡한 정치적인 목적을 갖고 만든 자리지만, 일단은 기본적으로 '파티'였으니까. 특히 이 '붉은 산호 테이블'에 앉은 또래 영애들은 아주 그냥 이를 갈고 기다린 듯했다.

처음에는 교양 있고 우아한 얘기. 그다음엔 슬슬 궁금했던 이야기, 예컨대.

"지금 황실 수석 마법사인 알데트루다 룬은 6계급이시잖아요."

"맞아요."

"그러면 영애님으로 황실 수석 마법사로 바뀌는 건가요?"

"어머, 저도 궁금해요."

이런 것들.

디아린은 그제야 짐작할 수 있었다.

'펜나투스 호수에서 알데트루다 룬이 엄청 딱딱하던데. 그런 이야기가 돌아서인가 봐!'

다음에 만나면 확실하게 못 박아 줘야겠다.

'난 수석 마법사 자리에 전혀 관심이 없다고.'

황실 수석 마법사와 척져서 좋을 건 없으니까.

"그러고 보니 신년제도 벌써 코앞이네요."

"이번엔 역대 신년제보다도 엄청나게 본격적일 거라더라고요."

"맞아요!"

"저도 그 얘기 들었어요."

디아린이 의문을 가지고 "왜요?" 하고 물어보자, 테이블에 앉은 영애들의 시선이 확 쏠렸다.

"영애님 때문이지요!"

"네? 저요?"

"그럼요. 전설의 대마물을 잡은 전설의 마법사가 나타났는데, 지금 전 왕실에서 신년제에 참석하겠다고 난리가 아니래요."

"왕실뿐이겠어요? 타국 고위 귀족들이며 각국의 대부호들이며……. 황궁 그레이트 홀을 임시 확장 구축해야 하는 게 아니냐는 농담까지 돌아요."

"수도의 웬만한 호텔들은 이미 예약이 끝났대요."

'……날 보러?'

물론 디아린도 황궁 연회의 생리를 잘 안다. 유명 인사가 참석해도 꼭 모두와 인사를 나눌 필요는 없다. 그저 한자리에 있었다는 걸로도 충분히 만족하는 사람이 많다는 걸.

내궁의 주인인 황후는 신년제를 구상하고 준비하는데 디아린의 도움을 요청하지 않았다.

아니, 최소한의 구상 시안조차 보내지 않았다. 그건 두 가지 뜻으로 해석할 수 있었다.

하나는 쉽지 않은 일이니 웃어른인 내가 책임지마.

다른 하나는 준황족 주제에 내 권력을 넘볼 생각을 말아라.

'완벽히 후자겠지요.'

그래도 뭐, 디아린은 기분이 나쁘지 않았다. 일감을 독점해 주신다니

나야 감사하지.

'그나저나 그럼 5월의 유원지에 사람이 미어터지겠어.'

계좌에 쌓일 황금이 마구 불어날 걸 생각하니 디아린은 갑자기 기분이 좋아졌다.

"영애님, 그러면 영애님도 신년제에서 8황자 저하의 귀를 뚫으실 건가요?"

"귀라니요?"

디아린이 눈을 깜빡거렸다.

"어머, 모르시나 보다. 신년제나 건국제, 수확제처럼 큰 규모로 열리는 황실 연회에는 재미있는 유행이 있답니다."

"벌써 2년이나 된 유행이죠?"

"시간이 그렇게 되었어요?"

'2년이면 내가 딱 북문석 갔다가 콘클 실험대 위에 올랐을 때네.'

썩 좋은 기억은 아닌지라 디아린은 살짝 머리를 흔들어 생각을 쫓았다. 영애들은 재잘재잘 말을 이어 나갔다.

"아무튼, 이런 거예요. 레이디가 정혼자나 혹은 연인의 귀에 귀걸이를 달아 주는 거죠."

"레이디만요?"

"물론 귀부인들도 하죠."

앙드레만 후작 영애가 은근한 표정으로 말했다.

"예컨대, 새로운 정부한테라든지?"

"어머, 어머."

"트와른 후작 부인께서는 저번 수확제 때 새로운 정부의 귀에 이라트산 사파이어 귀걸이를 달아 주고 대동하셨다지요."

"그 앞 건국제에선 다른 정부에게 이라트산 사파이어 귀걸이를 달아 주셨다면서요?"

"그럼 그 전의 정부는요?"

"제가 듣기로는 트와른 후작 부인의 새 정부를 질투해서 홀딱 벗고 후작 부인의 침대에서 천사 같은 자태로 기다리고 있었대요."

"어머, 어머!"

"그래서 후작 부인이 '미안하다, 요안. 나는 더 이상 널 사랑하지 않아.' 라고 하니까, 정부가 푸른 눈으로 구슬 같은 눈물을 흘리면서 백옥 같은 낭창낭창한 허리로……."

"어머, 어머!!"

디아린의 귀가 함께 쫑긋했다.

그랬다. 이런 식으로 디아린은 지금 이 테이블에서 벗어나질 못하고 있었다. 귀족들의 정부 이야기는 항상 재미있는 가십거리였다.

한 레이디가 흠흠 헛기침을 하더니 화제를 돌렸다.

"그런데 저도 제 정혼자의 귀를 뚫어 주었는데요. 분위기가 참 묘해지더라고요."

"묘해져요? 왜요?"

"일단 아주 가까이 붙어 있어야 하고, 아무래도 그, 흐흠, 귀를 만져야 하니까……."

어릴 때 정략 약혼을 맺는 귀족들이 적잖은 까닭에, 이 테이블에 앉은 영애들도 제법 약혼자를 가지고 있었다. 사랑이 없는 결혼은 하지 않겠다고 반기를 드는 희귀종들도 있긴 했지만 소수였다. 대부분의 귀족들은 순순히 정략혼에 응했다.

어쨌든 평생을 함께 살아갈 배우자니, 어릴 때부터 자주 보고 주기적으로 만나는 시간을 가지며 친해지곤 하는 게 흔한 코스였다.

'나도 그런 걸 해야 하나? 에제트 귀를…….'

그냥 안 해야지.

……라고 디아린이 생각한 직후였다.

"그런데 이 유행이 정착화가 되면서, 정혼자의 귀를 안 뚫으면 바로 사교계에 소문이 쫙 퍼지더라고요."

"사이가 안 좋다고요?"

"그뿐이겠어요? 전 더 심하게 왜곡된 소문도 들어 봤어요. '내 귀는 후일 사랑하는 여자가 뚫게 해 주고 싶어. 그게 너라는 확신이 없어.'라고요."

"그래서 로브도네 영애가 요새 계속 초췌했군요."

"조롱하는 말이 얼마나 많은지 몰라요."

"……."

디아린은 식은땀을 흘렸다. 굉장히 드문 일이었다.

'나도 해야 하나?'

                              * * *

"오늘 무척이나 즐거웠어요. 영애님. 그런데 뒤에 데려오신 저 호위는 누구인가요?"

디아린이 아, 하면서 말했다.

"이작 드리엄 경이에요."

"드리엄이라면 어머, 그 드리엄 백작가를 말씀하시는 거군요."

"정통성 있는 종려나무 같은 가문이지요? 영애님의 호위로 정말 잘 어울려요."

"그러게요. 미모도 참 좋네요."

디아린은 픽 웃으며 저 멀리 호위들과 함께 앉아 있는 이작을 보았다. 귀가 살짝 빨개진 걸 보니까, 분명 다 들리는 모양이었다.

'많이 자라긴 했지.'

물론 2년 만에 재회한 에제트만큼이나 드라마틱하게 자란 건 아니지만,

이작도 못 본 몇 주 동안 많이 달라졌다. 특히 뭔가 가끔 할 말이 있는 듯한 표정으로 쳐다보는데…….

'결국 무슨 말은 안 하지만.'

마주친 첫날에 울 것처럼 눈이 빨개져서 한참 자신의 발치에 가만히 있었던 게 전부다.

'그나저나 내 몸에서 환각 마물이 떨어져 나갔으니, 슬슬 이작도 날 주인님이라곤 안 부르겠네.'

아무튼 작센느 공작이 주최한 티 파티는 무난하게 마무리되었다.

'하긴 공작님이 너무 멋있었어.'

봤다. 귀부인들이 줄지어 얼굴을 붉히는 걸 봤다. 줄지어 가져온 손수건을 작센느 공작의 방석으로 깔아 주려는 걸 봤다.

무엇보다 오늘, 디아린은 확실히 알았다. 작센느 공작은 흰 사슴족의 원로가 아니라는 사실을.

디아린은 잔뜩 상승한 기분으로 답례품을 챙겼다. 그리 기다리는데, 갑자기 뒤에서 누군가 헛기침을 했다. 조심스러운 기척에 디아린이 뒤를 돌아보았다.

"디아린 오드 영애님."

"아, 네. 리슐리외 작센느 공자."

눈동자가 새파랗다. 후일 작센느를 물려받을, 작센느의 적장자.

리슐리외는 약간 긴장한 듯, 하지만 예법만은 완벽하게 지키며 디아린에게 손을 내밀었다.

"괜찮으시다면 제가 정문까지 에스코트해도 되겠습니까?"

"공작님은…….."

"어머님도 좋다고 하셨습니다."

"아, 그럼 저도 좋아요."

디아린은 리슐리외의 손을 잡고 일어났다. 이작은 미간을 살짝 찌푸렸지만, 일단 조용히 그들의 뒤를 따랐다.

"가까운 곳에서 뵙는 건 이번이 처음인데, 조금 놀랐습니다."

"왜요?"

"그……."

리슐리외가 반대쪽 주먹을 꽉 쥐었다 펴며 말했다.

"눈동자가 꼭 보석 같으셔서요."

"……?"

디아린이 고개를 들어 옆을 보자 리슐리외가 확 긴장하는 게 느껴졌다. 그는 헛기침을 하며 서둘러 화제를 돌렸다.

"그나저나 이번 티 파티 테마는 마음에 드셨습니까?"

"아, 네. 꼭 고대 신전 같았어요. 포도 넝쿨이 의자를 따라 올라와 있는 게 예쁘더라고요."

"다행이네요. 사실 제가 며칠을 머리 짜내 만든 아이디어입니다."

"공자께서요?"

"예. 영애님 마음에 드신다니 기쁘군요."

환하게 웃은 리슐리외가 말했다.

"다음엔 좀 더 노력해서 더 멋진 티 파티를 연출해 보도록 하겠습니다. 또 언제쯤 오실 예정이신……."

"주인님."

그때, 이작이 디아린을 불렀다.

"앞에 돌이 조금 튀어나와 있습니다. 넘어지시겠어요."

"아, 그러네. 고마워."

이작은 자연스레 디아린에게 손을 내밀었다.

"주인님을 안전히 호위하는 게 저의 의무이자 사명이지요. 여기서부터 제가 모시겠습니다."

〈호우, 이 새끼 봐라?〉

올이 광기가 들린 것 같은 목소리로 말했다.

⟨언제 봤다고 내 주인의 호위가 네 사명이 된 건데? 이 새끼는 진짜 목숨이 몇 개지? 8250개 정도 되나? 응?⟩

로르가 멍청한 이 바라보듯 말했다.

⟨그래, 들리지도 않을 텐데 맘껏 떠들어라.⟩

이작이 호위한다고 해서 티 파티에 오기 전부터 올과 로르의 목소리는 끊어 둔 상태였다. 그래서 올의 목소리는 디아린에게 들리지 않았다.

"주인……."

"이작 드리엄 경."

리슐리외가 차가운 목소리로 막고 섰다. 그 역시 이작 드리엄을 알고 있다. 저만한 신분으로 왜 개인 호위를 하고 있을까, 하고 고개를 갸웃거리게 되기 때문이다.

"영애님은 제가 무사히 모시겠습니다. 걱정하지 마시지요."

"방금 앞에 돌도 못 보셔 놓고 말입니까?"

"제가 영애님의 손을 잘 잡고 있으니, 혹여 밟았더라도 넘어지지 않으셨을 겁니다."

"비틀거리지도 않으시게 최대한 신경을 기울이는 것이 '무사히 모신다'는 뜻입니다."

"……."

"……."

둘은 말없이 서로를 노려보았다.

⟨……⟩

남들에게 보이진 않는 올도 마찬가지였다. 로르가 참 한심하다는 듯 말했다.

⟨멍청이들.⟩

'얘네 왜 이래.'

디아린이라고 이 이상한 기류를 모를 리가 없었다.

한쪽은 샤프롱의 아들, 다른 한쪽은 개인 호위 기사. 전자는 무례를 끼치고 싶지 않고 후자는 기분을 상하게 하고 싶지 않다.

"영애님."

"주인님."

〈쟤 죽여요!〉

그래서 디아린은 결론을 내렸다. 리슐리외에게 건넸던 손을 뺀 디아린이 둘을 둘러보았다.

"영……."

"주……."

"그냥 저 혼자 걷겠습니다."

그러더니 정말 뒤도 안 돌아보고 걸어가 버렸다.

순식간에 멀어지는 디아린을 멍하니 응시하던 두 남자는 한 박자 늦게 정신을 차렸다.

"영애님!"

"주인님!"

이미 대기하고 있는 마차가 가까워질 때까지 둘은 내내 신경전 아닌 신경전을 벌였다. 뒤가 안 보이는 디아린은 그저 조용하다고만 생각했지만.

어쨌든 오늘은 즐거운 하루였다. 이런 티 파티는 처음이었고 또래끼리 한참 재미있게 얘기하고 논 것도 처음이었다. 아니 사실, 이 나이까지 살아 본 것도 처음이고, 어쩌면 계속 해서 더 살 수 있을 거라고 생각해 본 것도 처음이고.

더 살고 싶다고 바라본 것도 처음인데.

거기에, 이런 처음도 기다리고 있을 줄이야.

"……8황자 저하?"

보이지 않는 얼굴을 본다.

역설적인 말이지만 디아린에게는 사랑을 이야기하는 말이었다.

디아린보다 훨씬 더 빠른 보폭으로 순식간에 좁혀 온 어린 혼약자가 그녀에게 손을 내민다. 디아린은 웃으며 그 손을 잡았다.

"안녕, 에제트. 진짜 데리러 왔네."

"데리러 온다고 약속드렸잖습니까."

에제트가 뒤로 시선을 옮겼다. 리슐리외가 먼저 정신을 차리고 인사를 올렸다.

"아키르에 천룡의 영광이 깃들기를. 오랜만에 인사드립니다. 8황자 저하."

에제트는 눈길만 움직여 이작부터 보았다. 이작이 바로 고개를 숙였다. 황금안이 다시 리슐리외를 향했다.

"디아린을 에스코트한 모양입니다."

"……아. 예. 그렇습니다. 8황자 저하."

비록 뒤에서 졸졸 쫓아가는 모양새나 되었지만.

"인사는 혼약자인 내가 대신 하지요."

"아닙니다. 제가 어찌 저하께 인사를 받습니까?"

리슐리외는 마른침을 삼켰다. 말이 감사 인사지. 자신을 보는 8황자의 눈은 이상할 정도로 차가웠다.

'디아린 영애에겐 보이진 않겠지만.'

숨죽인 채로 살 때에도, 8황자의 황금안은 얼음처럼 차갑고 오만해 보일 때가 있었다.

'……라고 어머님이 말씀하신 적이 있지.'

'용혈을 타고 태어나 위에 설 수밖에 없는 자의 눈이야.'

그런 눈을 하고서 디아린의 손을 잡고 놓지 않는다.

"이만 들어가죠, 디아린."

디아린이 고개를 끄덕였다.

"그럼, 가 보겠습니다. 작센느 공작님에게 안부 전해 주세요."

"아. 물론이지요, 영애님. 어머님께 꼭 전해드리겠습니다. 살펴 가시길."

마차 두 대가 나란히 굴러갔다.

"8황자 저하가 왔다 가셨나?"

"어머님? 언제 오셨습니까?"

리슐리외가 깜짝 놀라 뒤를 돌아보았다. 작센느 공작이 걸어오고 있었다. 리슐리외는 고개를 가볍게 숙이고 턱짓했다.

"8황자 저하는 방금 떠나셨습니다. 디아린 오드 영애님을 마중 나오셨다더군요."

"마중이라. 8황자 저하가 아주 외조를 잘 하시는군."

흡족하게 말한 작센느 공작이 리슐리외를 보았다.

"리슐리외."

"예, 어머님."

"차라리 황립 도서관의 책을 전부 다 읽는 게 쉽겠구나."

넘볼 사람을 넘보라는 의미의 말이다. 리슐리외의 눈동자가 당황으로 굳었다.

"그런 거 아닌데요."

"아니기는. 지적인 미인에게 반하는 건 가문 내력이라지만……."

"아버지요?"

"그래. 네 아버지가 왕년에는 '지혜를 품은 가련한 물망초'라고 불렸지. 긴 은발을 한쪽 귀로 넘기면서 책에 정신없이 몰두해 있는 그 모습이란."

"아버지 그 별명 싫어하시잖아요."

"그러니까 네 앞에서만 말하는 거잖니."

"……."

작센느 공작의 남편이 딱 그런 유형이었다.

지적인 미남.

"리슐리외. 다음에 또 디아린을 초대해 티 파티를 열 것이란다. 그때
에도……."

"제가 준비하겠습니다!"

얼른 외치는 리슐리외를 보며 작센느 공작이 어깨를 으쓱했다.

chapter 15

거의 대부분의 왕실에서 중요하게 여기는 연회, 신년제.

아키르 제국 역시 신년제를 일주일 앞두고 몹시 들떴다.

"쥬드, 로사, 베리. 쟌."

샤이는 두 열로 나눠 선 네 명의 시녀들을 죽 둘러보았다. 다들 품에 값비싼 실크를 두어 필씩 안고 있었다. 빛깔이 오묘한 게 척 보기에도 심상치 않은 고급품들이었다.

"좋아. 다들 준비는 됐지?"

"됐어요!"

"됐습니다!"

샤이는 부드럽지만 단호한 미소를 지었다.

"가자. 이번 신년제의 주인공은 우리 아가씨야."

* * *

디아린은 축 늘어졌다.

"전사들인 줄 알았네."

거의 며칠에 걸쳐 드레스를 맞췄다. 부기를 빼 주는 마사지도 아침저녁으로 받았다. 거기에 또 할 일이 얼마나 많았던가. 요 며칠 디아린은 눈코 뜰 새 없이 바빴다.

디아린은 침대에 자빠져 있다가 후 하고 숨을 내쉬며 일어났다. 에제트가 의자에 몸을 기대고 앉아 그녀를 보고 있었다. 사실 에제트도 디아린 못잖게 옷을 정하고 목욕을 반복한 채였다. 둘 다 반짝반짝 깨끗했다.

두 쌍의 눈이 마주쳤다. 말없이 서로를 응시한다. 먼저 웃은 건 디아린이었다.

"진짜로, 오늘도 조금 더 보여."

"조금 더요?"

"응. 조금씩 더."

어느 날 갑자기 찾아올 선물처럼, 봄날처럼.

완전히 선명하게 보일 에제트의 얼굴을 기대하며, 디아린은 미리 준비해 둔 작은 상자를 꺼내 들었다. 그리고 에제트에게 가까이 걸어가며 물었다.

"정말 내가 귀 뚫어도 돼?"

"하고 싶다고 말하셨잖습니까?"

"하지만 한 번 뚫으면 돌이킬 수 없잖아."

"돌이킬 생각도 없으니 마음대로 하세요."

디아린이 눈을 깜빡이다가 "너그럽네."라고 대답했다. 사실 방금 그 말, 그녀에겐 몹시도 묘하게 느껴지는 말이었다.

'마음대로 하라니. 내가 자길 어떻게 할 줄 알고.'

어리고 잘생긴 혼약자가 순진하기까지 할 때는 어떻게 해야 하나요?

에제트는 탁자에 안착한 상자를 응시했다.

"이렇게라도 해 놔야 좀 떨어져들 나가겠지요."

디아린은 상자를 열어 귀걸이를 꺼내며 대수롭지 않게 물었다.

"뭐가?"

"이것저것이요."

예컨대 리슐리외 작센느라든지. 피 보는 건 다소 번거로우니까.

아니, 사실 번거로운 건 상관없는데, 그는 하필이면 디아린의 샤프롱의 아들이다.

그런 생각을 하는 사이, 갑자기 디아린이 바짝 붙었다. 에제트는 당황해 고개를 들어 올렸다. 그는 앉아 있고, 그녀는 서 있는지라 시야 차이가 그렇게 났다.

디아린은 흘러내리는 연갈색 머리카락을 귀 뒤로 넘겼다. 그리고 에제트의 귀를 조심스럽게 잡았다가 침을 꿀꺽 삼켰다.

'이거 생각보다 떨리네.'

자칫 실수할지도 모른다는 긴장감에, 손에 식은땀이 배어났다. 가만히 기다리던 에제트가 물었다.

"왜 그렇게 긴장합니까?"

"아플 것 같아."

"이 정도로요?"

"그리고 이거 생각보다 담력이 필요한 일이야."

자세도 은근히 불편했다.

"내가 탁자에 걸터앉아서 허리를 굽히는 게 나으려나……."

디아린의 혼잣말에, 에제트가 턱을 갸웃하더니 일어났다. 그러더니 디아린을 말 그대로 번쩍 들었다.

"어?"

바로 그녀의 눈이 동그래졌다.

"에제트?"

에제트가 디아린을 내려놓은 곳은, 침대 끝의 긴 카우치였다. 패브릭

소재의 꽃 자수가 새겨진 황실 특유의 호화로운 가구. 솜을 잔뜩 채워 넣어 폭신폭신한 자리에 디아린이 앉았다.

에제트는 디아린의 발치에 무릎을 꿇고 앉아 상체를 기댔다.

"……?"

"이 자세가 더 나을 것 같은데요."

"그……, 응."

그러네.

아무리 그래도 황자가 제 앞에 무릎을 꿇는다는 게 어색해서.

드레스 자락이 넓게 펼쳐진다. 디아린은 머쓱한 표정으로 에제트의 귀를 조심조심 쓰다듬었다.

"에제트. 나한테 조금만 더 기대 봐."

그리하여 꼭 에제트가 꿇은 채로 디아린의 허리를 껴안은 듯한, 그런 자세가 되었다.

티 파티에서 배운 대로 귓불을 꾹꾹 누른다. 감각이 없어질 때쯤, 날카롭게 끝을 자른 귀걸이로 여린 살을 뚫는다. 디아린의 허벅지 즈음에 올라가 있던 에제트의 손에 약하게 힘이 들어갔다가 풀렸다.

소독약까지 내려놓는 그녀의 손을 에제트가 겹쳐 잡았다. 그리고 물끄러미 디아린을 올려다본다. 디아린이 헛기침을 했다.

"음. 이것도 티 파티에서 들은 말인데, 결혼 전의 남성 귀족한테는 푸른색 귀걸이를 달아 준대."

그래서 나도 사파이어를 골랐다고.

별달리 의미가 없는 말을 한 이유는 분위기가 묘했기 때문이다. 흐릿하게 보이는 얼굴 때문인지, 이렇게 가까이 에제트를 보고 있을 때.

가끔 디아린은, 잔뜩 취해 있는 기분이 들곤 했다.

디아린은 에제트의 뺨을 조심스럽게 감쌌다. 귓가에 손가락이 닿지 않게 주의하며. 그리고 고개를 숙여 입술을 겹쳤다. 턱을 모로 약간 기울이며,

상처를 피하는 입맞춤은 가벼웠고 조심스러웠다.

* * *

신년제 당일.

해도 안 뜬 새벽, 디아린은 비몽사몽 욕조로 옮겨지…….

……지 않았다.

'보통 비몽사몽이겠지만 난 아니지요.'

진짜 긴장해서 밤에 한숨도 제대로 못 잤다. 디아린은 황실에서 주관하는 거대한 연회에 참석하는 게 처음이었다. 아무튼 뚝딱뚝딱 욕조로 옮겨지긴 했지만.

"자, 푹 담그세요."

소금과 허브 입욕제를 잔뜩 푼 물에 목욕을 하고.

"눈 붙이셔도 돼요."

얼굴에는 꿀을 개어 정제한 걸 올렸다가.

"손발을 주물러 드릴게요."

보들보들해진 손에 반지와 팔찌를 꼈다. 전날 단정하게 손질받은 손톱에서도 반짝반짝 윤이 났다.

화룡정점은 따로 있었다.

"이 허리띠는 대대로 '오드'의 미들네임을 하사받은 영광된 이만 할 수 있대요."

가느다란 금사가 몇 겹이나 둘러진 허리띠. 일명 천룡의 허리띠.

측면에는 단검의 절반 정도의 크기인 상아가 하나 달려 있었다. 반들반들 빛나는 상아의 끝은 역시나 황금으로 우아하게 마감이 되어 있었는데.

"상아가 아니라 용의 송곳니라지요!"

"정확히는 천룡의 송곳니 일부라고 들었어요."

"전설의 일부를 이렇게 가까이서 본 시녀들은 저희밖에 없겠죠?"

신이 난 시녀들 사이로, 샤이가 만족스러운 한숨을 내쉬었다.

"아가씨, 정말 오늘 완벽하셔요."

샤이의 말에는 애정에 기반한 콩깍지도 섞여 있겠지만, 확실히 오늘 디아린은 남달랐다.

웬만한 귀족들도 몇 개월에 걸쳐 대금을 지불할 만큼 값비싼 실크로 지은 드레스. 디자인과 재봉은 황실 직속 디자이너로 이름 높았던 마담 타르노가 했다.

'황실 레이디 드레스를 디자인하는 게 얼마만이냐고 기뻐하면서 맡아 줬지.'

현 아키르 황실엔 황녀가 하나도 없으니까.

"천룡의 허리띠랑도 잘 어울리네요."

"전혀 이질적이지 않아요."

"마담 타르노의 솜씨는 15년이 지나도 그대로군요!"

디아린과 동년배인 시녀들도 마담 타르노의 명성은 유명했다며 재잘 재잘 떠들었다. 거울 속의 디아린은 정말이지 눈이 부실 정도로 예뻤다. 무엇보다 부티가 머리에서부터 발끝까지 흘렀다.

태생부터 부티를 좋아하는 디아린은 아주 흡족한 한편, 약간 걱정이 되었다.

'너희 기분 안 나빠?'

〈뭐가?〉

〈뭐가 말이에요?〉

로르와 올이 차례로 되물었다. 디아린은 눈짓으로 천룡의 허리띠를 가리켰다.

'내가 너희 전 주인의 송곳니를 차고 있잖아.'

〈아, 그거.〉

로르가 심드렁하게 대답했다.

〈원래 용의 신체는 예술품이나 진배없으니 상관없다.〉

올이 동조했다.

〈맞아요. 썩어서 거름이나 되는 것보단 생산적이잖아요?〉

놀라울 정도로 개방적인 사고방식이었다.

〈그리고 전 오히려 괜찮은데요?〉

올이 덧붙였다.

〈다른 놈이 차고 있는 것보다 주인님이 차고 있는 게 훨씬 좋으니까.〉

〈내 생각에도 그렇다.〉

디아린은 "으음." 하면서 고개를 끄덕였다.

'뭐, 얘네가 상관없다면야.'

"그나저나 천룡의 송곳니를 12시 안에 반납해 달라는 건 좀 그래요."

"맞아요."

시녀들이 볼멘소리를 했다.

궁내 성물 보관을 담당하는 남성 관리들이 그렇게 말한 것이다. 디아린은 안 그래도 바깥에서 기다리고 있을 관리들을 떠올리며, 그들을 데려오라고 했다.

방으로 들어온 관리들이 눈이 일제히 송곳니를 향했다. 그들이 동시에 헛기침을 했다.

"어흠. 어흠."

"흐흠. 크흐흠."

관리가 이마를 걱정스레 찌푸리며 말했다.

"조심하셔야 합니다. 흠집이라도 생기면 큰일이지 않습니까. 역시, 영애님. 그 위에 천이라도 덧대시지 않겠습니까?"

"맞습니다. 영애님."

"몇 겹 덧대시지요."

그 말에 오늘 열심히 드레스를 준비한 시녀들은 인상을 찌푸렸다. 게다가 오드의 상징인 성물을 천으로 가리라니. 신년제에서 면이 다 구겨질 트집이었다.

하지만 디아린은 선선히 고개를 끄덕였다.

"샤이 양. 자투리 천 남는 거 하나 가져 와요."

"네, 아가씨."

샤이가 순순히 남는 자투리 천을 가져왔다. 디아린은 관리에게 걸어 가 자투리 천을 얼굴에다가 탁 붙였다.

"……?!"

그리고 잔에 든 물을 천 위에 홱 끼얹었다.

"여, 영애님?!"

허겁지겁 젖은 천을 떼어 내려는 관리의 손목을 디아린이 잡았다.

"이렇게 눈치가 없어서 어떻게 황궁 관리들이 되었지?"

"……!"

말은 이렇게 해도 물론, 알고 있다. 이 관리들은 황후에게 줄을 댄 관리들 중 하나였다.

"고대에는 이런 식의 형벌이 있었대. 특별히 제작한 종이를 물에 묻혀 얼굴에 빈틈없이 붙여 두면, 종이가 서서히 마르면서 숨구멍까지 막게 한다고."

"……!"

무서운 이야기.

젖은 천으로 얼굴이 틀어막힌 관리가 손을 달달 떨었다. 디아린은 맨손으로 허리에 달린 천룡의 송곳니를 가볍게 만지며 말했다.

"이런 멍청한 놈들에게 천룡의 성물을 맡길 순 없지. 그대들 오늘부터 싹 다 손 떼."

관리들의 눈이 부릅떠졌다. 시조가 제정한 황법에 의해, 천룡의 송곳니는 당대 '오드'의 미들네임을 하사받은 자가 임시 주인이 된다. 따라서 디아린의 말은 하나였다.

―너희 싹 다 좌천. 황궁에서 꺼져.

황실 관리가 되려는 귀족들은 많았다. 다시 말해 한 번 좌천이 되면 그 생의 승진은 거의 포기해야 하는 거나 마찬가지였다. 그제야 상황 파악이 된 관리들의 얼굴에서 핏기가 완전히 가셨다.

황후가 그들의 편이 되어 줄까?

절대 아니다. 황족의 고귀한 체면을 이런 사소하고 지저분한 일에 엮어 망칠 순 없으니까.

관리들이 푸르죽죽해진 얼굴로 쫓겨나고 얼마 후, 시간이 다 되었다.

"8황자 저하가 도착하셨어요, 영애님."

디아린이 거울에서 시선을 떼고 뒤를 돌아보았다. 그와 동시에 침묵이 쿵 하고 내렸다. 디아린의 시녀들이 단체로 정지한 것이다.

"……."

"……."

"……."

'와. 에제트 진짜 잘생겼나 봐.'

다들 에제트를 보는 순간 그대로 멈춰 버렸으니까.

심지어 시녀 한 명은 들고 있던 브로치와 리본마저 뚝 하고 떨어뜨렸다. 동그란 브로치가 바닥을 도르륵 굴러, 시녀는 얼굴이 빨개져 허겁지겁 다시 주웠다.

디아린과는 달리, 용혈의 얼굴을 제대로 볼 수 있는 로르와 올이 나란히 말했다.

〈널 빛내 줄 가장 큰 장식품이 왔군.〉

〈로르. 빛내 주는 게 아니라 꾸며 주는 거예요. 저 용혈은 주인님을 꾸며 주는 장식품인 거죠.〉

〈그런가? 다행히 비루하진 않군.〉

〈맞아. 비루하진 않네~!〉

'아니 사람한테 장식품이라고 하면 어떡해.'

어쨌든…….

확실히 오늘 에제트는 예쁘고 멋있었다.

그의 얼굴이 희미한 윤곽으로만 보이는 디아린에게도 그렇게 느껴질 만큼.

신년제 연회에 어울리게 제대로 성장(盛裝)한 에제트 덕분에 오늘은 또 얼마나 홀에서 한숨 소리가 자주 들릴까 기대가 될 지경이었다.

그렇게 감상을 끝내고 에제트에게 다가갔다.

이상하게 에제트는 꼭 시녀들처럼, 정지되어 있었다. 그리고 디아린에게 시선이 고정되어 있었다.

"황자 저하, 손을."

"……?"

에제트는 디아린이 내민 손을 얼떨결에 잡았다. 그녀는 에제트를 문 밖으로 이끌며 작게 속삭였다.

"나가면서 주변 한 번 둘러봐 봐."

"주변이요?"

에제트가 슥 주위를 둘러보았다. 그와 시선이 마주친 시녀들이 뚝딱거리며 고개를 숙였다. 그중 몇은 진심으로 감탄한 듯 입 모양으로 '우와아.' 만 연발했다.

뭘 보라고 했는지 알겠지만. 저런 건 모르겠다. 그냥.

"에제트? 내 얼굴에 뭐 묻었어?"

디아린에게서 도무지 눈을 떼지 못하던 에제트가 간신히 정신을 차렸다.

"······아뇨."

그 후에야 겨우 말할 수 있었다.

당신이 너무 예뻐서, 당황했다고.

* * *

신년제는 눈이 부셨다. 그리고 사람이 엄청나게 많았다. 디아린은 살짝 질린 표정이 되었다.

'그나마 고위 귀족들은 생각보다 많이 불참해서 이 정도라니.'

콘클 공작은 참석하지 않았다. 그리고 황후의 친정 가문은 듀르셰 공작가 역시. 다름 아니라 갑자기 일어난 폭설 때문이었다.

고위 귀족일수록 다스리는 영지가 넓었다. 그리고 영지에 일 년에 최소 한 번은 방문해야 했다. 그렇게 영지에 내려갔을 때, 하필이면 발이 묶였다는 것이다.

'나야 좋지만.'

콘클 공작은 가급적 안 보는 게 답이었다. 물론 또 영지에 처박혀 있는 게 무슨 음모를 꾸미는 걸 수도 있겠지만.

'아직 황후와 황제도 나오지 않았고.'

사교계 관례상 황실의 가장 높은 이들은 마지막에 등장한다. 주인공이니까.

그때였다.

"저긴 누가 있기에 저렇게 몰려 있을까?"

에제트가 고개를 슥 들더니 말했다. 디아린보다 키가 더 큰 그는 손쉽게 화제의 인물을 파악할 수 있었다. 에제트에게도 꽤 의외인 사람이었다.

"당신한테도 익숙한 사람이 있군요."

"나한테 익숙한 사람?"

"예."

"그게 누구……."

겨우겨우 인파를 가르고 뒤로 몰래 도망쳐 나온 인물이 디아린을 보고 금세 가까이 왔다.

"호, 혼약자님!"

디아린이 생각지도 못한 사람의 등장에 눈을 동그랗게 떴다.

"아만드넨 신관님?"

디아린과 함께 휴게실에 들어 온 아만드넨 신관은 후우 하고 숨을 내쉬었다. 그는 사실 식은땀까지 좀 나던 상태였다.

"이렇게 기가 질릴 정도로 화려한 대연회홀은 처음입니다."

과연 대륙에서 가장 번영한 제국답게, 그리고 그 제국의 정점인 황궁의 휴게실답게 의자 하나하나에도 금과 은으로 된 장식이 붙어 있었다.

"대신전도 화려하지 않나요?"

"그야 그렇지만 이 정도는 아닙니다."

디아린이 고개를 끄덕였다.

"하긴 아무리 돈이 많아도, 교단은 어느 정도 '청빈한' 이미지를 보여 줄 필요가 있을 테니까요. 기부금을 더 많이 받기 위해서라도요."

"혼약자님은 참 날카로운 말씀을 잘 하시는군요. 하긴, 유례없는 7계급 마법사라 하시니 당연한 걸까요."

교단에도 그 소식이 강타했지만, 아만드넨은 놀라지도 않았다. 왜냐면 그는 디아린의 진짜 정체를 알고 있으니까.

"그나저나 아키르 제국에는 무슨 일이신가요? 신년제 대연회에까지 다 참석을 하시고."

디아린의 물음에, 아만드넨이 차를 마시며 숨을 골랐다. 그는 조용히 긴 신관복의 소매를 걷었다. 그러자마자 나타난 마도구를 디아린은 바로 알아보았다.

"그건……."

"얼마 전 사계탑에서 출시한 통신석입니다. 알고 계시는 모양이군요."

"네, 저도 받은 게 있어서요."

"하긴 7계급 마법사시니까요."

이 통신석의 값이 얼마나 비싼지 아만드넨은 듣고 기절할 뻔했다. 그래도 불티나게 팔렸다. 없어서 못 사는 실정이었다.

"아만드넨 신관님은 이런 고가의 사치품은 싫어하지 않으시나요?"

"싫다 못해 꺼림칙합니다. 이걸 살 돈이면 배곯은 아이들에게 영양 죽을 얼마나 만들어 먹일 수 있는데 싶어서요."

"교단의 고위 신관님들이 싫어할 말이겠네요."

"그래서 절 좋아하는 고위 신관들이 별로 없습니다."

한숨과 함께 웃으면서 아만드넨은 통신석을 찬 손목을 내밀었다.

"어쨌든 제가 이걸 구입해서 혼약자님을 찾아 온 이유는……."

―내가 사라고 부탁했다.

어쩐지 낯익은 목소리. 디아린은 설마 하면서 물었다.

"'은의 탑'?"

―그래. 오랜만이군, 적조의 로드여.

대체 무슨 일이기에 신관님까지 보낸 거지? 디아린이 고개를 갸웃했다.

"무슨 일인데?"

―네가 괜찮다면 적조를 불러 주겠나. 그들에게 긴히 전해 줄 정보가 있으니.

"그래?"

디아린은 순순히 올과 로르를 소환시켰…….

"으아악!"

아만드녠이 깜짝 놀라 비명을 질렀다. 텅 비어 있던 테이블 위에, 갑자기 떡하니 붉은 새 두 마리가 나타나다니!

아만드녠의 쩌렁쩌렁한 비명에 잘 닫혀 있던 휴게실 문이 벌컥 열렸다.

"주인님! 무슨 일이십니까?"

이작이 바로 뛰어 들어왔다. 마침 열려 있는 문 너머로 지나가던 귀족 몇몇이 호기심을 갖고 쳐다보기까지 했다. 디아린은 태연하게 웃었다.

"신관님이 차를 실수로 쏟아서. 미안해. 나가 있어도 돼."

"아아. 네. 알겠습니다."

이작이 나가고, 문이 잘 닫혔다. 아만드녠이 바로 사과를 했다.

"죄, 죄송합니다."

"그럴 수 있죠. 하지만 앞으론 이러지 마세요."

"예. 황자 저하가 여기에 안 계시고 홀에 계셔서 다행이지 아니었으면……."

꼼짝없이 8황자에게도 적조의 로드임을 들킬 뻔했다. 아만드녠은 "용혈의 예리함은 전부터 유명했으니까요."라고 덧붙였고, 디아린은 참, 하면서 말했다.

"말하는 걸 잊었네요. 에제트 저하도 알고 있어요. 제가 적조의 소환사라는 사실을요."

"예? 알고 계신다고요?"

놀랐던 아만드녠은 이윽고 납득했다.

"아아. 하긴, 왠지 오래지 않아 알 것 같으신 느낌이었습니다."

"네? 왜요?"

"혼약자님은 모르시는 겁니까? 8황자 저하가 혼약자님께 몹시 진심이시지 않습니까."

"……그래요?"

"예. 정말로, 진심으로 말이지요."

쿵쿵 뛰던 심장이 가라앉았는지 아만드녠이 알 것 같다는 웃음을 지었다.

다시 올과 로르가 나란히 테이블 위에 소환되었다. 아만드녠의 얼굴에 감동 섞인 감정이 어렸다.

"신수 적조(赤鳥)를 이 두 눈으로 보게 되다니요……. 신의 안배이십니다."

아만드녠은 적조를 앞에 두고 경건히 감사의 기도를 올렸다.

"아―주아주 도리를 잘 아는 신관이로구나."

올이 흡족하게 가슴을 쭉 폈고, 로르는 절레절레 고개를 저었다.

"그래. '은의 탑'. 우리에게 할 말이란 게 무엇인가?"

로르의 질문에, 통신석이 반짝반짝 빛났다. 올도 뻐기는 걸 그만두고 그쪽을 바라보았다.

―적조 올로르. 죽지 않는 불꽃이자, 이례적으로 인간에게 소환된 신수여.

로드의 수명을 지키기 위해, 곧 한쪽 날개를 펜나투스 호수에 빠뜨려야 할 가련한 운명의 신수.

그들에게 성물이 입을 열었다.

―신목(神木) 세계수가 잎을 피웠으니, 나는 성물로서 너희에게 알려 줄 의무가 있구나.

"……!"

"……!"

올과 로르가 드물게 둘 다 당황했다. 은의 탑은 안 봐도 그 당황함이 읽힌다는 듯 말했다.

―그럼 이만 작별인사를 하자꾸나. 인간의 손이 닿은 마도구에 성물의 목소리를 실어 보내는 건 영 성력이 많이 드는 일이니. 아만드녠은 한숨 자거라.

자기 할 말만 간단히 한 '은의 탑'은, 그렇게 말하고 뚝 연락을 끊어 버렸다. 디아린은 의아한 표정을 지었다. 은의 탑이 한 말이 이해가 잘 가지 않았기 때문이다.

"저게 무슨 말……. 아만드넨 신관님?"

디아린이 놀라서 벌떡 일어났다. 아만드넨이 그대로 테이블 앞으로 고꾸라진 것이다. 디아린은 그의 어깨를 흔들어 본 후에야 안도의 한숨을 내쉬었다.

"……잠드셨네."

'은의 탑'이 묘수를 부린 모양이다.

'아마 일어나면 방금 한 대화는 잊으실 것 같고.'

"올, 로르. '은의 탑'이 한 말이 무슨 뜻이야?"

석고상처럼 멈춰 있던 올과 로르가 홱 고개를 돌렸다. 갑자기 몰린 시선에 디아린이 살짝 당황했을 때, 올과 로르가 나란히 흥분해 날개를 파닥거렸다.

"주인님 얘 안 돌아가도 돼요!"

"인간아 나 안 돌아가도 된다!"

* * *

'아니 그렇다고 그대로 떠나가면 어떡해…….'

디아린은 반원형 테라스에서 허망하게 눈을 깜빡거렸다.

'주인님 얘 안 돌아가도 돼요!'

'인간아 나 안 돌아가도 된다!'

그러더니 신목 세계수에 다녀오겠단다. 어디 있는 거냐고 하니까 설명하기 어렵단다. 게다가 너무 멀어서 날개가 있는 자기들끼리 다녀오는 게 더 빠르겠단다.

'당장 가야 한다고 파닥파닥 날아 사라졌지.'

반짝이던 연보랏빛 눈동자들.

'로르가 그렇게 흥분하는 건 처음이었는데.'

디아린의 수명을 그대로 지키면서, 디아린의 곁에 두 영혼이 온전히 남아 있을 수 있는 방법.

그런 방법이 갑자기 손에 쥐여지다니…… 디아린은 뒤늦게 생각했다.

'신목 만세! 만세!'

이렇게 속으로는 외치지만 솔직히 얼떨떨한 감정이 더 컸다.

'어쩐지 꿈같다.'

아름다운 무도회장. 별빛이 내린 듯 반짝이는 수정구들. 황홀할 정도로 완벽한 정원과 테라스. 디아린은 예의상 손에 들고 온 샴페인 잔을 건배하듯 들었다.

"혼자 건배하십니까?"

"에제트?"

에제트가 들어서며, 밖에 서 있던 시종이 다시 커튼을 내렸다.

그의 귀에 걸린 반짝이는 사파이어 귀걸이. 절제하는 느낌으로, 크기는 작았지만 빛깔이 몹시 고르고 아름다운 상등품이었다.

디아린이 미소를 지으며 에제트의 뺨을 가볍게 건드렸다.

"얼굴 따뜻하네."

"술을 좀 마셔서 그런가 봅니다."

"취할 정도야?"

"이 정도로 취하진 않지요."

에제트의 손이 디아린의 손을 감싸 잡았다. 항상 그의 손이 좀 더 서늘 했는데, 오늘은 반대였다. 온기가 좋아서 디아린은 미소를 지었다.

"뭘 하고 계셨습니까?"

"적조를 날려 보내고 있었어."

“적조를요?”

“응.”

에제트가 별이 한가득 뜬 밤하늘을 올려다보았다. 그게 전부였다.

에제트는 디아린에게 적조에 관한 것은 전혀 묻지 않았다. 디아린이 적조의 로드인 걸 분명히 알고 있음에도. 사라진 신수 적조라고 하면 황제조차 눈이 벌개져서 달려드는 마당에, 어째서 그런 건진 몰랐지만.

“참, 에제트. 나 펜나투스 호수에 안 가도 돼.”

“어째서입니까?”

“문제가 해결됐거든. 아, 그래서 지금 내 몸에 적조가 없어.”

“······?”

에제트가 바로 디아린의 어깨를 잡아 돌려세웠다.

“신수가 없다니요?”

“임시로 없는 거야.”

“없으면 당신이 위험하잖아요.”

“······?”

디아린이 에제트를 바라보며 되물었다.

“에제트. 나 마법사인 건 알고 있지?”

당연히, 알다마다. 하지만.

“디아린. 제가 수호자의 검을 버리고 돌아다녀도 괜찮습니까?”

“······그게 그렇게 비유가 되는 거야?”

“그렇게 됩니다.”

할 말이 없었다. 에제트라면 수호자의 검이 아닌 이 나간 고물 검을 들어도, 웬만한 기사들은 상대도 되지 못할 것이다. 그건 명백한 사실이었다.

이렇게 인지하고는 있지만 걱정이 되는 건 다른 부류의 문제라······.

“알겠어. 조심할게.”

"조심해 주신다니 감사하군요."

순간이지만, 에제트의 목소리는 부드럽게 들렸다. 밖은 폭설과 추위가 몰아쳐도 언제나 온화한 계절인 이 황성과 잘 어우러진다고 느낄 정도로.

'이러나저러나 해도, 용혈이니까.'

에제트가 말을 이었다.

"램드를 붙여 드릴 테니 당분간 이작 드리엄과 동시에 경호하게 하십시오."

"응. 호위가 둘이라……."

남들 눈엔 유난으로 보이겠지만 그것도 나쁘지 않지.

"적조는 언제 돌아옵니까? 디아린."

"그건 잘 모르겠어. 하지만 길진 않을 것 같아."

"그럼 그때까진 무기한이겠군요."

"계속?"

"북문석 성에 돌아갈 때까지는요."

이미 북문석은 매해 찾아오는 폭설로 길이 끊겼다. 속도가 아주 느린 짐마차라도 왔다 갔다 할 정도가 되려면 적어도 2개월은 더 있어야 했다.

"근데 그럼 램드 경 수당은 누가 지급해야 하지?"

현실적인 질문에 에제트가 픽 웃었다.

"제가 낼 겁니다."

"고마워."

"별말씀을."

디아린도 따라서 웃었다. 에제트는 디아린의 차가운 샴페인 잔을 대신 쥐면서 말했다.

"조금 있으면 '신록의 방'에 가셔야 하지요."

"응. 슬슬 시간이 됐나."

신록의 방은 대연회홀 안쪽에 있는 작고 특별한 공간이다. 연회에 참석한 손님들 중에서도 특별한 귀빈들을 소수로 초대해 즐거이 담소를 나누는 장소였다.

내궁의 주인은 황후. 신록의 방 초대 명단을 정하는 것도 황후다.

"이번에 여성 귀족들만 초대하셨어."

"저와 당신을 떨어뜨려 놓기 가장 좋은 초대장이죠."

"에제트."

디아린이 눈썹을 늘어뜨리고 솔직하게 말했다.

"나 사실 좀 떨려."

수도 사교계 같은 건 겪어 본 적이 없다. 특히나 황후가 주관할 그 자리가 어떨지 가늠조차 안 갔다.

"제가 같이 갈까요."

"어떻게?"

"그냥 들어가서 앉아 버리지요."

"그렇게 막무가내로?"

"예."

"안 되는 거 알지, 에제트? ……농담이지?"

정 안 될 건 아니라고 생각하지만. 디아린이 꽤 심각하게 되물었기에 에제트도 고개를 그냥 끄덕여 주었다.

"대신에 세 시간 후에 신록의 방 문 앞에서 기다리고 있어 줘. 나오자마자 볼 수 있게."

에제트는 "이미 그러려고 했습니다."라고 대답한 후, 말을 이었다.

"디아린."

"응."

"혹여 황후가 곤란한 질문을 한다면 전부 제게로 떠넘기십시오."

"전부?"

"예. 전부요."

본인 이용하란 말을 이토록 거리낌 없이 하는 게 신기했다. 하지만 우습게도 그 말을 듣자, 꼭 부드러운 쿠션이 등을 받쳐 주는 듯한 기분이 들었다.

에제트는 디아린의 목을 쳐다보았다. 남부 출신으로, 추운 걸 싫어하는 디아린답게 드레스도 목까지 올라오는 형태였다. 하지만 절대 사제복처럼 단정한 건 아니었다. 오히려 화려했지. 드레스 자락에 두른 값비싼 눈꽃무늬 레이스는 몇 마나 되는지 가히 짐작도 어려울 정도였다.

에제트는 재킷 주머니에서 목걸이를 꺼냈다.

"그거……."

"비슷한 형태의 사파이어를 공수하느라 늦어졌습니다."

에제트가 직접 목걸이를 걸어 주었다. 디아린은 목에 달린 사파이어 펜던트를 내려다보았다. 그리고 에제트의 귓가를 응시했다. 마치 쌍둥이처럼 비슷한 색깔과 크기였다.

이렇게까지 동일한 형태의 사파이어를 바로 구하려면 돈을 적잖이 치러야 했을 텐데.

"가시적인 효과로 좋겠네. 오늘 다들 네 귓가를 보고 소곤댔으니까."

"예. 귀가 뚫리는 줄 알았습니다."

디아린이 결국 웃고 말았다.

"날 건드리면 널 건드리는 거라고, 협박하는 느낌이 들 것 같은데. 이걸 노린 게 맞아?"

"맞습니다."

에제트가 고개를 끄덕였다.

"아키르 황실의 고리타분한 방식이지요."

"고전적인 방식이라고 부르는 게 낫지 않을까?"

"당신이 그렇게 부르는 게 더 좋으시다면야."

이때의 디아린은 잘 몰랐지만, 이것은 사교계에 새로 피어나는 유행 중 하나였다. 귀가 뚫린 남성이 비슷한 형태의 보석을 준비해 상대 여성에게 돌려주는 것. 이 행위가 뜻하는 바는 따로 있었다.

청혼.

* * *

신록의 방. 대연회홀의 안쪽, 황후의 초대를 받은 특별한 귀빈들을 위한 사교 장소.

신록의 방은 아름다웠다. 특히 한쪽 벽면을 꽉 채운 거대한 태피스트리가 압권이었는데, 우람한 세계수 그늘 아래에 초록빛 뿔을 지닌 신성한 사슴이 생생하게 묘사되어 있었다.

'저게 다 금실이구나. 마도석으로 실을 뽑아낼 수는 없나?'

그렇다면 보석으로 실을 자아낸 듯 몹시 반짝일 텐데.

디아린은 사계탑의 마법사인 이너럴과 한번 얘기를 해 봐야겠다고 생각하며, 걸음을 한 발짝 내딛었다.

"어서 오십시오, 오드 콘클이스터 영애님."

신록의 방에 초대되는 명단은, 당일까지 비공개다. 물론 암암리에 '그 후작 부인이 초대되었다더라.' 또는 '그 젊은 기사가 초대되었다더라.' 하고 소문은 돌지만, 공식적으론 그랬다.

게다가 이런 소문만으론 모든 참석 인원을 파악하는데 한계가 있었다. 디아린도 두어 명 정도를 제외하고는 누가 오는지 전혀 몰랐다.

"황후 폐하, 디아린 오드 콘클이스터 영애님이 드셨습니다."

자리는 아직 많이 비어 있었다. 하지만 가장 중요한 호스트의 자리는 채워져 있었다.

오블리잔 황후.

"지고하신 황후 폐하께 디아린 오드 콘클이스터가 인사 올립니다. 귀한 신록의 방에 초대해 주셔서 영광입니다."

깊이 허리를 숙인 디아린에게 부드러운 목소리가 떨어졌다.

"어서 오시게, 영애. 자아. 어서 앉지."

디아린의 자리는 꽤나 상석이었다. 얼마나 상석이었냐면.

'황후 바로 옆자리라니…….'

일단 따지고 보면, 현 황실에는 높은 여자가 별로 남아 있지 않으니 당연한 거겠지만. 디아린은 부담스러운 마음을 감추고 황후의 왼편에 마련된 자리로 향했다. 시종이 빼 준 의자에 앉은 후, 드레스 자락을 조심히 폈다.

"이리 가까이서 본후와 얼굴을 보는 건 처음이구나."

"영광입니다. 황후 폐하."

"저런. 이제 아스페르크와 결혼하면 본후와 완벽히 가족 사이가 아니더니? 더 편하게 말해도 좋단다."

"제가 어찌 그러겠습니까."

디아린은 정중한 미소와 함께 예의 바르게 사양했다.

"예비 손녀 며느리가 이렇게 몸가짐이 바를 줄이야."

부드러운 말. 진한 갈색의 눈동자. 흰 머리가 드문드문 섞였지만, 여전히 화려한 붉은 머리칼.

아키르의 황족이면서, 디아린에게 얼굴이 온전히 보이는 황족은 몹시 드문 터라 디아린은 약간의 감동 비슷한 것까지 느꼈다.

하지만 실상은.

'절 아주 싫어하시겠지만요.'

사실 디아린은 2년 전, 에제트와의 혼약을 급하게 치르면서 황후를 본 적이 있었다. 하지만 그땐 정신이 없고 시간도 촉박해 고개 제대로 들 시간도 없었다. 인사만 수어 번 반복하고 북문석 영지로 가 버려야 했지.

'여기 푸른 피들은 늙지를 않아.'

아키르의 개족보로 따지면, 오블리잔 황후는 에제르트의 할머니. 최소 예순은 되었다는 소리인데 전혀 그렇게 보이지 않았다. 그냥 중년의 귀부인 정도? 하긴, 일국의 황후이니만큼 온갖 진귀한 것들에 둘러싸여 있을 테니 당연한 걸까.

"황후 폐하께서 너무 너그러우신 거지요."

그때, 디아린의 맞은편에 앉아 있던 귀부인이 탐탁지 않은 얼굴로 입을 열었다.

'아메스더 후작 부인.'

진짜로 중년의 귀부인인 그녀는 황후의 최측근 중 하나였다. 그녀는 디아린을 보며 웃었다.

"영애님의 존안 한 번 뵙기가 얼마나 힘들었는데요. 제가 이 날을 얼마나 고대했는지, 황후 폐하께서 몰라주시니 서운하네요."

뼈 있게 비꼬는 말이었다. 황후의 티 파티 초대를 디아린이 계속 거절한 것에 대한. 디아린은 곧장 가련한 미소를 지으면서 대답했다.

"제가 그간 몸이 좋지 않아 불출하였습니다. 사계탑에서 반드시 정양을 하라 신신당부를 받아서 어쩔 수 없었지요."

사—계—탑—에서!

쉬라고 했는데 어떡해.

게다가 대마물 켄자스를 잡느라 몸이 남아나질 않았는데.

북문석이 어떻게 반파를 피했는지는 귀부인도 아시지요?

자신의 빛나는 공적까지 전개시켜 버리는 대답을 아메스더 후작 부인은 단번에 간파했다.

"물론, 영애님의 건강이 가장 중요하지요."

한발 물러선 후작 부인이 웃으며 말했다.

"그래도 이렇게 뵈어 참으로 좋습니다. 그렇지 않으십니까, 황후 폐하?"

"물론, 본후도 몹시 기쁘구나. 더군다나 8황자의 혼인도 머지않았지.

황족은 귀족이나 평민들과는 달리 열아홉 살 때부터 결혼이 가능해지니 말이야."

"그렇지요, 폐하."

"그래, 오드 영애. 이러면 어떨까?"

황후가 시종일관 부드러운 얼굴로 말했다.

"본후가 결혼식 날 영애의 어머니 자리에 앉아 주마."

'……?'

내가 잘못 들었나?

"본후에겐 딸도 없고, 손녀도 없으니. 이변이 있지 않고서는 8황자가 가장 먼저 혼인을 하게 될 터이니 말이다."

오블리잔 황후는 "아아." 하면서 말을 이었다.

"물론, 오드 영애가 싫다면……."

"세상에, 폐하! 영애님이 설마 그러겠습니까?"

이 얼마 안 되는 인원들 중에서도, 비교적 빨리 와 앉아 있던 퀠스델린 백작 부인이 놀란 표정으로 끼어들었다. 그녀는 퀠스튜더 공작 영애의 친척으로, 매일같이 퀠스튜더 저택에 드나드는 걸로도 유명했다.

"오드 콘클이스터 영애님이 얼마나 황후 폐하를 존경하고 계실 텐데요. 그러고 보니, 영애님. 오늘 아주 새파란 사파이어를 목걸이로 하셨군요."

퀠스델린 백작 부인이 미소를 지으며 물었다.

"전(前) 콘클 공작 부인이 사파이어를 그리 좋아하셨다는데 진짜인가요?"

전(前) 콘클 공작 부인의 취향. 디아린이 알 리가 있나?

'난 콘클의 한낱 방계인데 말이지.'

저 말은, 흔한 사교계의 공격 화법이었다. 에제트가 준 사파이어라는 사실을 뻔히 알 텐데, 일부러 콘클 공작가와 엮어 보겠다니.

디아린은 찻잔을 내려놓고 말했다.

"죄송합니다. 잘 모르겠네요. 하지만 저 말고 엘리제 콘클 공작 영애가

왔다면 제대로 답을 해 드릴 수 있었을 텐데요."

"……?"

"황후 폐하, 켈스델린 백작 부인의 청을 들어주실는지요?"

"……?!"

"신록의 방에서까지 저토록 콘클 공작가의 사람들을 생각하고 계시잖아요."

"여, 영애님!"

켈스델린 백작 부인의 얼굴에서 바로 핏기가 쭉 빠져나갔다. 황후는 그린 듯한 미소를 지으며 켈스델린 백작 부인을 바라보았다.

"우아한 분위기와 어울리는 담소가 듣고 싶네. 이곳은 신록의 방이지. 초여름의 싱그러움이 가득한."

"화, 황후 폐하. 제 말뜻은 그게 아니라……."

달칵.

황후가 소리 내어 찻잔을 내려놓았다. 신록의 방의 분위기는 곧바로 싸늘해졌지만, 황후의 표정만은 여전히 부드러웠다.

"그래서, 영애. 결혼에 관한 본후의 제안은 어떠하지?"

명백한 무시였다. 켈스델린 백작 부인의 안색이 새파래졌다. 하지만 아무도 그녀를 보는 사람이 없었다. 디아린조차도.

"몹시 황공하오나."

수줍은 미소를 지은 디아린이 황송하다는 듯 말했다.

"감히 저 혼자 결정할 수 없을 일이니, 8황자 저하와 함께 황후 폐하를 찾아뵙겠습니다."

'혹여 황후가 곤란한 질문을 한다면 전부 제게로 떠넘기십시오.'

'전부?'

'예. 전부요.'

"저런, 8황자를 많이 생각하나 보구나."

"혼인식을 어찌 저 혼자 결정하겠습니까."

"영애의 뜻이 그렇다면야 본후도 즐거운 마음으로 기다리고 있겠네."

"황송합니다."

그러니 보류. 일단 보류.

간간이 이어지는 대화에도 켈스델린 백작 부인의 자리는 없었다.

사교계는 '차 향기가 나는 정치판' 그 자체였다. 누군가를 공격해서 실패하면, 그 페널티는 온전히 본인이 떠안아야 하는 것.

켈스델린 백작 부인의 안색이 새파래졌다. 아메스더 후작 부인은 켈스델린 백작 부인을 차가운 눈으로 일별했다.

어리석게도. 황후 폐하의 파티에서 콘클의 이야기를 꺼낸 것으로도 모자라, 저런 애송이 혼약자에게까지 말려 버린 꼴을 보라.

아메스더 후작 부인의 머릿속으로 스쳐 간 생각.

'켈스델린 백작 부인은 다시는 이 신록의 방에 들어오지 못하겠구나.'

이후 빈자리는 속속 채워졌다.

자리가 채워질 때마다, 디아린은 터져 나오려는 웃음을 감춰야 했으며, 동시에 짜증이 났다. 황제 브루노 9세나, 오블리잔 황후나.

'부부는 닮는다더니.'

하나같이 디아린에게 비호의적인 시선을 던지는 귀족들만 입장했다. 일전에, 자신을 켈스튜더 공작가로 보내 버린 황제의 음침함이 그대로 생각나는 명단이었다.

'에제트가 준 목걸이가 아깝다.'

이들은 디아린의 목에 걸린 새파란 사파이어를 보고 잠시 흠칫했다가, 황후도 목걸이에 대해 조금도 언급하지 않는다는 사실을 빠르게 눈치챘다. 다 같이 짠 것처럼 못 본 척하니, 마치 이 푸른 사파이어가 투명한 유리가 된 것 같은 착각마저 들었다.

뿐이랴? 이 자리엔 출세에 목말라, 황후의 총애에 목말라 무모한 짓쯤은 충분히 저질러 볼 수 있는 인물들도 적잖았다. 수도 사교계엔 승냥이 같은 이들이 많으니.

'일부러 이런 판을 깔아 놓으신 거군요.'

티 파티가 파하기까지는 대략 세 시간. 밖에 나가면, 에제트가 바로 기다리고 있어 준다고 했다. 디아린은 그걸 생각하기로 했다.

'앞으로 세 시간 정도만 버티면 되니까.'

이곳에 디아린 편은 하나도 없었지만, 괜찮다. 디아린은 원래 본인의 편이 없는 편에 익숙했으니까.

오블리잔 황후가 입을 열었다.

"한 자리의 주인은 몸이 아파서 불참하겠다고 이미 사람을 보내왔으니, 슬슬……."

"황후 폐하."

그때, 시녀장이 우아한 잰걸음으로 빠르게 다가왔다. 그러더니 귓가에 속삭였다.

"……무어라?"

황후의 가장 가까운 자리에 앉아 있던 디아린은, 황후의 아주 작은 되물음. 그러니까 그 되물음에 서린 불유쾌함을 포착할 수 있었다. 시녀장이 황후에게 물었다.

"폐하. 두 분을 안으로 모실까요?"

결국 황후가 아주 얕게 고개를 끄덕였다.

'누가 오는 거지?'

문이 열리고 들어온 두 명의 인물을 본 디아린은 하마터면 벌떡 일어날 뻔했다.

"뜻밖의 손님들이군요, 리미르젠 작센느 공작. 그리고……."

오블리잔 황후의 눈이 가늘어졌다.

"······이디즈 키르헨 그리젤 후작. 먼 걸음을 하였군요?"

* * *

'와.'

결과부터 말하자면, 디아린은 아무런 공격도 당하지 않았다. 정확히는 앞에서 싹 다 차단되었다.

디아린의 샤프롱인 리미르젠 작센느 공작과.

디아린과 북문석 성에서 특별한 시간을 보낸 이디즈 그리젤 후작에 의해.

'두 분 다 오실 줄 몰랐는데.'

황후는 그들이 앉자마자 바로 비꼬았다.

'본후는 작센느 공작에게 올해 초대장을 보낸 기억이 없는데, 어찌 여기까지 왔나?'

'작년에 보내 주신 게 있어서 그걸 가져왔습니다.'

태연한 리미르젠 작센느 공작의 대답.

초청장에 유효 기간은 없지 않느냐는 작센느 공작의 되물음에, 옆에 앉아 있던 황후의 최측근 아메스더 후작 부인은 어금니를 지그시 사리물며 "다음부턴 꼭 유효 기간을 적어 동봉해야 이런 혼선이 빚어지질 않겠군요." 라고 대답했다.

'이디즈 그리젤 후작은······.'

'남는 자리가 있다고 하여 와 봤습니다. 설마 쫓아내진 않으시겠지요, 황후 폐하?'

다른 귀족들과는 달리, 이디즈는 현 황제의 누이였다. 그 때문인지 이디즈는 황후에게도 전혀 쩔쩔매질 않았다. 그리고 기분 탓인가? 황후도 어쩐지 이디즈에겐 몰아붙이지 못하는 느낌이었다.

그럼에도 황후의 완벽한 미소는 절대 무너지지 않았다. 과연 일국의 황후. 제국 귀부인의 정점이라고 말할 수 있는 노련함이었다.

박제된 것 같은 미소가, 처음으로 짙어진 건 얼마 후였다. 시종이 빠르지만 소리 없는 걸음으로 들어와 고한 것이다.

"황후 폐하. 켈스튜더 공작 모녀가 당도하였습니다."

"어서 들라 하게."

"예, 폐하."

켈스튜더 공작 모녀라는 말에 순간 신록의 방에 앉은 이들이 디아린을 주목했다. 눈빛들이 빠르게 스쳐 지나갔다.

'켈스튜더 공작 모녀라니.'

'켈스튜더 공작이 딸을 8황자비로 만들 거란 소문이 파다했지.'

디아린도 너무 잘 아는 소문이었다. 그나마 디아린이 7계급 마법사에, 천룡의 미들네임을 하사받고선 수그러들었다지만……

'의외로 켈스튜더 공작 모녀가 내게 그리 큰 유감이 없을지도……'

들어선 모녀를 보자마자 디아린은 아까 한 생각을 빠르게 지웠다.

'아니네.'

몇 달 전, '켈스튜더의 식탁'을 망친 걸 디아린 탓이라고 여기는 게 틀림없는 적대적인 눈빛이었다.

억울했다.

디아린은 그저 카펫에 불만 질렀을 뿐인데……

켈스튜더 공작 부인의 자리는, 디아린과 상당히 가까웠다. 의도적인 자리 배치였고 공작 부인은 크게 인내치 않는 성격이었다.

"오드 콘클이스터 영애님."

"네, 켈스튜더 공작 부인?"

"영애님은 그 쿠키가 입에 잘 맞으시나 보군요. 켈스튜더에서의 난장판과는 전혀 다른 모습입니다."

앉자마자 쏟아내는 공격에, 작센느 공작이 바로 "허?" 하면서 입을 열었다.

"퀠스튜더 공작 부인."

"말씀하시죠."

"차남 이놈 퀠스튜더, 아니 실례. 이논 퀠스튜더 공자가 서부 도베텐의 자목련 학술원으로 진학했다고요."

순간 퀠스튜더 공작 부인이 긴장했다.

"제가 들은 소식이 맞습니까?"

"……네. 맞습니다만."

작센느 공작이 안경을 가볍게 올려 쓰며 말했다.

"저런. 사실 걱정이 많았습니다. 자목련 학술원이 학자들 사이에선 인망이 몹시 떨어지는 곳이라 말이죠."

인망이 떨어지는 곳. 다시 말해 아주 수준 떨어지는 애들이 가는 곳이라는 뜻이었다.

신록의 방은 순식간에 소곤대는 소리로 가득 찼다.

"좋은 곳이라고 하던데, 거짓말이었네요."

"부끄러우니까 그랬겠죠."

"덜떨어진……."

퀠스튜더 공작 부인의 낯빛이 눈에 띄게 창백해졌다. 그렇지만 할 말이 없었다.

이논이 진학한 자목련 학술원은 먼 서부의 도베텐 왕국에 위치한 학술원으로, 쫓겨난 귀족 자제들이 주로 가는 곳이었다. 하지만 아주 멀어서 아키르 제국에는 아는 귀족이 드물었다.

학자의 집안인 작센느 공작가라면 모를까!

'……하필이면!'

남편에 대한 분노와 원망이 새삼 솟구쳤다.

'그이는 어찌 제 자식들에게 그리 비정해서.'

300년이나 이어진 가문의 명예로운 전통을 망가뜨린 것 때문에, 켈스튜더 공작은 분노가 머리끝까지 났다.

'저 머리에 허영심만 가득 찬 멍청한 자식! 그깟 콘클 방계 계집 하나 똑바로 망신 주지 못한 데다가 가문의 명예를 더럽히다니! 너는 켈스튜더의 수치고 버러지다!'

켈스튜더 공작은 벌게진 얼굴로 외치며 이논을 흠씬 두들겨 팼다. 덕분에 한동안 켈스튜더의 집안 꼴은 엉망이었다. 켈스튜더 공작 부인은 과한 체벌이라고 생각했다. 하지만 집안의 폭군인 남편은 부인의 말을 전혀 듣지 않았다.

결국 가주 내외는 몇 달간 한 마디의 대화도 나누지 않았다. 그나마 며칠 전에, 집안에 엄청난 경사가 생긴 덕에 남편의 마음은 확 풀려 버린 것 같지만.

술에 거나하게 취해서 부부 침실로 들어와, 제 허리를 은근슬쩍 감싸는 남편의 손등을 때리고 그녀는 공작 부인의 침실로 가 버렸다. 그 이후로는 또 냉전.

'제 기분만 풀리면 다인가?'

공작 부인의 드높은 프라이드는 생채기투성이였다.

'애초에, 그런 난폭한 이와 결혼하는 게 아니었어. 아버지의 강요만 아니었더라도.'

가문의 명예?

그게 아들보다 중요하단 말인가?

켈스튜더 공작 부인이 찻잔을 내려놓고, 근처에 있던 시종에게 눈짓을 했다. 이미 매수되어 있던 시종이 고개를 아주 얕게 끄덕였다.

황후가 입을 열었다.

"자아, 다들 음미하세요. 귀한 손님들을 위해 특별히 준비한 것이니."

"어머, 이건 힐란 잎으로 끓인 생차군요."

"힐란 생차요?"

"이리 귀한 것을요?"

힐란 잎은 가지에서 떼어 내는 순간 빠르게 시든다. 그래서 보통 힐란 차는 홍차의 방식으로, 잎을 주물러 수분을 날리고 비비고 발효하는 과정을 거쳐 만든다. 이렇게 만든 힐란 차도 굉장히 고가였다. 가격도 가격인데, 신전에서 아무한테나 팔지 않아서 구하기가 몹시 어려웠다.

"힐란 생차는 오직 새순으로만 만든다지요. 아주 특별한 마도석 보존고에 보관해 최소한의 발효만 시키는데, 그 과정이 아주 까다롭다고 들었어요."

젊은 백작 부인이 상기된 얼굴로 물었다.

"또 제가 듣기로는 힐란 생차야말로 젊음의 묘약이라던데요. 노화를 막아 주는 데 탁월하다고 들었어요."

"그 말이 진실일까요?"

오블리잔 황후는 은은하게 웃기만 했다. 황후의 최측근인 아메스더 후작 부인이 대신 입을 열었다.

"글쎄요. 일단 두 분 폐하께서 이 힐란 생차를 즐겨 드시는 건 사실이랍니다."

"어머나!"

"그렇군요!"

"두 분 폐하가 드시는 귀한 차라니!"

'황제도 나이에 비해 엄청 젊어 보이댔으니까.'

이게 젊음의 비결이었던 걸까?

어쨌든 이 정도면 황실 진상품에 비견될 정도였다. 디아린도 조금쯤 황송한 기분으로 채워지는 찻잔을 바라볼 때였다. 모두가 최고로 비싼 이 생차에 정신이 팔린 이때.

스윽.

바로 디아린의 뒤에 서 있던 시종은, 그야말로 가공할 정도로 빠른 손 움직임으로, 디아린의 허리 뒤 리본에 장식된 겹꽃들 사이를 벌렸다. 그리고 손목 사이에 미리 숨겨 둔 은방울꽃을 재빨리 꽂아 넣⋯⋯.

턱.

"이 귀한 자리에."

이디즈 그리젤 후작이 시종의 손목을 붙잡았다.

"손버릇이 이렇게 더러운 시종이라니⋯⋯."

이디즈가 무시무시한 눈빛으로 켈스튜더 공작 부인을 쳐다보았다.

"어찌, 손목이라도 잘리고 싶은 건가?"

손목을 세게 붙잡힌 시종의 얼굴과 켈스튜더 공작 부인의 얼굴이 나란히 새하얘졌다.

마침 근처에 앉아 있던 한 후작 부인이 깜짝 놀라 외쳤다.

"으, 은방울꽃⋯⋯!"

히익.

사색이 된 아메스더 후작 부인이 바로 박차듯 일어나 황후의 앞을 가로 막았다.

몇몇, 중후한 귀부인들의 안색도 새파래진 건 마찬가지였다. 비교적 젊은 부인과 레이디들만 당황스럽고 얼떨떨한 표정으로 덩달아 자리에서 일어났다.

"아아악!"

손목이 꺾인 시종이 비명을 질렀다.

이디즈는 시종을 그대로 바닥에 내동댕이쳤다. 이디즈는 반쯤 밟힌 은방 울꽃을 직접 주워 들어 올렸다.

"이걸 왜 오드 영애의 허리띠에 몰래 꽂아 넣으려고 한 거지?"

"⋯⋯!"

"……!"

"……!"

순식간에 귀족들이 웅성웅성해졌다. 특히 노부인들의 눈빛이 심각해졌다. 그들이 부채로 입을 가리고 수군거렸다.

"은방울꽃은……."

"황후 폐하 앞에선 절대로……."

금기시되는 꽃.

귀여운 모습과는 달리 은방울꽃의 잎에는 독이 있다. 오블리잔 황후가 젊은 시절, 이 은방울꽃을 이용한 흉계에 크게 당해 목숨을 잃을 뻔한 이후, 황실 사교계엔 불문율이 생겼다.

황후 앞에서는 절대 은방울꽃을 지참하지 말 것.

또한 그때 당한 후유증으로 인해, 오블리잔 황후는 은방울꽃과 오래 가까이 있으면 가벼운 병이 나기까지 했다.

"원체 옛일이니 어린 레이디들이 알 리는 없고, 또 오드 영애는 겹꽃으로 된 허리띠를 두르고 왔으니……."

"컥!"

이디즈가 시종의 손을 지그시 밟았다.

"그, 그리젤 후작님! 자비를……! 으아악!"

"끌고 가서 누가 사주했는지 밝혀라."

"후작님! 후, 후작님!"

순식간에 태풍이 휩쓸고 지나간 것 같았다.

황후는 시종들이 황급하게 손수건에 싸 가는 은방울꽃을 보고 창백하게 얼굴이 질렸다. 그러더니 이마를 손으로 짚고, 앓는 소리를 냈다.

"아아……."

"황후 폐하! 어서 황후 폐하를 모셔라!"

"예!"

황후는 놀랐다는 이유로, 신록의 방 안쪽에 마련된 부두아르(boudoir. 친밀한 대화 등을 위해 뒤편에 마련된 소규모의 방)로 휴식을 취하러 가 버렸다. 아메스더 후작 부인이 임시 호스트로, 황후가 떠난 티 파티를 주도 했으나 오래지 않고 파하고 말았다.

리미르젠 작센느 공작이 디아린을 보며 말했다.

"그럼, 디아린? 나는 먼저 가 보마."

아마 저기 끌려간 시종은 첫 번째 자백을 하기도 전의 누군가의 손속에 의해 죽임을 당할 거다. 이미 작센느 공작도 배후를 짐작하고 있었다.

"다만 좀 난리는 쳐 놔야 할 것 같구나. 감히 내가 샤프롱으로 있는 레이디 가 위험에 빠질 뻔했다고 여론을 좀 만들어야지."

학자 가문이자 공작 가문인 작센느가 만드는 '여론'은 학자 수십 명이 논문 쌓아 놓고 하는 공격과 비슷하겠지만, 그렇게 통쳤다.

디아린은 진심으로 의아해져서 물었다.

"오늘 여기 오신 이유는……."

"그야 물론 너를 보살피기 위해서지."

그게 샤프롱의 의무니까.

리미르젠 작센느 공작은 참, 하면서 디아린의 머리를 아주 가볍게 쓰다 듬었다.

"이 말을 잊을 뻔했어. 오늘 아주 눈이 부시구나. 볼 때마다 반짝거려."

리미르젠 작센느 공작은 그렇게 말하고, 웃은 후 자리를 떠났다. 디아린은 기묘한 기분에 휩싸였다.

'뭐지, 이 기분.'

"꼭 어른에게 보호를 처음 받아 보는 듯한 표정을 짓는구나."

나지막한 목소리에 디아린이 옆을 바라보았다.

"……네?"

이디즈가 팔짱을 끼고 디아린에게 말했다.

"무리에게 버려져 혼자 살아남은 새끼 사슴에게 데운 우유를 먹여 줬더니, 꼭 너 같은 표정을 지었지."

"사슴이요?"

"그래. 새끼 사슴."

"하지만 전 사슴이 아닌걸요."

"그러니까. 어째서일까? 내 감상은 틀린 적이 적은데."

"그러신가요?"

"그래. 그렇단다."

디아린은 어쩐지 웃고 싶어졌다.

"이디즈 님이 여기 오신 이유는……."

"물론 간만에 새끼 사슴이 보고 싶어서 왔지."

결국 디아린은 웃음을 터뜨리며 고개를 끄덕였다.

"그러면 이디즈 님의 감상이 맞는 걸로 해요."

* * *

다음 날 저녁. 디아린은 거울에 모습을 비추어 보며 말했다.

"당분간 꽃값은 좀 떨어지겠네요."

전날의 사건 때문에 꽃 장식은 전부 뺐다. 대신 단추를 전부 보석으로 바꾸고, 반소매 끝에도 앙가장트(engageantes)를 급히 바느질해 이어 붙였다. 희고 긴 모직 장갑을 껴 팔은 노출되지 않았다.

"아가씨도 참."

하지만 틀린 말은 아닌지라.

샤이는 작게 한숨을 내쉬었다. 그런 일이 있었으니, 이번 신년회에선 귀족들이 다들 옷에 단 꽃들을 떼어 버리고 올 것이다.

"세상에, 허리띠에 꽃을 섞어 넣을 계략을 품다니. 너무나 야비해요.

아무리 궁중이라지만······."

시종은 하루도 되지 않아 죽었다. 샤이가 작은 목소리로 물었다.

"아가씨. 사주한 건 퀠스튜더 공작가겠지요?"

"응. 퀠스튜더래요."

비단 디아린뿐만 아니라, 그 자리에 있던 대부분이 예측할 수 있는 범인이었다. 문제는 물증인데······.

'그걸 에제트가 구해 놓았을 줄 몰랐지, 난.'

진짜 몰랐다.

'램드가 그렇게까지 정보통일 줄도 몰랐고.'

그러고 보니 램드는, 수도로 올 때마다 각종 기사 대회에 참여하느라 바빴다. 에제트의 명이었다. 거기서 쌓은 인맥을 어떤 식으로 활용하는지, 디아린은 이번에 처음 알았다.

'하지만 그렇게까지 안 해도, 에제트한테 정보상 역할을 자처할 귀족들은 많지 않아?'

'믿기가 어렵습니다. 흑태자도 아직은 쓸 수 있고요.'

하긴. 디아린은 고개를 끄덕였다가, 다시 물었다.

'근데 그 증거는 어떻게 하려고?'

'퀠스튜더 공작의 입에 쑤셔 넣어 줄까 싶습니다만.'

'농담이지?'

'글쎄요······. 농담 같으십니까?'

하지만 디아린은 그 증거를 당장은 내놓지 않아도 괜찮다고 했다.

왜냐하면.

'오늘 그 가문, 반쯤 날아갈 테니까.'

디아린이 음흉한 미소를 지었다.

저녁에 이어지는 대규모 궁중 만찬 때문에, 디아린은 중앙궁으로 향했다.

정확히는 중앙궁의 야외 정원으로.

'왜 꼭 겨울에 바깥에서 식사를 해야 하는가.'

아무리 아키르의 수도가 온화한 날씨를 유지한다고 해도 겨울은 겨울이다. 이런 날씨에 정원에서 만찬을 치르는 이유는 몇백 년 전 사계탑의 진상(進上) 때문이었다.

지금도 부유층의 전유물인 마도석 난로는, 발명 당시엔 정말로 획기적인 마도구였다. 사계탑에서는 이를 당시에도 대륙의 최강자였던 아키르 황실에 먼저 진상한다. 고상한 예술품으로도 보이게 금박과 상아로 장식하여.

'무자비한 겨울도 제국의 위엄을 베어 내진 못할 것입니다.'

당시 사계탑 주인의 축사였다.

이후 아키르 황실은 이를 과시하기 위해 겨울의 정원을 마도석 난로로 가득 채워 신년제의 만찬을 열었다. 그게 전통이 되어 내려온 지 어언 몇백 년이란 소리였다.

'솔직히 내가 생각해도 사계탑이 머릴 잘 썼지, 뭐.'

그 이후 마도석 난로는 대륙 전체에서 선풍적인 인기를 끄는 최고 인기 상품이 되니까. 게다가 마도석을 계속 판매해서 지속적인 돈줄이 되지 않는가?

'그래도 음식이 식어 버리는 건 어쩔 수 없다지만.'

야외는 야외.

평소라면 김이 폴폴 올라올 뜨거운 새고기찜 요리도 한 김 식어 맛이 덜하다. 자를 때마다 육즙이 흘러야 할 스테이크도 약간 식어서 별로라고.

그래서 황실 중앙궁에 소속된 주방장들은 신년제 궁중 만찬을 치르고 나면 며칠은 핼쑥해져 휴가를 낸다고 했다.

그랬는데…….

디아린은 껍질을 바삭바삭하게 구워 낸 자고새 고기 요리를 입에 넣었다가 살짝 놀랐다.

'뜨거운데?'

고기는 소금과 허브, 버터로 간해 뜨거운 육즙이 풍부했고, 공기층이 살짝 분리된 껍질은 바삭바삭하여 몹시 맛있었다. 웅성댄 건 귀족들도 마찬가지였다.

"요리가 아주 뜨겁군."

"방금 화덕에서 내온 것 같아요."

"꼭 저택 식당에서 먹는 기분입니다. 호사스럽네요."

아키르 제국의 신년제를 축하하며 사계탑에서 온 마법사가 헛기침을 했다.

"이번에 사계탑에서 새로 내놓은 마도구입니다. 은으로 만든 돔 커버를 포함해, 전부 독특한 보온이 가능한 식기죠. 그냥 뜨겁게 데운 식기와는 전혀 다릅니다."

오랜 전통에 따라, 이번에도 황실에 먼저 진상했다는 마법사의 말에 순식간에 화젯거리가 그쪽으로 옮겨졌다.

'다들 만져 보느라 바쁘네.'

디아린은 감탄했다.

역시 돈에 미친, 아니, 금전을 사랑하는 마법사들은 디아린의 마도석 기물로 어떻게 돈을 벌어야 하는지 아주 잘 알고 있었던 모양이다.

점점 작아지는 마도구.

덕분에 활용법이야 무궁무진했다.

'이것도 마도석 난로처럼 귀족들 반 필수품으로 자리 잡겠네.'

그 말인즉슨 디아린에게 들어 올 로열티가······.

"하하하!"

오늘따라 기분이 몹시 좋아 보이는 켈스튜더 공작이 화끈하게 주문했다.

"내 바로 이 식기를 80벌씩 선구매하고 싶소만."

"예? 80벌씩이나요?"

"가장 먼저 구매하고 싶소. 원한다면 값을 더 치를 수도 있지! 장식은 금과 순은, 에메랄드가 좋겠네만!"

사치스럽고 통 큰 주문에 마법사마저 살짝 놀란 모양이다. 근처에 앉아 있던 귀족들도 마찬가지였다.

"오늘따라 켈스튜더 공작님의 기분이 몹시 좋아 보이는군요."

"그러게 말이에요."

"무슨 좋은 일이 있으신가?"

"안 좋은 일은 있는 걸로 아는데⋯⋯."

가장 상석에서, 황후와 나란히 앉아 만찬을 즐기던 황제가 가볍게 웃으면서 말했다.

"역시 켈스튜더 공의 미식 사랑은 여전하군."

"황공하옵니다. 폐하. 아키르의 우월한 문화를 사랑하고 전파시키는 것은 제국 귀족의 또 다른 의무가 아니겠습니까?"

"아주 옳은 말이오. 공처럼 충직한 이가 아키르의 충신이라니, 이 또한 짐의 복이 아니겠소."

"성은이 망극하옵니다."

오늘은 황제 역시 기분이 몹시 좋았다. 왜냐하면, 오늘 아침, 급하게 들어온 놀라운 소식 때문이었다.

'폐하! 황제 폐하! 급히 아뢰옵니다!'

"흑조의 로드와 청조의 로드가 짐의 치세하에 나란히 나타나다니! 이 필시 아키르 제국에 내린 무한한 광영의 시작이오!"

"경하드리옵니다, 황제 폐하."

"경하드리옵니다!"

그랬다.

오늘 아침, 급히 입궁한 황제의 전령들은 그 누구도 상상치 못 할 엄청난 소식을 전해 주었다.

흑조의 로드.

청조의 로드.

무려 두 로드가 한 번에 나타났다고 해 황궁 알현실은 발칵 뒤집혔다. 이런 일은 절대 흔하지 않았다.

"아키르에는 그런 전설이 있지요. 다섯 신수가 모두 모이면 용을 소환할 수 있다고 말입니다."

적조가 영영 사라지면서, 말 그대로 '전설'이 되어 버린 이야기지만……

"만일 적조의 로드까지 황제 폐하의 치세 아래 나타난다면, 폐하의 이름은 대륙 끝까지 떨쳐지겠군요."

"그뿐인가요. 8황자 저하와 그 혼약자의 업적도 있잖아요."

"당연한 말씀을요."

켈스튜더는 이 모든 말을 능숙한 귀족적 화법으로 바꿔, 황제에게 '진상' 했다.

디아린은 샴페인을 마시며 생각했다.

'저런 식으로 황제에게 아첨을 하는 거구나.'

물론 켈스튜더도 5대 공작답게, 기본적인 자존심과 품위는 있었지만. 그게 더 대단한 것이긴 했다.

우아하게 들리는, 진심이 섞인 것으로 들리는 찬사.

최고 권위자인 황제의 기분이 워낙 좋다 보니, 만찬의 분위기는 순탄하게 무르익었다. 와인을 연거푸 들이켜 붉어진 켈스튜더 공작이 또 한 번 크게 웃었다.

일리룸 공작이 끼어든 건 그때였다.

"황제 폐하를 향한 켈스튜더 공작의 충심은 누구도 의심할 수 없지요."

"일리룸 공작? 과분한 찬사를 하시는구려. 고맙소."

켈스튜더 공작은 약간의 찝찝함을 느끼면서도 답례 인사를 했다.

일리룸 공작은 살짝 웃으면서 와인 잔을 내려놓았다.

"얼마나 제국과 폐하의 안녕을 바라면……, '적조의 영혼석' 입찰에도 비밀리에 참여했다지요?"

"……!"

"……!"

"……!"

순간 켈스튜더 공작의 두 눈이 부릅떠졌다.

"하, 하하. 그게 무슨 말입니까? 일리룸 공작. 적조의 영혼석이라 니……."

"이런. 왜 겸양을 떨고 그러십니까?"

일리룸 공작은 고개를 갸웃하며 말했다.

"입찰자 '로겐샨티스'가 공작의 사람이지 않습니까?"

"……!"

입찰자 로겐샨티스.

신전이 제시한 극야의 경매에 남몰래 가명으로 참여시킨 켈스튜더 공작의 부하였다. 하지만 아는 사람은 아무도 없는, 극비 중 극비였는데……

"하지만 로겐샨티스는 평민에 불과하던데, 매일매일 어떻게 수십만 아일이나 되는 큰돈이 나오겠습니까. 다 켈스튜더 공작이 내주신 거겠지요."

'저, 저 자식이 그 사실을 어떻게……?!'

켈스튜더 공작은 이제 술마저 다 깼다. 무작정 잡아떼는 것도 정말 멍청한 짓이지 않은가. 일리룸 공작의 치밀한 일 처리는 켈스튜더 공작이 누구보다 잘 알았다.

'분명 증거를 잡아 놓고 하는 말이야. 그런데 대체 어떻게!'

그때였다. 서릿발 같은 황제의 음성이 내렸다.

"켈스튜더 공."

"예, 예. 폐하. 하문하시옵소서."

"방금 일리룸 공의 말이 사실이오?"

"그것이……."

켈스튜더 공작의 손에서는 식은땀이 흐르기 시작했다. 어느새 중앙궁의 광활한 정원은 쥐 죽은 소리도 들릴 만큼 조용해졌다. 수백 명이 식사를 하는데도 그랬다.

아키르 제국의 상징적인 신수, 적조.

황실에서 입찰에 뜻을 밝혔으니, 아키르 제국의 다른 귀족들은 공식적으로는 아무도 참여할 수 없었다. 국가가 전쟁 중일 땐 각 귀족가에서 철기를 헌납해야 하는 것과 비슷한 이치였다.

만약 철을 헌납치 않고 숨겨 두었다면…….

"반역."

누군가가 의도적으로 목소리를 깔고 중얼거린 말에 몇몇이 흠칫했다. 켈스튜더 공작도 펄쩍 뛰었다.

"어찌 그런 극악무도한! 결코 아닙니다!"

"아니라면."

이디즈가 심각한 표정으로 등받이에 등을 괴고 말했다.

"황가에 대한 배반이겠군요, 켈스튜더 공작."

"이디즈 그리젤 후작!"

사태는 건잡을 수 없이 커졌다.

"황제 폐하!"

켈스튜더 공작은 곧바로 황제를 향해 납작 몸을 숙였다.

새파랗게 얼굴이 질려 있던 켈스튜더 공작가 일원들 역시 즉시 일어나 함께 몸을 숙였다.

"사실 일리룸 공작의 말이 맞습니다! 제가 차명으로 적조의 영혼석을 입찰하고 있었습니다. 하지만 다 이유가 있었습니다!"

켈스튜더 공작은 억울한 목소리로 외쳤다.

"이번 적조의 영혼석 경매는 너무나 특수하지 않습니까! 한 명이라도 더 참가하여, 황실의 입찰 확률을 높이고 싶었을 뿐입니다!"

"……높이고 싶었을 뿐이라?"

"그렇습니다! 혹여 적조의 영혼석을 찾아내면 그 즉시 폐하께 진상하려고 하였습니다! 켈스튜더의 충심을 의심하지 마시옵소서!"

"흠……."

켈스튜더의 가주인 공작이 저렇게까지 납작 엎드리니, 황제도 마냥 화를 낼 순 없었다.

켈스튜더 공작은 마른침을 꿀꺽 삼켰다.

'그래. 이대로 벗어나면 된다. 어차피 적조의 영혼석은 며칠 전 내 손에 들어왔어. 그 극야의 땅에서 영혼석을 찾아낸 건, 바로 이 몸이니까.'

아직 다른 입찰자에겐 알려지지 않은 사실이었다.

교단에서는 일주일 후 입찰에 실패한 이들에게 이 소식을 전하겠다고 했다. 일주일이면 모든 흔적을 지우고도 남을 시간. 여차하면 자신의 차명 수하이자 입찰자인 로젠산티스를 죽여 버린 후, 그가 배반해 적조의 영혼석을 들고 도망갔다고 조작을 해도 충분하다.

'지금은 자존심이 상하지만 참으면 그만일 뿐. 굴욕도 한때다.'

영혼석으로 적조의 로드를 키워 내면 가치가 무궁무진하다. 8황자의 혼약자는 당장 갈아치워질 것이고, 황제가 늙어 죽을 때쯤엔 켈스튜더 공작가는 대공가로 승격될 것이다. 어쩌면 독립해 왕국을 세우는 것도 마냥 허황된 꿈이 아니었다.

'적조의 로드에게 충성을 받는 가주라니.'

생각만 해도 가슴이 뛰었다.

"일단……, 일어나시오. 켈스튜더 공."

"망극하옵니다. 폐하."

켈스튜더 공작이 창백한 얼굴로 조심스럽게 몸을 일으킨 그때.

"황제 폐하, 교단에서 신관이 왔습니다."

"들라 하라."

만약 이 자리에, 4황자 권체스터 가이오 키르헨이 살아 있었다면 바로 불쾌한 표정을 지었을 것이다. 고급스러운 양피지 두루마리를 공손히 들고 온 그 신관은 다름 아닌 디아린을 살뜰히 보살펴 주던, 그래서 아만드녠 고위 신관의 신임을 얻은 그 신관이었기 때문이다.

"아키르 제국의 태양과 달, 용혈의 전승자이신 황제 폐하께 인사를 올립니다. 중앙 교단에서 서신을 가져왔습니다."

"흠. 중앙 교단에서?"

"예. 원래는 일주일 후, 각 입찰자 분들께 편지를 보낼 예정이었으나 아키르 제국의 황제 폐하는 특별하시니 말입니다."

신관은 미소를 띠고 말했다.

"사흘 전 적조의 영혼석을 찾아내 이미 회수해 가신 분이 생겼습니다. 따라서 극야의 입찰은 종료하게 되었습니다."

"세상에……."

"어느 왕국에서……."

"대체 누가……."

황제가 언짢은 표정으로 두루마리를 펼쳤다. 곧 그의 얼굴이 무시무시하게 굳었다.

좌중이 얼어붙었다.

옆에 앉아 있던 오블리잔 황후가 "노기를 가라앉히시지요, 폐하." 하고 조용히 말했으나 황제는 전혀 들리지 않는 눈치였다.

"감히……. 감히 짐을 우롱하다니……. 켈스튜더 공!"

"커헉!"

두루마리를 이마에 얻어맞은 켈스튜더 공작이 외마디 비명을 질렀다.

바닥에 나뒹구는 양피지 두루마리를 서둘러 시종장이 회수해 왔다. 눈썰미 뛰어난 이들은 그곳에 적힌 입찰자의 선명한 이름을 똑똑히 보고 말았다.

[……따라서, 열여섯 번째 입찰자였던 로겐샨티스가 적조의 영혼석을 찾아내어 회수해 갔음을……]

켈스튜더 공작은 다리가 그대로 풀리고 말았다.

* * *

"당장 그것을 가져와라!"
켈스튜더의 모든 사용인들이 뛰어다니기 시작했다. 켈스튜더 공작은 집무실 책상 위 집기들을 두 손으로 쓸어 버렸다.
"제기랄, 제기랄!"
아깝다.
아까워서 죽을 것 같았다.
적조의 영혼석을 입찰받기 위해 쓰인 돈이 대체 얼마던가? 운 좋게도 영혼석을 찾아내, 행운의 여신이 제게 웃어 준 거라고 생각했다.
그런데!
꼼짝없이 영혼석을 황제에게 진상하게 되어 버렸다.
잘 알고 있다. 이 귀한 걸 바쳐도 국정은 당분간 켈스튜더에게 아주 불리하게 돌아갈 것이라는 사실을. 적어도 몇 년은 지극정성 공을 들여야 겨우 이전의 지위나마 회복할 터. 사라진 전설이자 황실의 귀물인 적조의 상징을 빼돌렸다는 것은 그만큼 큰 중죄였다.
가주의 극심한 분노 때문에 모든 사용인들이 벌벌 떨고 있었다. 집사가 서둘러 가져온 보석함을, 퀠스튜더 공작은 한숨을 푹푹 내쉬면서 열었다. 그런데…….

"이게 무엇이냐? 웬 파이어 오팔을 가져왔지?"

"예?"

"내가 알려 준 위치에서 제대로 가져왔어야지! 그 안에 적조의 영혼석이 있단 말이다!"

"가, 가주님. 말씀하신 위치에 있는 걸 제대로 가져온 겁니다. 제가 몇 번이나 확인한 겁니다."

"……뭐라?"

퀠스튜더의 공작의 얼굴이 새하얘졌다. 그는 허겁지겁 다시 보석함의 돌을 확인했다. 하지만 달라질 건 없었다.

은은하고 상서롭게 빛나던, 황금빛 섞인 붉은빛이 완전히 사라졌다.

이건 그냥 평범한 보석, 파이어 오팔에 불과했다.

"이건……, 말도 안 돼. 착오다. 착오가 있는 게 분명해!"

퀠스튜더 공작은 아예 직접 가문의 보물 창고로 들어가, 닥치는 대로 뒤지기 시작했다. 그 거대한 저택에 밤새 불을 켜 놓고 수십 명의 사용인 들이 바쁘게 뛰어다녔다. 하지만 그 어디에서도 적조의 영혼석을 찾을 수 없었다.

"……말도 안 돼. 이럴 수는 없어."

퀠스튜더 공작은 두 손으로 머리를 쥐어뜯었다. 하지만 현실은 변하지 않았다.

"어디로 간 거지? 대체 그것이 어디로 갔단 말이냐!"

상식적으로, 적조의 기운을 강하게 풍기던 그 돌이 평범한 보석으로 변했을 거라곤 누구도 생각할 수 없었다.

그때, 퀠스튜더 공작가의 장남인 로마이어가 와서 말했다.

"아버지."

켈스튜더 공작은 시뻘게진 눈으로 장남을 쳐다보았다. 로마이어는 마른 침을 삼키고 말했다.

"일리룸 공작, 그 너구리 같은 인간도 이미 눈치챘던 일입니다. 그 외 또 다른 이들 중에 눈치챈 이가 있다고 해도 전혀 이상할 게 아닙니다."

"로마이어, 네 말은……."

"누군가가 이미 빼돌린 게 분명합니다."

"……!"

켈스튜더 공작이 바로 책상을 박차고 일어났다.

"당장 사흘간 저택에 드나든 수상한 인물들을 모조리 찾아내라! 당장! 아예 출입 명부를 정리해서 가져와!"

만약 이대로 영혼석을 찾지 못한다면…….

'우리 가문은 끝이다!'

켈스튜더 공작은 다음 날 아침까지를 꼬박 뜬눈으로 보냈다.

"가주님."

새벽 해가 막 떴을 무렵, 명단이 완성되었다. 켈스튜더 공작은 바로 집사에게서 명단을 받아 들었다. 특별히 수상한 인물은 보이지 않았다. 휙휙 넘어가던 종이가 어느 한 지점에서 멈췄다.

"이놈은……?"

"필리프 후작가의 수하입니다."

"뭐?!"

켈스튜더 공작의 두 눈에서 실핏줄이 터지기 시작했다.

콘클 공작의 휘하 가문, 필리프 후작가.

얼마 전 후계자인 파스칼리잔 필리프가 황족 모독죄로 황궁 감옥에 압송되고, 후에 사계탑의 주인에게 톡톡히 망신을 당하면서 거의 완전히 매장된 가문인데…….

"켈스튜더를 이런 식으로 파멸시켜 보겠다고? 하, 집사! 당장 마차를 채비하라! 황궁에 가서 황제 폐하께 직접 고하겠다!"

켈스튜더 공작이 쥐고 있던 종이가 완전히 구겨졌다.

"콘클의 휘하인 필리프 후작가에서 감히 적조의 영혼석을 훔쳐갔다고 말이지!"

* * *

흐흠흐흠.

"……아린."

창밖을 바라보며 허밍을 하던 디아린의 귓가에 순간 목소리가 훅 들어왔다.

"디아린?"

"어?"

디아린이 "에제트!" 하면서 창가에서 일어났다. 그는 디아린을 보자마자 입고 있던 재킷을 벗어 어깨에 씌워 주었다.

"감기 걸리겠습니다."

"아니, 달이 너무 예뻐서."

"보름달이군요."

만물에게 공평히 쏟아질, 별 의미 없을 달빛인데. 디아린의 자안에 담기니 묘하고 아름다운 빛깔이 되었다. 에제트 눈에만 특별히 더 그렇게 보였을지 모른다.

에제트는 직접 의자를 가져와, 디아린 곁에 앉았다.

"적조의 영혼석이 사라졌다더군요."

"응. 그냥 파이어 오팔로 돌아갔지."

"그림이 재미있어지겠군요."

"그렇지?"

"예."

궁중 만찬에서의 고발 이후, 켈스튜더 공작은 혼비백산해서 적조의 영혼석을 황제에게 진상하려고 할 것이다. 그렇게라도 해야 황제의 진노를 아주 조금이라도 줄일 수 있으니까.

하지만 적조의 영혼석은 없네?

남아 있는 건 파이어 오팔뿐이네?

……라는 말을 누가 믿어 주겠는가?

누구라도, 켈스튜더 공작이 적조의 영혼석을 빼돌렸다고 생각할 터다. 그런데 켈스튜더 저택에 하필 필리프 후작가의 사람이 다녀간 흔적이 있다?

'그야말로 개싸움 당첨!'

사실 디아린이 계획한 건, 파이어 오팔까지였다.

"에제트."

필리프가 이 사건에 돌연 엮이게 된 건, 전부 눈앞의 이 혼약자의 계획이었다.

"어떻게 하루도 안 걸려서 필리프랑 엮어 버린 거야?"

"그 정도는 어렵지 않지요."

"어렵지 않다고? ……그게?"

"예."

동의를 할 수가 없었다.

디아린이 적조의 영혼석으로 켈스튜더에 엿 먹이는 계획을 에제트에게 말해 준 건 어제.

그리고 오늘 에제트는 그 계획을 필리프 후작가와 엮어 버렸다.

"사람을 처음 관찰할 때는 단점을, 두 번째 관찰할 때는 장점을. 세 번째 관찰할 때면 약점을 찾게 된다는 말이 있습니다. 전 그저 그간 필리프를 주의 깊게 관찰하고 있었을 뿐이고요."

덕분에 바로 계획에 이용해 먹을 수 있었다.

"난 그런 격언 처음 들어 봐."

"죽은 황녀에게 자주 듣던 말이었지요. 그러니 격언은 아니고, 아마 황녀의 고유한 지론이었을 겁니다."

'죽은……, 황녀?'

디아린이 뭐라 되묻기 전에 에제트가 갑자기, 디아린에게 고개를 숙여 오더니, 이마에 이마를 맞대왔다. 코끝이 가볍게 스쳤다. 디아린의 두 눈동자가 동그래졌다.

"뭐 하는……?"

"디아린."

에제트가 고개를 들어 올리며 말했다.

"열이 있습니다. 감기 같은데요."

"……아. 감긴 아니야. 적조의 영혼석을 내가 유지하느라 힘을 좀 써서 그래. 감기는 아니고 가벼운 몸살?"

"가벼운 몸살이요?"

에제트가 눈썹을 찌푸렸다.

"그럼 침대로 옮겨 가도 된다는 말씀이겠군요."

어째서 그 말이 그렇게 되는지는 모르겠지만, 아무튼 에제트는 디아린을 훌쩍 안아 들어 침대에 내려놓았다. 그러고는 잘 정리되어 있는 이불을 제대로 펴서 덮어 주었다.

전부터 느꼈지만 에제트는 황족답게 시중을 받는 데 능숙하면서도, 본인이 시중을 들어주는 것에도 능숙한 편이었다.

'희한하지. 제국의 황자님이신데 말이지.'

그냥 뭐든지 잘하는 걸까?

디아린의 어깨까지 깃털 이불을 덮어 놓고, 잠시 고민하는 것 같던 에제트는 이내 이불을 디아린의 목 끝까지 올렸다. 완벽한 안락함에 디아린이 눈을 깜빡거렸다.

"나 이러면 잠들 것 같아, 에제트."

"잠드시라고 들고 온 겁니다."

"무슨……."

픽 웃던 디아린은 문득 다른 생각이 떠올랐다.

"그러고 보니, 켈스튜더 공작 영애가 에제트 유력한 차기 결혼 상대
였지."

에제트의 낯빛에 짜증이 어렸다.

"누가 그럽니까?"

"모두가 그러잖아."

"제 의사는 묻지도 않나요?"

"우리가 언제 의사가 존중되어서 혼약했어?"

"그래서, 저와의 혼약을 후회하시는 겁니까?"

에제트의 목소리는 평소와 다를 게 없었다. 다만 좀 더 고저가 없었고,
묘하게 벽을 세운 듯했다. 디아린은 바로 고개를 저었다. 그녀는 모르는
채 세워졌던 벽이 한 번에 무너진다. 에제트가 미소를 지었다.

"주무세요."

에제트의 손이 디아린의 눈가를 덮었다.

드러난 디아린의 입술이 빙긋 호선을 그렸다. 에제트는 그 입술에 입을
맞추고 싶은 마음을 내리눌렀다.

몇 분이나 흘렀을까. 디아린은 그대로 잠에 빠졌다. 에제트는 그녀의
뺨을 손끝으로 천천히 쓸다가, 몸을 천천히 숙였다. 디아린의 부드러운
손등에 내려앉은 그의 입술은 이후로도 오랫동안 떨어지질 못했다.

* * *

"고발이라니? 고발이라니!!"

"마님! 마님, 진정하세요!"

"내가 지금 진정하게 생겼어!"

"꺄악!"

필리프 후작 부인은 초조하게 돌아다녔다.

황궁 정문이 열리자마자 뼈가 빠지게 입궁한 켈스튜더 공작이 필리프 후작을 고발했다. 적조의 영혼석이라니, 그런 전설적인 귀물을 필리프 후작 부인은 본 적도 없다.

'하지만 그이가 몰래 빼돌렸을 수는……, 있어. 그래. 분명 몰래 빼돌린 거야! 대체, 제정신인 건지 뭔지! 아무리 사업이 망했다고 해도!'

남편인 필리프 후작은 이미 황성에 불려 갔고, 저택 밖에서는 켈스튜더의 사병들과 필리프의 사병들이 대치하고 있었다. 그나마 수도의 귀족 사병은 수가 극히 제한적이어서 저 정도였다.

만약 황궁 경비대가 온다면…….

"마, 마님! 황궁 경비대장이 황실 기사단을 이끌고 오고 있답니다!"

"뭐라고?!"

필리프 후작 부인은 새파랗게 질린 얼굴로 "파스칼! 파스칼은 어디 있지?!" 하고 외쳤다.

파스칼리잔 필리프는 닥치는 대로 보석과 돈을 챙기는 중이었다. 그는 재빨리 뒷문으로 나와, 저택을 뒤도 돌아보지 않고 도망쳤다.

필리프 후작가의 차기 가주. 후작 부부가 온 힘을 다해 교육시켜 준 덕에 파스칼리잔은 현 상황을 아주 잘 파악했다.

이미 황궁 재무부에서 엄중한 조사원이 파견된 상태다. 찔러도 피 한 방울 나올 것 같지 않게 생긴 그들은 필리프 후작가의 상단에 대한 제보가 들어왔다며 조사를 시작했다. 그게 황제의 명령임을 모르면 바보였다.

'아버지의 사업에는 불법 루트가 너무 많아. 불법 고리대금업 이중장부에 비밀리에 인신매매를 했던 적도 있다고! 황실에서 작정하고 턴다니 완전히 끝이야!'

장부를 탈탈 턴다는 것은 귀족에게 할 수 있는 아주 확실한 복수 중 하나였다. 털어서 먼지 안 나오는 상단이 어디 있겠는가? 게다가 이런 보복성 세무 감사는 먼지 한 톨도 바위만큼 부풀릴 수 있었다.

'난 필리프의 하나뿐인 소중한 후계자니까, 결국 내가 살아 있어야 후에 가문도 재건할 수 있지 않겠는가!'

일단은 가문의 상단과 거래를 터놓은 다네케르토 산악 왕국으로 도피후, 찬찬히…….

"뭐, 뭐야!"

파스칼리잔은 자신을 가로막는 인영 앞에 화들짝 놀랐다가 짐짓 화를 냈다.

"이 몸이 누구인 줄 알고 감히 앞을 가로막는 거지? 당장 나오지 않으면 경을 치……."

"누구긴 누구야? 가문도 부모도 버리고 저 혼자 살겠다고 도망치는 천하의 패륜 새끼지."

"……!"

얼마 후, 파스칼리잔이 다시 눈을 떴을 땐…….

에제트가 자신을 내려다보고 있었다.

"8, 8황자 저하……!"

그렇게 말하는데 입김이 훅 났다.

파스칼리잔은 뒤늦게, 이곳이 얼음 창고임을 알았고, 자신의 온몸이 묶여 있다는 걸 알았으며, 입 안이 터져 있다는 사실까지 깨달았다.

에제트는 파스칼리잔을 내려다보았다. 램드가 거칠게 운반했다더니 아주 온 얼굴이 엉망이었다.

"살려 주십시오! 살려 주십시오!"

"난 귀족 살해엔 취미가 없어."

"그, 그러시면……!"

"하지만 제국을 수호하는 황족으로서 부도덕한 쓰레기를 치워야 하는 의무는 있지."

"황자 저하!!"

자신을 내려다보는 황금색 눈동자는 쳐다보기 어려울 정도로 저릿저릿하다.

용도 결국은 짐승이라는 것인지.

'안 돼. 난 여기서 죽을 수 없어!'

에제트는 좁고 어두운 얼음 창고를 한 번 둘러보았다.

"이딴 곳에 사람을 가뒀었나."

파스칼리잔은 본능적으로 알았다. 8황자가 디아린을 이야기하는 것임을. 파스칼리잔은 바로 부인했다.

"그, 그건 제가 아니라 제 어머니와 아버지가……. 컥!"

피를 뱉어 내며 파스칼리잔이 옆으로 쓰러졌다. 에제트는 경멸 어린 표정으로 그의 턱을 발끝으로 들어 올렸다. 차가운 금속제 끝이 단숨에 제 목을 짓밟고 부러뜨릴 것 같았다. 그런 살기에 압도당해 파스칼리잔은 살려 달라고 빌었다.

에제트는 건조한 눈빛으로 이 버러지 같은 꼴을 보았다.

'아, 당연히 기억하고말고. 그 예쁜 갈색 머리 어린 아가씨? 어디 따뜻한 남부에서 왔다던데, 주인 부부 나리와 도련님이 너무했어. 며칠에 한 번은 꼭 얼음 창고에 집어넣어 버리더군. 정말 심할 땐 한나절 가까이는 아예 꺼내 주지도 않았어.'

사람은 저체온일 때 쉽게 죽음에 이르고 만다.

그걸 저어해서인지 디아린에게 뜨거운 수통도 몇 개 던져 주었다는 보고도 들었다.

인내를 담아, 에제트는 한쪽 손으로 얼굴을 느릿느릿 쓸어 넘겼다. 그러고는 발로 파스칼리잔을 걷어찼다.

"헉! 커헉!"

엉망으로 바닥을 구른 파스칼리잔이 헉헉 숨을 몰아쉬었다.

"살해는 하지 않기로 약속했으니 당장은 죽이진 않겠다."

"그……, 허윽……. 그럼 절……."

살려 주는 거냐, 하고 물으려던 파스칼리잔은 입을 다물었다.

'당장은 죽이지 않는다는 게, 무슨 말이지?'

"설마……."

"편안하게 죽는 것도 사치지."

에제트는 턱짓으로 바닥에 널린 수통들을 가리켰다.

"3년 후에 꺼내러 와 줄 테니 그때까지 살아 있어 봐."

"마, 말도 안 됩니다! 사람이 어떻게 얼음 창고에서 3년이나……. 저하! 저하! 커헉!"

목을 세게 걷어차인 파스칼리잔이 그대로 기절했다.

* * *

"감사합니다. 그리젤 후작님."

이디즈는 재미있다는 표정으로 에제트를 바라보았다.

"아스페르크. 네게 그런 말을 들을 때가 다 오고, 저택의 얼음 창고를 빌려준 보람이 있구나."

"전 아직 사저를 구입할 수 없으니까요."

"그래. 미혼인 황족들의 금계지. 차명으로 구입하려고 해도……, 알다시피 너는 지금 황후의 가장 큰 적이라서."

"굳이 위험을 감수할 필요는 없지요."

"그래."

그래서 수도에 있는 그리젤 후작 저택의 지하 얼음 창고를 빌려 달라고 했다.

"3년까지 갈 것도 없지. 사람은 영하로 내려가는 곳에서 오래 버티지 못해."

"그렇지요."

그리고 그런 곳에 디아린을 가뒀고.

에제트가 삼킨 말을, 이디즈는 충분히 알아들었다. 그녀의 자줏빛 눈동자에도 필리프 후작가에 대한 혐오감이 일렁였다.

'그놈의 뜨거운 수통은 나도 적잖게 넣어 주었지.'

"일주일 후에 시체를 수습하러 와야겠군."

* * *

그로부터 얼마 후.

수많은 불법을 저지른 것이 발각되어, 황법에 의해 필리프 후작가가 완전히 해체되었다. 작위는 몰수되었고, 재산은 국고에 반환되었으며, 필리프 후작은 고문 후 사형당했다. 후작 부인은 종신형을 선고받았다.

"후계자인 파스칼리잔 공자는 외국으로 도피했다는데요?"

"세상에, 그럼 제 부모를 버리고 혼자 도망친 건가요?"

"귀족 신사의 품위는 어디에 말아먹었는지……."

"황제 폐하께서 단단히 화가 나셨다지요?"

"콘클 공작님도 순순히 동의하셨대요. 필리프 후작가를 멸문하는 것에 대해 말이죠."

필리프 후작가가 완전히 해체되었음에도 적조의 영혼석은 찾지 못했다. 덕분에 켈스튜더 상단에 역시 아주 엄중한 세무 조사가 들어갈 것이라는 흉흉한 소문이 나돌았다.

물론, 필리프 후작가처럼 공중분해는 되지 않겠지만.

"세력이 꺾이겠죠."

"어마어마하게요."

"공작 작위를 유지나 할 수 있으려나 모르겠어요."

"듣기로는 어제 공작 부인이 이혼 서류를 내밀었다고 하던데 말이죠."

"세상에, 이혼요?"

아키르 사교계에서 이 이야기가 얼마나 성황을 이루었는지, 귀족들의 경마장은 물론이고 공원, 비교적 정숙한 채리티 볼(charity ball, 자선 무도회)에서까지 족히 몇 달간 화젯거리로 오르내렸다.

그런 이야기들을 들고 북쪽 날개 궁에 온 이디즈는 에제트를 바라보며 말했다.

"이렇게 수도가 한바탕 뒤집어졌는데도, 이 북쪽 날개 궁만은 꼭 딴 세계처럼 조용하구나, 아스페르크."

이디즈의 말에 에제트가 무심히 대답했다.

"전 오랫동안 북문석에서 지냈습니다. 새삼 수도가 떠들썩해진다고 해서 저와 관련은 없잖습니까."

"물론, 그 말도 맞지."

이디즈는 새삼스럽게 에제트 거처의 개인 거실을 둘러보았다. 북쪽 날개 궁의 광활함은 황녀 시절부터 잘 알고 있었다.

"하지만 중앙궁의 모든 등불이 밝혀진 것에 비해, 북쪽 날개 궁은 지나칠 정도로 마법 등을 적게 켜 놓았어. 당연히 예산 문제는 아닐 거고……."

이디즈가 짓궂은 미소를 지으며 물었다.

"8황자님께서 누군가의 잠을 깨우고 싶지 않은 모양이군?"

예를 들면 디아린이라든지.

에제트는 순순히 대답했다.

"네."

"재미없는 녀석."

이디즈는 소파에 턱 하고 등을 기댔다.

"일이 네가 계획한 대로 풀려 좋겠구나."

"글쎄요."

"두루뭉술한 대답은 친족 간의 관계를 악화시키지. 아스페르크."

"죄송하지만 전 후작님과의 관계가 악화되든 말든 별로 관심이 없습니다."

"이것 보게?"

이디즈가 다리를 꼬고 앉아 팔짱을 꼈다.

"얼음 창고를 빌려준 건 누구지?"

"그 일은 벌써 감사하다고 말씀드렸잖습니까."

"그럼 신록의 방에서 디아린을 구해 준 게 나라는 사실도 있지. 이것은 벌써 잊은 것이냐?"

"그건 후작님이 제 혼약자에게 개인적으로 보낸 호의시지요. 저와는 상관없습니다."

"그래?"

이디즈는 고개를 살짝 까딱이더니 일어났다.

"이 말 그대로 네 혼약자에게 전해 주어도 괜찮겠지?"

"……실언했습니다."

"그래, 진즉 그래야지. 차나 한 잔 내오려무나."

"절 부려먹으러 오신 모양이군요."

"비슷해."

에제트의 황금색 눈동자가 어이없다는 기미를 띠었다. 그러면서도 착실히 차를 준비했다.

"너처럼 차갑던 녀석이."

이디즈는 픽 웃었다.

간단한 방식으로, 티 스트레이너(찻잎 거름망)에 찻잎을 계량해 넣고, 티 포트보다 높은 곳에서부터 데운 물을 붓는다. 티코지를 씌우고 시간을 재다가 찻잔에 따랐다.

짙은 수색의 차는 향기가 진했다. 이디즈가 차향을 즐기며 말했다.

"너도 황제 폐하의 손자가 맞긴 하구나. 용혈의 정신 나간 광기가 얼핏 보여."

"후작님도 용혈이시지요. 저보다 할바마마와 더 가까운 존속이시고요."

그러니까 에제트에게서 광기가 보인다면, 이디즈에겐 한술 더 뜬 광기가 보일 거란 뜻이다.

"정말이지 한 마디도 안 지는군."

에제트는 희미하게 웃으며 찻잔을 기울였다. 수도가 뒤집어지고 있다는 말에, 새삼 필리프가 다시 떠올랐다.

'얼음 창고라니.'

얼음이 얼 만큼 추운 곳에 오래 있으면, 먼저 손가락이나 발가락 같은 말단 부위가 아파온다. 고통이 점점 심해져, 차라리 잘라 버리는 게 낫겠다 싶을 즈음 거짓말처럼 감각이 없어진다. 신경이 죽은 것이다.

필리프 후작가에서 디아린은 비싸게 팔아먹을 물건이었고, 덕분에 그렇게까지 방치하진 않았다지만.

"파스칼리잔을 그리 만든 건, 필시 그들이 디아린에게 휘두른 폭력 때문이겠지? 그리고 한 번 더 말하지만 두루뭉술한 대답은 친족 간의 관계를 몹시 악화시킨단다. 아스페르크."

그러니까 제대로 대답하란 뜻이다. 잠시간 침묵이 흘렀다.

"디아린은."

에제트는 찻잔을 내려놓으며 말했다.

"자신이 학대당했던 사실을 순진하게 얘기해 주는 성격이 아닙니다. 그녀는 약점을 드러내고 싶어 하지 않아 해요."

"그래. 그건 그래 보이더구나."

신록의 방에서의 디아린의 표정이 떠오른다. 그녀는 표정 관리를 굉장히 잘하는 편이었는데, 리미르젠 작센느 공작 앞에선 순간이지만 그 철저한 방어선이 허물어졌었다.

'정말이지, 버려진 새끼 사슴 같았지.'

"디아린이 아스페르크 너를 이샹스 백작가의 악몽에서 꺼내 올려 준 것과 비슷하구나."

"아뇨."

에제트가 찻잔을 무표정하게 내려다보았다.

"다릅니다."

이샹스가 자신에게 저질렀던 일.

그것을 에제트는 디아린에게 직접 말했다. 하지만 디아린은 필리프에 대해서 아무런 이야기를 하지 않았다. 이건 순전히, 에제트가 알아낸 것뿐이었다.

램드가 아니었다면, 그 녀석이 무릎을 꿇고 빌지 않았더라면. 에제트는 디아린이 최근까지 피를 토한다는 사실도 몰랐을 테니까.

어째서일까.

디아린의 눈동자는 바닥이 비칠 정도로 투명한 연보랏빛인데, 자신에게 입을 맞춰 주는데, 성혼을 약속한 혼약자인데. 기이하게 에제트는 디아린의 '진짜 속'을 알지 못한다는 생각이 자꾸만 들었다.

그는 그녀에 대해 무언가를 놓치고 있다. 그런데 그걸 알지 못하겠다. 짐작이 어려웠다.

'자신에 대해 말을 해 줄까.'

언젠가는.

아주 많은 시간이 흐른다면?

에제트는 확신할 수 없었고, 어쩌면 평생 듣지 못할 거라는 각오도 했었다. 그러나 얼마 후, 놀랍게도 에제트는 답을 듣게 되었다.

chapter 16

'여길 또 오게 되다니.'

디아린은 인생사 희한하다는 생각을 하며 거대한 석재 문을 바라보았다. 양각된 고풍스러운 문양들. 바로 펜나투스 입구의 초입이었다.

'내게 더 이상 펜나투스 호수는 필요가 없는데 말이지~?'

하지만 아키르 황실에서도 가장 중요하게 여겨지는 성물답게, 이미 신청해 놓았던 방문 요청을 마음대로 물릴 수가 없었다.

디아린은 어느새 슬그머니 제 곁으로 다가온 알데트루다를 흘긋 보았다. 그녀의 얼굴은 오늘도 딱딱했다.

"오드 영애님."

"네, 알데트루다 룬."

"그럼 제게 손을."

또 손?

손.

디아린은 일단 순순히 손을 내밀었다. 알데트루다에게 잡힌 손을 내려다보면서 물었다.

"알데트루다 룬."

"왜 부르시는지요."

목소리도 딱딱했다.

디아린은 고개를 갸웃하며 물었다.

"혹시 제가 황실 수석 마법사 자리를 빼앗을까 봐 그러시는 건가요?"

"……예?"

"절 경계하시는 것 같아서요."

"무슨……? 아닙니다."

"그럼 왜……."

알데트루다는 눈을 몇 번 깜빡이다가 말했다.

"그냥 저는 7계급 마법사의 손을 잡고 싶었을 뿐인데요?"

그들의 뒤에서 따라오던 차석 마법사는 "세상에나. 결국 저 말씀을 하시는군." 하고 한숨을 내쉬었다. 황실 수석 마법사의 위엄과 장엄 그런 건 심해 밑으로 순식간에 가라앉았다.

알데트루다는 말을 이었다.

"그리고 7계급 마법사가 옆에 있어서 긴장한 것뿐이고요."

"아, 그것뿐이라고요……."

"네. 그것뿐인데……?"

"……."

디아린은 헛웃음이 나왔다.

'사교계에 돌던 소문이 다 헛소문이구나. 뭐 대충 정정하고 다녀야겠네.'

—역시 마법사들은 다 또라이야.

어쩐지 이렇게 말하는 올의 목소리가 들리는 것도 같았다.

'걔네 돌아오면 이 얘기 꼭 해 줘야지.'

싱긋 웃는 디아린을 보며 알데트루다는 작게 중얼거렸다.

"그렇다고 이렇게 대놓고 물어보는 귀족은 또 처음이고."

마법사라고 해서 다 친해지는 건 절대 아니다. 하지만 알데트루다는 디아린이 묘하게 마음에 들었다.

"들어가시죠."

펜나투스 호수에선 에제트와 마법사들이 이미 기다리고 있었다.

"에제트."

"오셨습니까."

"응."

황실 수석 마법사 알데트루다가 한 발자국 앞으로 나왔다.

"그럼 의식을 거행하겠습니다."

거창하게 의식이라고까지 표현했지만, 일련의 행위는 간단했다.

미리 준비한 깨끗한 순은 단검으로 에제트의 손바닥을 찢는다. 바닥으로 뚝뚝 떨어진 피는 마치 살아 있는 것처럼, 스스로 펜나투스 호수 중심으로 모여들었다.

맑은 얼음 유리 같던 호수에, 루비를 부수어 만든 것 같은 작은 선들.

곧이어 태양이 떨어지는 것처럼 펜나투스 호수가 화악 빛났고, 저도 모르게 감았던 눈을 떴을 때는.

"물……."

부동의 호수는 완연한 호수로 변해 있었다.

찰랑거리는 물은 가슴이 벅찰 정도로 맑았다. 디아린은 어쩐지 묘한 기분으로 호수를 바라보았다. 그 자리에 못 박힌 듯 서서 가만히 바라보다가, 막 한 발을 뗀 그때에.

손목이 잡혔다.

"디아린."

에제트였다. 디아린은 "어?" 하면서 주위를 둘러보았다. 아무도 없었다.

"다 나가셨네?"

"황실 마법사들은 바쁘니까요. 특별히 위험한 것도 없고요."

보통 사람에게는.

디아린이 한 발 떼자마자 그녀의 손목을 잡았다는 건, 에제트가 여전히 기이한 걱정을 떨치지 못했기 때문이었다.

"그럼 멀리서 볼게."

"예."

호숫가는 고요했다.

발아래는 잔디처럼 가득한 풀. 우거진 녹음. 조용히 수면을 어루만지는 실바람 소리.

"에제트. 나, 펜나투스 호수에 처음 갔던 날 이상한 꿈을 꿨었어."

"이상한 꿈이요?"

"응. 그게 신수의 소환사들이 꾸는 펜나투스의 첫 꿈이라고, 적조가 그러더라고."

"무슨 꿈을 꾸셨는데요."

"음, 옛날 꿈인데……."

그때, 펜나투스 호수의 물결이 한번 파동을 쳤다.

환각일까? 호수가 점차 넓어지고 있다는 그런 착각이 들었다. 에제트가 걱정할까 봐 호숫가와 거리가 있는 곳에 서 있었는데.

'어떻게 수표에 내 모습이 비치는 걸까?'

물결이 한 번 흐려지면서, 비쳐졌던 자신의 모습도 함께 흐려지기 시작했다. 연갈색 머리카락과 연한 보랏빛 눈동자를 가진 디아린의 모습은 이내 완전히 사라진다.

'이건…….'

대신해서 나타난 인영.

갈색 염색이 얼룩덜룩 남은 흰 사슴 뿔. 새하얀 옷자락.

'……첫 번째 생에서의 나야.'

앞섶은 온통 피투성이. 덜덜 떨리는 손으로 직접 그리는 대마법진.

이 마법은 실패한다. 실패할 게 분명해. 선명할 정도로 분명하니 그만두려고 하는데.

—이 호수에서라면 성공할 수 있어. 네 오랜 소망이잖아?

어디선가 들려오는 아주 작은 속삭임. 홀린 듯 디아린은 손을 뻗고, 발을 내디딘다. 그러나 디뎌지는 건 아무것도 없는 호수. 그대로 침몰하기 직전.

호수로 뻗어진 손을 누군가 확 끌었다.

"정신 차리십시오."

"……."

"디아린."

"……."

"디아린!"

눈동자의 초점까지 잃었던 디아린이 느리게 정신을 되찾는다.

젖은 치맛자락과 구두, 팔. 머리카락. 디아린의 양 어깨를 붙들어 잡은 단단한 힘. 흐릿한 황금색 눈동자가 바로 앞에 있다.

"에제트……."

디아린이 눈앞의 에제트를 안개처럼 조심스레 더듬다가 매달리듯 목을 끌어안았다. 그녀의 젖은 손이 덜덜 미친 듯이 떨리고 있었다.

대체 언제 자신이 호수에 뛰어든 것일까?

모르겠다. 디아린은 기억은커녕 자각도 없던 일이었다.

그러나 이보다 중요한 건, 그녀의 머릿속을 기이할 정도로 꽉 메운 벼락같은 한 가지의 깨달음이었다. 그 말을 하지 않으면 절대 안 되는 것처럼, 제멋대로 말문이 열렸다.

"에제트. 나 알았어. 백조의 소환사가 왜 펜나투스 호수에 뛰어들었는지 알았어."

그렇잖아도 불규칙했던 에제트의 호흡이 순간 멈춘다. 디아린은 정신없이 말했다.

"신수 소환사의 소원을 들어줘, 이 호수가."

"……디아린."

에제트는 천천히 되물었다.

"당신 소원이 뭡니까?"

"죽은 사람을 살리는 거."

"죽은 사람이요?"

"응."

"마법을 써서요?"

디아린이 고개를 끄덕였다.

"그래서 당신은 죽고요?"

멍한 대답이 흘러나온다.

"응……."

"짜증 나네요."

순간 기묘하게 혼몽했던 머리가 번쩍 맑아진다.

디아린은 맙소사 하는 기분으로 에제트를 바라보았다. 에제트의 옷도 물에 젖어 있다는 사실을 한 박자 늦게 깨닫는다.

"내가 뭐라고 했어?"

"절 두고 영영 떠나겠다고 하더군요."

"그런 말 안 했……."

"어쨌든요. 비슷한 말이었습니다."

에제트는 디아린을 그대로 품 안에 안아 들어 올렸다. 일어난 그들 밑으로 물이 뚝뚝 떨어졌다. 체온이 떨어진 몸에 바람이 닿자 오스스 소름이 돋았다.

"일단 옷부터 갈아입고 마저 얘기하지요."

* * *

"아가씨?! 수영이라도 하다 오셨어요?!"

"영애님!"

"오드 영애님!"

샤이를 위시한 시녀들이 우르르 달라붙었다.

디아린은 눈 깜짝할 새 목욕을 끝내고 머리까지 다 말려져 침실로 운반되었다.

'진짜 빨라.'

뭐 이런 초고속이…….

그리고 엄청 빠른 건 또 한 명 더 있었다.

침실 의자에 앉아 있는 에제트.

북쪽 날개 궁에 오고서야 알게 된 건데, 이 궁은 크기는 엄청나게 넓은 주제에 가장 커다란 침실 두 개는 거리가 아주 가까웠다.

'황궁이니까 어쩔 수 없는 거겠지만.'

원래 어느 황실이든, 황족의 가장 큰 의무는 두 가지로, 하나는 나라를 수호하는 것과 다른 하나는 자손을 번창…….

디아린은 생각을 접었다.

"앉으시죠."

"응."

맞은편에 앉아 괜히 시선을 돌리다가 달력이 눈에 들어온다.

'그러고 보니까, 에제트 생일이 얼마 안 남았네.'

대마물이다 뭐다 해서 정신이 없다 보니 깜빡 잊고 있었다.

"뭘 보십니까?"

"달력. 네 생일이 얼마 안 남았잖아."

디아린 생일은 제법 아기자기하고 재미있게 치러졌다. 그러니 에제트

생일도 비슷하게라도 해 주고 싶다. 그런 생각이 들었다.

에제트는 피식 웃었다.

"제 생일은 따로 챙기실 필요 없습니다."

"왜?"

"그날이 플리젠시아 황녀와 발테르 경의 처형일이라서요."

"……?"

'플리젠시아 황녀? 발테르 경?'

처음 듣는 이름.

아무리 최고위급 마법사 특유의 기억력을 가지고 있대도, 배우지 않은 걸 떠올릴 순 없다. 하지만 싸한 직감으로 깨닫고 만다.

혹시.

설마 혹시.

"……부모님?"

"예. 반역자라 이름이 기록되진 않았지만요."

그래서 어머니나 아버지로 부르는 것도 금지된 지 12년. 하마터면 디아린은 비명을 지를 뻔했다.

'이게 무슨 말이야. 그러니까 에제트 생일에 어머니랑 아버지가 처형됐다고?'

세상에.

'그래서 브루노 9세가 암암리에 미친 황제라고 불리는구나……. 와, 미치겠네! 내가 왜 생일 얘길 꺼냈지?'

문득 번개처럼 스쳐 가는 생각이 있었다.

'사람을 처음 관찰할 때는 단점을, 두 번째 관찰할 때는 장점을. 세 번째 관찰할 때면 약점을 찾게 된다는 말이 있습니다.'

'죽은 황녀에게 자주 듣던 말이었지요.'

"에제트. 혹시……, 그때 밤에 말한 죽은 황녀가."

"플리젠시아 황녀입니다."

"……."

혼란에 빠진 게 분명한 디아린을 보며, 에제트는 상황과 어울리지 않게 웃을 뻔했다.

그렇게 당황할 일까지는 아니라고 생각했는데. 지금의 자신이 덤덤하게 느껴지듯이.

지극히 비밀리에 전해진 황명으로, 몹시 옛일이지만 12년 전. 황제 브루노 9세는 살려 준 황손들의 탄생일에 맞춰 부모들의 사형 날짜를 지정했다. 공식적인 단체 처형 날짜에는 위장시킨 대리인들이 죽었다.

이유에는 여러 가지가 있을 터.

'반역'이라는 글자에 극심한 배신감을 느낀 황제니, 황손들에게 더한 공포심을 심어 주기 위해서가 아무래도 첫 번째 이유. 또 다른 이유들은, ……뭐 사실 그다지 궁금하진 않았다. 모든 게 이해가 안 가던 어릴 때라면 모를까. 이렇게 많은 시간이 흐른 지금은.

"전 플리젠시아 황녀와 발테르 경을 되살리고 싶다는 생각은 해 본 적이 없습니다."

그래서 아까 디아린이 이해가 가지 않았다.

"누굴 살리고 싶으신 겁니까?"

"……."

디아린은 입술을 꾹 다물었다가 말했다.

"반다."

반다……. 에제트는 처음 듣는 이름이었다.

"콘클이스터의 혈육입니까?"

"아니."

"그럼 남자입니까?"

"아니?"

그제야 에제트의 미간에 잡혀 있던 작은 주름이 좀 펴졌다. 디아린은 보지 못했지만.

"그래서요?"

"그게 다야."

"아니잖습니까."

"어릴 때 알던 사이였어. 그게 다야."

앉아 있던 에제트가 자리에서 일어났다. 그는 디아린 앞에 가 무릎을 꿇고 앉았다. 당황한 디아린이 "갑자기 왜 그래?" 하고 일어나려 했지만, 에제트가 그녀의 허리를 붙잡듯 끌어안아 앉히는 게 더 빨랐다.

"디아린."

에제트가 디아린을 물끄러미 올려다보며, 입을 열었다.

"그 사람도 당신이 죽으면, 목숨을 바쳐 살려 줄 사람입니까?"

"……."

"아니라면 당신의 자의는 아니겠군요."

허를 찔리면 이런 기분일까.

에제트의 어깨에 올라가 있던 디아린의 손에 힘이 꾹 들어갔다.

"그런 사람의 소생이 왜 당신의 소망인지 전 알아야겠습니다."

"내가 말 안 하면 어떡하려고."

"이대로 계속 있지요."

"뭐?"

디아린은 에제트를 밀어내고 확 일어났다. 에제트는 붙잡지도 않고 곧은 자세로 계속 꿇어앉아, 디아린을 쳐다보기만 했다.

그녀는 얼굴을 쓸어 넘기고 한숨을 푹푹 내쉬었다.

"진짜……. 에제트나 딜리스나 램드나……."

수문석 생환자들은 대체…….

"램드는 그렇다 치고 딜리스는 왜요?"

"딜리스 룬도 내가 적조의 소환사인 거 알아."

"그렇군요."

"……혹시 알고 있었어?"

"짐작은요. 딜리스가 당신한테 자주 찾아가는 걸 보고."

디아린은 "세상에." 하면서 한숨을 또 내쉬었다. 에제트는 우두커니 서 있는 디아린을 보면서 약간 웃었다.

"다시 오시죠."

"안 가."

"다시 와 주세요."

"……."

정말이지……. 밤새라도 꿇고 있을 기미다.

디아린이 결국 다시 돌아가 앉자마자 에제트는 기다렸다는 듯 그녀를 끌어안았다.

"왜 꼭 이런 자세여야 하는 거야?"

"솔직히 말씀드려도 됩니까?"

"응, 제발."

"제가 이러고 있으면 당신이 약해지시더라고요."

"진짜 뭐 이런 협박이 다 있어."

디아린은 에제트의 어깨를 잡고 밀어내려고 했다. 물론 그는 꿈쩍도 안 했다. 외려 디아린의 손을 에제트가 잡아 부드럽게 깍지를 꼈다. 어이가 없어진 디아린이 에제트를 노려보았다.

"제국 황자 저하께서 이러셔도 될까요?"

"당신한테만 이러니 상관없지 않을까요."

에제트는 디아린을 올려다보며 천천히 말을 이었다.

"제가 당신에게 믿음을 못 줬다면 제 탓이죠. 하지만 그게 아니라면. 저한테 말씀해 주십시오."

"……."

소중한 사람에게 약점을 감추고, 겪었던 비극을 무덤에 파묻는다. 그에게 드러나지 않게. 누구의 눈에도 띄지 않게. 하지만 그게 정말로 강한 걸까?

디아린의 마력은 그토록 강하지만, 디아린의 마음은.

"디아린."

"난 이게 네 번째 생이야. 에제트."

* * *

창틀에 기댄 디아린의 머리카락이 바람에 느리게 휘날렸다.

"첫 번째 생에서도 마법사였어. 그때 같은 종족의 아이가 내 방어 마법에 휘말려 죽었고, 살리려고 했는데, 계속 실패했어. 이번 생이 벌써 네 번째인데……. 펜나투스 호수는 이젠 성공할 수 있다고 말해."

그래서 그런 거야.

그게 전부야. 디아린은 한숨을 섞어 사과했다.

"미안해."

"뭐가 말입니까?"

"음……. 너무 큰 걸 숨기고 네 마음을 빼앗아 버려서……?"

에제트가 저도 모르게 픽 웃고 말았다.

자신의 마음을 빼앗은 건 아주 잘 아는 모양이니, 그거 하난 다행이다.

디아린은 에제트를 응시하다가 물었다.

"무슨 생각 해?"

"제가 연상이 아니라 다행이란 생각이요."

"응?"

흰 사슴족의 원로들은 무조건 디아린보다 나이가 많다니까.

"아니었으면 2년 전부터 절 그렇게 쫓아오지 않으셨을 것 같아서요."

아니 되게 사람을 스토커처럼…….

디아린이 황당하다는 표정을 짓자, 에제트가 웃었다. 하지만 그는 상당히 진심으로 한 말이었다. 디아린의 영혼은 항상 자신을 두드리는 느낌이었으니까.

"그런 일을 겪고도 제게 와 주셔서 감사합니다."

"진심이야?"

"마음을 다해서요."

디아린이 입술을 꾹 깨물었다. 뱃속이 꽉 죄여지는 기분이 들었다. 나비 떼가 심장에서 날갯짓을 하는 것 같기도 했고, 그저 쿵쿵 가슴이 뛰는 것 같기도 했다.

시작이 비극이고, 과정이 괴로워도, 끝이 행복하다면. 그러면 이 삶은 희극이었다고 웃을 수 있을까?

아직은 끝을 본 적이 없다. 그래서 디아린은 알 수가 없었다. 다만 지금 어깨에서 느껴지는 에제트의 이 온기가 진짜라는 것만 알 수 있을 뿐이었다.

* * *

그로부터 며칠 후.

"황제 폐하께서 두 분의 알현을 허락하셨습니다."

잘 차려입은 시종들이 알현실의 두 문을 직접 열어 주었다.

흑진주 홀.

본궁 회의장이나 대(大) 알현실과는 달리, 이 흑진주 홀은 고위 귀족의 출입이 엄금됐다. 입장할 수 있는 이는 황족이나, 준황족. 그리고 그때그때 필요에 따른 관료들이 전부였다.

흑진주 홀은 50명에 가까운 이들로 북적북적했다. 높은 단상에는 이미 황제와 황후가 앉아 있었고, 여러 보좌관이며 각 신료들이 가장자리에 줄지어 서 있었다.

'3황자도 와 있고.'

에제트와 디아린이 나란히 허리를 굽혔다.

"용혈의 계승자, 오드 아 키르의 파수꾼이시며 다섯 신수의 축복을 전승하시……."

"인사는 됐다. 앉거라."

"8황자 저하, 오드 영애님. 이쪽으로 모시겠습니다."

디아린과 에제트는 옥좌 아래 의자로 안내되었다. 3황자와 같은 열이었지만, 3황자는 인사를 하지 않고 시선을 돌려 버렸다.

그때, 황제가 손을 까딱였다.

"하던 이야길 마저 하지, 엘긴 백작."

"예, 폐하."

엘긴 백작은 들고 있던 서류를 다시 읽었다.

"청조(靑鳥)의 로드가 발현된 곳은 북문석 영지입니다."

디아린과 에제트가 바로 시선을 교환했다.

"하지만 북문석 영지의 가혹적인 폭설로 인해, 청조의 로드는 현재 발이 묶인 상태입니다. 눈이 녹는 대로 황궁으로 입성하게 될 것입니다."

흑진주 홀에 오싹한 흥분이 한 차례 스치고 지나갔다.

이미 청조의 소환사에 대하여 보고가 끝난 상태지만, 신수의 로드란 그만큼 전설 그 자체였다. 게다가 얼마나 보안이 엄중했는지, 대체 어디에 있는지조차 한참 공개를 하지 않았다. 오늘에서야 겨우 선포가 된 것이다. 청조의 로드는 북문석 영지에 있다고.

일부는 궐련이라도 말아서 피우고 싶은지 손을 도통 가만두지 못했다. 그럴 만한 소식이긴 했다.

청조의 로드라니, 신수의 로드라니!

이 흑진주 홀 안에, 적조의 로드가 가만히 앉아 있다는 사실을 알게 되면 기절초풍해 실려 나갈 사람이 수십 명이었다.

디아린은 신기하다는 생각을 했다.

'어떻게 북문석 영지 출신일 수가 있지.'

적조의 소환사인 디아린이 얼마 전까지 머물던 북문석에 사실은 청조의 소환사가 있었다니. 기사라는 얘기도 들었다.

'누굴까? 만약 북문석 성 기사면 나랑도 안면도 있으려나?'

······라기에는 디아린은 모든 기사에게 사랑받고 존경받는 교과서적인 레이디는 아니었으니까.

'없는 게 낫겠네. 모르는 기사인 게 좋겠어.'

디아린은 산뜻하게 결론을 내렸다.

안전을 위해 소환사의 가문과 본명은 철저히 비밀로 부쳐진 상태. 황궁에 당도하기 전까지는 완전히 봉인되는 터라, 누구인지는 절대 알 수 없었다.

아마 에제트라면 기사의 이름을 듣고 누구인지 알 수 있었을 텐데. 뭐, 사실 디아린에게 지금 중요한 건 이게 아니었다.

"그리고 흑조의 로드는······. 지금 폐하의 알현 수락을 기다리고 있습니다."

바로 저 말.

"······!"

"······!"

"······!"

모두가 숨을 들이켰다. 디아린도 조금은 긴장됐다. 자신이 적조의 소환사임은 당연히 비밀이고, 계속 비밀로 유지할 생각이었다.

'흑조의 소환사가 어떤 사람인지도 모르는데, 내가 적조의 로드임을

들켜서 좋을 건 없잖아?'

며칠 전, 흑조의 로드와 대면하게 되었다는 소식에 디아린은 바로 아만드넨 쪽으로 편지를 보냈다. 편지의 진짜 수신인은 '은의 탑'. 질문은 '다른 신수 소환사가 내가 적조의 소환사임을 알아볼 수 있어?' 라는 내용.

최대한 빨리 답을 해 달라고 들들 볶은 보람이 있는지 오늘 아침에 답장을 받아 볼 수 있었다. '은의 탑'이 아만드넨의 손을 빌려 보내온 답장에는…….

우렁찬 목소리가 알현실을 울렸다.

"흑조의 로드, 티드로 기드곤 백작은 입장하십시오!"

그러자 바로 알현실의 귀족들이 수군거렸다.

"티드로 기드곤 백작이요?"

"흑조의 로드가 티드로 기드곤 백작이었다니……."

"정말 운도 좋군요. 기드곤 백작가라면, 망하기 직전의 가문 아니었습니까?"

"맞습니다. 허울뿐인 백작가로 다음 대에선 백작위를 반납해야 할 게 틀림없는 가문인데……."

웅성거리는 소리가 뚝 멎었다.

흑진주로 문양이 그려진 홀의 아름다운 문이 열리고, 이십 대 중반으로 보이는 젊은 남자가 힘차게 걸어 들어왔다. 짙은 녹색 눈동자며 백금발이 싱그러워 보이는 미남이었다.

또한 그의 뒤로는 십 대 후반 정도로 보이는 레이디가 긴장한 얼굴로 동행하고 있었다. 눈 색깔과 머리 색깔이 비슷한 것으로 보아 둘은 혈육 지간 같았다.

"신 티드로 기드곤, 흑조의 소환사로서 위대하신 아키르 황제 폐하께 인사 올립니다."

"오오, 티드로 기드곤 백작!"

황제가 바로 자리에서 일어났다. 그는 친히 단상을 내려와, 두 손으로 티드로의 손을 잡아 주는 파격적인 대접을 보여 주었다. 지켜보는 황후의 눈이 약하게 꿈틀댔다.

마치 개선장군을 대하는 듯한 영광이지만, 신수의 로드에게는 마땅한 영접이었다.

"짐의 대에서 모습을 드러낸 걸 아키르의 군주로서 마땅히 환영하오. 흑조의 로드여."

"환대에 몸 둘 바를 모르겠습니다. 폐하!"

황제는 드물게 웃으면서 턱짓을 했다.

"일단 절차대로 진행하지, 쉘던 백작!"

"예, 폐하. 준비되어 있습니다."

바로 신수 소환사의 검증을 맡고 있는 쉘던 백작이 다가왔다. 몇몇 절차에 따라, 신수의 힘을 검증하는 성물을 착용한 후, 티드로 기드곤은 선 자리에서 눈을 감았다.

드러난 손목에서 흑조의 문양이 둥글게 그려진 직후.

"······!"

"······!"

"······!"

흑진주 홀의 거의 모든 이들이 그대로 정지해 버렸다.

새까만 날개.

신수 흑조를 소환했음을 증명하는 가장 확실한 증거.

마치 환상처럼, 아름다운 까만 날개가 티드로 기드곤 백작의 어깨에서 피어난 것이다. 아키르 황실에 대대로 전해져 오는 성물을 통해, 피어난 새까만 날개를 감정한 쉘던 백작이 몹시도 감격한 목소리로 말했다.

"제국력 1002년, 9번째 흑조의 로드가 강림하였습니다!"

그러자 모든 관료와 귀족들이 일어나 일제히 허리를 굽혔다.

"감축드리옵니다, 폐하!"

"감축드리옵니다!"

"아키르 제국에 영광을!"

"무한한 영광을!"

"하하하!"

황제 브루노 9세가 드물게 크게 웃었다.

"자, 어서 올라오시오. 로드 티드로!"

"화, 황공하옵니다!"

티드로 기드곤 백작은 황망한 표정으로 황제가 이끄는 자리에 앉았다. 단상 위 옥좌 왼편에 마련된 자리로, 다름 아닌 황태자가 앉는 자리였다. 비록 단발성인 은혜로, 앉을 수 있는 건 오늘뿐이겠지만 그마저도 대단한 영광이었다.

그야말로 벼락출세.

몰락한 백작가의 가주로서는 상상도 못 할 일이었다.

티드로 기드곤의 여동생은 조용히 서 있다가 안내를 받고 의자 쪽으로 가 앉았다.

'내일부턴 심지어 오찬회에 축하 무도회라고 했나? 각국의 사절단들이 입궁하려고 줄을 지었다던데.'

고개를 들어 올린 디아린의 눈과, 흑조의 로드인 티드로의 눈이 의도치 않게 마주쳤다. 디아린은 자연스럽게 미소를 지어 준 후, 다시 시선을 옮겼다.

다른 소환사들이 날 알아볼 수 있을까, 하는 편지에 '은의 탑'이 보낸 답장은 다음과 같았다.

[절대 알아보지 못할 것.]

* * *

"오드 영애."

돌아가는 디아린을 붙잡은 목소리는 나긋나긋했다. 디아린이 뒤를 돌아보고 인사했다.

"황후 폐하."

"오늘 그대도 좋은 구경을 했지. 본후와 함께 차라도 마시겠는가? 할 얘기도 남아 있지 않은가."

할 얘기라면 필경 결혼식 날, 어머니의 자리에 황후가 앉겠다는 말일 터.

'솔직히 황후가 이렇게까지 제안하는 걸 무르기도 그렇고. 그걸 노리고 이렇게 계속 밀어 붙이는 거겠지만.'

디아린은 빙긋 웃었다.

"그럼 폐하, 나비 정원으로 모셔도 될까요."

황후는 찻잔을 내려놓으며 말했다.

"알다시피 영애는 어머니가 없으니 본후가 대신해 주겠다는 말이지."

"네. 저는 어머니가 계시지 않으니, 황후 폐하께서 대신해 주신다니 영광이지요."

"그렇지?"

오블리잔 황후가 짙은 미소를 지었다.

"그럼 영애의 결혼식엔 본후가 어머니 자리에 앉는 걸로……."

그때 멀찍이서 들려오는 목소리.

"그게 무슨 말씀이신지요?"

순간 오블리잔 황후의 얼굴이 아주 빠르게 굳었다가 펴졌다. 디아린은 자리에서 일어나 가볍게 무릎을 굽혔다.

"콘클 공작님."

콘클 공작이 나비 정원의 크리스털 온실에 막 들어서고 있었다.

디아린이 그에게 재차 인사하는데, 오블리잔 황후가 입을 열었다.

"이런. 오드 영애."

오블리잔 황후가 차가운 미소를 머금고 말했다.

"이제 영애는 단순히 황자의 혼약자가 아니라, 천룡의 이름을 미들네임으로 받은 사람이지요. 준황족—아니, 그 이상의 신분인데, 아무리 공작이라도……."

황후의 짙은 갈색 눈동자가 콘클 공작을 노려보았다.

"영애가 일어나 먼저 인사하는 건 옳지 못해요."

"……."

"다시 앉아요. 오드 영애."

"어머."

디아린은 순진한 표정으로 "제가 황실 예법을 잘 몰라서 실수하였습니다."라고 말하고 바로 앉았다.

콘클 공작의 얼굴이 얼음장처럼 변했다. 그는 평생, 하찮은 수양딸이 제 앞에서 먼저 앉는 꼴 따위 본 적이 없었다. 하지만 오블리잔 황후의 말에 틀린 말은 없었기에, 콘클 공작은 그저 날 선 눈으로 디아린을 노려보았다가, 황후에게 인사하는 수밖에 없었다.

"황후 폐하께 인사드립니다."

"오랜만이군요, 콘클 공작. 어쩐 일로 입궁하였는지요?"

"아. 흑조의 로드가 아키르 제국에 강림한 영광스러운 일이 있지 않았습니까? 황제 폐하께 축하 인사를 올리고자 입궁하였습니다. 흑진주 홀엔 들어가지 못해 기다리고 있었지요."

"아아."

"황후 폐하도 아시다시피 콘클과 흑조는 연이 깊지 않습니까."

콘클 공작의 말 그대로였다. 흑조의 로드는 대대로 콘클 가문에 우호적이었다. 흑조의 로드가 나타났다는 말에, 콘클을 견제하는 귀족들의 얼굴에 큰 시름이 나타났을 정도였다.

얼마 전, 적조의 영혼석을 빼돌린 것으로 판명된 필리프 후작가가 멸문한 사건으로 인해, 콘클도 적지 않은 타격을 입었다. 원래대로라면 더 심한 타격을 입었어야 했다. 콘클은 적이 많은 가문이었고, 물어뜯을 준비가 된 정적들도 한가득했으니까. 그러나 흑조의 소환사가 이런 모든 정치적 상황을 무력케 만들었다.

황후는 부채를 펴서 웃었다.

"공작의 말이 맞습니다. 오늘은 아주 영광스러운 날이지요. 덕분에 본후 또한 몹시 즐겁군요."

목소리는 즐겁지만 눈만은 차갑기 그지없었다. 게다가……. 오블리잔 황후는 콘클 공작에게 자리를 권하지 않았다. 태연히 부채만 부칠 뿐이었다.

"나비 정원은 언제 보아도 아름답군요. 그렇지요, 콘클 공작?"

"……."

계속 서 있어야 하는 콘클 공작의 표정이 점점 나빠질 무렵, 황후가 천연덕스럽게 웃었다.

"이런, 이런. 오드 영애. 이 북쪽 날개 궁의 주인은 영애인데 당연히 영애가 자리를 권해야지요."

"참!"

디아린은 깜짝 놀란 것처럼 눈을 크게 뜬 후, 콘클 공작에게 자리를 권했다.

"앉으세요. 콘클 공작님. 당연히 황궁의 주인은 황후 폐하시라, 제가 미처 생각지를 못했어요."

"아하하. 어린 황자비들이 종종 하는 실수지요."

콘클 공작은 자리에 앉은 후로, 차가운 미소를 머금었다.

"제 수양딸과의 사이가 이리 좋아 보이니 수양아버지로서 몹시 다행입니다. 폐하."

"별말을요. 오드 영애라면 이제 곧 황족이 될 아이 아닙니까?"

"그런데 아까 그 '어머니의 자리에' 황후 폐하가 앉는다는 말씀은 무엇입니까?"

날카로운 질문이었다. 황후는 조금도 개의치 않고 대답했다.

"말 그대로입니다. 콘클 공작. 오드 영애와 8황자의 결혼식에 본후가 어머니의 자리에 앉아 주겠다고 했지요."

"어째서 친모의 자리에 황후 폐하가 앉으신단 말씀이십니까? 영애는 엄연히 콘클에 뿌리를 두었는데 말입니다."

"오드 영애도 좋다고 하였답니다. 그렇지요?"

디아린이 고개를 끄덕이려는 찰나, 콘클 공작이 한 손을 들어 올려 발언을 막았다. 바로 순종하듯 입을 다문 디아린을 보며, 황후가 눈을 가늘게 떴다.

"콘클 공작. 무례합니다."

"어인 말씀이신지요. 황후 폐하."

"오드 영애는 이미 절반 이상 황실에 발을 걸친 사람입니다. 이 위대한 오드 아 키르 황실에 말이죠. 그런데 공작은 어찌 아직도 오드 영애를 어린 시녀 대하듯 하는 거죠?"

어린 시녀라는 질의에 콘클 공작의 얼굴이 딱딱하게 굳었다. 오블리잔 황후는 나붓나붓 부채를 부치고 있었지만, 눈빛만은 칼을 품은 듯 날카로웠다.

"……수양딸이라 어릴 적부터 애지중지 키웠던 버릇이 어디 가지 않았군요. 사과드립니다. 황후 폐하."

"앞으론 주의를 부탁드리지요."

침묵이 잠시 흘렀다. 콘클 공작이 "그런데." 하면서 말문을 뗐다.

"폐하께서 친모 자리엔 앉으시는 건 어렵겠습니다."

"어째서지요? 콘클이스터 부인도 작고한 지 오래되었고, 콘클 공작 부인도 유명을 달리한 지 오래되었지 않나요?"

'교활한 여우 같으니라고.'

콘클 공작은 속으로 이를 갈았다.

만일 오블리잔 황후가, 디아린의 어머니 자리에 앉게 되면, 결혼식 날 콘클 공작은 디아린의 아버지 자리에 앉을 수가 없다. 누가 봐도 황후와 콘클의 줄다리기에서, 황후가 이긴 걸로 보이게 되는 것이다.

'그럴 수는 없지. 내가 앉을 수 없게 된다면, 이 여우도 그 자리에 앉힐 수 없다.'

"황후 폐하. 사실 나중에 말씀드리려 했습니다만……. 사실 영애의 부모 자리에는 작고한 콘클이스터 부부의 초상화를 올려 둘 예정입니다."

의기양양하던 황후의 미소가 처음으로 굳었다. 그녀의 부채질 역시 뚝 멎었다.

"이는 콘클 공작가 휘하 모든 방계 가문의 뜻이니 황후 폐하께서 양해해 주시기를."

"……."

황후의 표정이 순간 무섭게 굳었다.

이런 식으로 나오겠다 이건가?

콘클 공작은 자신이 가지지 못하게 되자 아예 다른 자리까지 부숴 버렸다.

'역겹고 더러운 수작질에나 맛 들린 요물 놈.'

분을 삭이려, 눈을 지그시 감은 황후가 곧 천천히 눈을 떴다.

"그게 도리에 맞는 일이라면, 어쩔 수 없겠지요. 오드 영애? 이만 돌아가야겠어요. 본후를 바래다주겠어요?"

"물론이지요, 황후 폐하."

디아린은 바로 일어나 정중하게 황후의 뒤를 따랐다. 황후는 멀어지면서 들으란 듯이 말했다.

"주인 없는 자리에 머무는 객만큼 꼴불견인 것도 없지요."

"……저도 이만 물러가 보겠습니다. 그럼, 보중하시길."

3황자를 사이에 두고, 이미 관계가 최악이었던 두 인물은 오늘을 계기로 더더욱 서로에게 칼을 품게 되었다.

* * *

디아린은 진지하게 스스로에 대해서 고민해 보기 시작했다.

'나 사실 모략에 소질이 있는 게 아닐까?'

"영애님. 왜 갑자기 그렇게 웃으십니까?"

"아뇨, 그냥요."

함께 걸어가고 있던 램드가 고개를 갸웃했다. 디아린은 아무도 모르게 음흉하게 웃으며 어제 일을 떠올렸다. 어떻게 하면 황후의 수작도 피하고 콘클 공작의 수작도 피할 수 있을까! 디아린은 검증된 방법을 쓰기로 했다.

지들끼리 싸우다 망하라지!

'에제트. 콘클 공작을 나비 정원으로 보내 줄 수 있어? 음, 그러니까 이 시간쯤에.'

'그러지요. 저는 언제 가면 되겠습니까?'

디아린이 "아냐. 안 와도 돼." 하고 시원시원하게 대답했다. 그러자 에제트가 뜻밖의 반응을 보였다.

'절 남들에게 보이기 부끄러우십니까?'

그렇게 되물어 디아린을 당황시켰으니까.

'그래 놓고 결국 날 보고 농담이라고 웃음이나 터뜨리고.'

이럴 때 디아린은, 과거의 차가웠던 에제트가 잘 생각나지 않았다.

어쨌든 덕분에 계획한 대로, 일타이피를 완벽히 성공시키기는 했지만. 그 후에는…….

"램드 경."

긴 궁의 복도를 함께 걸어가며, 디아린이 램드에게 물었다.

"이작은 어디 갔어요?"

램드가 아, 하면서 대답했다.

"제복을 수선하러 갔습니다."

"제복을요?"

"예. 녀석이 성장기라 키가 쑥쑥 커서, 발목이 보이더군요. 아무리 그래도 영애님 개인 호위가 말쑥한 상태가 아니면 곤란하니까요."

"하긴, 이작이 요즘 잘 먹더라고요."

하도 잘 먹기에, 그 칠면조 고기가 그렇게 맛있냐고 물어보기까지 했다. 이작은 먹다가 말고 얼굴이 빨개져서 캑캑대다 도망쳤다.

'그래도 도망까지 칠 필욘 없지 않나……?'

이해가 가진 않았지만. 앞으론 이작이 식사할 땐 말 절대 걸지 말자고 디아린은 다짐했다.

"그나저나, 영애님."

"네."

램드가 슬며시 말문을 열었다.

"괜찮으십니까?"

"뭐가요?"

"흑조의 로드, 티드로 기드곤 백작 말입니다."

황궁이 아니라 대륙 전체를 놀라게 한 그 남자는 황제에게 뜻밖의 요청을 했다.

"로드 티드로가 거울 궁을 달라고 하지 않았습니까. 여동생까지 데려와서요."

"아, 그랬죠."

램드는 살짝 답답한 눈치로 되물었다.

"'아, 그랬죠.'로 넘어갈 사안이 아니잖습니까."

거울 궁은 북쪽 날개 궁과 가장 가까운 궁이었다. 나비 정원의 일부를 공유하기도 했다. 이런 지리적 위치 때문에, 제국의 천 년 역사에선 대대로 독특한 장소로 쓰였다. 북쪽 날개 궁 주인의 정부를 살게끔 하는 궁으로 말이다.

그래서 거울 궁에는 황자의 총희가 살 때도 있었으며, 황녀의 애첩이 살 때도 있었다. 그런 궁에 여동생을 데려와 살고 싶다니? 로드 티드로의 의도를 해석하느라, 사교계의 입들이 바빠진 건 당연한 수순이었다.

"램드 경."

디아린은 고개를 갸웃했다.

"황제 폐하가 윤허하셨다는데 제가 뭘 어떻게 해요?"

"그건 그렇지만요."

"정 안 되면 내가 거울 궁에 들어가 살까요?"

"예? 영애님!"

정부나 사는 궁에!

어떻게 예비(이미 확정이지만) 황자비가!

램드가 놀라서 외치자, 디아린이 키득키득 웃었다.

"농담이에요."

램드는 어깨를 축 늘어뜨리고 하소연했다.

"제발, 그런 농담 하지도 마십시오. 저도 수명이 소중합니다."

"알겠어요. 자, 그럼."

디아린은 기운 내라는 표정을 지었다.

"오찬회예요. 내 개인 호위답게 잘생기게 웃어요, 빨리."

"······그건 대체 어떻게 웃는 겁니······, 예, 예."

두 사람이 도착한 곳은 북쪽 날개 궁에 딸린 커다란 식당이었다. 디아린은 들어가자마자 바로 상석으로 안내받았다.

오늘은 북쪽 날개 궁의 예비 안주인인 디아린이 호스트인 오찬회 날. 자리는 이미 꽉 차 있었다. 에제트는 물론이고 초청받은 손님인 로드 티드로와 그의 여동생까지.

디아린은 자리에 앉아, 에제트에게 가볍게 미소를 지어 주었다. 그런 다음 고개를 똑바로 돌려, 맞은편에 앉아 있는 로드 티드로를 본다. 그는 처음 보았던 그때처럼 무해하고 화사한 미소를 머금고 있었다.

디아린이 가슴 위에 손을 올리고 말했다.

"거울 궁에 입성한 걸 예비 황자비로서 환영합니다, 로드 티드로, 레이디 나탈리."

"성대한 환대에 몸 둘 바를 모르겠습니다. 디아린 오드 콘클이스터 영애님."

예의 바르게 웃은 로드 티드로가 에제트에게로 곧장 시선을 옮겼다. 에제트는 티드로에게 직접 와인을 따라 주었다.

"건배하지요."

"좋습니다."

로드 티드로는 눈매 끝이 올라간 미남이었다. 황실 입성은 처음이라 황실 테이블 매너가 약간 부족하긴 했으나, 그 정도는 흠으로 치기도 어려웠다.

그 대단한 흑조의 소환사니까.

누구도 흠을 잡지 못할 흑조의 로드.

"로드 티드로."

에제트는 잔을 내려놓으며 물었다.

"천록을 두고 왜 거울 궁에 머무르겠다고 하신 겁니까?"

천록(天祿).

대대로 신수의 로드들이 머무는 드넓은 궁이었다. 아키르 제국의 황궁 안에 위치하고 있긴 했지만, 황궁이 원체 넓은 덕에 본궁과는 상당한 거리를 자랑했다. 무엇보다 무척 아름답기로도 유명했다.

궁전, 신전, 사원을 적절히 섞어 놓은 독특한 건물 양식.

오래된 고목들이 둘러싸고 있어서 황궁 안에 있음에도 고유의 호젓함을 간직하고 있는 곳이기도 했다.

로드 티드로는 눈을 접으며 웃었다.

"별 뜻은 없었습니다. 천록은 청조의 로드가 오시면 함께 입성하려고 했을 뿐이지요."

또한.

"수문석의 생환자이신 8황자 저하와 긴밀히 친교를 나누고 싶었습니다."

"황궁을 뒤흔들 만한 얘기를 아무렇지 않게 하시는군요."

"신수의 로드쯤 되면 제국 황궁 정도는 흔들어 봐야 하지 않겠습니까?"

"로드 티드로의 뜻이 그러하시다면야."

그렇잖아도 3황자 측에서 푼 쥐새끼 한 마리를 잡고 온 에제트다. 흑조의 로드가 '거울 궁'을 택했다는 건 그만큼 큰일이었다. 3황자 벨마르 쪽에서 성급하게나마 사람을 풀 정도로.

티드로는 싱긋 웃었다.

"오드 영애님?"

"네, 로드 티드로?"

디아린이 티드로를 응시하자, 티드로는 자신의 손목을 가볍게 흔들어 보였다.

"영애님이 흑조의 각인자라고 들었습니다. 공통점이 있으니 더욱 친분을 쌓기 좋겠군요."

그러면서 눈을 접어 웃는다. 디아린은 마주 미소를 지어 주었다.

램드는 영 찝찝하단 표정이었지만, 객관적으로 이 상황은 에제트에게 아주 유리한 판국이었다. 신수의 소환사가 이렇게 강한 호감을 내보이고 있었으니까.

덕분에 오찬회는 무난한 분위기로 흘러갔다. 디아린은 와인을 마시면서, 별생각 없이 옆을 보았다.

로드 티드로의 여동생인 나탈리 기드곤. 시종일관 조용히 앉아 있는 그녀에게로. 디아린이 나탈리를 불렀다.

"레이디 나탈리."

"네?"

"음식이 입에 맞지 않나요?"

"……아. 영애님."

황제와 황후의 궁만큼은 아니지만, 북쪽 날개 궁의 황실 주방장들도 요리 솜씨 하나는 기가 막혔다. 그런데 이상하게도 레이디 나탈리는 접시에 거의 손을 대지 않았다. 수프도, 샐러드도. 메인 요리도 마찬가지였다.

계속해서 건드리지 않은 음식들이 들어왔다 빠져나갔다.

나탈리는 조금 긴장한 목소리로 말했다.

"죄송합니다. 제가 소식(小食)을 하는 편이라……."

"소식이요?"

디아린은 의아해졌다.

'그런 것치고는 지나치게 안 먹는데? 새가 모이를 쪼아도 저것보단 많이 먹을 것 같아.'

만족스러운 대접은 오찬회 호스트의 가장 중요한 덕목. 이럴 땐 새로운 요리라도 만들어서 내놔야 하는 게 제국의 사교계였다. 디아린은 상냥한 미소를 띠고 물었다.

"레이디 나탈리. 혹시 따로 선호하는 음식이 있다면…….."

"죄송합니다. 영애님."

티드로 기드곤 백작이 끼어들어서 말을 이었다.

"제 동생이 어릴 적부터 극도로 소식하는 탓에 이런 오해를 많이 사곤 합니다. 닭고기 한 조각과 가벼운 채소 한 개, 포도주 두 모금이면 한 끼로 충분하니 걱정 마십시오."

"닭고기 한 조각과 가벼운 채소 한 개, 포도주 두 모금이요?"

"예. 그렇지, 나탈리?"

레이디 나탈리 기드곤이 조심스럽게 고개를 끄덕였다.

'뭐 남의 식성이 그렇다는데.'

디아린도 먹으라고 억지로 욱여넣을 생각이 없긴 했다.

"레이디 나탈리."

"네. 영애님."

"입이 짧다면 지금 마시는 그 와인보단 이 와인이 더 나을 거예요. 맛이 더 달콤하고 바디감이 묵직하거든요."

"……감사합니다, 오드 콘클이스터 영애님."

나탈리는 디아린이 권한 와인을 한 입 조심스럽게 마셔 보았다. 내내 조심스럽던 나탈리의 눈동자가 반짝하고 빛났다. 천천히, 그러나 남김없이 마저 마신다.

디아린은 의례적인 미소를 띠고 나탈리에게서 시선을 옮겼다.

사실 램드의 걱정이 과한 건 아니었다. 하필 로드 티드로가, 아름다운 여동생을 데리고 거울 궁에 입성해 버리는 바람에. 사교계가 얼마나 시끄러운가?

하지만 그와는 별개로 디아린은 대접을 잘해야 할 의무가 있었다. 실제로 현재 오찬회도 잘 이끌어 가고 있고.

'어떡하지. 나 사교계 쪽에도 재능이 제법 있나 봐?'

디아린은 잔을 기울였다. 오늘 오찬회를 위해 황제가 친히 하사한 와인들이었다. 와인들은 전부 최고급품이었고, 도수도 낮지 않은 편이었다.

살짝 취기가 오른 디아린의 뺨. 에제트는 붉은 기가 서서히 올라오는 디아린의 낯을 보았다. 그의 입가에 옅은 미소가 서렸다 사라졌다.

"디아린."

에제트가 디아린에게만 들릴 목소리로 말했다.

"취하신 것 같은데요."

"아냐. 근데 더 마시면 확실히 취할 것 같아."

"그럼 그만 마시죠."

"남은 건?"

황제가 하사한 걸 버리기도 좀 그런데.

"제가 마시면 되잖습니까."

디아린의 대답도 듣지 않고, 곧장 에제트는 그녀의 잔을 가져가 버렸다. 둘의 모습을 여전히 미소 머금은 낯으로 보던 로드 티드로가 입을 열었다.

"두 분은 사이가 참 좋으시군요. 전부 아키르 제국의 복이 아니겠습니까."

"별 말씀을."

에제트가 가볍게 대꾸했다.

"참, 8황자 저하."

로드 티드로는 오찬회 내내 지었던 무해해 보이는 미소를 다시 한 번 그렸다.

"개인적으로 부탁드릴 것이 하나 있습니다."

"부탁이요."

"예, 술기운이 들어간 김에 말씀드리고 싶은데……."

로드 티드로는 디아린과 같은 신수의 로드. 그래서 에제트도 로드 티드로에게는 조금, 아니, 많이 유하게 대했다.

"말씀하시지요. 로드 티드로."

"북쪽 날개 궁이 워낙에 넓고 좋아서 남는 방이 많다고 들었습니다."

그들의 한 발짝 뒤에 서서, 뒷짐을 진 채 대화를 듣고 있던 램드의 눈썹이 순간 슬쩍 올라갔다.

로드 티드로가 말을 이었다.

"그러니 북쪽 날개 궁에 제 여동생……, 그러니까 레이디 나탈리 기드 곤을 기거하게 해 주실 수 있으신지요?"

에제트의 그나마 유했던 표정이 그대로 사라졌다.

"싫습니다."

* * *

"머리에 정신병 있는 거 아니야아악!"

빗을 챙기던 샤이가 진심을 다해 분노했다. 디아린의 전속 시녀인 쥬드와 로사, 베리는 과격한 언사에 바로 동조했다.

쥬드가 이마를 빡 구기고 말했다.

"샤이 님이 그 장면 직접 봤으면 바로 뒷목 잡고 넘어가셨을 걸요?"

"맞아요! 그 자리에서 여동생을 밀어 넣으려고 할 줄 아무도 몰랐다니 까요!"

"심지어 표정 하나 안 바뀌고요!"

바로 직전까지는, 디아린에게 흑조의 각인자니 뭐니 하면서 친한 척 굴다가.

"그런 사람이 더 소름 끼치잖아요."

"맞아, 맞아."

"그래도 황자 저하가 단호하셔서 불행 중 다행이었어요."

"오찬회도 바로 파하셨고요."

"로드 티드로가 당황해하는 걸 보니까 속이 다 통쾌했다고요."

모시는 예비 황자비의 남편 될 사람이 몹시 단호하다. 이러니저러니 해도 디아린의 시녀들에게는 아주 신이 나는 일이었다.

"일단 아가씨한테 가자."

"네."

"네!"

샤이를 위시한 시녀들은 빗과 화장수, 그 외의 물품을 꼼꼼히 챙겼다. 그리고 디아린의 침실로 씩씩하게 향했다가……

문 앞에서 멈칫했다.

"쟌? 왜 나와 있어?"

디아린의 시녀 중 한 명, 쟌이 창백한 얼굴로 속닥거렸다.

"황자 저하께서 방금 오셨지 뭐예요."

"어머."

"어머나."

"그런데 쟌? 왜 그렇게 얼굴에 핏기가 하나도 없어?"

"그게, 황자 저하의 표정이 조금. 아니, 조금 많이……"

샤이의 눈이 대번 동그랗게 뜨였다.

"표정이 왜?"

* * *

디아린이 에제트의 얼굴을 조금씩 볼 수 있게 되면서 알게 된 건, 에제트가 막연히 상상했던 것보다 훨씬 더 차갑고 건조한 눈빛을 할 때가 종종 있다는 사실이었다.

막상 디아린을 향한 눈빛은 그렇지 않았다.

다만 가끔씩, 다른 사람들을 향하는 황금빛 눈동자는 얼어붙은 보석처럼 보일 때가 있었다. 용혈이기 때문일까? 그런 눈빛을 받은 이들은 대부분 벌벌 떨었다.

그래서 기이했다.

보통의 사람처럼. 보통의 연인처럼. 보통의 혼약자처럼. 그렇게 보통의 눈으로 에제트를 보게 되는 날이 오게 된다면.

'나도 에제트에게 한 번쯤은 무서워하는 감정을 품어 보게 될까?'

지금은 전혀 상상이 가진 않지만.

'일단 지금은 안 무서워.'

지금 제 앞의 에제트는 딱딱한 무표정 비슷한 걸 하고 있었다. 아직 잘 보이진 않지만, 그런 표정일 거라고 디아린은 막연히 짐작했다.

"에제트."

"예."

"화났어?"

에제트가 희한한 걸 듣는다는 목소리로 되물었다.

"그게 또 무슨 말씀이십니까?"

"내 방에 있던 시녀랑 널 따라온 시종들이 얼마나 벌벌 떨면서 나갔는지 모르지."

그랬었나. 에제트는 잘 기억도 나지 않았다.

무엇보다.

"무슨 상관입니까. 당신도 아닌데."

"왜 그러는지 물어봐도 돼?"

디아린은 약간 머뭇거리다가 물었다.

"싫으면 말고."

에제트는 나지막이 한숨을 내쉬다 디아린을 침대에 앉혔다. 그리고 자신은 디아린의 앞에 무릎을 굽히고 앉았다. 자연히 디아린을 올려다보는 눈높이.

"디아린."

"응."

"저는 반드시 신수의 로드를 수호하고 존중하라는 황족의 교육을 받고 자랐습니다."

"……응."

에제트는 황제 브루노 9세의 직계 황손. 황족으로서 받아야 할 교육은 전부 받았다. 특히 줄기차게 교육받았던 것이 신수의 소환사를 향한 애정과 경애였다.

아키르 제국의 황족이라면 누구나 새겨야 할 의무.

─용혈을 이은 아키르의 황족은 신수의 소환사를 반드시 경애하라.

모국어만큼이나 자주 들었던 말이었다.

"그러니 저는, 흑조의 로드가 무슨 말을 해도 괜찮아야 합니다. 일단……, 배운 바로는요."

로드 티드로가 무슨 말을 하든지.

이해해야 하는데.

경청해야 하는데.

아까 에제트는 하마터면 로드 티드로의 멱살을 잡아 들어 올릴 뻔했다. 나탈리를 정부 비슷한 걸로 받아 달라는 노골적이고 역겨운 청탁.

"로드 티드로의 그 말 때문에 화가 났다는 거야?"

"다시 말씀드리지만 화가 난 건 아닙니다."

"그럼 정정할게. 기분이 나빠졌어?"

"그렇게 되는군요."

디아린이 빤히 에제트를 보았다. 투명한 연보랏빛 눈동자는 꼭 사람을 홀리는 것 같다. 디아린은 그렇게 에제트의 시선을 잡고 놔주지 않는다. 그리고 툭 꺼내는 말.

"거짓말."

그 말이 떨어지는 순간, 이상하게도 에제트의 가슴이 철렁 내려앉았다.

"물론 로드 티드로가 개떡 같은, 아니. 거지 같은……. 아니."

잠시 이마를 찡그린 디아린이 천천히 다시 말했다.

"기분 나쁜 제안을 하긴 했지만, 그걸로 이렇게 화가 난 건 아니잖아. 에제트."

에제트는 물끄러미 디아린을 바라보다가 물었다.

"혹시, 디아린."

"응."

"제 마음이 보이십니까?"

"아니."

디아린이 옅은 미소를 머금었다.

"그래서 가끔은 꺼내서 보고 싶어."

"꺼내서 보여 드리고 싶군요."

그리고 당신의 마음도.

에제트는 디아린이 이해가 가지 않을 때가 있었다.

디아린은 '공평한 혈통'. 아무리 점점 에제트의 얼굴이 보인다고 해도, 그뿐이다. 여전히 에제트의 표정을 온전히 읽지 못하면서. 그만한 리스크를 지고 있으면서. 그러면서도 자신의 영혼을 꿰뚫어 보는 게 기이해서.

이럴 땐 자신의 피와 디아린의 피가 이어진 건 아닌가 하는 착각마저 들었다. 에제트는 두 손으로 얼굴을 쓸어 넘겼다.

"솔직히 말하자면, 디아린."

로드 티드로를 향한 짜증 섞인 분노는 에제트에게 적잖은 충격이었다. 배워 온 모든 것이 단번에 무너지는 기분이었으니까.

자라면서 뼈에 새긴 의무. 신수 소환사에 대한 경애.

귀가 박히도록 교육받았던 의무는 디아린에 대한 감정 앞에서 이미 아무것도 아니었다. 이 감정이 순간 이상한 쪽으로 뿌리를 뻗고 나가 버렸다.

에제트 스스로도 헛웃음을 짓고 말았던 감정. 고작 이런 일조차 디아린이 연관된다면 이렇게 화가 난다. 그런데 이것보다 더 큰일이 도래한다면, 에제트는.

제정신일 수가 있을까?

"당신이 죽을까 봐 두려워서."

"……."

"그래서 펜나투스 호수를 영원히 폐쇄하고 싶어집니다."

순간 에제트의 손등 위에 올라가 있던 디아린의 손끝에 힘이 훅 들어갔다. 순식간에 차가워지는 손.

디아린은 순간, 자신이 아직도 흰 사슴족으로부터 자유롭지 않다는 사실을 절감했다. 반다를 살릴 수 있는 방법이 사라질 수도 있다는 말에, 이렇게 반사적으로 긴장하고 마니까.

디아린이 원한 게 아니었다. 그저 몸이 그렇게 반응해 버리는 것이다.

'만약 에제트가 그때 펜나투스 호수에 같이 없었으면, 난 그날 바로 호수에 뛰어들었겠구나.'

몇 번의 죽음을 타고 이어온 흰 사슴족의 집착. 조금씩 떨리는 디아린의 손을 에제트가 꽉 쥐어 감쌌다.

"그럴 수 없다는 걸 알아요. 당신이 이렇게까지 바라지 않으니까."

"에제트."

"하지만 만약에, 당신이."

디아린이 마법에 실패해 또 죽게 된다면.

에제트가 제국의 가장 중요한 성물을 부수지 않을 수 있을까? 그녀의 목숨을 빨아먹은 기생충들을 살려 둘 수 있을까? 그들이 어떤 신분이든 상관없었다. 설령 자신의 진짜 핏줄인 황제라고 해도.

에제트가 쥐고 있던 손에 힘이 들어갔다. 이게 남들이 뒤로 떠들어 대던 용혈의 광기라면……. 지금 그는 충분히, 그리고 완전히 그것을 이해했다.

디아린은 잠시, 에제트를 말없이 바라보았다.

"있잖아, 에제트."

디아린이 차가워진 손으로, 에제트의 뺨을 조심스럽게 감쌌다. 에제트가 디아린의 기분을 짐작할 수 있듯이, 디아린 역시 에제트의 기분을 짐작할 수 있다.

"내가 죽어 없어져도 화내지마."

그 산뜻한 말에 에제트의 가슴이 그대로 내려앉았다. 농담으로, 혹은 습관으로 죽음을 입에 올리는 게 아니었다. 디아린이 상정하는 죽음엔 직접 만들어야 했던 무덤만큼의 무게가 있었다.

"용혈은 고귀하고, 에제트는 수호자의 검을 가지고 있으니까. 반평생 수호하던 걸 계속 수호하고 싶을 거라고 믿어."

그러니까…….

"널 두고 죽지 않겠다고 약속할게."

"약속하신다고요."

"응."

맞닿는 시선. 더 절박한 건 어느 쪽이었을까.

에제트가 결국 시선을 내리고 피식 웃었다.

"아닙니다. 저보다 먼저 죽으십시오."

"어?"

"저보다 하루 일찍 죽으세요. 그 정도는 괜찮겠군요."

하루 정도는 괜찮을 것 같다고.

디아린의 표정이 흐려졌다. 자신의 죽음 후를 가정해 주는 사람이 정말로 처음이라서.

나도 죽으면 그리워해 줄 사람이 있는 거구나.

식었던 디아린의 손에서 점차 온기가 흐르기 시작했다.

"안 죽을 거야. 음, 뭐 비록 너무 강한 마법이라 해제하는 데 시간이 많이 소요되긴 하겠지만 그래도……. 역시 이런 약속으론 모자랄까?"

"지켜만 주신다면."

에제트는 무릎을 일으켜 디아린과 시선을 나란히 했다. 그런 다음 그녀의 손등에 깊은 감정을 담아 입을 맞췄다.

"전혀 모자라지 않습니다."

* * *

다음 날이었다.

오늘도 수백 장의 마법진을 살펴보고 있던 디아린에게 손님이 찾아왔다.

"아가씨, 리블런 자작이 찾아 오셨어요."

"아. 들어오라고 해요."

리블런 자작은 최근 8황자의 세력으로 발을 디딘 귀족 중 하나였다. 그는 사흘에 한 번씩 디아린을 찾아 와, 귀한 찻잎을 선물했다. 처음엔 뇌물은 됐다고 거절했는데, 에제트가 찻잎이 어떻게 뇌물이냐고 말했다.

'그냥 받아도 상관없대서 바로 넙죽넙죽 받고 있지.'

오늘도 두 손 무겁게 찾아온 리블런 자작이 디아린 앞에서 굽신굽신 허리를 굽혔다.

"또 오셨네요, 리블런 자작."

"예. 오드 영애님. 너무 늦게 찾아와 죄송합니다."

"무슨 일이시죠?"

"영애님, 크흠. 이런 말씀을 드려도 될지 모르겠지만……. 레이디 나탈리 기드곤과 잘 지내십시오."

그 말에 디아린이 흘긋 리블런 자작을 쳐다보았다. 이렇게 그녀가 아무 말 없이 쳐다보면, 몇몇 사람은 흠칫할 때가 있었다. 그런 '몇몇 사람' 중에 속하는 리블런 자작은 바로 굽실거렸다.

"나쁜 뜻은 절대 아닙니다요, 영애님."

식은땀을 손수건으로 닦으면서 리블런 자작은 눈치를 보았다.

"하지만 아무래도 흑조의 로드의 여동생이 아닙니까. 이건 8황자님께도 정말 좋은 기회이고, 또……."

"뭘 걱정하는지는 알겠는데요. 특별히 날 세울 생각은 없어요."

"아이고, 그럼요. 그럼요."

물론 디아린의 말을 곧이곧대로 믿는 눈치는 아니었다. 하지만 정말 디아린은 나탈리에게 특별히 날을 세울 생각이 없었다. 일단 에제트는 디아린에게 단단한 믿음을 주는 혼약자였다.

원초적인 이유는 그것이었고, 다른 이유도 있었다.

'그 남매. 뭔가 좀……, 이상하고 묘했으니까.'

* * *

"나탈리."

"네, 오라버니."

로드 티드로는 연보랏빛 드레스를 들어 올린 후, 나탈리에게 나긋나긋 내밀었다.

"이 드레스를 한번 입어 보렴."

이미 몇 번이나 갈아입은 드레스들이 소파에 이리저리 걸쳐져 있었다. 전부 아키르 황가에서 지급된 어마어마한 공물이었다.

몰락해 가던 기드곤 백작가에는 새로운 영지가 주어질 예정이었으며, 당장 품위 유지비만 해도 엄청나게 지급되었다. 그런 만큼 잔뜩 쌓인 상자들은 하나같이 호화스러웠다. 전부 제국 수도에서도 내로라하는 유명 뷰티 살롱에서 산 드레스였다.

"8황자가 오드 영애의 눈동자에서 시선을 못 떼더구나. 확실히 자안 중에서도 독특한 빛깔이었으니, 그럴 만도 해. 너는 흔하고 널린 녹안이라……. 눈동자도 염색이 되면 좋을 텐데 말이지."

나탈리는 제 두 눈을 뽑고 싶었다.

"저녁은 넘어가도록 하자꾸나. 아까 오드 영애가 권한 와인이 무척 달콤했으니까. 너도 한 잔이나 마셔 버렸지? 아름다운 내 동생이 살이 찔지도 모르잖니?"

"네. 먹지 않을게요."

"그래. 넌 항상 순순히 내 말을 따랐지. 착한 동생이야. 그나저나."

티드로 기드곤은 슬픈 표정을 지었다.

"내 생각엔 오드 영애가 일부러 네게 그런 와인을 마시라 권한 것 같구나. 괜히 너의 미모를 질투해 깎아내리려고, 내 아름다운 동생 나탈리를 살찌우려는 게 틀림없어. 하지만 내가 지켜 주마, 나탈리. 걱정하지 말거라."

드레스를 들고 파우더 룸으로 향하는 나탈리의 작고 마른 손이 희게 질려, 뼈가 톡 튀어나왔다.

* * *

거울 궁은 시끌벅적했다.

디아린은 테라스에 몸을 기대고 앉아, 저 멀리 보이는 거울 궁을 응시했다. 늘 한산했던 거울 궁에 방문객이 끊이지 않았다.

요즘 저 궁에 이상한 소문이 돌았다.

'그 소문 들으셨어요?'

'레이디 나탈리 기드곤이 8황자 저하의 정부가 될 거라던데요?'

'그뿐만이 아니지 않아요?'

'저도 들었어요. 로드 티드로는 오드 영애님의 정부가 될 거라고 말이죠.'

디아린에게 이 괴이한 소문을 전해 준 사람은 다름 아닌 일리룸 공작이었다. 심심풀이로 전해 준 건 아니었다. 왜냐하면 그 말을 전하는 일리룸 공작의 눈이 분노로 뒤집혀 있었기 때문이다.

'그런 소문이 괜히 나겠습니까? 퍼뜨린 이가 있으니까 나는 거지요. 그리고 제가 면밀히 조사해 보니, 다 거울 궁에서 나온 소문입니다.'

'거울 궁이요?'

'그렇습니다!'

'혹시 로드 티드로나 레디디 나탈리가 내는 소문인가요?'

'그건……, 아닙니다. 로드 티드로의 추종자가 멋대로 내는 소문이긴 하더군요.'

그때마다 로드 티드로는 곤란한 표정을 지으며, 아니라고는 했다지만…….

똑똑.

테라스 문을 두드리는 소리가 들려 디아린은 뒤를 돌아보았다.

"아가씨, 춥지 않으세요?"

"아, 샤이 양. 괜찮아요."

디아린은 샤이가 갖다준 망토를 어깨에 둘렀다.

"샤이 양."

"네에?"

"아까 로드 티드로가 사람을 보내왔거든요?"

"네?"

샤이는 바로 예민한 고슴도치처럼 반응했다.

"언제요? 왜요?"

그러니까, 샤이가 잠시 본궁에 다녀온 사이…….

"나비 정원에서 야외 티 파티를 열고 싶으니 하루 동안 빌려 달라고 하던데요."

"네? 미친 거 아니에요?!"

샤이는 경악해서 외쳤다. 그녀는 바로 손을 덜덜 떨었다. 나비 정원은 북쪽 날개 궁의 주인에게만 주어지는 상징이나 마찬가지였다. 그런 곳을 빌려 달라고 했다고?

"아, 아가씨. 설마 허락해 주신 건 아니죠?"

디아린이 빙긋 웃었다.

"당연히 거절했죠."

그다음에 로드 티드로가 가련한 표정으로 눈물을 흘릴 줄은 디아린도 전혀 몰랐지만.

* * *

'……죄송합니다. 오드 영애님. 제가 아름다운 나비 정원을 꼭 손님들께 보여 드리고 싶은 마음에 그만……'

커다란 상처를 받았다는 양, 로드 티드로의 녹안은 순수한 눈물로 글썽거렸다.

'……?'

정작 디아린은 희한한 걸 본다는 표정만 지었다. 정말로 희한했기 때문이다.

아니, 정원 하나 안 빌려줬다고 우는 게 말이 되는가?

제 오라버니의 옆에 있던 나탈리는 디아린의 그 반응이 너무 신기했다. '오라버니의 순진한 척하는 가면에 안 넘어가는 사람은 처음이었지.'

나탈리는 아주 옅게 웃을 뻔하다가, 다시 나무를 붙잡고 숨죽여 토했다. 흐린 녹안에서 눈물이 뚝뚝 흘렀다. 그때 들리는 예상치 못한 목소리.

"뭐 해요? 나탈리 영애."

디아린이었다.

"……!"

나탈리는 깜짝 놀라, 입가를 훔치며 뒷걸음질 쳤다. 마침 뒤에 서 있던 디아린이 딱 하고 나탈리의 양 어깨를 잡아 주었다.

'왜 이렇게 말랐지?'

……라는 생각이 잠깐 디아린의 머릿속에 스쳤다. 디아린은 제 손에서 재빨리 벗어나는 나탈리를 보았다가, 토한 자국으로 시선을 옮겼다. 나탈리의 얼굴이 창백해졌다. 그녀는 재빨리 그곳을 가리고 섰다.

"죄, 죄송합니다. 제가 바로 치우겠습니다."

허겁지겁 치우려는 손을 디아린이 잡아 일으켰다.

"아뇨. 정원사들이 올 거니까 괜찮아요. 그건 그렇고."

디아린이 물었다.

"속이 불편한가요? 궁의를 불러 줄까요?"

"이제 괜찮아요. 궁의는 괜찮습니다. 정말 괜찮아요……."

나탈리는 필사적으로 궁의를 마다했다. 만약 궁의가 자신을 진단한다면, 몸에 별다른 이상이 없다는 걸 알 것이다. 그러면 안 된다. 지금 자신이 구토한 이유는 그저…….

'오늘 너무 많이 먹어서 그런 거니까…….'

달콤한 사과잼을 넣어서 구운 버터 파이가 너무 맛있어서 두 조각이나 먹고 말았다. 정신을 차려 보니, 먼 자리에 앉아 있던 티드로가 자신을 가늘게 뜬 눈으로 쳐다보고 있었다.

'돼지처럼 처먹고 있구나.'

꼭 그렇게 보는 눈이었다. 그래서 뺨을 얻어맞은 듯 도망쳤다. 당장 토하지 않으면, 그렇지 않으면…….

디아린은 안절부절못하는 나탈리의 모습을 보며 고개를 약간 갸웃했다.

"레이디 나탈리."

* * *

"뭐? 오드 영애와 저녁 식사를 하고 왔다고?"

티드로 기드곤의 목소리가 믿을 수 없다는 듯 높아졌다.

나탈리는 얌전히 고개를 끄덕였다.

"많이 먹지는 않았지? 응? 나탈리? 요즘 네가 너무 많이 먹어서, 이 오라비가 너무 걱정이 많아."

"평소처럼 먹었어요. 오라버니."

"그래. 그렇다면 다행이지만……."

티드로 기드곤이 걱정스럽다는 표정으로 물었다.

"어쩌다가 오드 영애에게 식사 초대를 받은 것이냐? 응?"

"제가 아까 버터 파이를 먹고, 밖으로 나갔잖아요."

"그래. 속이 좋지 않은 것 같더구나."

자신이 눈치를 줘 쫓아낸 것임에도, 로드 티드로는 천연덕스럽게 말했다.

"사람들을 피해 정원으로 들어가다 보니까 저도 모르게 나비 정원까지 간 모양이에요. 인적이 드물어서, 먹은 것을 게워 냈는데 오드 영애님을 만났어요."

"뭐? 하필이면 그때 만나다니……. 그래서 뭐라고 둘러댔니?"

"사과가 잘못 조리되어 속이 안 좋았다고 둘러댔어요. 그러자 간단한 수프라도 먹자고 하시더라고요."

"아아. 그래. 다행이다. 그럭저럭 잘 둘러댔구나."

진심으로 안도하는 티드로 기드곤의 모습 어디에서도, 동생이 구토했다는 사실에 걱정하는 면은 찾을 수 없었다.

"어쨌든 잘 되었구나. 오드 영애는 대단한 신분이잖니."

외려 기뻐하기까지 했다.

"장차 8황자비가 될 그녀의 마음에 조금이라도 들었다면 얼마나 다행이니? 우리 나탈리도 이렇게 쓸모가 있는 걸 내가 미처 몰랐어."

후후 웃은 티드로 기드곤은 "잘 했다. 나탈리." 하고 어깨를 두드려 주었다.

"얼마 후면 정월제가 열린다지. 예전 같으면 우리 같은 가난한 백작 남매는 초대도 받지 못했을 텐데."

이번에는 달랐다.

"다른 사람도 아닌, 황제 폐하께서 직접 초청장을 보내 주셨단다. 내가 그 신성하고 대단한 흑조의 로드니까."

로드 티드로는 기쁜 듯 입꼬리를 끌어 올렸다.

"손수건은 빈틈없이 준비하고 있지? 정월제 첫날 8황자에게 선물할 것이니 아주 잘 만들어야 한다. 자수도 꼭 정성 들여 놓고."

나탈리는 아무런 반항 없이 순종적으로 대답했다.

"네, 오라버니."

* * *

"작센느 공작님."

"응?"

논문집을 넘겨보던 리미르젠 작센느 공작이 고개를 들었다. 디아린은 자신의 샤프롱을 바라보며, 눈썹을 약간 일그러뜨렸다. 디아린은 고민하는 목소리로 물었다.

"젊고 앙상한 귀족 남자를 보면 무슨 생각이 드세요?"

"글쎄, 어디 몸이 안 좋은가. 잘 먹여야겠다는 생각이 들겠지."

"그럼 젊고 앙상한 귀족 여자를 봐도 그런 생각이 들까요?"

"아니, 그보다는 걱정하겠지."

"왜요?"

"병적인 이유나 타고난 체질의 문제가 아니라면 글쎄, 사회적인 학대가 대부분이니까."

"사회적인 학대요."

"내가 소녀 시절일 때에도 간간이 있었단다."

"그렇군요."

디아린이 고개를 끄덕였다. 리미르젠은 무심하게 물었다.

"레이디 나탈리 기드곤을 말하는 건가?"

"네……."

디아린이 약간 당황했다.

'어떻게 아셨지?'

물어볼 틈은 없었다.

"리미르젠!"

뒤에서 활기차게 부르는 남성의 목소리가 들렸기 때문이다. 디아린의 샤프롱인 작센느 공작의 남편, 에셀레드 작센느였다.

'와, 푸른 눈동자에 반짝거리는 은발.'

젊은 시절 대단한 미남이었을 거라 추측되는 외모였다. 자신의 샤프롱인 리미르젠 작센느 공작은 확실한 승리자였던 것이다.

디아린은 정중하게 인사했다.

"처음 뵙겠습니다, 작센느 공작 부군."

에셀레드는 유쾌하게 웃었다.

"이름으로 불러요. 리미의 유일한 샤프로니안인데 격식을 차릴 필요 없죠."

"그럼, 네. 에셀레드 님."

"딸이 생긴 기분이군요. 디아린 양."

"감사합니다. 저도 아버지가 생긴 기분이에요."

디아린이 빙긋 웃었다. 그녀의 미소를 본 리미르젠 작센느 공작은 생각했다.

'저런, 내 아들 녀석이 들었으면 슬퍼할 말인걸.'

뭐, 이 자리엔 리슐리외 작센느가 없으니까.

작센느 공작이 논문집을 내려놓은 후 찻잔을 들어 올렸다.

"정월제에 참여하게 되었다고 들었단다, 디아린."

"네."

"정월제는 일종의 마물 토벌전이지."

에셀레드가 한마디 거들었다.

"좀, 아니 많이 독특하지만."

정월제가 열리기 한 달 전.

황실에서는 두 개의 '황금 화살촉'을 황궁 외궁 정원 구석진 곳에 미리 숨겨 놓는다. 이 황금 화살촉을 찾는 이가 마물 토벌전의 사령관 역할을 맡는 것이다. 그래서 이맘때가 되면, 외궁 정원은 황금 화살촉을 찾는 이들로 엄청나게 붐볐다.

리미르젠 작센느 공작이 향긋한 차를 마시고 물었다.

"근데 음, 이번엔 누가 황금 화살촉을 찾았다고?"

"……그게."

디아린의 어깨가 축 늘어졌다.

"제 시녀가 찾았어요. 샤이 양이라고 있는데, 눈썰미가 너무 좋아서……."

디아린이 두 손으로 얼굴을 쓸어 넘겼다. 리미르젠과 남편 에셀레드는 서로를 보면서 픽 웃었다. 그제야 이해가 갔다.

"그래서 오드 영애님이 이번 '황금 화살촉'의 주인이 된 거군요."

"네……."

보통 황금 화살촉을 찾아도, 본인이 가지는 경우는 드물었다. 대신 본인의 가문이 지지하는 황족이나, 혹은 개인적으로 연심을 품고 있는 황족에게 조용히 찾아가 몰래 진상한다. 이게 그간의 관례였다.

덕분에 이제까지 정월제 황금 화살촉의 주인은 주로 젊은 황자가 되었다. 또는 황녀. 아니면 유력한 가문, 후작급 이상의 고위 후계자가 맡곤 했다.

'난 다 아니란 말이지.'

하지만 어쩔 수 없었다. 반짝이는 개똥인 줄 알고 샤이가 "꺄악!" 하면서 발끝으로 밀었다가…….

'아니어서 그대로 소리를 질렀지.'

모두의 이목이 딱 집중되어 버리고.

"빼도 박도 못 하고 제가 되어 버렸답니다."

리미르젠과 에셀레드는 결국 크게 웃었다. 리미르젠 작센느는 "그렇게 걱정할 필욘 없어."라고 말했다.

"8황자를 지지하는 귀족들의 수가 제법 되니, 다들 디아린 쪽으로 들어가지 않겠니? 일단 리슐리외도 네 쪽으로 갈 거란다."

"리슐리외 작센느 공자님이요?"

"그래."

리미르젠은 지금 한창 준비 중일 아들을 떠올렸다. 언제 디아린에게 반했냐고 물어보니까, 아니라고 계속 내빼다가…….

'내일 디아린이 황실 도서관에 간다더구나.'

'흠, 어머니. 저 내일 황실 도서관에 들러야 할 것 같습니다. 찾아야 할 책이 있어요.'

어쩌다가 알게 되었다.

디아린이 황실 도서관에서 마법 관련 서적을 읽는 모습을 보고, 리슐리외가 한눈에 반했다는 사실을…….

'나랑 닮아도 너무 닮았어.'

고개를 설레설레 저은 리미르젠에게, 디아린이 물었다.

"리슐리외 공자님은 문관 아니신가요?"

"기사 서품은 예전에 받았단다. 공부를 하려면 체력도 중요하니까 어릴 때부터 기사 수업도 받게 했지."

"아, 그건 그렇죠."

디아린이 마음 속 깊이 공감했다. 공부의 기본은 체력이니까. 디아린은 찻잔을 감싸 쥐고 말했다.

"정월제 마물 토벌전에서, 안전을 위해 마법사는 2계급까지의 마법만 쓸 수 있게끔 한다고 들었어요."

"그래."

리미르젠이 고개를 끄덕였다.

"반대되는 세력들이 각각 황금 화살촉의 주인이 되는 경우가 흔하다 보니, 예전엔 살인도 종종 나곤 했다더구나. 지금이야 살인은 아주 엄하게 처벌하지만."

옛일이긴 하지만 그랬다. 합법적으로 무기를 들고 들어가는 데다가, 정월제 장소인 이데아의 숲은 몹시 크고 광활했다. 그래서 이 틈을 타 거슬리는 가문의 사람을 죽이는 경우가 허다했다고 한다. 특히 마법사는 대규모 살상이 가능한 경우가 있어서, 아예 이렇게 규칙이 바뀐 게 벌써 몇백 년 전이다.

리미르젠 작센느는 표정을 살짝 굳혔다.

"흠, 역시 조심은 해야겠구나. 상대 황금 화살촉의 주인은 당연히도 3황자님이 될 테니까."

에셀레드도 걱정스럽게 말했다.

"확실히 조심해야 합니다, 영애님. 목숨 보전이 최우선이죠."

"그럼요. 조심할게요."

디아린이 이기는 건 결국 에제트가 이기는 것이다.

사람만 달라졌지 이건 황위 전쟁의 연장선이나 마찬가지였다.

'내가 가질 수 있는데 스스로 놓고 물러나는 거랑, 내 세력이 약해서 강제로 물러나야 하는 거는 천지 차이지.'

"참, 그건 그렇고요."

디아린은 리미르젠이 보내 준 편지 내용을 복기하면서 물었다.

"로드 티드로가 작센느 공작저에 찾아왔었다고요?"

"그렇단다. 며칠 전에 왔지."

리미르젠이 다리를 꼬면서 묘한 표정으로 말했다.

"나더러 제 동생의 샤프롱이 되어 달라 하더구나."

* * *

에제트의 눈이 나탈리에게 닿았다가 떨어졌다. 지금 그는 도무지 이해가 가지 않았다.

"내 혼약자의 시녀가 되고 싶다고 했습니까?"

로드 티드로가 빙긋 웃었다.

"제국은 아니지만, 12왕국의 여러 왕실에서는 아직도 높은 신분의 레이디를 여성 황족의 놀이 시녀로 임명하지 않습니까?"

"그래서요?"

"황실엔 황후 폐하와 오드 영애를 제외하곤 제대로 된 여성 황족이 부재한지라……, 가능하다면 나탈리를 오드 영애님의 시녀로 붙여 친목을 도모하고 싶습니다."

친목 도모. 좋은 말이긴 하다. 흑조의 로드인 티드로의 친동기가 임시지만 디아린의 시녀가 된다면 아주 가시적인 선전이 되겠지. 이를 잘 알고 있으니까, 로드 티드로도 이렇게 자신만만하게 얘기를 꺼내는 것이다.

에제트는 나탈리를 한 번 더 응시했다.

이 얘기의 당사자면서, 정작 그녀는 티 테이블 앞에 앉은 이후 한 마디도 꺼내지 않았다.

"대체."

에제트는 지금 자신이 이해가 가지 않는 게 이 여자인지, 아니면 그녀의 오라비인지도 구분이 어려웠다.

로드 티드로가 입을 열었다.

"정월제에서 오드 영애가 사령관으로 참가하게 되셨다지요."

이미 소문은 쫙 퍼졌다.

"나탈리와 오드 영애가 친하게 지내면 지낼수록 8황자 저하께도 좋지 않겠습니까?"

은근한 말에 담긴 함의는 하나다. 3황자 견제.

에제트는 사교계에 이제 대놓고 떠도는 소문을 떠올렸다.

'레이디 나탈리 기드곤은 8황자 저하의 정부가 될 거고, 로드 티드로는 오드 영애님의 정부가 될 거래요.'

에제트는 정부 같은 건 생각해 본 적도 없다. 필요도 없었다. 마찬가지로 디아린에게도 정부가……

필요한가?

갑자기 에제트는 티드로 기드곤을 죽이고 싶어졌다.

"8, 8황자 저하?"

"거절하지요."

"저하. 조금 더 이득을 생각해 보시지요. 전 흑조를 소환한 사람입니다. 흑조의 소환사란 말입니다."

그와 동시에, 로드 티드로는 손목을 들어 올렸다. 접빈실에 대기하고 있던 궁중 사용인들이 저도 모르게 헉 하고 숨을 삼켰다. 흑조의 문양이 그려지는 것에 뒤이어, 찬탄을 자아내는 검은 날개 한 쌍이 등에 펼쳐졌기 때문이다.

고대 전쟁의 여신이 생각나게 하는 아름다운 날개였다. 기드곤 백작 남매에게 몹시 적대적인, 디아린의 시녀들조차 그 모습엔 말문을 잃었다.

로드 티드로는 으쓱해졌다.

'그 대단한 8황자도 여기선 눈을 못 떼는구나.'

말 그대로, 에제트도 그 날개를 물끄러미 바라보고 있었다. 몇 번씩 짧게 본 적 있는 디아린의 날개가 생각났기 때문이다.

로드 티드로는 날개를 자랑스레 팔랑이며 말했다.

"그러니, 8황자 저하. 재고해 보시고 나탈리를 오드 영애님의 시녀로 받아 주시면……."

"그래요, 좋아요."

수긍의 목소리는 다름 아닌 접빈실 문 쪽에서 들렸다. 앉아 있던 모두의 시선이 확 쏠렸다.

"디아린?"

다리를 꼬고, 등을 기댄 채 앉아 있던 에제트가 바로 일어났다. 빠르게 걸어간 에제트가 디아린에게 손을 내밀었다. 그녀가 엷게 웃으며 그의 손을 잡았다.

그러나 금세 지워지는 미소.

디아린은 나탈리 쪽을 보지도 않고, 로드 티드로에게 말했다.

"로드의 동생을 제 시녀로 받겠습니다, 로드 티드로."

* * *

나탈리 기드곤이 거울 궁에서 북쪽 날개 궁으로 자리를 옮겼다는 사실은 사교계를 강타했다. 티드로 기드곤을 찾아오는 손님들은 더욱 많아졌고, 그들은 아양 떨기에 바빴다.

"참, 듣기로는 로드 티드로도 이번 정월제 토벌전에 참여하신다고요."

"당연히 오드 콘클이스터 영애님의 진영이겠지요?"

"아아. 아닙니다."

"예?"

"아니라고요?"

"흑조의 로드인 제가 한쪽 진영에 참여하는 건 불공평하니, 저는 장외 진영으로 참여하기로 했지요."

장외 진영이라는 말에 귀부인의 눈이 흥미로 반짝였다.

"황제 폐하께서 허락을 하셨나요?"

티드로는 샴페인 잔을 흔들며 겸손한 표정으로 말했다.

"기꺼이 들어주시더군요. '은의 화살'이라는 새롭고 특별한 증표도 하사해 주시고요."

"황제 폐하께서는 로드 티드로의 말씀은 다 들어주시는군요."

"흑조의 로드시니까 당연한 것 아니겠습니까?"

"대단하십니다!"

티드로는 이 달콤한 아부들을 마음껏 즐겼다.

그는 오늘 아름다운 후작 부인에게 선물 받은, 몹시 귀하고 값비싼 도자기 찻잔을 쓸어 만져 보며 미소를 머금었다.

'그럼 이제, 그분에게 연락을 해 볼까.'

* * *

디아린은 책상에 한 가득 쌓인 서류를 보고 질린 표정을 짓고 있는 참이었다.

'더블렌 남작 이 사람, 진짜 어휴.'

북문석 성을 성실히 관리하고 있을 그 집사.

굳이 값비싼 겨울 전서구를 수십 마리 써 가면서까지 성 내정 관련 업무

문서를 이만큼이나 보냈다.

'100배로 불려서 돌려보내 줘야지.'

서류 뭉치에는 9황자 로르드안과 10황자 솔이 직접 적은 안부 편지도 끼워져 있었다.

'아직도 북문석 성에 있구나. 하긴, 대마물 켄자스 출몰 사건 때문에 수문석 영지들 전체가 점검에 들어갔다고 했으니까.'

아직 어린 로르드안과 솔이니, 보살펴 줄 어른이 많은 북문석성에 좀 더 머무는 게 나을 것이다.

디아린은 깃펜으로 슥슥 서류를 처리했다. 그녀의 바로 근처에는 나탈리가 앉아 있었다. 인형처럼 가만히 있을 뿐이었지만.

솜을 덧대고 부드러운 천을 씌운 의자는 더없이 푹신했지만, 나탈리는 이런 푹신함을 즐길 여유가 없었다. 이렇게 있은 지도 벌써 나흘째니까. 나흘째 디아린은 나탈리를 그저 제 집무실에 가만히 앉혀 놓기만 했다.

사실 편안한 분위기였다.

집무실 바깥에 있는 시녀용 대기 의자에는 시녀들이 앉아, 책을 읽거나 뜨개질을 하고 있었으니까.

다만…….

눈치를 살피던 나탈리가 조심스럽게 일어났다. 바로 디아린이 고개도 들지 않고 물었다.

"어디 가요?"

"화장실을……."

"아. 다녀와요. 바로 돌아와야 해요."

"네, 영애님."

다른 시녀들이 행선지가 자유로운 것에 비해, 나탈리는 항상 어디를 가는지 보고해야 했다. 생리적인 일이나 식사, 옷을 갈아입는 등, 그런 기본적인 일을 제외하고는 항상 디아린 곁에 붙어 있어야 했다.

나탈리가 집무실 문을 나서자마자, 바깥에 앉아 뜨개질을 하고 있던 시녀 로사가 얼른 따라붙었다.

'나를 감시하려는 걸까?'

8황자와 단둘이 만날까 봐?

시녀들이 돌아가며 붙는 걸 보니, 그런 게 틀림없겠지만.

역설적이게도 그 때문에 나탈리의 마음은 하루가 갈수록 편해졌다. 이 철통같은 감시 덕에 제 오라비와 단둘이 만날 일이 없을 테니까.

쓴웃음이 났다.

화장실을 갔다가 돌아오니 디아린은 여전히 두꺼운 서류 더미에 푹 파묻혀 있었다. 늘 그랬듯, 나탈리는 조용히 앉으려고 했다. 로사가 "어멋." 하고 손뼉을 가볍게 치지만 않았다면.

"영애님이 와인을 드시는 걸 보니 저도 갑자기 마시고 싶네요. 참 신기하다니까요?"

디아린이 픽 웃었다. 깃펜에 잉크를 묻히며, 그녀가 말했다.

"그럼 잠깐 시간을 줄 테니까 주방에 다녀와."

"제가 맛있는 걸 챙겨 올게요, 영애님! 신기하죠? 왜 입맛이 없다가도, 남이 먹는 걸 보면 입맛이 생기는 걸까요?"

까르르 웃은 로사가 "물론 나탈리 영애 것도 평소처럼 준비해 놓았답니다."라고 말한 후, 조용히 집무실을 나갔다.

나탈리는 자신의 지정석에 앉았다. 방금 시녀 로사의 말 때문인지, 아니면 딱히 할 일이 없기 때문인지 자연스레 시선이 디아린에게 향한다.

디아린 오드 콘클이스터.

전무후무한 최연소 7계급의 마법사로 그 유명세가 자자한 여자.

그녀는 골몰하며 글자를 읽다가.

"더블렌 남작 진짜 가만 안 둬."

그렇게 이를 갈기도 하고.

종래에는 이마를 약하게 찌푸리고, 옆에 있는 와인을 조금 마셨다. 그다음엔 조그마한 은 포크들이 하나씩 정성스레 꽂혀 있는 작게 자른 치즈를 집어 입 안에 넣는다. 그러고는 다시 책상에 어린애처럼 엎드린다.

깃펜으로 슥슥 뭐라고 서명하는 모습. 정말로 보드라워 보이는 연갈색 머리카락이 등을 타고 흘러내렸다. 나탈리는 자신의 지정석 옆에 있는 티테이블을 보았다.

이것도 벌써 사흘째였다. 매일 디아린이 먹는 것과 똑같은 음식이 차려져 있는 것이. 그동안은 손도 대지 않았지만.

'약간 정도는……, 괜찮지 않을까.'

나탈리는 조심스레 손을 뻗어 와인을 살짝 마셨다.

"……."

곧 그녀의 녹안이 가볍게 떨렸다. 디아린이 첫날 입맛에 맞을 거라 권했던 그 와인이었다.

* * *

"어지러워……!"

디아린은 반원형 테라스에서 머리를 감싸고 숨죽여 소리쳤다.

벌써 며칠째인가.

나탈리에게 뭘 좀 먹여 보려고 계속 와인을 마셨다. 나탈리가 그 와인은 좋아했으니까 조금만 더 마음을 편하게 해 주면 분명 마실 거라고 여겼다. 덕분에 매일매일 도수 높은 와인을 마셨으니 디아린은 죽을 맛이었다.

"그래도 오늘은 성과가 있지."

드디어 나탈리가 깨달은 모양이다.

디아린의 성격은 괴팍하고 흉포하고 치졸하고 치사하다는 것을. 그러니

웬만해서는 나탈리의 오라버니인 티드로 기드곤을 북쪽 날개 궁에 들이지 않을 거라는 사실을.

'역시 학대자를 떨어뜨려 놓는 게 제일이야.'

마음 같아선 감옥에 처넣는 강도 높은 격리를 하고 싶지만……. 티드로 기드곤은 하필 흑조의 소환사니까. 보는 눈 많은 궁에서는 디아린도 함부로 할 수가 없었다.

디아린은 난간에 허리를 기댔다. 왠지 하늘을 나는 것 같은 느낌이 든 때였다.

"날개가 벌써 돌아온 건 아닐 테고."

테라스 뒤로 넘어가던 등이 에제트에게 잡혔다.

"디아린."

에제트는 디아린의 발갛게 변한 뺨을 보고 헛웃음을 지었다.

"대체 술을 얼마나 드신 겁니까."

"안녕, 에제트. 미안한데 내일도 먹을 거야."

"이유는 여전히 말씀해 주지 않으시고요?"

"원래 남부 사람들은 포도주를 사랑한답니다."

"언제부터 매일 드셨다고."

디아린이 "그건 그렇지만." 하고 웃었다. 에제트가 디아린을 등을 끌어안듯 조심히 내려놓으며 물었다.

"신수가 돌아온 겁니까?"

"아니. 아직."

"근데 테라스 뒤로 넘어질 뻔했다고요."

"여기 1층인걸?"

"어쨌든요."

에제트는 아무것도 신지 않은 디아린의 발을 보고 혀를 찼다. 체온이 높아져 실내화도 신지 않은 모양이다. 뭐, 하긴 여긴 그녀의 침실과 연결된 테라스니 뭘 신든 말든 본인 마음이겠지만.

그래도 겨울, 실외. 맨 대리석은 차가울 터다.

"안에 들어가서 얘기하는 게 낫지 않겠습니까."

"그러자니 좀 더워."

에제트는 디아린을 안아 들어 난간에 앉혔다.

디아린이 양손으로 에제트의 어깨를 잡았다. 그녀의 등 뒤에서부터 바람이 불어와, 머리카락이 흩날렸다. 황금색으로 아름답게 빛나는 달빛에 머리카락이 반짝였다.

에제트는 오늘도 디아린에게서 눈을 뗄 수 없었다. 그리고 이렇게 달빛이 환한 날에는 제 얼굴이 어떻게 보일까, 하는 궁금증도 들었다.

"에제트. 아까 귀족들이랑 무슨 얘기 했어?"

"이번 건국제에서 새로운 황태자가 봉해질 거라는 얘기를 하더군요."

"어?"

디아린은 술이 확 깨는 기분이었다. 빠르게 눈을 깜빡였다.

"새로운 황태자? 누가 되는데?"

"누가 될 것 같으십니까?"

"너?"

한 치 망설임도 없는 대답에 에제트가 웃었다.

"제가 황태자가 되길 바라십니까?"

"내가 원하면 할 것처럼 얘기하네……가 아니고 정말 그러려는 거야? 아니지? 맞네, 맞는 것 같네."

가끔 에제트는, 디아린이 제 표정을 정말 읽을 수 있는 게 아닌가 하는 생각이 들었다.

디아린이 에제트의 뺨을 가볍게 감쌌다.

"천천히 결정해. 아주 천천히 결정해도 돼."

에제트가 피식 웃었다.

"그렇게 말하는 건 당신밖에 없을 겁니다."

"괜찮아. 내가 계속 기다려 줄 테니까."

"표정이 아니라 생각을 읽는 모양이었군요."

"응?"

"아닙니다."

디아린은 눈썹을 슬쩍 올렸다.

"아무튼 3황자가 황태자가 되면 우리 사정이 좀 많이 복잡해지지 않을까?"

"그건 그렇지요."

"그런데 에제트."

"예, 디아린."

"황태자가 되고 싶은 마음은 있어?"

금빛 눈동자가 한 번 깜빡거린다.

만약 자신이 아니라 3황자가 황태자가 된다면.

황후가, 3황자가 에제트를 얼마나 밀어내려고 안달일지.

거기엔 당연히 전대미문의 위치를 스스로 차지한 디아린도 포함되어 있을 게 뻔했다.

둘에게 어떤 죄목을 씌워 추방시키려고 할까?

"수호자의 검을 얻어 내려고 했을 때의 마음만큼은 있습니다."

"그게 어느 정도인지 잘 모르겠어."

에제트는 슬쩍 미소만 지을 뿐 더 대답은 해 주지 않았다.

디아린도 더 캐묻지는 않았다.

"이번 정월제의 포상은 '황금 모래시계'라더군요."

황금 모래시계. 대대로 아키르 제국 황태자에게 하사되는 것으로 유명세를 가진 보물이었다.

디아린은 고개를 갸웃하고 물었다.

"정월제는 마물 토벌전이잖아. 그러면 황금 모래시계가 마물 토벌전 부상으로 수여되는 거야?"

"부상으로 수여되는 게 아니라, 이데아의 숲의 중심부에 미리 숨겨 놓는다고 들었습니다."

마물 토벌전이 열리는 이데아의 숲. 그곳은 특이한 장소였다. 밤이 되어야 마물이 활동하는 여타 곳과는 달리, 낮에 마물이 나오고 밤에는 마물이 나오지 않았다. 그래서 더 정월제 장소로 적합하기도 했고.

"치열하겠네."

"그렇겠지요."

"그럼……."

흘러내리는 달빛을 올려다 본 디아린이 미소를 머금고 물었다.

"우리 잠깐만 밖으로 나갈까?"

"지금이요?"

"응, 지금."

* * *

북쪽 날개궁의 주인답게, 이미 닫힌 궁문이 아니라 개폐 권한이 있는 쪽문으로 바로 나올 수 있었다.

이 야밤에 둘만 어딜 가는지 궁금할 법도 한데도. 쪽문을 지키는 병사들은 아무 말도 하지 않고 그저 고개만 숙였다.

'와, 이게 중앙 권력의 맛이구나.'

디아린은 확실히 깨달으며, 총총걸음으로 황궁과 멀어졌다.

어느 정도 떨어졌을 때, 디아린이 스태프를 소환했다. 스태프에 묶인 황금색 리본이 꽃잎처럼 나풀거린다. 에제트가 이마를 살짝 찌푸렸다.

"그 끈 당신이 가져간 거였습니까?"

"응. 알데트루다 룬도 해제를 못 했대서. 이거 되게 쓸모 있어."

자랑하듯 말하는 디아린은, 기사가 보검을 얻었다며 행복해하는 모습과 비슷해 보였다. 에제트는 웃음이 나왔다.

"수호자의 검 좀 빌려줘."

"좀 무거우실 텐데요."

"아, 참. 그랬지. 그러면······."

디아린이 갑자기 바닥에 주저앉았다. 석재가 빈틈없이 깔려 있긴 했지만, 그래도 맨바닥인 점은 변함이 없다. 에제트는 당황해서 따라 몸을 굽혔다.

한편 디아린은 황금색 리본을 석재 바닥에 쭉 펼쳤다. 그리고 손가락으로 길이를 가늠해 재단했다.

"여기서 여기까지만 잘라 줘."

"그러지요."

에제트는 순순히 수호자의 검을 꺼내 황금색 리본을 잘라 주었다. 딱 디아린이 짚은 그대로 오차 없이 자른 실력에 디아린은 '우와.' 하면서 신기해했다.

'아, 정신 차려야지.'

디아린은 머리를 흔들며 품에서 미리 준비해 온 흰 실크 손수건을 꺼냈다. 이후 손수건이 더러워지지 않게 무릎 위에 올린다.

새하얀 손수건 위에 방금 자른 황금색 리본, 최상위 성물의 성력 결정체까지 올려놓았다.

마력이 감돌기 시작하는 연보랏빛 동공. 흰 손목에 그려지는 신수의 문양, 더불어 빛을 자아내기 시작하는 흑단목 스태프.

작은 별을 부수어 만든 것 같은 아름다운 빛 가루들이 은하수처럼 흐른다. 작은 은하수가 땅으로 쏟아지는 것처럼, 황홀한 정경이었다.

그렇게 흘러내린 마력들이 황금색 리본으로 쏟아지고, 이윽고. 황금색 리본이 거짓말처럼 흰 실크 손수건에 스며들어 갔다. 반딧불처럼 은은한 빛을 내기 시작하는 손수건. 마법을 응시하던 에제트의 두 눈이 커졌다.

"다 됐다."

디아린이 자리에서 일어나려고 하자, 에제트가 곧바로 손을 잡아 가벼이 일으켜 주었다.

"에제트. 정월제 손수건, 지금 줘도 되겠지?"

"제 겁니까?"

"……아니면 누굴 줘? 램드 경이나 이작?"

램드가 들었다면 "혹시 저를 제국에서 쫓아내고 싶으신 겁니까? 이작은 임야에 묻어 버리고요?" 하고 되물었을 얘기였다.

에제트의 표정 변화를 모르는 디아린은 그저 부드럽게 미소를 지으면서 말했다.

"선물이야, 에제트."

"감사히 받지요."

그저 선물용 손수건이라고 치부하기에는 아깝다.

에제트는 방금 본 마법 같은 광경, 아니 마법을 평생 잊지 못할 테니까.

chapter 17 (1)

정월제의 아침이 밝았다.

이데아의 숲 입구에는 거대한 천막과 수많은 막사들이 쳐졌다. 그리고 그보다 더 많은 귀족들이 한껏 차려입고 이데아 숲에 줄줄이 입장했다.

정월제는 원래부터 귀족들에게 인기가 좋은 행사였다. 매년 정월제의 초대권을 구하기란 쉽지 않은 일이었다. 그런데 올해는 특히나 관람을 희망하는 귀족들이 많았다. 너무 많아서 천막을 작년의 두 배로 쳐야 할 정도였다.

원인이야 빤했다. 참가하는 인원이 너무 흥미로웠기 때문이다.

"'그' 오드 영애님이 사령관인 것도 그런데, 심지어 다른 한쪽 사령관이……."

"대이변이에요, 대이변."

"저기 보세요. 저 남색 망토를 한 기사들이 오드 영애님의 진영이라더 군요."

"청록색 망토는 반대편 진영이고요?"

"그렇다니까요."

전쟁이 아니었기 때문에 왼쪽 어깨에만 에레루엘로(herreruelo)를 착용한 기사와 귀족들이 수도 없이 돌아다녔다.

저 중 절반이, 중앙 25개 가문의 기사 서품을 받은 미혼 귀족들과 그 가문의 기사들이었다.

"백 명은 충분히 되겠어요."

"그러니까요."

"게다가 흑조의 소환사―로드 티드로도 참여하신다죠."

이데아의 숲은 황궁의 후문과 10㎞ 떨어진, 아주 거대한 숲이었다. 이 숲은 수문석의 숲과는 달리, 사시사철 거대하고 두꺼운 결계가 쳐져 있었다.

희한한 건 어쩐 일인지 마물이 끊이지 않고 자라난다는 점.

건국 초기에는 군대를 투입해 마물을 완전 소탕하려고 했지만, 숲이 원체 드넓다 보니 번번이 실패했다. 몇 대를 거쳐 오면서 이데아의 숲은 기존의 사냥제를 대신해, 마물 토벌전이라는 특수한 제례가 열리는 곳으로 탈바꿈했다.

"사실 명분은 더 좋죠. 곰이나 사슴, 멧새를 사냥하는 것보다는, 마물을 토벌하는 게 안팎으로 여론이 좋기도 하고요."

"마물의 사체가 더 비싼 것도 좋은 이유겠지요?"

"돈은 무시 못 하죠."

황궁 사용인들이 미리 쳐 놓은 천막 아래서, 귀족들이 후후 웃으며 담소를 나누었다.

아키르 황가에 실질적으로 이득이 되는 정월제.

그래도 여성들이 마음에 드는 사냥 참가자에게 손수건을 주는 관습은 여전히 남아 있었다. 자수를 놓은 손수건은, 그 해 사교계에 어떤 남자가 가장 인기 있고, 근사하며, 미남인지를 가르는 지표 중 하나였다. 손수건을 하나도 받지 못하면 '숲의 목석'이라고 놀림을 받았다.

"로드 티드로!"

"오늘 아주 멋지십니다."

"칭찬 감사합니다."

은빛 에레루엘로를 걸친 로드 티드로는 싱긋 웃었다. 그는 마물 토벌전에 맞게, 사냥복도 미리 착용했다. 로드 티드로의 주변은 벌써부터 사람들로 붐볐다.

"어머."

"저기 8황자 저하와 오드 영애님이 들어오시네요."

"인사를 드리고 와야겠어요!"

로드 티드로는 표면적으로는 8황자의 세력을 지지했다. 그렇게 보였기 때문에, 8황자와 로드 티도르의 세력에는 겹치는 귀족들이 많았다.

로드 티드로는 8황자가 나타났다는 쪽으로 시선을 옮겼다.

'저 영애도 있군.'

당연하겠지만.

오늘 한쪽 진영의 주인이자 사령관인 디아린 오드 콘클이스터. 그녀도 사냥복을 입고 있었다. 높게 틀어 올려 묶은 연갈색 머리카락이며 새하얀 얼굴은 확실히 눈에 띄었다.

'하지만 아름다운 걸로 따지면 나탈리도 뒤지지 않지.'

로드 티드로는 평소처럼 유려한 미소를 지으며 나탈리를 보았다가…….

'나탈리?'

경악했다.

나탈리 기드곤, 자신의 아름다운 여동생이 고작 몇 주 못 본 사이에…….

"로드 티드로?"

"아, 예."

티드로 기드곤이 바로 웃음을 머금고 뒤를 돌아보았다.

"왜 그러시죠?"

"이걸 좀 보세요."

수많은 손수건들.

"로드 티드로에게도 황자 저하들께 들어온 만큼이나 손수건이 쌓였답니다."

"신성한 흑조의 로드에게 마음을 전하고 싶은 레이디들이 얼마나 많겠어요?"

"오늘 누가 영예의 주인공이 될지 모르겠어요."

귀족들의 말 그대로였다. 티드로 기드곤의 앞에는 아름답고 정성 어린 손수건들이 수십 장이나 곱게 접혀 헌상되어 있었다. 티드로 기드곤은 곤란한 미소를 지었다.

"하나만 선택해야 하는 게 곤란하네요."

그는 신중하게 고민하는 척 가장 앞의 붉은 손수건을 집어 들었다. 천막 안에서 흘끔흘끔 지켜보고 있던 목소리들이 단번에 터져 나왔다.

"어머!"

"저 손수건은 분명 힐데릭 후작 영애의 손수건이잖아요!"

힐데릭 후작가는 알아주는 명문가였다. 대대로 내려오는 가문의 자산인 사파이어 광산 덕택에 몹시 부유하기까지 했다. 자신을 보며 얼굴이 붉어진 힐데릭 후작 영애를 보며, 티드로가 싱긋 웃어 주었다.

"레이디 나탈리 기드곤은 누구에게 손수건을 드릴까요?"

"그러게요. 전 로드 티드로에게 드릴 줄 알았는데."

"아무래도 8황자 저하가 아니시겠어요."

흘러가는 귀족들의 대화에 따라 시선은 자연히 나탈리에게로 흘렀다. 나탈리 기드곤이 북쪽 날개 궁에 정식으로 입성했음은 세상이 다 알았다.

"나탈리 영애가 후일 8황자 저하의 정부가 될 거라던데요."

"파다한 소문이죠."

"그럼 나탈리 영애의 손수건을 8황자 저하가 받아 주실까요?"

나탈리는 허리를 꼿꼿하게 펴고 걸었다. 얼마나 정성을 들여 수를 놓았는지, 감탄이 절로 나오는 손수건을 소중히 두 손에 쥔 채였다.

나탈리의 발걸음이 향한 곳은 8황자, 에제트 쪽.

'세상에.'

'소문이 진짜였구나.'

'정말로 정부가…….'

모두의 시선이 흥미진진함을 담아 그쪽으로 향했다. 나탈리는 긴장감에 조금씩 떨리는 목소리로, 말문을 뗐다.

"저어."

에제트가 아니라…….

"오드 영애님."

디아린에게.

"네?"

"제 손수건을 받아 주시겠어요?"

훔쳐보고 있던 귀족들이 바로 웅성댔다.

"세상에."

"무슨……."

디아린은 나탈리의 녹안을 한 번 보았다가, 손수건으로 시선을 내렸다. 나탈리의 손은 여전히 약하게 떨리고 있었다. 긴장이 뚝뚝 묻어났다.

디아린이 활짝 웃었다.

"영광이지요."

"감사합니다……."

그제야 긴장이 반쯤 풀린 나탈리의 입가에도 미소가 옅게 그려졌다. 정월제에 참가하는 기사들처럼, 디아린은 나탈리의 손수건을 잘 접어 왼쪽 가슴 포켓에 행커치프처럼 넣었다.

"어때요? 잘 어울려요?"

"……네."

나탈리는 수줍은 미소를 지었다.

"잘 어울리시네요."

"나한테 주려고 그렇게 밤새서 손수건에 수를 놓은 거예요?"

나탈리는 조금 망설이다가 조심스레 고개를 끄덕였다. 그러자 디아린이 빙긋 웃었다.

"고마워요."

그 미소에 나탈리는 마음이 꽉 차는 것 같았다.

그때 나팔 소리가 웅장하게 숲을 가득 채웠다.

"황제 폐하와 황후 폐하께서 입장하십니다!"

"디아린. 이쪽으로."

"으응."

에제트의 에스코트에 디아린이 고개를 끄덕였다. 나탈리는 가볍게 드레스 자락을 들어 올려 인사를 했다. 자신이 있어야 하는 귀족들의 자리로 향하는데…….

홱.

손목이 거칠게 잡혔다. 아니, 겉으로는 부드럽게 잡혔다.

"잠시 얘기 좀 하자꾸나."

겉보기엔 의심할 것 없는 다정한 목소리로, 로드 티드로가 상냥하게 속삭였다.

나탈리는 인적 없는 숲 쪽으로 끌려갔다.

퍽!

나탈리의 등이 커다란 나무에 거칠게 부딪쳤다. 엄습하는 고통. 나탈리는 이를 악물었다.

"나탈리 기드곤!"

언제나 사근사근한 미소를 머금고 있던 로드 티드로의 얼굴엔 분노가 가득했다.

"너 지금 뭐 하는 거지? 응? 내가 분명히 그래, 말했어. 8황자에게 손수건을 주라고 말이야. 8황자가 네 손수건 따위 뽑을 일은 없겠지만, 그래도 네게 동정 여론이 쏠리게끔 힘을 써 놨단 말이다. 그런데 왜! 네 멋대로 굴어서 일을 망치는 거냐! 대체 왜!"

티드로 기드곤의 분노는 여기서 끝이 아니었다.

"게다가 뭐냐? 이 투실투실 돼지처럼 살이 찐 모습은? 뭣 모르는 남들이야 네가 여전히 아름답다고 칭송하지만 난 네 어깨만 잡아도 알 수 있어!"

로드 티드로의 얼굴이 험악해졌다.

"살이 쪘지? 응? 이래서 8황자가 널 거들떠나 볼 것 같으냐? 그 여자, 빌어먹을 방계 계집이 먹였지? 그 계집이 네 미모를 질투해서 기름진 진미를 입에 쑤셔 넣었지?"

"……아니에요."

"뭐?"

나탈리의 녹안이 티드로를 힘겹게 노려보았다.

"오드 영애님은 오라버니처럼 저급한 사람이 아니라고요."

"너, 너 지금……."

"내가 먹고 싶어서 먹었어요. 가늘게 썬 닭고기 한 조각에 작게 자른 양상추 한 조각, 포도주 몇 모금? 그게 내게 적당한 끼니라고? 오라버니가 멋대로 정한 내 사료 양이겠지."

사료.

곧 출하할 가축을 가장 예쁘게 사육할 수 있게 마음대로 정해 놓은 극소량의 양.

자신은 인형이었을까? 애완용 가축이었을까?

사람이긴 했을까?

나탈리의 두 눈동자에서 눈물이 뚝뚝 떨어졌다.

"나도 마음이 있어. 오라버니 눈엔 내가 고분고분 웃기나 하는 인형 따위로 보였겠지만 나도 마음이 있어! 그래서 내 마음대로 했을 뿐이야. 내가 먹고 싶어서 먹었고 내가 오드 영애님께 손수건을 드리고 싶어서 드렸을 뿐이라고!"

"나탈리 기드곤! 이 건방진 계집이……!"

찰싹!

나탈리의 얼굴이 반대편으로 확 돌아갔다. 언어맞은 뺨이 금세 벌겋게 부어올랐다. 입 안이 터졌는지 피 맛이 느껴졌다. 그가 손목을 잡아끈 순간부터 이 정도 폭력은 예견했다.

그래도.

'후회는 없어.'

로드 티드로는 이를 악물고 말했다.

"오늘 바로 거울 궁으로 돌아가라! 이렇게 상한 얼굴을 남들에게 보이면 가만두지 않을 테니까!"

와중에도 로드 티드로의 걱정은 오직 나탈리의 얼굴. 그리고 자신의 평판.

"젠장! 일을 다 망쳐 버렸어!"

분노를 참지 못하고, 나탈리의 반대쪽 뺨까지 기어이 때리려던 티드로는.

"……?"

누군가 갑자기 제 어깨를 확 잡아당기는 바람에 강제로 뒤를 돌아보았다.

"……?!"

순간 뺨이 찰싹 울렸다. 눈앞에 별이 번쩍했다. 부지불식간에 뺨을 얻어

맞은 로드 티드로. 그가 멍한 얼굴로 뺨을 감쌌다.

'뭐지? 꿈?'

아니다. 꿈이라기엔 통증이 너무 생생했다. 로드 티드로는 언제나 귀하게 자랐다. 가문이 몰락의 그림자에 들어섰을 때도 그랬다. 단 한 번도 뺨은커녕 어딜 맞아 본 적이 없었다.

"이거 미친 새끼 아냐?"

게다가 저렇게 험한 말도……!

감히 자신을 때린 여자.

디아린 오드 콘클이스터. 그녀의 두 눈이 분노로 타오르고 있었다. 방금 전 '미친 새끼'라고 욕을 한 입으로, 디아린은 한 자 한 자 씹어서 속삭였다.

"로드 티드로. 저번에 분명히 말씀드렸을 텐데요. 제 시녀는 제 것이라고요."

사람을 잡아먹을 것 같은 음산한 목소리.

"나탈리를 시녀로 받아 주는 대가로, 절대 가문과 왕래하면 안 된다는 내 조건까지 수락해 놓고……."

"……."

"내 시녀에게 손찌검을 해?"

번들거리는 연보랏빛 눈동자는 순간 파충류의 동공처럼 보였다. 티드로는 저도 모르게 등골이 오싹해졌다.

그러나 그는 고귀한 흑조의 로드.

티드로는 바로 흑조의 새까만 날개를 피워 올렸다. 천사처럼 날개를 퍼덕거리는 모습. 나탈리는 두 손으로 입을 막고 주춤 뒷걸음질을 쳤다. 그 아름다운 날개를 팔랑거리며, 티드로는 의기양양하게 디아린을 쳐다보았다.

그런데…….

디아린의 표정은 전혀 겁을 먹은 표정이 아니었다. 오히려 그를 한심하게 보는 것 같았다. 결국 얼굴이 새빨개진 티드로가 외쳤다.

"감히 내게 손찌검을 한 겁니까? 신성한 흑조의 소환사인 이 나를 감히!"

"네, 때렸어요. 어쩔 건데요?"

"황제 폐하께 고하겠습니다! 이 무례한 행태에 대해서!"

"황제 폐하께 이르겠다고요?"

"이르는 게 아니라 정당하게 고발하는 겁니다!"

"마음대로 해요. 그럼 나 역시 사계탑으로 돌아가 탑주님에게 정당하게 고발할 테니까!"

티드로 기드곤의 두 눈이 부릅떠졌다.

사계탑으로 돌아가겠다고?

황제에게 고하면 황제는 굉장히 난색을 표할 것이다. 그렇다고 사교계의 여론을 몰자니 디아린의 샤프롱은 절대 만만치 않다. 무엇보다 이런 사소한 충돌로 디아린을 사계탑에 빼앗기는 건 '그분'이 절대로 용납하지 않을 일이었다.

'제기랄!'

"언제 고발하는지 잘 지켜볼게요?"

"오드 영애님!"

"어디서 소리를 질러!"

디아린이 버럭 외쳤다. 서슬 퍼렇게 외치는 모습에 티드로가 순간 당황해 주춤거렸다. 그럴 수밖에 없었다. 모두가 신수의 로드라고 하면 극심한 호감을 갖고 절절맸으니까. 황제조차도 그랬다. 로드 티드로는 모두의 호감에 익숙해져 있어서 이런 날것의 분노가 낯설 지경이었다.

그는 전혀 몰랐다. 디아린은 신수의 로드에게 어떤 경외감도 느끼지 않고 있다는 사실을. 그래서 보는 사람만 없으면 이렇게 성질대로 소리도 지를 수 있다는 사실 역시.

디아린이 티드로를 노려보면서 말했다.

"한 번만 더 이렇게 폭력적으로 굴면 절대로 가만히 있지 않겠습니다, 로드 티드로."

"……."

밀랍처럼 창백해진 나탈리의 손목을 조심히 이끈 디아린은 속으로 이를 갈았다.

'저 새끼가 흑조 좀 있다고 까불어?'

느이 집엔 적조도 없는 게 신수 하나 소환했다고 거들먹거리는 꼴이란…….

디아린은 나탈리를 데려가며 생각했다.

'올이랑 로르가 오면 넌 죽었다.'

* * *

황제, 브루노 9세는 단에 올라가 개회사를 시작했다.

짧은 개회사가 끝나고, 브루노 9세의 눈은 드물게 흥미로 반짝였다.

"이번 진영의 사령관은 몹시 흥미롭군. 오드 영애?"

"하문하시옵소서, 황제 폐하."

"비록 정월제의 유구한 규칙에 따라 2계급으로 한정되지만, 실 7계급 마법사인 그대가 황금 화살촉의 주인인 것이 짐의 흥을 돋우는구나."

"폐하의 기대에 부응하도록 최선을 다하겠습니다."

"기대하도록 하지."

공식적으로 사령관의 직위. 직위에 걸맞게 가장 앞줄에 서 있던 디아린이 얌전히 고개를 숙였다.

황제는 디아린의 옆을 보았다.

"그리고 다른 한쪽은……."

"로마이어 켈스튜더, 위대하신 황제 폐하께 인사 올립니다."

브루노 9세의 눈썹이 미미하게 치켜져 올라갔다. 켈스튜더 공작가의 장남인 로마이어. 로마이어는 고개를 바짝 숙인 채, 어깨에도 힘이 바짝 들어가 있었다.

브루노 9세가 천천히 로마이어를 훑어보다가 물었다.

"설마 켈스튜더 공도 함께 왔나?"

황제의 말은 명백한 힐난이었다.

"설마 아니겠지. 공이 그리 한가한 사람은 아닐 터이니."

"……아버님은 오늘 부득이하게 불참하셨습니다, 황제 폐하."

그랬다.

아직도 '적조의 영혼석' 실종 사건은 진행 중이었다.

켈스튜더가 완전히 뒤집히고, 또 적조의 영혼석을 훔쳐 간 것이 틀림없다고 세간에 반쯤 확정된 필리프 후작가가 멸문했음에도 그랬다. 그만큼 엄청난 일이었다.

일국 황제의 싸늘한 의심의 눈초리는 아무리 공작가라고 해도 쉬이 견딜 수가 없는 것.

더군다나 엄중한 보복성 세무 조사로 인해, 켈스튜더 산하의 상단들은 회생 불가능 수준으로 주저앉았다. 이를 해결하고 적조의 영혼석을 찾느라 켈스튜더 공작가는 나날이 무너지는 중이었다.

'언제부터 이렇게 된 건가. 켈스튜더 가문은 언제나 고귀하고 당당했다! 대체 언제부터……'

켈스튜더 공작은 마치 미친 사람처럼 식탁을 쾅쾅 내리쳤다. 켈스튜더가 자랑하는 그 값비싼, 청옥과 황금을 박아 넣은 식탁이었다.

'그래. 전부 콘클 놈 때문이다. 약아빠진 쥐새끼 같은 그 놈이 약삭빠르게 몰락한 방계 계집을 8황자의 혼약자로 밀어 넣었을 때부터였어!'

눈에 핏발이 서서 외치는 제 아버지는 이미 정상이 아니었다.

콩클 공작이 8황자와 방계를 혼약으로 맺은 건 이미 몇 년도 전의 일. 그러니 이건 콩클 공작의 탓이 아니었다.

"그래, 3황자가 자네를 임시 사령관으로 임명했다고."

"예, 그렇습니다. 폐하."

그러자 바로 귀족들 사이에서 웅성거림이 터져 나왔다. 분명 얼마 전까지만 해도, 켈스튜더 공작가는 8황자에게 붙고 싶어 안달이 났던 가문이었다.

"이게 무슨……"

"박쥐도 아니고……"

"공작가도 별거 없네요."

여기저기서 작은 비웃음이 터져 나왔다. 로마이어 켈스튜더의 주먹에 힘이 들어갔다.

"지고하신 황제 폐하!"

로마이어는 갑자기 무릎을 꿇고 황제에게 납작 엎드렸다.

"과거의 과오를 씻기 위해, 켈스튜더는 최선을 다할 것입니다! 아버님은 물론 켈스튜더의 식솔들은 언제나 황제 폐하의 안녕과 아키르 제국의 무탈만을 생각하고 있습니다!"

로마이어 켈스튜더 공자가 바닥에 이마까지 대고 간절히 외치자, 사방이 쥐 죽은 듯 고요해졌다.

"그러니 한 번만, 한 번만 기회를 주십시오, 폐하!"

황제는 로마이어 켈스튜더를 바라보았다.

침묵이 흘렀다.

"이만 일어나라. 정월제의 흥이 깨지겠구나."

"……황공하옵니다. 폐하."

로마이어 켈스튜더가 천천히 일어나, 다시금 똑바로 섰다. 내리깐 그의 눈은 파랗게 불타고 있었다.

'고귀하고 떳떳한 내 가문이 망하기 시작하고, 부모님이 이혼까지 하신 건 절대 콘클 공작의 탓이 아니다.'

진짜 원인은 따로 있었다.

자신의 바로 옆에 있는, 저 얼굴만 반반한 방계 계집.

* * *

"이데아의 정월제는 사흘 동안 진행됩니다!"

황실의 근위대 기사가 단 옆에 서서 목청을 틔웠다.

"첫날에는 외곽만을 개방, 매일 더 깊은 구역이 개방되며, 마지막 날에는 숲 중심부까지 개방됩니다!"

토벌전 규칙을 요약하자면 다음과 같았다.

1. 사냥한 마물 한 마리당 50점 추가.
2. 마물 등급에 따라 100점씩 추가.
3. 3시간 후 각 진영에서 사냥한 마물 수 합산.

물론 추가 점수도 있었다.

"숲에 숨겨진 10개의 '장미 석영 고리'의 점수는 개당 500점, 그리고 이번 정월제의 부상인 '황금 모래시계'의 점수는 5천 점입니다."

규칙 설명을 끝낸 기사가 더 큰 목소리로 외쳤다.

"그럼, 20분 후 마물 토벌전이 시작됩니다!"

기사의 말이 끝남과 동시에 즉각 진영끼리 모이기 시작했다.

디아린의 진영 역시 마찬가지였다. 그녀의 뒤에 있던 에제트가 먼저 다가왔다. 에제트 역시 디아린의 진영을 뜻하는 남색 에레루엘로를 어깨에 착용하고 있었다.

"디아린."

"응."

에제트가 입을 열었다.

"각 진영의 인원이 사령관 제외 50명이니 역할을 나누겠습니다. 40명은 마물 사냥에 전념하고, 10명은 숨겨진 장미 석영 고리와 황금 모래시계를 찾도록 하지요."

"첫날부터?"

"첫날 보물찾기는 세 명으로도 족하겠지요."

"그렇겠지?"

"예. 마지막 날에만 대폭 수를 늘리도록 하죠."

"응."

'황금 모래시계를 외곽에 숨겨 놨을 리가 없으니까.'

다른 진영에서도 마지막 날만 노리고 있을 것이다. 분명 제일 중심부, 가장 외진 곳에 황금 모래시계가 숨겨 있을 테니까.

디아린이 고개를 끄덕였다.

"난 어느 쪽인데?"

"그야 당신은 사령관이시니, 제게 명령을 내리셔야죠."

"황자 저하께 명령이라, 흐음. 너무 황송한데."

디아린은 약간 고민하다가 웃었다.

"그럼 다치지 마. 이것만 명령으로 내릴게. 그리고 난……."

말을 잇던 디아린은 흘긋 뒤를 돌아보았다. 은빛 에레루엘로를 걸치고, 제 진영 중앙에서 선량한 미소를 짓고 계획을 짜고 있는 남자를 본다.

흑조의 로드, 티드로 기드곤.

"난 장미 석영 고리랑 황금 모래시계를 찾는 쪽에 전념할게. 단, 등급 높은 마물이 보인다면 그건 잡을 거야."

"알겠습니다. 첫날 외곽은 위험한 마물이 전혀 나오지 않으니, 그저 수량으로 승부해야겠지요. 최대한 많은 마물을 잡도록 지시하지요."

디아린이 고개를 끄덕였다.

진영 사령관의 위치는 웬만해선 노출되지 않는 게 좋다. 그래서 각 진영 기사와 귀족들에게 전달을 하는 역할은 램드에게 일임되었다.

"그런데 에제트. 3황자는 왜 나오지 않았을까?"

디아린이 에제트에게 몸을 바짝 붙이고 물었다. 에제트는 저도 모르게 그녀의 두 팔을 잡을 뻔했다.

"……전해 듣기로는 몸에 문제가 생겼다더군요."

"문제?"

"예."

거기까지 말한 에제트는 주변을 천천히 훑어보았다. 곁눈질로 디아린과 에제트를 훔쳐보고 있던 수많은 귀족들. 그들이 화들짝 놀라 시선을 피했다.

"좀 예민한 이야기니 저녁에 막사에서 말씀드리지요."

"응."

그때 저편에서 큰 소리가 들렸다.

"2계급이 넘는 마법사 분들은 이쪽으로 모여 주십시오!"

그로부터 10분 후, 개막을 알리는 나팔 소리가 울려 퍼졌다.

* * *

"정말 넓네요, 이 숲은."

그 말에 디아린이 뒤를 돌아보았다. 이작이 광활한 숲을 둘러보면서 입을 다물지 못하고 있었다. 드넓은 숲엔 디아린과 이작 외에 아무도 보이지 않았다. 인기척도 느껴지지 않을 정도였으니.

"150명이 넘는 사람이 한 번에 들어왔는데 전부 흩어져서 보이지도 않아요."

"이작."

"네?"

"나 불러 봐."

"네, 주인님?"

"……?"

"……왜 그러세요?"

"환각 마물 부작용이 이상하게 오래간다 싶어서."

그 말에, 이작이 갑자기 사레가 들린 듯 기침을 토해 내기 시작했다.

"갑자기 왜 그래?"

디아린은 당황해 이작의 등을 두드려 주었다. 이작은 잔뜩 빨개진 얼굴로 겨우 숨을 골랐다.

'내가 눈치 준다고 생각했나?'

"아니, 호칭으로 눈치 주는 게 아니라 그냥 그렇다고. 난 상관없기도 하고."

"상관없으시다고요?"

순간 이작의 눈이 반짝 빛났다. 디아린은 이미 앞을 보고 걷고 있어서 미처 보지 못한 생기였다.

디아린은 딴생각 중이었다.

'내 영혼에 붙어 있던 환각 마물이 떨어졌으니까 이작도 이제는 부작용에서 벗어날 줄 알았는데, 아니네.'

"그런데 드리엄 백작님한테 많이 얻어맞을 텐데 괜찮겠어?"

"저 램드 부단장님한테 특훈 받아서 전보다 더 몸이 단단해졌으니 괜찮아요."

"몸이 단단해져?"

디아린이 돌아보면서 "흐음." 하고 아래위로 훑고 말했다.

"그런 것 같네."

"……."

이작의 얼굴이 이번에는 타오를 듯 붉어졌다.

그는 본인 스스로가 도무지 이해가 가지 않았다. 대체 자신의 이 오락가락하는 마음의 갈피를 잡을 수 없었다.

이작의 눈동자가 앞에서 걸어가는 주인에게로 향한다.

높게 묶은 연갈색 머리카락은 물결치듯 움직이고, 등 뒤로 뒷짐 진 손은 유독 달빛처럼 하얘서 시선을 잡아끈다. 저도 모르게 그 가지런한 손으로 자꾸 눈이 가는 바람에, 이작은 아예 홱 쥐어뜯듯이 시선을 돌려 버렸다.

* * *

"크르릉……."

"위험합니다! 로드 티드로!"

티드로 기드곤의 뒤를 따르던 네 명의 기사가 재빠르게 검을 냈다. 디아린이 이작 하나만 대동하고 돌아다니는 것과 비교될 정도로 많은 호위 기사였다.

풀풀 피어오르는 검은 안개. 새끼 곰만 한 덩치의 늑대의 모습을 한 마물의 두 눈에서 피가 뚝뚝 떨어졌다.

"하급이 아닙니다. 더 상위의 마물이군요."

티드로 기드곤은 창백해진 표정으로 물었다.

"잡을 수 있겠습니까?"

"그럼요. 아무리 그래도 한 마리잖습니까."

"한 마리 정도는 문제도 되지 않습니다."

"안심하십쇼, 로드 티드로."

기사들의 말에 티드로가 안심하려던 찰나.

"크르릉!"

"크르르릉……."

"헉!"

"……!"

뒤에서 똑같은 마물 네 마리가 더 기어 나왔다. 순식간에 포위된 기사들은 티드로를 중심에 두고 진형을 구축해 검을 세웠다.

"젠장."

"첫날에 이렇게 적잖은 마물이라니……."

"운이 나빴어."

기사들이 짓씹으며 나누는 말에 티드로의 얼굴이 창백해졌다.

"자, 잡을 수 있습니까?!"

티드로의 목소리는 미묘하게 겁에 질려 있었다. 그때였다.

"고개 숙여!"

기사들이 반사적으로 고개를 숙였다. 티드로는 한 박자 늦게 따라서 엎드렸다.

"크어억!"

휙 날아온 단검에 마물 한 마리가 정통으로 맞고 쓰러졌다.

재빠르게 도약한 인영이 마물의 이빨을 검집으로 쳐내고, 몸을 비틀어 유리한 자리를 확보했다. 눈 깜빡할 사이에 마물의 목에 검을 꽂아 넣어 두 마리의 마물을 끝장냈다.

순식간에 마물들이 정리되었다.

기사들은 물론 티드로마저도 얼떨떨하게 뒤를 돌아보았다.

"래, 램드 경!"

수도의 웬만한 기사들이라면 거의 다 얼굴을 알고 있는 남자. '그' 램드 베스턴!

램드는 검에 묻은 피를 닦아 냈다. 그의 뒤로 램드에게 미리 배정된

각인자가 서둘러 따라왔다.

램드가 물었다.

"경들, 괜찮습니까?"

"괜찮습니다! 도와주셔서 감사합니다."

고개를 끄덕인 램드는 여상히 말을 꺼냈다.

"방금 이정표 끝에 가서 듣고 오는 말인데, 유난히 외곽에 마물이 많이 출몰하고 있다더군요. 주의하시길."

"벌써 이정표 끝까지 다녀오셨습니까?"

"대단하십니다!"

기사들은 수문석 생환자인 램드를 몹시도 선망했다. 그들이 램드에게 아끼지 않고 보내는 찬사에, 로드 티드로의 표정이 오묘해졌다. 로드 티드로는 바로 웃으며 입을 열었다.

"램드 경."

"아. 예. 로드 티드로."

"아무리 그래도 진영이 다른데, 이리 신경 써 주셔서 감사합니다."

뼈 있는 말이었다.

—진영이 다르니 적당히 열광해라.

알아들은 기사들은 헛기침을 하며 물러섰다. 그리고 방금까지의 열대로 티드로를 호위하기 위해 제대로 섰다. 램드는 '요것 보게?' 하면서 재미있다는 표정을 지을 뻔했다.

'하지만 주군에게 들은 말도 있으니까.'

'흑조의 소환사와 엮이지 마라.'

예의 바르게, 예의 바르게.

'실은……, 구해 주기도 귀찮았지만…….'

하필 제 주군인 에제트보다 상위 명령권을 가지는 이 세상 유일한 한 명이 친히 명령을 내렸다.

'이따가 쟤 좀 구해 줘요.'

"그럼, 이만 물러가겠습니다. 아참. 로드 티드로. 이 마물은 제가 사냥한 것이니 저희 진영의 가루를 뿌리겠습니다."

램드는 정중하게 티드로에게 고개를 숙여 보였다. 홀쭉해진 가죽 주머니를 꺼낸 건 덤이었다.

이 독특한 가죽 주머니에는 반짝이는 남색 가루가 들어 있었다. 마물의 몸 위에 뿌리면 특정한 진영이 잡았음을 표시해 주는 효과를 가진 가루였다.

마물에 표식을 끝낸 램드는 미련 없이 뒤돌아 가 버렸다.

그는 뚜벅뚜벅 걸어가며, 나무 위를 쳐다보며 슬쩍 눈썹만 치켜 올렸다. 시선이 마주쳤다. 나무 위에 앉아 있던 이작이 '걱정 마세요.'라며 오른쪽 손가락으로 동그라미를 마구마구 만들어 보였고.

나무에서 떨어지지 않게 이작이 열심히 붙들고 있는, 이작의 주인이자, 램드에게 티드로 기드곤을 구해 주라고 명령한 디아린 오드 콘클이스터께서는.

대체 무슨 생각을 하는지 알 수가 없었다.

그저 턱을 괴고 물끄러미 티드로 기드곤을 지켜보고만 있었을 뿐.

* * *

"에제트!"

디아린이 에제트의 막사에 종종걸음으로 들어왔다. 이데아의 숲 지도를 살펴보고 있던 에제트가 고개를 들어 올렸다. 바로 이마를 찌푸린다. 자리에서 일어난 에제트는 성큼성큼 걸어와 디아린을 잡았다.

"디아린, 제발."

"제발? 어?"

갑자기 그녀의 몸이 덜렁 들렸다.

에제트는 디아린을 책상에 앉혔다. 그리고 두 손으로 그녀의 양 허벅지 곁을 받쳤다. 순식간에 가까워진 거리. 빠르게 분위기가 묘해진다.

"……에제트?"

에제트는 천천히 디아린의 손 한쪽을 들어 올렸다. 가느다란 손가락 하나를 입가에 가져간 에제트가 그것을 꼭 깨물었다. 부드러운 혀가 손가락 끝에 가볍게 닿는다.

디아린이 "훗." 하고 약하게 신음 소리를 내면서 에제트를 밀어냈다. 에제트의 입에 깨물린 손가락이 딱 그만큼 아팠다.

"이건 아프신 모양이군요."

그리 말한 에제트가 눈을 가늘게 떴다.

"당신이 지금 다친 발목이 이것보다 더 아플 겁니다. 아무리 마법 상처라 통증을 못 느낀다고 해도 너무 뛰어오시는 거 아닙니까."

"와."

디아린은 순간 상황도 잊고 감탄했다.

"지금 그거 말하려고 내 손가락 깨문 거야?"

그런 분위기로?

한편으로는 어이도 없었다.

"이 정도 마법 상처는 금방 나아. 궁의가 오늘 밤이면 다 낫는다고 했어."

"다 나아도 원기 회복을 위해 휴식을 취해야 하는 게 상처잖아요. 제가 다리를 베여 놓고 뛰어 다니면 좋다고 보시겠습니까?"

"내가 베였어?"

"어쨌든요."

"누가 들으면 극성이라고 오해해."

"오해하라고 하죠."

"와, 진짜 극성이야."

"저 원래 이랬습니다. 당신이 모르셨던 거죠."

"세상에."

디아린이 헛웃음을 지었다. 바닥에 닿지 않은 그녀의 다리가 가볍게 달랑거렸다. 신고 있던 뮬 한 짝이 바닥으로 떨어졌다. 디아린의 한쪽 발목에는 붕대가 감겨 있었다. 오늘, 이데아의 숲에서 생긴 상처였다.

로마이어 켈스튜더 공자의 진영에 속해 있는 마법사가, 마물을 잡다가 실수로 디아린에게 공격을 날렸다. 다행히 이작이 빠르게 대처했지만, 공격이 스치는 바람에 발목에 부상을 입게 됐다.

'나야 무통 마법 때문에 아무렇지도 않지만.'

상처도 깊지 않아 그나마 다행이었다. 이보다 심했으면…….

"아까 들었는데, 로마이어 켈스튜더 공자가 발목을 접질렸대."

왜 하필 나와 같은 곳을 갑자기 다쳤을까?

그것도 타이밍 좋게 내가 다치자마자?

"에제트가 한 거지?"

그는 표정 변화도 없이, 디아린의 발목에 감긴 붕대나 꼼꼼히 살펴보았다.

"진영의 사령관이 다쳤는데 가만히 있을 기사가 어디 있습니까. 그 마법사의 실수가 실수인지 고의인지 판단도 안 되는데요."

"음, 하긴."

디아린은 켈스튜더를 편들어 줄 생각이 조금도 없었기 때문에 대충 수긍했다.

"아무튼 오늘 일등은 우리 진영이야. 점수 차이도 꽤 많이 나고."

"그래서 뛰어오신 겁니까?"

"당연하지. 기분 좋잖아."

오드 진영 : *520점*

켈스튜더 진영 : *380점*

흑조 진영 : *400점*

빙긋 웃은 디아린이 화제를 바꾸었다.

"그리고 하나 더 물어보려고 했어. 3황자가 몸이 어떻다는 거야?"

"치료제를 잘못 바르는 바람에 몸에 발진이 돋았다더군요."

"치료제? 아, 혹시 화상?"

에제트는 살짝 놀란 기색이었다.

"알고 계시는군요."

"으응. 어쩌다가."

"아시면 얘기가 쉽겠습니다. 3황자는 화상 자국 때문에 매번 새로운 치료제를 찾고 있는데, 민간에서 이번에 크게 유행한 치료제를 구입했다 더군요."

하지만 약이라는 게 사람 몸과 맞지 않는 경우가 더러 있다. 특히, 민간 요법인 경우에는 부작용도 감수해야 했다. 3황자의 경우, 이번에 겪은 부작용이 몹시도 큰 모양이었다.

황후궁과 3황자궁에서는 굉장히 쉬쉬하는 일이었지만, 이 일로 민간 약사 세 명이 피부가 죄 뜯겨서 시체로 나갔다는 정보까지 에제트에게 들어왔다. 그만큼 부작용이 크다는 소리였다.

'이전에도 이런 일들이 비일비재했을 겁니다.'

북문석의 수호자로 있을 때와, 황궁에 입지를 잡은 지금은 가질 수 있는 정보의 양이 남달랐다. 특히, 황태자의 그림자인 '흑태자'의 가치가 대단했다.

에제트는 3황자와 대척점에 있었지만, 그동안 굳이 과거 일을 캘 필요 까진 느끼지 못했다. 냉정히 말하자면 3황자가 그렇게까지 큰 위협으로 다가온 적이 없었기 때문이다.

'3황자에게 기묘한 비밀 취미가 생겼습니다.'

그러나 현재, 이야기가 좀 달라졌다. 에제트는 바로 며칠 전 입수한 기이한 정보를 떠올렸다.

'3황자가 자수정을 자꾸 모으고 있습니다. 그런데 보통, 자수정이 색깔이 짙을수록 고급품이지 않습니까? 그런데 3황자가 돈을 들여 계속 사 모으는 자수정들의 색깔이 하나같이······.'

디아린은 어느새 의자에 앉아, 이데아의 숲 지도를 살펴보고 있었다. 에제트는 디아린의 눈동자를 조용히 응시했다. 내리깐 긴 연갈빛 속눈썹에 반쯤 가려진 동공.

'연보라색이라고 하더군요. 디아린 오드 콘클이스터 영애님······, 그분의 눈동자처럼 말입니다.'

〈다음 권에서 계속〉

국왕의 스카우트를 거절하는 법

커피바닐라 지음

사악한 주인의 손에 실험당하다 죽게 된 노예 아멜리아!
그녀는 본능적으로 발현된 마법 덕분에 5년 전으로 회귀한다.

노예 주박이 풀리고 얼떨결에 주인을 죽이고 도망친 그녀.
과거를 숨겨야 하니 마법을 사용하지 않으려 하지만
신원불명인 탓에 취직이 안 된다.

결국 먹고살기 위해 정체를 숨긴 채 마법스크롤을 만들어 팔고,
심각하게 고성능인 스크롤의 위력이 드러나면서
그녀를 스카우트하려는 사람들에게 쫓기는데…….

그들을 피해 신생국으로 도망쳤더니,
이번엔 국왕이 스카우트하러 쫓아온다!

세상물정 모르는 대마법사 아멜리아의 복작복작한 생존 라이프!

S급의 히든 퀘스트

아리탕 지음

[히든퀘스트: 시스템 살해
클리어 실패 페널티: 회귀]

몬스터 출몰, 시스템 퀘스트가 나타나게 된 기이한 세상.
최강의 헌터로 활약하던 이세아는 안락한 임종을 앞두고
세상을 원래대로 되돌리라는 퀘스트를 받는다.
수없는 회귀 끝에 마침내 발견한 단서, 정이준.
재산을 떼어 주겠다고 꼬셔 봤다.
원하는 자리는 뭐든 다 주겠다고 꼬드겼다.
시스템만 없애면 평생 호의호식하게 해 준다고도 했다.
그러나 시스템 보스의 코앞에만 도착하면 들리는 소리!
"이세아, 속박!"
몇 번을 회귀해도 마지막은 이준의 배신, 다시 또 죽음.
대체 이 빌어먹을 놈이 바라는 게 뭐지?

제로노블(Zero Novel)은 판타지를 사랑하는 여성들을 위한 신감각 로맨틱 판타지 시리즈입니다.

R

제니스

밤밤밤 지음

남다른 과거사 덕분에 세상만사 시큰둥한 제니스.
그런 그녀에게도 천적이 하나 있었으니
바로 긍정적 에너지로 가득한 소꿉친구 플로라.
그런데 아뿔싸!
잠깐 한눈을 판 사이 플로라에게 첫사랑의 열병이 찾아오고 마는데…….

에휴, 사랑 그게 뭐라고 그렇게 우는지.
"원하면 가지게 해 줄게. 그러니 그 흐리멍덩한 눈깔 좀 어떻게 해 봐."

유유상종이라고 했던가?
친구의 발칙한 사랑을 거들기 위해 망설임 없이 더 발칙한 계획을 세우는 제니스.
겁 없이 질주하는 두 소녀는 과연 원하는 결과를 손에 넣을 수 있을까?

화려하고 아름다운 하일리움에서 일어난
한 소녀의 죽음 뒤엔 또 어떤 비밀이 숨어 있을까?

영원한 너의 거짓말

전후치 지음

열일곱의 나이에 남편을 죽인 죄목으로 수감된 로젠 워커.
두 번의 탈옥으로 제국 군대의 자존심을 뭉개 버린 그녀는
1년 만에 다시 붙잡혀 종신형을 선고받는다.

최악의 죄수들만 모여 있다는 몬테섬으로 가는 배에 탄 그녀는
또 한 번의 탈옥 계획을 세우지만…….

"죄목은?"
"……난 무죄야."
"죄를 지었다고 솔직히 인정하는 죄수는 드물지."

무뚝뚝하고 고지식한 원칙주의자이자
그녀의 수송 책임을 맡은 이안 커너는 조금의 틈도 보이지 않는데.

"쓸데없는 말 하지 말고, 묻는 말에만 대답해."

제국 최고의 탈옥수 로젠과
온 제국의 사랑을 받고 있는 젊은 전쟁 영웅, 이안 커너.
지상 최악의 감옥으로 향하는 배 위에서 펼쳐지는 그들의 이야기!

자, 이제 당신이 판단해 봐. 로젠 워커는 거짓말쟁이일까? 아닐까?

제로노블(Zero Novel)은 판타지를 사랑하는 여성들을 위한 신감각 로맨틱 판타지 시리즈입니다.